希望の峰

マカルー西壁

笹本稜平

希望の峰　マカルー西壁　目次

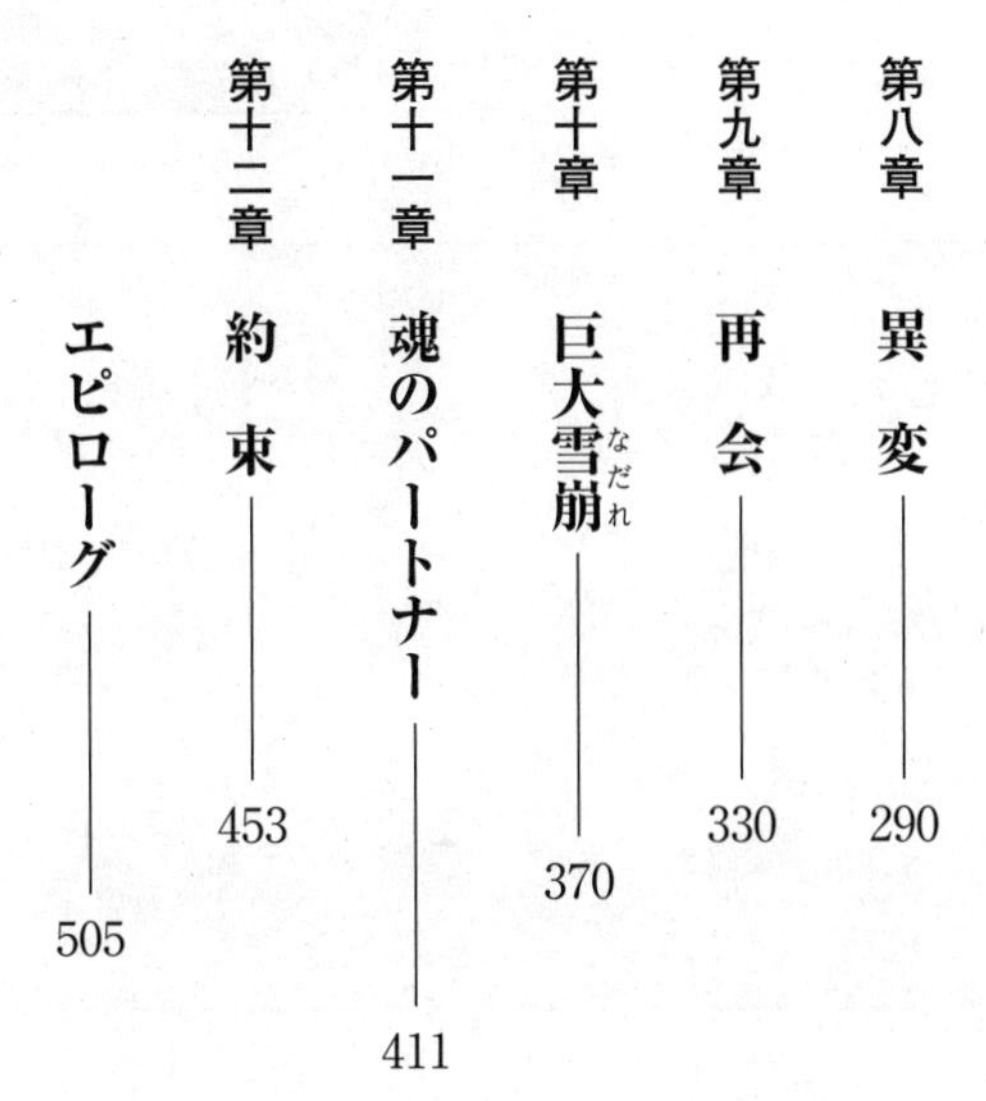

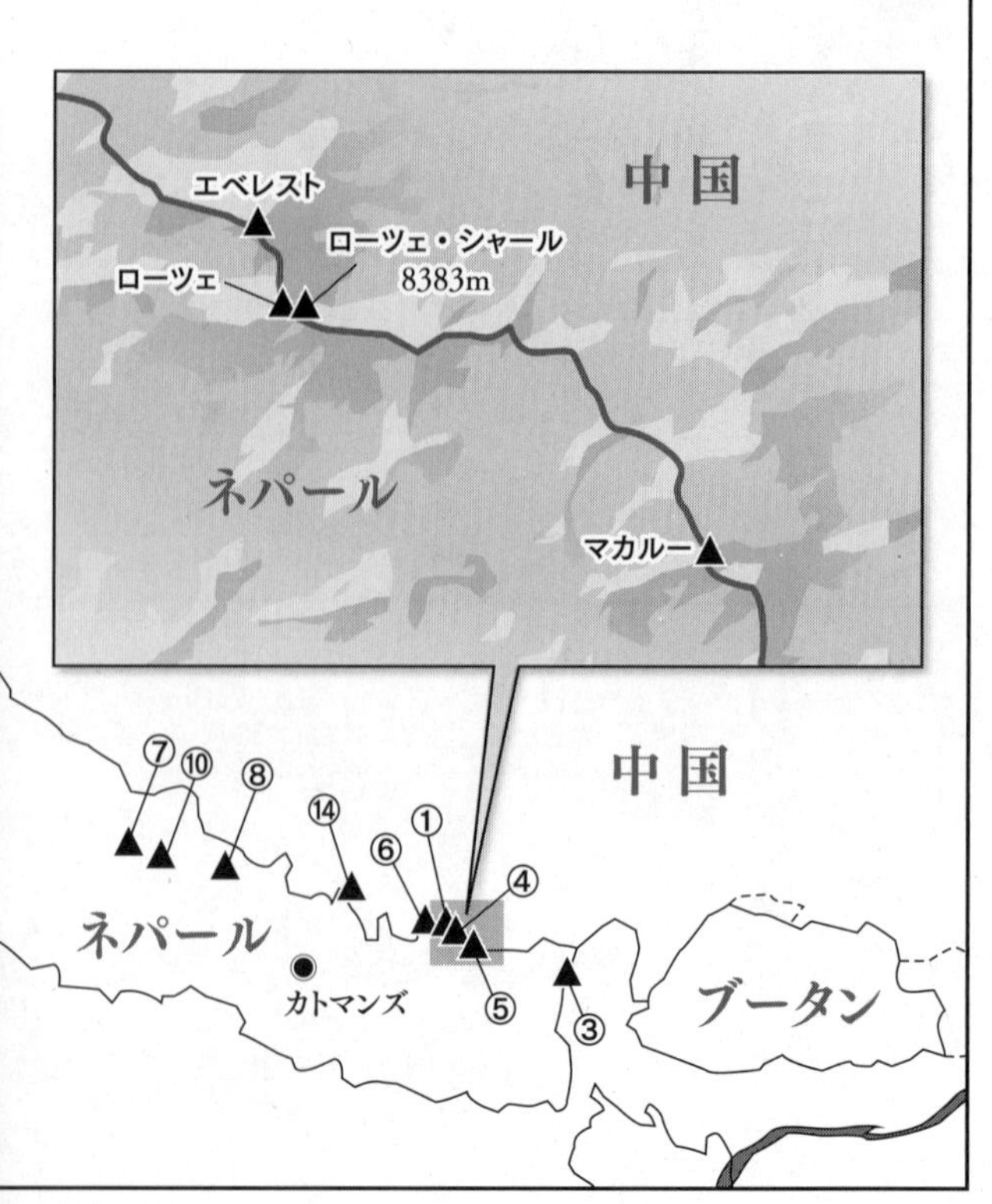
中国
エベレスト
ローツェ・シャール
8383m
ローツェ
ネパール
マカルー
中国
⑦
⑩
⑧
⑭
①
⑥
④
ネパール
カトマンズ
⑤
③
ブータン

ヒマラヤ山脈8000m峰14座

① エベレスト：8848m
② K2：8611m
③ カンチェンジュンガ：8586m
④ ローツェ：8516m
⑤ マカルー：8463m
⑥ チョー・オユー：8201m
⑦ ダウラギリ：8167m
⑧ マナスル：8163m
⑨ ナンガ・パルバット：8125m
⑩ アンナプルナ：8091m
⑪ ガッシャーブルムⅠ峰：8068m
⑫ ブロード・ピーク：8051m
⑬ ガッシャーブルムⅡ峰：8035m
⑭ シシャパンマ：8013m

第一章　ヘッドウォール

1

　空を覆いつくしていた雲が、チベット方面から吹き出した冷風に融けるように消えてゆく。その切れ目から姿を現したのは、インクを流したような青空を背景にそそり立つマカルー――。奈良原和志は嘆息した。

　赤茶けた岩肌と純白の氷雪に彩られた山容は、天に向かって跳躍しようと身構える精悍な野獣を思わせる。その頂からは吹き流しのような雪煙が南東に向かってたなびいて、頂を吹き過ぎる偏西風の強さを物語る。

　チャイナウィンドと呼ばれるその風はヒマラヤでは好天の証で、この日、頂を目指しているパーティーにとっては絶好のチャンスが到来したと言える。いま午前八時。西稜からの登頂を目指すイタリア隊と、北西稜からの登頂を目指すスペイン・アルゼンチン合同隊が登攀中だ。

和志がいる露営地には、そのイタリア隊のベースキャンプがある。和志たちが到着したのはきのうの昼過ぎで、ベースキャンプを預かる隊長のカルロ・フェルミとは、すでに挨拶がてら話をしている。

イタリア隊は現在七八〇〇メートル付近を登攀中で、今夜は八〇〇〇メートルを超えたところに第五キャンプを設営し、あす早朝にサミットプッシュ（頂上アタック）に向かうという。体調不良者や怪我人はおらず、登攀隊員五名全員が登頂を果たせそうだとカルロは自信を覗かせた。

プレモンスーン期やポストモンスーン期には多くの商業公募隊やトレッカーでごった返すエベレスト周辺とは異なり、同じネパールヒマラヤでも、マカルー西面のこのキャンプ地は思っていた以上に閑散としている。

ここにベースキャンプを置いている登山隊は現在のところイタリア隊のみで、ほかにトレッキングツアーの団体がいくつかキャンプを設営しているくらいだ。

和志たちはイタリア隊のすぐ近くに幕営した。今回は登る予定はないが、上部の状況については彼らから情報が得られる。それは次の目標にとって大きな意味を持つ。彼らが登る西稜の左手に広がる圧倒的な断崖が西壁で、そこが和志の来る冬のターゲットなのだ。

エベレストの南東一九キロに位置するマカルーは標高八四六三メートル。ヒマラヤのビッグ5の一角を占める世界第五位の高峰だ。

西壁は標高差二七〇〇メートルに達し、七八〇〇メートルの高所から八四〇〇メートルまで続く壮絶なヘッドウォール（頂上直下の岩壁）は、垂直というより、その一部が巨人の額のように空中にせり出している。

全体としては優美なシルエットを持つマカルーだが、西壁は隠しきれない向こう傷のような陰鬱な相貌で、それを目の当たりにすれば、険悪なという表現はこの壁のためにあるとさえ思えてくる。

純粋に技術的に見ても、おそらく最高難度の六級のレベルを要求される。それがデスゾーンと呼ばれる八〇〇〇メートルを超える高所に存在することを考えれば、この壁が二十一世紀の課題と言われるのも頷ける。

一九六〇年代半ばまで登山許可が下りず未踏だったシシャパンマを除けば、他の八〇〇〇メートル峰はすべて一九五〇年代に初登頂されている。

その後はバリエーションルートの時代になり、より困難な岩稜や岩壁がヒマラヤを目指すクライマーの目標になった。しかし高度な登攀技術が要求される八〇〇〇メートル級のバリエーションルートもいまではほぼ登りつくされ、六、七〇〇〇メートル級のピークのより困難な壁が先鋭的なクライマーの関心の的になっている。

和志もかつてはネパールで風来坊生活を送りながら、低予算で登れるそうしたルートでいくつもの初登攀記録を打ち立てた。

しかしそんな時代になったいまでも、未踏のビッグウォールとして世界のトップクライマーの前に厳然と立ちはだかるのがマカルー西壁だ。最難関のヘッドウォールを避けて途中から北西稜に達し、尾根通しに頂上に抜けたケースはあっても、いまだその壁を直登して頂上に至ったクライマーはいない。

一九八〇年代にはヴォイテク・クルティカ、アレックス・マッキンタイア、イェジ・ククチカなど時代を代表するトップクライマー、九〇年代にはジェフ・ロウや山野井泰史といったアルパインクライミングの精鋭、さらに二〇〇〇年代にはスティーブ・ハウス、マルコ・プレゼリなどミックスクライミング（アックスとアイゼンを用いて、氷雪と岩の混合したルートを登る技術）の名手が、あくなき情熱を傾けてこの壁に挑んだ。

そんなヒマラヤ登攀のエキスパートたちでさえ、ことごとくこのヘッドウォールに敗退している。マカルー西壁は、まさにヒマラヤに最後に残された課題なのだ。

和志は傍らに立つ広川友梨を振り向いた。

「いつもならターゲットの壁の真下に立ったとき、いますぐ登りたいと気持ちが逸るんだけど、この壁はそうじゃないよ」

「なにか心配なことでもあるの？」

「怖いんだよ」

「和志さんでも？」

友梨は怪訝な表情で問いかける。和志は困惑を隠さず頷いた。

「ああ。これは普通の壁じゃない。神が、人間の可能性に限界があることを認識させるためにつくった障害物のような気さえしてくるよ」

ヘッドウォールに達するまでは、ところどころ氷と岩のミックスの部分が現れるが、大半が斜度六〇度を超す雪壁で、技術的には必ずしも困難ではない。しかしその上部のヘッドウォールからは頻繁に落石がある。

直撃されればひとたまりもないが、それによって引き起こされる雪崩はそれ以上に怖い。落石は気がつけば身をかわすことができる。しかし広いエリアを流れ下る雪崩から逃れる術はない。

この三十分ほどのあいだにも、ヘッドウォールで何度か落石があった。起きた落石の一部は、下部の雪壁に達して雪崩を引き起こした。きのこ雲のような雪煙が上がり、それが巨大な波濤となって駆け下り、ベースキャンプのすぐ上部のモレーン（堆石）にまで達した。

落ちた岩の大小にかかわらず、雪や氷の状態によって、それは爆弾に匹敵する威力を持つ。そんな雪崩はヒマラヤでは珍しくない。壁そのものの難度としてはこれまでの経験からして登れないとは思わない。しかし過去にこの壁に挑んだほとんどのクライマーは、落石のリスクを避けてヘッドウォールを回避したり、その手前で撤退したりした。

それでもかつてこの壁に挑んだクライマーたちがいたわけで、彼らもいま和志がいる場所からヘッドウォールを観察したはずなのだ。そして彼らは登った。果たして勝算があると考えたのか。もしそうだとしたら、和志には無謀な試みだったとしか思えない。そうではないとしたら、自分にはこの壁に挑む勇気も実力もないことになる。

また壁の上部でカラカラと乾いた音がする。落石、もしくは岩雪崩だろう。幸い今度は雪崩を引き起こさなかったが、西壁が絶えずそうしたリスクを孕んでいる危険地帯なのは間違いない。

もちろん和志にも秘策はある。この困難な壁に挑む時期をまだ誰も挑戦したことのない冬季に設定したのは、岩壁が凍てつき雪も締まることで、落石や雪崩のリスクが軽減するのを期待してのことだった。

しかしそれはあくまで理屈であって、実際にこの壁を冬に登ったクライマーはいない。そもそもネパールヒマラヤで最後まで残った冬季未踏の八〇〇〇メートル峰がマカルーで、ようやくシモーネ・モーロらによって北西稜から登られたのが二〇〇九年だった。一九八一年のレナート・カーザロット隊以来十三回目の挑戦による達成で、エベレストの冬季初登頂が一九八〇年だったことからみれば、冬なら登りやすい山だとは決して言えない。

マカルーは非常に均整のとれた、「山」という字をそのままかたちにしたような山容で、エベレストやローツェを含むクーンブ山群の他の山々から離れた独立峰だ。そのため冬の強風にまともにさらされる。和志が今年の二月に冬季初登頂に成功したK2も、やはり近年まで冬季未踏だったナンガ・パルバットも、いずれも独立峰の性格が強く、冬場の強風という点で共通する。

「じゃあ、やめるの？」

友梨が不安な面持ちで問いかける。いまここで即答すれば、登る前に敗北を認めることになる。

「そう簡単に答えは出せないよ。要はモチベーションの問題だと思うし、冬までにはまだ時間がある」

「ノースリッジのプロジェクトのことは気にしなくていいのよ。いまならターゲットを変えられるから。和志さんが実力を発揮できる壁はほかにもあるはずだし、なにがなんでもマカルー西壁をと考えて、私たちは和志さんを応援しているわけじゃないんだし」

「まだそこまでは考えていないよ。最初から登れないとわかって挑戦するクライマーはいないし、かといって絶対に登れるという確信がなければ登らないというんじゃ、けっきょくどのルートにも挑めないことになる」

そんな曖昧な言葉を返しながら、頭上を圧する無慈悲な壁に一筋の希望を見つけ出そうとするように、和志は高倍率の双眼鏡で子細にルートをチェックした。ヘッドウォールは標高差六〇〇メートルあまり。最後の一〇〇メートルほどは比較的緩傾斜の岩場だが、その核心部は一部オーバーハングを含む、鉈で断ち割られたような垂壁だ。可能性のあるラインはいくつか描ける。

しかしそこを登っている自分を想像したとき、やはり思い浮かぶのは絶望的なイメージばかりだ。岩場から転落する自分、落石の直撃を受けて壁から弾き飛ばされる自分、雪崩に巻き込まれて宙を飛ぶ自分——。

あるいは壁との相性というようなこともあるのか。しかしかつてこんな経験は一度もなかった。自分に挑みかかってくる困難な壁ほど、登高意欲はむしろ掻き立てられた。

この壁のあまりに強い威圧感がそうさせているとしたら、それに打ち勝てない自分は、そもそもそこに挑む資格がないことになる。

2

和志は昨年の冬に南壁からのローツェ冬季単独初登頂、今年の二月にはマジックラインの異名で知られる南南西稜からのK2冬季単独初登頂を成功させ、一躍、世界の登山シーンに躍り出た。

ローツェ南壁の前哨戦としてパートナーの磯村賢一と登ったカラコルムのゴールデン・ピラー、続いて磯村とともに達成したローツェ・シャールからローツェ主峰への世界初縦走。それらも含めたここ最近の和志の成功は、日本の山岳用品メーカー、ノースリッジのスポンサーシップで実現したものだった。

友梨はノースリッジのマーケティング室長で、年齢は和志より二つほど若い。マーケティング室長といえばノースリッジと同規模の会社なら課長クラスだと思われるので、三十歳前後でそんな役職に就いているということは、彼女がそれだけ優秀だということでもあるだろう。しかしそれ以上にノースリッジという会社そのものがまだ伸び盛りの若い会社である証だともいえる。

スポンサー契約を締結して以来、友梨は和志のすべての遠征に同行した。持ち前のカメラの腕を生かしたパブリシティのための写真や動画の撮影から、登山隊長を自任する磯村とともに、ベースキャンプの維持や東京の本社との連絡、現地でのポーターの確保や食料の調達と八面六臂の活躍をする。

今回は登攀が目的ではなく、来年の冬に挑戦することになるマカルー西壁の偵察のために訪れた。いまは四月の下旬。ネパールはプレモンスーンのベストシーズンで、多くの登山隊がエベレストを始めとするヒマラヤの高峰を目指し、その山麓のトレッキングルートにも世界中から訪れたトレッカーがひしめいている。

　下見とはいえ、せっかくエベレストを盟主とするクーンブ山群の内懐に入るのだから、パーミッションなしで登れる六〇〇〇メートル級の、いわゆるトレッキングピークに登りたいところだったが、この冬のK2登頂で痛めた左肩がまだ完治しておらず、本格的なクライミングは医師から禁じられている。今回の下見はトレッキングパーミッションによるもので、日程は一カ月。ベースキャンプには一週間ほど滞在する予定だ。

　ここまでのトレッキングは、エベレストに向かうルートとは異なり、スタート地点はエベレスト街道の入り口として有名なルクラではなく、ツムリンタールだ。

　一部車は使うが、スタート地点の標高がルクラより一〇〇〇メートルほど低く、片道で十二日間というのが標準的な行程で、エベレスト方面に入るのに比較して倍近くかかる。

　しかしそのぶんエベレスト街道ほどトレッカーの数は多くなく、バルン氷河に沿って登るルートの上部からは、マカルーはもちろん、バルンツェ、チャムラン、ピラミッド・ピーク、ピーク3から7までのヒマラヤ襞をまとった六、七〇〇〇メートル峰が居並んで、訪れるトレッカーの目を楽しませてくれる。

　ベースキャンプに到着した日は雲に覆われていたが、いまはふたたび晴れ渡り、クーンブの秘宝ともいうべきそれらの秀峰が眩く輝いて天を衝く。ネパールでのトレッキングのリピーターにとっては、まさに穴場ともいえる絶景だろう。もちろん一際抜きんでて高いマカルーは、王者の風格を遺憾なく漂わせて四囲を睥睨する。

一昨年のプレモンスーン期に和志が南西壁の単独初登攀に成功したバルンツェのベースキャンプも近くにあって、和志にとっても懐かしい場所だ。

友梨と初めて出会ったのがそのバルンツェで、標高は七〇〇〇メートルを少し超えるが、ノーマルルートからの登頂は容易で、アマチュアを対象とした公募登山もしばしば行なわれている。

磯村はそのころ登山ガイドとして、ヒマラヤのトレッキングや一般向けのライトエクスペディションの主催を生業としていた。和志は磯村が企画したバルンツェ登山ツアーに相乗りした。かつて素寒貧の風来坊だった時代、磯村のツアーに限らず、ノーマルルートを目指すほかのパーティーの一員として参加したうえで、先方の了解のもとに単独でバリエーションルートを登ることは頻繁にやっていた。

友梨もそのとき一般参加者としてノーマルルートから登頂した。ノースリッジの社員としてではなく個人としての参加だったが、当時、社内では新進気鋭のクライマーを発掘してスポンサーシップを提供し、世界戦略を見据えたパブリシティの中心に据えようという計画が進行中だった。

そのとき和志が登ったバルンツェ南西壁にしても、過去の和志の登攀歴にしても、登った山の知名度は低いが、ルートそのものは難度が高く、かつ和志自身も日本国内での知名度は低いが、欧米のクライマーたちのあいだでは知る人ぞ知る存在になっていた。

そんな話を磯村から聞いた友梨は、さっそく和志に白羽の矢を立てた。社長の山際（やまぎわ）功（いさお）もその話に乗った。かつては名クライマーとしてヨーロッパアルプスで鳴らした山際は、友梨から話を聞いただけで和志の可能性を確信した。

ノースリッジからのスポンサーシップの申し出は、和志にとっては青天（せいてん）の霹靂（へきれき）だった。磯村も背中を押した。まだ駆け出しだったころ、武者修行に出かけたアメリカでたまたま知り合い、ヨセミテやアラスカでクライミングの基本を仕込んでくれた磯村は、和志にとってかけがえのない友であると同時に、師ともいうべき存在だった。

世界に名を轟（とどろ）かせるようなビッグクライムに挑戦してほしい。そのためにはあらゆる支援を惜（お）しまない——。そんなノースリッジの提案を、自分にはあまりに荷が重いと、和志は当初謝絶した。

しかし和志の可能性に自（みずか）らの夢を託（たく）すかのような磯村の説得と、ドロミテでの転落事故で脊椎（せきつい）を損傷し、クライマーとしての道を断たれ、艱難辛苦（かんなんしんく）の末に現在のノースリッジを築き上げた山際の企業家としての情熱に心を打たれ、けっきょくその申し出を受け入れた。

ローツェ南壁もK2のマジックラインも、そのスポンサーシップがあって初めて可能になったプロジェクトだった。それによって得たのは、ただの山オタクに過ぎなかったかつての和志にとって、夢ですらなかったビッグウォールクライマーとしての新境地だった。

そのことに感謝こそすれ、荷が重いと感じることはいまはない。むしろその支援をばねにして、クライマーとしてさらなる高みを目指そうという意欲はますます高まっている。

だから現在の自分の山に向かう姿勢が消極的になっているとは思わない。しかしいま目の当たりにしているマカルー西壁は、絶対的と言いたくなるほどの拒絶の意思を露わにしていて、それに抗う方策がなに一つ思い浮かばない。それでもなお挑戦することに意味があるのか。

登れるかどうか以前の問題として、そもそも生きて還れる可能性すら危ういと言うべきだろう。かといって先人たちのように、ヘッドウォールを迂回して左右の稜線から頂上を目指すなら、あえて自分がこの壁に挑む理由が見いだせない。

ローツェの南壁も、和志の憧れだったスロベニアの登山家、トモ・チェセンがソロで登ってみせるまでは二十世紀の課題の一つに挙げられていた。トモの記録には直後から疑問が投げかけられた。それほど困難な壁をソロで登れるはずがない——。古い観念に凝り固まった人々には、単にトモの達成が信じられなかっただけなのだ。

和志が彼と同じルートでの冬季単独登頂を試みたのは、自分が登ってみせることでその疑惑を晴らすためだった。その意味ではあくまで先人の足跡を辿っただけなのだ。

マジックラインからのK2冬季単独登頂にしてもルート初登攀ではなかったし、和志自身も去年の夏に試登しており、そのときすでに登頂に成功していた。二つの冬季単独初登頂は、そうしたベースがあって達成されたもので、自らルートを切り開いたとは言い難い。

しかし今回のマカルー西壁に関しては、夏であれ冬であれ、いまだ誰一人成功していない。そこを登ることは和志にとって、いずれ目指さなければならない究極の目標というべきものだった。

六、七〇〇〇メートル級のバリエーションルートならルート初登の記録はいくつも持っているが、八〇〇〇メートルを超えるルートの初登攀を狙うのは、和志にとって初めての経験である上に、そのクラスでまだ登られていないルートといえば、いまやマカルー西壁とK2の東壁くらいのものだ。

K2の東壁は、全体が雪の滑り台とでもいうべき急峻な氷雪壁で、深雪のラッセル（深雪を踏み固めながら進むこと）に悩まされるうえに、雪崩のリスクがあまりに高い。生きて還るためには、クライミングの技術よりも運が占める比重がはるかに高く、未踏である理由はそこにあると考えられる。つまりクライマーの心をときめかせる点で、マカルー西壁に勝るルートは存在しない。

これまでも不可能だと言われていた壁をいくつも登ってきた。登れるかどうかはやってみなければわからない。そう考えられたのは、もし登れなくても、少なくとも生きて還れる自信があったからだった。しかし頭上にのしかかるヘッドウォールは、その点すらも保証してくれない。

山で死ぬのが本望だなどと、口にしたことも思ったこともない。そして実際に厳しい壁を登っているときは、死の恐怖を感じる余裕さえない。

ローツェ南壁でも、マジックラインでも、あとで思えば死ななかったのが偶然に過ぎないような局面に何度も遭遇(そうぐう)した。先鋭的なクライミングとは、そもそもそういうものなのだ。そこで命を落としたクライマーと、いまも生き延(の)びているクライマーに技術や才能の面での優劣はないだろう。

だからいつものように楽観的に、まずは登ってしまえばいいのだと自分に言い聞かせるが、それでも自分が死ぬかもしれないという、確信めいた不安がなかなか拭(ぬぐ)えない。

3

午後三時過ぎに、イタリア隊の五名が八一〇〇メートルの第五キャンプに達したと、カルロが喜び勇(いさ)んで報告してきた。天候はあすも安定が見込まれるため、全員登頂が可能だろうという。

和志は早手回しに祝意を述べた。衛星携帯電話でキャンプにいる隊員とも話をし、西稜からの登頂が決して容易(たやす)いものではなく、全員登頂が実現すれば、それもまた素晴らしい成果だと称賛した。

　和志のようにソロで登るクライマーは、チームワークに神経を遣う必要がない。そのぶん、落ちたときのチームメイトのサポートも期待できない。落ちたら死ぬというのがソロクライマーの宿命で、そのスタイルを選択した以上、当然そこは覚悟の上だ。

　一方でソロクライミングには、それを補って余りあるメリットがある。複数のクライマーでパーティーを組む場合、誰かが登っているあいだ、必ず別の誰かがロープの末端を持って確保する。トップは一気に落下しないように、適度な距離を置いて確保支点をいくつもつくり、そこにロープを通して登っていく。いわゆるランニングビレイという方式だ。

　ほかのメンバーはトップに確保されて登り、ラストがランニングビレイに使用した用具とロープを回収しながら登っていく。だから誰か一人が登っているあいだ、他のメンバーは待機することになる。安全度は高いが、スピードの点ではロスが大きい。

　基本的にノーロープで登るソロなら、そういうロスは発生しない。そしてアルパインクライミングでは、スピードが安全に直結する。とくにヒマラヤのような高所では、そこに滞在すること自体が身体面でのリスクで、それが長引くほど高所障害の危険度が増す。さらにスピードがあれば、わずかな好天を突いてのサミットプッシュに成功する可能性も高まる。

　和志は二つのスタイルに優劣をつける気はない。それよりも、かつて主流だった極地法

（大量の人員、物資を投入し、ベースキャンプから順に前進キャンプを設営して頂上を目指す方法）と呼ばれる大規模な組織登山では、ほんの数名の登頂メンバーに選ばれなければ、荷揚げやルート工作にいくら貢献しても、頂上を踏むことはできなかった。

だからこそ、チームワークで全員が登頂に成功することに和志は感動を覚える。そこにはソロでは味わえない喜びがあるはずで、そんなクライミングをいずれは自分もしてみたいと思う。

カルロは成功は疑いなしとみているようで、無事に下山したら祝宴を開くから、和志たちもぜひ参加してほしいという。西稜を登った彼らは西壁の状況も目にしているはずで、それは和志にとって貴重な最新情報になる。

和志たちのチームのメンバーは和志と友梨に加え、ノースリッジの若手社員の栗原悟。隊長の磯村が同行できないぶん、それに代わる男手も必要だろうと考えて、山際が社命で同行させた。登山経験はないが、大学では陸上競技をやっており、足腰の強さとスタミナは抜群だという評判だ。

夕刻になって、衛星携帯電話に磯村から連絡が入った。

「どうだ、なんとか行けそうか？」

磊落な調子で磯村は訊いてくる。声の調子からすると体調はよさそうだ。

磯村は一昨年、膵臓癌が発見されて、余命六カ月の宣告を受けた。それを隠したまま和志とともにローツェ・シャールと主峰の世界初縦走を達成したが、そのさなかに体調に異変を起こし、初めて和志に癌であることを告白した。

発見時、すでに肺や肝臓にも転移していたが、磯村は手術や抗癌剤治療を拒んだ。それで入院生活を余儀なくされれば、そのときすでに準備が進んでいた冬のK2挑戦に隊長として参加できない。

和志はこれから世界の檜舞台に躍り出る。いまそのために自分が動けないなら、長生きすることに意味はない。大事なのは生きているあいだのQOL（クオリティ・オブ・ライフ。生活の質）で、自分にとっては山にいることがいちばんの治療だと磯村は言ってのけた。

現に余命宣告から二年近く経っている。昨夏のマジックライン遠征の際、ベースキャンプでやや重篤な症状に陥った。しかしその後は体調も安定していて、日常生活にとくに不自由は感じていないようだ。

この冬のK2ではさすがに体力に問題があって、ベースキャンプには入らずにスカルドのホテルに滞在したが、現地でのポーターや食料の手配から、難しい判断が必要な際のアドバイスなど、隊長としての役割を十分果たしてくれた。今回のマカルー西壁プロジェクトにしても、パーミッションの申請から現地情報の収集まで、相変わらず隊長として奔走してくれている。

いつまで生きられるかは神ならぬ身にはわからない。しかし磯村は、生きているあいだに和志を世界のトップクライマーに押し上げるのが残りの人生を懸けた夢なのだと、遠慮会釈なくプレッシャーをかけてくる。

磯村がいなければ現在の自分はなかった。その磯村の夢を叶えることが、いまや和志にとっての夢でもある。しかし磯村はいつまでも待ってくれない。彼がこの世界からいなくなるのが、あすなのか、一年後なのか、五年後、十年後なのか、磯村本人も含めて誰にもわからない。

だから結果を急ぎたい気持ちは和志も強い。それに磯村もよく言っているが、トモ・チェセンにしてもラインホルト・メスナーにしても、クライマー人生で最も重要な成果は、若い時期のわずか数年で挙げている。

だからこの冬のマカルー西壁はぜひ成功させたいし、やり遂げる自信もあったのだ。ところがその壁に初対面したとたん、恐怖に慄いている自分がいる。そんな思いは心に仕舞って和志は言った。

「生易しい壁じゃないことはわかったよ。冬に限らず、ここ数年、あの壁に挑んだクライマーの話は聞いたことがない。世界中が敬して遠ざけているような気がするね」

近年では、二〇〇八年、〇九年、一一年の三度、スティーブ・ハウスがトライして敗退しているが、もちろんそのいずれも、冬でもソロでもなかった。その後、西壁を目指したパーティーがいたとは聞いていない。

「なんだか自信がなさそうだな」

なにかを感じとったようだ。磯村は万事大雑把(おおざっぱ)なようでいて、人の心を読むのが上手(うま)い。和志は話題をそらした。

「それより磯村さんの調子はどうなの？」

「またその話か。余命宣告を受けている人間がベストコンディションのわけがないだろう。しかしこんな体でも、騙(だま)し騙し使えばあと何年かは生きられる。それより例の件だが、どうも噂(うわさ)で終わる話じゃなさそうだぞ」

磯村はやや深刻な調子で切り出した。

4

例の件とは、去年の暮れから取沙汰(とりざた)されていた、ネパール政府がヒマラヤでの単独登山を禁止し、加えてパーティーにシェルパの同行を義務付けるという情報だった。身体障害者の登山も併(あわ)せて禁止するという。

ただし、関係者の話としてニュースでは報道されたものの、政府からの公式なアナウンスはなく、規制の詳細や実際に施行されるかどうかも不明とされていた。

ヒマラヤ登山の可能性を阻害するものとして世界の登山界は一斉に反発し、とくに身体障害者の登山禁止は差別に当たるとして人権団体からも非難の声が上がった。

登山者の安全確保が目的だとされるが、世界のクライマーの常識からすれば無理筋で、過去の遭難事例を見ても、単独登山での死者は複数名のパーティーの場合よりずっと少なく、かつ近年のエベレストでの死者数の急増は、登山経験の少ない一般人を対象とする商業公募登山での事故によるものだ。

ヒマラヤ登山の安全性確保が目的なら、まずそちらを規制しなければ本末転倒ではないかという批判に、ネパール政府は明確に答えない。さらにすべてのパーティーにシェルパ同行を義務付けるとなれば、現在、世界の登山界の主流となりつつあるアルパインスタイルが成立しなくなる。

ベースキャンプを出たら一気に頂上を目指し、シェルパを含めチーム外からの支援は一切受けない。事前にキャンプも設営せず、固定ロープや酸素ボンベも使わない——。

それがアルパインスタイルの原則で、かつて大規模な組織登山でしか登れないとみられていたヒマラヤの高峰が、アルプス登山のような少人数の短期速攻で登られるようになってから、アルピニズムの世界は革命といっていいような進化を遂げた。

その嚆矢となったのが、一九七五年のラインホルト・メスナーとペーター・ハーベラーによるガッシャーブルムI峰登頂で、以後メスナーは、ナンガ・パルバットで世界初の八〇〇〇メートル峰単独登頂をやってのけ、さらにハーベラーとのコンビで人類初のエベレスト無酸素登頂、さらにエベレスト単独無酸素登頂と、登山界の常識を覆す革命的な偉業を達成した。

世界のトップクライマーのあいだでアルパインスタイルが常識と化しているいま、八〇〇〇メートル峰八座を擁するネパール政府のその決定が本当に実施されれば、ヒマラヤ登山のスタイルは一気に数十年逆戻りしかねない。

「やっぱり、情報は本当だったの？」

深刻な思いで和志は問いかけた。複雑な口振りで磯村は応じた。

「先月、ネパール政府の観光局にパーミッションの申請をしたときは、なにも言わずに受理したんだよ。もちろん藪蛇になると困るから、その件についてはこっちもなにも訊かなかった。ところがきょう、パーミッションは出せないと連絡があった」

「理由は？」

「そういう場合、理由なんか言わない。出す出さないは向こうの勝手だからな。そもそも世界中から批判が集まっているいまこの時期に、あえてそれを刺激したくないという考えもあるんだろう」

「ほかのパーティーにも出ていないの」

「なにしろ運用規定がはっきりしない。じつは今年のプレモンスーン期に入ってから、

六、七〇〇〇メートル級でアルパインスタイルによる登頂がいくつか確認されている。シェルパの同行が義務だというんなら、そもそもアルパインスタイルとは呼べないわけだから」

「ソロで登ったケースは？」

「まだないし、そういう計画があるという話も聞いていない。エベレストは商業公募隊で大入り満員のようだ。そっちはどうなんだ。イタリア隊とスペイン・アルゼンチン合同隊が行動中のはずだが」

「イタリア隊は順調で、このまま好天が続けば、あすには登頂できそうだ。ただイタリア隊は、純粋なアルパインスタイルじゃないけどシェルパは同行していない。ルート工作や荷揚げはすべて自前でやっている。スペイン・アルゼンチン合同隊のほうはわからないけど」

「だったら規制に抵触するはずだ。それでもパーミッションが出たんなら、ずいぶんいい加減な運用だ。そもそも報道されている内容が曖昧で、規制が適用されるのがどのクラスの山なのかもはっきりしない。エベレストを含む国内の山とは言っているが、八〇〇〇メートル級に対してなのか、すべての山に対してなのか――」

「いずれにしても、僕に関しては拒否された。そこは間違いないようだね。だからといって、これから遠征計画を練り直し、新たに隊員を募ってシェルパも雇ってとなると大仕事だよ。そもそもマカルー西壁を冬に登るなんて計画に、参加してくれるクライマーがいるとは思えない」

落胆を隠さず和志は言った。しかし磯村は突拍子もないアイデアを思いつく。

「おれが元気なら、おれとおまえと栗原でパーティーを組んで、適当に遠征計画をでっち上げるんだがな。どのみちおれや栗原が登れるはずはないけど、ベースキャンプに入って登るふりくらいはできる。そのあいだにおまえがソロで西壁をやっつければいい」

「いいアイデアかもしれないけど、あんまり気乗りしないね」

和志は力なく応じた。冬のK2でも、磯村自身がベースキャンプ入りは無理だと判断したくらいで、登るふりをするだけだといっても、テントで寝ているだけでは仕掛けがばれる。

それにパーティーを組んでの冬のマカルー遠征となれば、体裁を整えるだけでもそれなりの資金が必要になり、和志がソロで登るケースとは事情が異なる。山際に言えばそのくらいの出費は惜しまないかもしれないが、それではあまりに小賢しい――。

そんな考えを聞かせると、磯村も同感のようだった。

「まあな。そんなやり方がもし通って、みんなが真似をするようになれば、ネパール政府は金が落ちて喜ぶだろうが、アルピニズムの精神は地に墜ちる」

腹を括って和志は言った。

「アルピニストなら、ネパール政府の馬鹿げた策謀に抵抗しなきゃいけない。彼らに媚びるようなことをするなら、むしろ無許可で挑むほうがいい」

「そりゃまずいよ。そんなことをしたら、ネパールの山から永久追放されかねない。それじゃ商売あがったりだ」

慌てる磯村に、動じることなく和志は応じた。

「パキスタンにだって八〇〇〇メートル峰はいくつもあるし、中国側から登る手だってある。それだけでも一生食っていけるよ」

「マカルー西壁は、ネパール側からしか登れないぞ」

「もちろん。だから今回が最後のチャンスになるかもしれない」

「やれる自信があるのか」

そうストレートに訊かれると答えに詰まる。しかし理にかなわない規制がいよいよ我が身に及んだとなれば、萎えていた気力も息を吹き返す。

「やってみないとわからない。はっきり言って難しいとは思うけど」

「問題はノースリッジだな。会社としての体面もあるし、そもそもそういうゲリラ戦術だと、事前にパブリシティも打てなくなる。山際さんも判断が難しいんじゃないのか」

「その場合は自費ででもやるよ」

「そうじゃなくて、ノースリッジのブランドイメージに傷がつくんじゃないのか」

　普段なら行け行けどんどんで背中を押してくる磯村が、ここでは弱気なところを見せる。しかし和志には山際に対する特別な信頼がある。それに世界の登山界の趨勢を見れば、ネパール政府の決定を支持する声はほとんど聞こえない。

「ノースリッジのマーケットはいまや世界全体で、今回のネパール政府の恣意的な決定を気にする理由はないと思う。逆に評価が高まるような気がするけどね」

　確信を持って和志は言った。驚いたように磯村は応じる。

「強気だな。おまえも変わったもんだ」

「ソロやアルパインスタイルだけが登山じゃない。それはわかっているけど、僕にとってソロはクライマー人生の根幹なんだ。性格的なものもあるだろうけど、これまで僕がやってきたクライミングのほとんどは、ソロじゃないと達成できないものだった。それが今後封じられるんなら、ネパールの山に未練はない。ただそのまえにマカルーの西壁だけはやり遂げたい」

「たしかにおれは煽ったけど、おまえがそこまで執念を持っているとは思わなかったな」

「じつを言うと、きょうあの壁を間近に見て本当は怖くなったんだ。こんどこそ死ぬかもしれないと思った。あそこには、いまの僕の力では越えようのない一線があるような気がしたんだ」

「ローツェ南壁だってマジックラインだって、生易しいターゲットじゃなかったぞ」

「それでも不可能だとは感じなかった」

「今回はそう思うのか」

「技術だけじゃない。運も必要だ。落石のリスクは想像していた以上に大きいよ。直撃を避けるには、できるだけオーバーハングした部分を登るしかない。しかし技術的にも体力的にも、非常に高いレベルを要求される」

「マジックラインで使った新型アックス（ピッケルやアイスバイルの総称）は、そこも見越してつくり込んだんじゃなかったか」

「有力な武器になってくれるのは間違いないけど、それだけで解決可能な問題じゃなさそうだ。たぶん特別な筋力トレーニングが必要だし、気象条件だってある。冬でも暖かいときはあるから、日射で氷が緩めば石は落ちてくる。ヘッドウォールまでの雪壁に関しては、落石も雪崩も避けようがない」

「だったら、スピードも重要になるな」

「それも決定的な解答にはならないけどね」

「おれより先に死なれても困るしな」

磯村は弱気なことを言い出した。覚束ない思いで和志も応じた。

「もちろん、手に負えないとわかったら撤退もするし、ヘッドウォールを回避することも考える。ただ、最初からそれを織り込むんなら、そもそも今回挑む意味がないからね」

「そうだな。最後の決断をするのはおまえだ。おれのほうはなんとかパーミッションが取れるようにこれから手を尽くすよ。無許可登山はあくまで最後の手段だ。なに、ネパール政府だってそのうち間違いに気づくだろう」

「そこは難しいと思うよ。ネパールに限らずどこの国でも、政治家というのは目先の利益だけを考えて、現実を見ようとは決してしないから」

「そんなことはない。ネパールが高所登山の聖地として注目されているのは、そこを舞台に、おまえのようなクライマーが可能性の極限を追求してきたからだ。そんな人間がいなくなったら、ネパールは金を払えば楽しめるただのアミューズメントパークになっちまう。そんな国に世界はなんの敬意も払わない」

「シェルパの雇用は大事かもしれないけど、そっちは商業公募隊という新しいビジネスが生まれて、むしろ需要は増えている。ソロやアルパインスタイルに規制をかけるのは、どう考えても筋違いだからね」

「そのとおりだよ。リズが生きていたら、いまごろ観光省の役人を叱り飛ばしていたと思うけどな」

磯村は無念そうに言う。クライマーのあいだではリズで通っているエリザベス・ホーリーは、長年にわたりヒマラヤ登山の年代記を編纂してきたヒマラヤの生き字引とも言われるジャーナリストだ。

今年の一月に九十四歳で亡くなったが、ほぼ半生をカトマンズで暮らし、数十年にわたり世界の一流登山家にインタビューしてきた。その集大成である〈ヒマラヤン・データベース〉は世界の登山界が認める権威あるもので、ネパール政府もそれをネパールヒマラヤにおける事実上の公式登頂記録と見なし、政府観光省もご意見番として彼女の意見を尊重してきた。

冬のK2遠征中に訃報を聞いて、和志はもちろんのこと、世界のクライマーがその死を惜しんだ。和志は何度も彼女のインタビューを受けていて、マジックラインの次はぜひマカルー西壁をと、大いに期待を寄せてくれていた。

「おまえにとっては頼もしい味方だったよ。なんとか彼女の期待に応えたいけどな」

切なげな口調で磯村は言う。そのときテントの外で雷鳴のような音が聞こえた。

5

つい先ほどテントに入るまで空は晴れ渡っていた。落雷があるはずがない。雪崩の音とも違う。大きな雪崩なら、氷河上のキャンプサイトまで地響きが伝わるはずだ。

慌てて外に飛び出すと、友梨も個人用のテントから顔を出し、訝しげな表情で音の方向を見上げている。

頭上の空はすでに黄昏れて、マカルーの中腹から上が残照で深紅に染まっている。乾いた音は間もなく静まったが、西稜の八一〇〇メートル付近に和志の目は釘付けになった。イタリア隊の第五キャンプがそのあたりにあり、あすにも登頂に向かう隊員がいるはずだ。その付近で大きな土埃のようなものが舞っている。

単なる雪崩でもなければ落石でもない。大規模な岩雪崩が発生したらしい。異常事態が起きたことを磯村に伝え、状況がわかり次第折り返し電話すると言って通話を終えて、友梨とともにイタリア隊のベースキャンプに走った。

隊長のカルロとサポートスタッフのエレナが、テントの外で西稜の上部を見上げている。

「隊員たちは？」

和志が問いかけると、絶望的な表情でカルロは言う。

「いま連絡をとっているんだが、誰も応じない」

傍らでエレナが衛星携帯電話でコールしているが、顔を向けると、やはり力なく首を横に振る。和志は問いかけた。

「どうして突然、あんな大規模な岩雪崩が？」

「じつは先月、クーンブでやや大きな地震があったらしいんだよ。麓ではそれほど被害が出なかったから国際的にはほとんど報道されなかったが、岩盤が緩んだ場所があちこちにあるようだ」

「登っているあいだ、異常はなかったんですか」

「第五キャンプのすぐ上のフェース（傾斜の強い一枚岩）に、最近出来たようなクラック（岩の割れ目）があったそうだ。ただしそのときは具合のいいラインが見つかったと喜んでいたんだよ。そのクラック以外は、ほとんどホールド（手がかりと足がかり）がなかったからね」

「それが先月の地震で出来たものだとしたら、十分考えられますね」

「ああ。全員がテントのなかで休んでいたから、誰も異変に気がつかなかったかもしれない。連絡がとれないのが不安だよ」

　カルロは悲痛な声を上げる。最悪のことが起きた可能性がある。巨大な土埃はまもなく収まった。八一〇〇メートル付近の稜線上にあった顕著なフェースが消えている。けさカルロと立ち話をしながら見上げたとき、それはたしかにあったのだ。

　ヒマラヤであれ日本の山であれ、山が崩れて地形が変わることは珍しくない。しかしその直撃を受けてパーティーが全滅したという話は聞いたことがない。二〇一四年のネパール大地震の際、エベレストで十六名のシェルパが命を奪われたが、それはアイスフォール（氷瀑）で起きた雪崩によるものだ。

　そのときエレナが手にしていた衛星携帯電話に着信があった。エレナの顔がほころんだ。さっそく耳に当て、早口のイタリア語で応じる。和志はむろんイタリア語はわからない。相手の話を聞くうちに、エレナの顔が硬くなった。スピーカーフォンモードでそれを聞くカルロの表情も強張った。

エレナから電話機を受けとって、カルロも早口でまくしたて、今度は相手の話に耳を傾ける。テントから出てきたリエゾンオフィサー（連絡将校）のダハル大尉の顔にも緊張が走る。

通話を終えて、カルロは和志を振り向いた。

「副隊長のミゲロからだよ。左足首を骨折しているようだが、とりあえず命に別状はない」

「ほかの四名は？」

「三名の行方がわからない。一人は――」

カルロはそこで口ごもる。その先は聞かなくても想像がつく。嗚咽交じりにエレナが言う。

「アレッサンドロは頭部にひどい損傷を受けていて、心肺停止状態らしいの。ミゲロはこれから蘇生術を試みるというんだけど」

横たわった相手の胸部を体重をかけて圧迫するのが蘇生術の基本だが、足場の悪い崩壊地で、自らも足を骨折しているミゲロに果たしてどれだけのことができるか。そもそも骨折の痛みそのものが、普通なら意識を失うほどのものなのだ。

「ほかの三人も心配だ。落下した岩の下に閉じ込められているとしたら、生存していても夜間の寒さに堪えられるかどうか。重傷を負っているのなら急いで手当てが必要だし」

深刻な口振りのカルロに、ダハルが切迫した調子で応じる。

「すぐに陸軍省に救援を要請するよ。急がないと手遅れになる」

「救援といっても、あの高さだとヘリは使えない。なにか手はあるかね」

カルロはすがるような口振りだ。四十代までは自らもヒマラヤの高峰に足跡を残し、イタリアを代表するクライマーとして高い評価を得ていたと聞いている。その後は現役としての活動から遠ざかっているが、隊長としてイタリアを始めとする各国の登山隊を率いて、七〇〇〇メートル級の難峰をいくつも初登頂し、ヨーロッパ登山界のリーダーの一人として気を吐いている。

しかし現在の年齢と現役を退いてからのブランクを考えれば、八〇〇〇メートルを超える高所に自ら救難に向かうのは難しいだろう。

和志は今回はクライミングをする予定がなかったから、アックスやアイゼン、高所用の登山靴や防寒着は持ってきていない。ダハルが言う。

「エベレストのベースキャンプには、商業公募隊のガイドが大勢いるよ。彼らはほとんどが経験豊かなクライマーだから、救難を要請すれば動いてくれるんじゃないか。実力のあるシェルパもいる。彼らが救難要請に応じてくれたら、陸軍のヘリをエベレストに向かわせて、人員を拾ってこちらへ運んでくる。陸軍の最新型のヘリなら六五〇〇メートルの第三キャンプまで上がれる。その先は固定ロープもあるから、なんとか現場に達することができると思う」

ネパールでもパキスタンでもリエゾンオフィサーといえば普通の陸軍将校で、山に関しては素人(しろうと)がほとんどだ。なかにはベースキャンプまでのキャラバンを嫌(きら)って麓のホテルに逗留(とうりゅう)し、宿泊料と日当はちゃっかり受けとる豪の者もいるが、むしろついてこられて足手まといになるよりも、金で片付くならそうしてほしいと歓迎するパーティーもあるほどだ。

しかしダハルはただの陸軍大尉ではなく、かつてネパールとインドの合同隊で、ガルワールヒマールの難峰、チャンガバンの未踏ルートに挑んだこともあるらしい。その後、訓練中の事故で足を痛め、現役からは退いたが、いまも山への未練は断ちがたく、リエゾンオフィサーの募集があれば、積極的に応じているという。

「その手があるな。エレナ。すぐにSNSで救援要請のメッセージを発信してくれないか。山での救難はお互い様だ。私だって、かつて自分の隊の登頂を断念して、遭難したパーティーの救出に全力を傾けたことがある」

カルロの指示を受けて、エレナはその場で衛星携帯電話を操作する。インターネットに接続し、メッセージをアップロードしているらしい。ダハルもさっそく衛星携帯電話で陸軍本部に連絡を入れている。和志は躊躇（ちゅうちょ）なく申し出た。

「今回はトレッキングだけの予定で来たから、アックスやアイゼンは持ち合わせていない。防寒着も必要だ。もし予備があるようなら、貸してもらえれば、僕も救難活動に参加しますよ」

望むところだというようにカルロは応じた。

「もちろん予備はある。サイズが合えばいいんだが。それより高所順応は大丈夫なのか」

「K2を登ってから二カ月しか経っていない。順応効果はまだ残っているはずです」

「私も上に向かいたいところだが、あいにくシェルパ族じゃないんでね。チャンガバンを登ってからずいぶんブランクがあるから。それにカズシだって無酸素というわけにはいかないだろう」

本部との連絡を終えたダハルが話に加わった。一気に六五〇〇メートルまでヘリで上がり、そこから八一〇〇メートルの現場に向かうとなれば、和志も多少の高所障害は出るかもしれない。カルロが言う。

「エベレストの公募隊なら大概は有酸素だから、要請に応じてくれるチームがいたら、酸素ボンベの提供も頼んでみるよ。使うか使わないかは君の自由だが」

「そうしてもらえれば万全ですね。大事なのはいかにスピーディーに彼らを救うかですから」

ヒマラヤで登攀活動を始めて以来、酸素を吸って登ったことは一度もないが、ここではこだわることなく和志は応じた。

6

ヘリが飛べるのは早くてあすの早朝だとのことで、救難態勢が整うまでにはまだ時間がある。専用のキッチンテントに戻り、コックのタミルがつくってくれた夕食をとりながらこの先の見通しを説明すると、友梨は不安げに言う。

「無理はしないでね。今回は登る予定がなかったからトレーニングもしていないし、左肩の状態も完全じゃないんだし」

なぜそこまでするのかと言いたげな気配がありありだ。昨夏のK2でも、アブルッツィ稜で高所障害に陥ったオーストリア隊の隊員を救出するために七〇〇〇メートルまで登った。そのときは、患者に酸素ボンベさえ渡せば、あとは自力で下降できる状況だった。

今回は生存しているミゲロも左足首の骨折という重傷で、心肺停止状態だったアレッサンドロは、ミゲロによる蘇生術の甲斐もなく、死亡が確認されたと連絡があった。残り三人の行方不明者が生きている保証はないし、もし生きているとしても重傷を負っているのは間違いない。

彼らをヘリが到達可能な高さまで下ろすだけでも危険なうえに、岩雪崩が起きた箇所のみならず、その周辺も岩が緩んでいる可能性がある。第五キャンプまで要所に固定ロープが設置されているとはいえ、それも万全かどうかは保証の限りではない。

西稜は尾根というよりピラー（柱状の岩稜）で、登る者の感覚としては壁に近い。マカルーのバリエーションルートのなかでも難度の高さでは特筆ものだ。

その点を考えればどうにも気持ちが暗くなる。二次遭難のリスクを冒して上に向かったところで、生還させられるのはミゲロ一人だけかもしれない。それならあえて和志が動かなくても、エベレストや他の山域で活動中の人々に任せればいい。

使い慣れない借り物の装備で本来の力が発揮できるのか。現状については磯村にもすでに報告してあるが、そのあたりは彼も不安視していた。気持ちを奮い立たせるように和志は言った。

「だからといって、下で指を咥えて見てはいられないよ。行方不明の三人はまだ生きているかもしれない。いま二の足を踏んで死なせてしまったら、僕には一生悔いが残る」

「わかるわ。柏田君のことで和志さんは、クライマー人生を断念しかねないところまでいっちゃったものね」

昨年のプレモンスーン期、アックスやアイゼンのテストのために登ったアマ・ダブラムで、セラック（氷塔）の崩壊により頭部を負傷し、命を失ったノースリッジの若い社員が柏田だった。

パートナーとして彼を救えなかったことは、和志にとって痛恨の極みだった。それに加えて、和志が自分だけ助かろうとして彼を見捨てたというあらぬ噂が広まった。

柏田の両親はその話を信じ、和志とノースリッジを相手どって訴訟を起こそうとしたが、誤解はやがて解け、両親は柏田がメモしていたアックスのアイデアを提供してくれた。そのアイデアを発展させて山際が開発に乗り出した新型アックスは、冬のマジックライン成功の大きなファクターになり、これから挑むマカルー西壁でも重要な武器になってくれるものと期待が持てる。

とはいえ、柏田の死は和志の過失とは言えないものの、もっとなにかができたのではないかという悔いはいまも心にわだかまっている。磯村と友梨、そして山際の励ましがなかったら、おそらく友梨が言うとおり、自分はクライマーとしての人生を断念していたかもしれない。

単なるセンチメンタリズムではない。クライマーのモチベーションというのは、あるいは和志のメンタリティがというべきかもしれないが、それほど脆弱なものなのだ。

今回、自分がなにもできずに遭難者の命を見捨てることになれば、ただでさえ萎えかかっているマカルー西壁への挑戦意欲も雲散霧消しかねない。

「たぶんエベレスト方面にいるクライマーが救難作戦に協力してくれるはずよ。商業公募隊のガイドなんて彼らにとっては鼻歌交じりの仕事だし、お客さんたちにしたって、人の命を救うために登頂のスケジュールが数日遅れたって、お金を返せとは言わないと思うわ」

友梨は楽観的な見方を強調する。もし彼らが応じなければ、動けるのは和志だけになる。場合によっては自分も登るとカルロは言うが、外見からもわかるメタボ体型で、その上高所順応もできていないとなれば、悪いが足手まといというしかない。ダハルもトレッキングには不自由しないといっても、足に障害があるのはたしかで、シェルパ族ではないから体質的に高所に強いわけでもない。彼らが動けば二重遭難のリスクが極めて高い。

そのときカルロとダハルがテントにやってきた。その表情には覆い隠せない落胆の色がある。和志は問いかけた。

「SNSの発信に対する反応は？」

「ツイッターやフェイスブックには、世界中から安否を気遣うメッセージが届いている。大手の通信社も情報を発信してくれている。ただ――」

カルロは暗い表情で口ごもる。苦い口振りでダハルが言う。

「観光省のデータだと、エベレストには商業公募隊が四隊入っていて、経験豊富なオルガナイザーやガイドもいるんだが、ビジネス上の理由で要請には応じられないそうでね」

「ビジネス上の理由？」

「そのうち二隊は行動中で、いま上部のキャンプにいる。クライアントを残して救難活動に参加するのは無理だそうだ」

「だったらしようがないね。ベースキャンプに残っている隊は？」

訊くとカルロが代わって答える。

「その連中も動く気はなさそうだよ。知っているクライマーが何人かいたんで電話をしてみたんだが、おざなりの同情をするだけで、クライアントが承知しないから無理だと言っている」

「公募隊以外のパーティーは？」

「いないことはないんだが、いまどきの南東稜ルートはロープべた張りで、登ったからってなんの自慢にもならない。つまり実力のあるクライマーは、アミューズメントパーク化したエベレストのノーマルルートにはやってこないんだよ」

カルロは絶望したような口振りだ。和志は言った。

「エベレスト以外の山には、まともなクライマーがいるはずですよ。呼びかければきっと応じてくれる」

この冬、K2冬季登攀を競ったポーランド隊の二名の隊員は、ナンガ・パルバットで遭難したクライマーの要請を受けて、ヘリでK2から現地に飛び、救難に成功した。和志も昨夏のK2では、オーストリア隊の救出に、嵐を突いてアブルッツィ稜を登った。いま生死の瀬戸際にいるクライマーを救うために誰も行動を起こさないとしたら、アルピニズムはただのエゴイズムに過ぎないことになる。

「そんなこと、あり得ないわよ。私に任せて。必ず助けてくれる人がいるから」

友梨が声を上げ、衛星携帯電話に接続したノートパソコンを立ち上げる。なにか秘策でもあるのか。それとも救難要請に応じようとしない自称アルピニストたちへの憤りが、ついに引火点に達したのか――。

第二章　救出行

1

友梨はノースリッジのウェブサイトにある和志の特設コーナーを更新した。

衛星携帯電話によるデータ通信は遅すぎるので、本社の広報担当者に頼み込んで夜間出社してもらい、こちらからはベースキャンプで作成した記事だけを送信し、ページのレイアウトは広報担当者に任せた。

その記事では現在の状況を詳しく説明し、いまイタリア隊のベースキャンプには救助に向かえる人員がいないこと、たまたまベースキャンプに居合わせた和志が上に向かう予定だが、八〇〇〇メートルを超える高所にいる遭難者の救出は一人では不可能なことを訴え、マカルー周辺にいるすべてのクライマーに協力を呼びかけた。

和志と隊長のメッセージも写真付きで掲載した。和志の写真は本社にあるものを使い、隊長のカルロの写真は彼のウェブサイトから流用した。

六五〇〇メートルの第三キャンプまではヘリで上がれる。その先のルートは要所に固定ロープが張られており、天候も落ち着いている。和志一人では無理でも、あと数名の力が加われば、生存者を救出することは十分可能だと和志は訴えた。

しかしいまも救難要請に応じてくれるクライマーが現れない。もし遭難者を死なせることになれば、それはアルピニズムにとっての精神的な死だとまで言い切った。

カルロも痛切な心情を訴えた。遭難の原因は予知不可能な自然災害で、パーティーは最高のパフォーマンスを見せていた。その結果の理不尽な遭難から隊員を救うことがいまの自分の悲願であり、自分がきょうまでの人生を捧げたアルピニズムの世界の絆は、その願いを必ずまっとうさせてくれるものだと信じると。

特設コーナーの完成を待つあいだに、友梨はノースリッジのアカウントで、サイト更新の告知と救難要請のメッセージをツイッターやフェイスブック、インスタグラムなどのSNSに投稿した。

結果は想像した以上だった。冬季K2の登頂に成功した直後は数十万件に達した和志の特設サイトへのアクセスも、その後はだいぶ沈静化していたが、友梨が発信したメッセージに世界が反応し、訪問者数はうなぎ登りで、立ち上がりだけをみればそのときを上回る勢いだった。

SNSの反応は、遭難者の安否を気遣う声と、いち早く救難に向かう決断をした和志を称賛する声がほとんどだが、一方でいまいちばん近いエベレストにいるにもかかわらず、要請に応じないクライマーたちを激しく非難する声もあった。

午前一時を過ぎたころ、カルロとリエゾンオフィサーのダハルが和志たちのテントにやってきた。感極まったようにカルロは言った。

「君たちのお陰だよ。カンチェンジュンガにいるフランス隊の二名が手を挙げてくれた」

カンチェンジュンガはマカルーから一〇〇キロ余り東、ネパールとインドの国境にある世界第三位の高峰だ。エベレストよりはだいぶ遠いが、ヘリなら三十分もあれば飛べる距離だ。ダハルが言う。

「あすの早朝、飛んでもらうよ。それから、エベレストの公募隊が酸素ボンベの提供を申し出てくれた」

「それがあれば、私も第三キャンプまで上がっていけるかもしれない。君やフランスの隊員にしたって、ないよりはましだろう」

カルロも声を弾ませる。和志は大きく頷いた。

「もちろんです。負傷者の状態によっては、それが生還のカギを握ることになる。ミゲロの状態はどうですか。夜間のビバーク（不時露営）に堪えられますか」

「だいぶ冷え込んでいるようだが、運よくアレッサンドロのザックが近くに残っていて、寝袋やツエルト（不時露営用の軽テント）がそのなかにあったから、なんとか堪えられるだろうと言っている」

「食料や燃料は？」

「心配なのはそっちだよ。ほとんどのものがテントごと吹き飛ばされた。手持ちのわずかな固形燃料で少量の水はつくれるが、暖房用にはとても使えないし、食料もナッツとチョコレートが少しあるだけだ。ただミゲロはそれで十分持ち堪(こた)えられると言っている。寒さのせいでむしろ骨折部位の腫(は)れが抑(おさ)えられているようだ」

「頑張(がんば)ってもらうしかないですね。僕らも全力を尽くします」

　ミゲロの置かれている状態が、どれほど厳しいかは和志にはよくわかる。たとえ普通の状態でも、八〇〇〇メートル以上の高所でのビバーク自体が生死を懸けた闘いだ。ガスストーブの紛失や故障、テントの破損はそのまま命の危機に繋(つな)がる。

　しかしいまは彼の強さに期待するしかない。あすの準備をすると言って、カルロとダハルはテントに戻った。

「じゃあ、結果をSNSで報告するわ。心配している人たちが大勢いるから」

　友梨がさっそく衛星携帯電話に接続したパソコンに向かう。和志は自分の衛星携帯電話から磯村に報告した。日本時間ではまだ早朝だが、こちらの状況が気になっていたようで、磯村はすぐに応答した。

フランス隊が救難要請に応じてくれたことを衛星携帯電話で伝えると、安心したように磯村は言った。

「このまま見殺しにしたら、ヒマラヤ登山そのものに逆風が吹くところだった。八〇〇〇メートルを超える高所での救難活動がどれほど困難か、理解できない連中が世の中の大勢を占めているからな」

「でも、アルピニズムを標榜するクライマーなら、ここで逃げるわけにはいかないよ」

「ああ。フランス隊は根性を見せたな。フランス人といっても、マルクみたいなやつばかりじゃないってことだ」

磯村は苦々しげに言う。マルク・ブランは、かつて長老としてフランス登山界に君臨した登山家、ラルフ・ブランの息子だ。ラルフはトモ・チェセンによる南壁からのローツェ初登頂、それもソロでという偉業に異を唱えた急先鋒で、彼はすでに物故したが、息子のマルクはその衣鉢を継いで、いまもトモ批判の論陣を張り続けている。

トモの成功を身をもって立証しようと和志がローツェ南壁に挑んだときも、父親が築いたネパール政府とのコネを使って妨害工作を企てた。

その登攀に和志が成功し、トモが自分が登った証拠だと言っていた残置ピトン（岩の割れ目に打ち込む楔形の器具。ハーケンともいう）を発見しても、なお主張を曲げることなく、挙句は和志を逆恨みして、いまはアルピニズムの世界から引退したトモに代わる標的に擬(ぎ)しているらしい。

アマ・ダブラム西壁での柏田の死に対して、父親が和志とノースリッジを相手取って民事訴訟を起こそうとしたときも、その背後で暗躍し、和志の未必の故意による殺人だという話を、ラルフの友人だった日本の某国立大の教授を使って吹き込んでいたようだった。

「トモへの疑惑が燃え上がった当時も、フランスにはトモを擁護(ようご)するクライマーが大勢いた。フランス人だからってアルピニズムの精神に泥を塗る人たちばかりじゃない。むしろラルフのような人物が異端で、ただその声が大きかったにすぎないわけだから」

この冬、もしマカルー西壁を目指すとしたら、そのときもマルクが大人しくしているとは思えない。そこは油断が禁物だが、マルクにあるのは父親の七光だけで、当人のクライマーとしての実績は皆無に等しい。

一方で好むと好まざるとにかかわらず、かつては無名だった和志にしても、いまでは世界のクライミングシーンでスポットライトを浴びる存在になっている。ラルフの七光は相対的に薄らいでいるはずで、おそらくやれることは限られる。同感だというように磯村も応じる。

「あんなの、もう気にする必要はない。いまのおまえにちょっかいを出すなんて、思い上がりもいいとこだ。どこでなにを騒ぎ立てようが、誰も聞く耳は持たないよ」

「ただネパール政府には、いまもラルフの人脈に繋がっている役人がいそうだからね。今回のおかしな登山規制のこともある。この冬、マカルー西壁を狙うとしたら、ローツェのときのように、またなにか介入して、ことをややこしくしかねない」

そこが一抹の不安ではある。ローツェ南壁では、意味不明な理由で一度パーミッションが取り消された。そのときも背後でマルクが動いていたが、今回は単独登山禁止という公式な建前が存在する。その障害をどうかいくぐってマカルー西壁にソロで挑むか。そこはこちらにとっても綱渡りだ。

「そのときはそのときでなんとか対処するしかない。いずれにせよ、いまはイタリア隊の救出が先決だ。人の不幸を利用するようで気が引けるが、ここでいい仕事をすればまたおまえの株が上がる。フランス隊の二人にしても、おまえの呼びかけに呼応したくらいだから、マルクと近い関係にあるとは思えない。そこでいい関係を築けば、あとあと厄介なことが起きたとき、なにかの助けになってくれるかもしれない」

「そういう考えもあるね。西壁の偵察にも絶好のルートだし」

「おまえも近ごろしたたかになったな。いい傾向だ。なに、人助けとの一石二鳥だ。悪いことじゃない。フランス隊のメンバーがだれなのかは知らないが、カンチェンジュンガは登りやすい山じゃない。向こうもそれなりに実力があるはずだから、いい結果を期待してるよ。頑張ってくれ」

とくに不安もない調子で応じて、磯村は通話を切った。

2

翌早朝、イタリア隊から借りた装備やウェアを身に着けてフランス隊の到着を待っていると、生真面目な顔で栗原が言う。

「僕がお手伝いできることはないですか。ヘリで上がれて酸素ボンベが使えるのなら、なにかできるかもしれません」

「気持ちはありがたいが、いくら酸素ボンベがあっても、高所順応もせず一気に六五〇〇メートルは厳しいよ。そもそも本来なら、そこは人間がいちゃいけない場所だからね」

和志は諭すように言った。ツムリンタールからここまで十二日間の行程で、栗原は和志も敵わないほどの健脚ぶりをみせた。陸上の長距離で国体に出場したこともあるという脚力は生半可なクライマーの比ではなく、本人にその気があれば案外いい山屋になれそうだが、柏田のことを思えば積極的に勧めようという気にはならない。

栗原はいま二十四歳。山際が今回の偵察行に栗原を同行させた真意は読めないが、柏田のようなクライミングの素養のある社員を育成したいという思惑がありそうだとは和志も感じている。

和志はかたちのうえでは社員待遇だが、柏田亡きあと、ノースリッジには本格的なクライミングができる社員がいない。登山用品メーカーである以上、登山経験のある社員は少なくないが、いずれも趣味のレベルで、ヒマラヤに挑むようながちがちのクライマーではないし、またその手の人間が普通のサラリーマン生活を望むとも考えにくい。

かつては自らもヨーロッパアルプスの難壁に数々の初登攀記録を残した山際が、そこに物足りないものを感じている気配はあった。だからと言って、場合によっては命を落とす危険のあるヒマラヤ登山を、社命でやらせるわけにはいかない。

山際は、和志に同行させることで自然に山の魅力に目覚めさせ、柏田の後継者に育てたいのだろう。栗原自身もその期待に気づいているようで、キャラバン中はクライミングについてあれやこれやと質問攻めにされ、日本へ帰ったらどこかのゲレンデで岩登りの手ほどきをする約束をさせられた。

足腰や心肺機能に関してはヒマラヤで求められるレベルを十分クリアしていそうなので、あとは岩や氷を登る技術を習得すれば、そこそこのクライマーにはなれるだろう。二十四歳というのは本格的なクライマーへのスタートラインとしては早くはないが、ノースリッジ社内の技術スタッフとして求められる程度のヒマラヤ経験は近いうちにさせてやりたいと、いまは和志も前向きに考えるようになっている。

「そうですか。せっかくヒマラヤに来て、こんな重大な局面に遭遇して、なにもできないのは残念です」

栗原は悔しげに言う。なにごとにも積極的なのはいいが、現状でなにより欠けているのは、ヒマラヤという常人にとっては異世界というべき過酷な環境についての恐怖心だろう。

「そう言われても、担ぎ下ろす遭難者がもう一人増えたんじゃ僕も堪らない。そのうち一緒に登ってみればわかる。君のスポーツマンとしてのキャリアには敬意を表するが、登山はスポーツじゃないということが」

「そうなんですか？」

栗原は意味がわからないというように問い返す。和志は言った。

「命と引き換えになるような行為をスポーツとは呼べない。普通のスポーツでも死者が絶対に出ないわけじゃないが、あくまでそれは不幸な事故だ。しかし僕らがやっていることは、死をルールの一部として組み込んだゲームなんだ。僕はそれを冒険と呼ぶ。どちらが上だとか下だとかいう問題じゃなく、それはまったくの別物なんだよ」

「和志さんは、いつも死を覚悟してるんですか」

「僕だって死ぬのは嫌だし怖い。だから極力それを避けようとする。そうじゃなかったらヒマラヤ登山は自殺と同義になっちゃうからね。クライマーにとっての勝利は、頂上を踏んで、かつ死なずに還ることなんだ。ラインホルト・メスナーが八〇〇〇メートル峰全山登頂を達成したとき、ＩＯＣ（国際オリンピック委員会）が特別メダルを授与すると申し出た。しかし彼は、登山はスポーツではないという理由で辞退した」

「たしかに、負けたときに死が待っているスポーツなんて存在しないですね。和志さんはきょうまでそのゲームに勝ち続けた。だからいま生きているんですね」

感じ入ったように栗原が言う。和志は首を横に振った。

「登れずに下りてきたことは何度もあるよ。それも敗北だけど、死ななければ次のチャンスがある。だから僕らは登り続ける。僕にとっては、登頂の喜びよりも、生きて還って仲間に再会できたときがいちばん嬉しい。それが生きている喜びを最高に実感できるときで、それを味わうために登っていると言ってもいいくらいだよ」

「そんな凄いことが、僕にもできるでしょうか」

「無理には勧めないよ。やっている当人は自覚がないけど、たぶん普通の人より神経の数が足りないんだと思うから」

冗談めかして言うと、真剣な顔で栗原は応じる。

「そう言われると、なんだかやってみたくなりました。でも和志さんはソロ専門だから、僕は足手まといになりますね」

「ソロにだけこだわっているわけじゃないよ。登るターゲットに応じて最良のタクティクスがある。僕が目指しているルートが、僕の考えではたまたまソロに向いているだけでね。場合によっては一定以上の人数による物量作戦が有効なケースもある。複数の八〇〇〇メートル峰の縦走は、今後は重要なテーマになりそうだけど、それはおそらくソロには向かない」

「じゃあ、これから頑張れば、和志さんのパーティーに加われる可能性もあるということですね」

栗原は屈託がない。彼も神経が何本か飛んでいるタイプなのかもしれないが、そうだとしたら、メンタルの面でヒマラヤ登山に向いているとは言えそうだ。

3

東の空が明け初めるころ、カトマンズ方面から飛来したネパール陸軍のヘリが東に向かうのが見えた。カンチェンジュンガにいるフランス隊の二名をピックアップしにいくところだろう。

カルロの話によると、彼らは総勢八名のパーティーで、北西壁の新ルートからの登頂を目指しており、雪崩のリスクが高いので、雪が落ち着くのを待ってベースキャンプで待機していたという。

きのうカルロたちが発した救難要請は承知していたが、いちばん近いエベレストにはいくつもの登山隊がおり、そちらが動くだろうと考えて、そのときは要請に応じなかった。

しかしその後の友梨によるSNSやノースリッジにアップしたメッセージを読んで、事態を把握し、急遽人員を派遣することに決めたとのことだった。

アラン・デュカス、ジャン・サバティエの二名で、どちらも近年頭角を現している新進気鋭のクライマーだという。

アランはヨーロッパアルプス三大北壁の冬季最速登攀記録を持ち、その後はヒマラヤに転じて、ダウラギリやアンナプルナに新ルートを開拓している。

ジャンもマナスルの冬季登頂やガッシャーブルムII峰のバリエーションルート初登攀など目覚ましい実績を残しており、面識はなかったが、和志も彼らの名前はしばしば耳にしていた。

ヘリは一時間後にベースキャンプに到着し、二人を下ろすと、エベレストの公募隊から酸素ボンベの提供を受けるために再び飛び立った。そのあいだに和志とアランとジャンは、カルロからルートについてのブリーフィングを受けた。

ヘリで上がれる第三キャンプから遭難地点の第五キャンプ手前までは要所に固定ロープが張られ、困難な箇所はほとんどないが、八〇〇〇メートルを越えるあたりから上が岩雪崩でルートが荒れており、固定ロープはおそらく当てにならないだろうという。

だとしたら、生存者を下ろすために新たにロープを固定する必要があり、そのためにロープやピトン、カラビナなどの装備を担ぎ上げることになる。そこに酸素ボンベも加われば、荷物がかさむのは避けられない。

もちろん背負っていく酸素ボンベは遭難者の体力維持が主な目的だが、一部は和志たちも使えるので、それによって荷が重い分の肉体的負担は軽減できる。

アランとジャンは十分高所順応ができているという。和志も二カ月前にK2に登っているから、効果はまだ残っているはずで、その点はさほど不安を感じない。

心配なのはK2で痛めた左肩だ。クライミングに関してはまだドクターストップがかかっている状態だが、いまのところ日常生活でとくに違和感はない。

ルートも難しい部分はほとんどアッセンダー（登高器）を使ってロープ伝いに登ることになるから、肩への負担はそう大きくはないだろう。

エベレスト方面に向かったヘリが戻ってきたところで、和志たち三人はベースキャンプを出発した。カルロはよくよく考えた結果、足手まといになると同行を断念した。

全員がヘリに備えられた酸素マスクを装着する。マカルーのベースキャンプは四八〇〇メートル台で、ヒマラヤのベースキャンプのなかでは標高が低い。そこから一気に六五〇〇メートルまで上がれば、高所順応している体にも負担は大きい。

ヘリは一気に上昇した。西壁が圧倒的な迫力で目の前に迫る。そのイメージを和志は脳裏に焼き付けた。ヘリはその壁を舐めるように近づいては離れ、旋回しながら高度を上げていく。

目指す西稜はその壁を縁(ふち)どるように這(は)い上がる鋭角的な稜線で、正面から見れば一本の柱のように見える。

第五キャンプがある八一〇〇メートル付近には大規模な崩壊の痕(あと)があり、その五〇メートルほど下は岩屑(いわくず)が散乱して手が付けられない状態だ。むろん固定ロープはずたずたに断ち切られているだろう。

現場まで登るとしたら、稜線の左右どちらかの側面に新たにルートを開くしかなさそうだ。幸い西壁側に顕著なクーロワール（岩溝）が走っており、それが第五キャンプがあったテラス（岩壁の途中にある棚状地）の付近まで続いている。

岩屑に覆われた狭いテラスにはオレンジ色のツエルトが見え、ヘリのエンジン音が聞こえたのか、半身を乗り出して手を振る人の姿が見える。ミゲロだろう。

けさのベースキャンプとの交信では、意識もはっきりしており、ひどく衰弱しているようではなかったとカルロは言っていた。その傍らにアレッサンドロとみられる遺体が横たわっている。ほかの三人の隊員の姿は見えない。岩屑の下に埋もれているか転落したものと思われる。生存はたぶん絶望的だ。

まさに不運としか言いようのない災難で、アランもジャンも言葉を失って岩雪崩の爪痕に目を向けている。栗原には登山は死をルールとして受け入れるゲームだというようなことを言ったが、それはあくまでクライマーがなんらかのかたちでコントロールできるリスクについての話だ。

　天候の急変にしても雪崩にしても落石にしても、クライマーはそれが起こり得ることを想定したうえで山に挑む。もし回避できなかったとしても、それはクライマーの読み違えに起因するものだ。

　しかし、この遭難は性質が異なる。和志だってこんな事態を予知する能力はない。死亡したアレッサンドロにせよ生死不明の三人にせよ、アルピニズムの世界に足を踏み入れたとき、山での死を受け入れる覚悟はあっただろう。しかし、こんなかたちでの死まではおそらく想定していなかった。

　ヘリは数分で第三キャンプの上空に達したが、周囲は急峻な岩場で、ローターが岩に接触する危険性があるから、そこまでは下降できない。

　やむなくヘリの電動ホイスト（巻き上げ機）でまず荷を下ろし、次いで和志たちが下降した。急峻な尾根に辛うじて張り出した狭いテラスだが、設営されたテントはしっかりしていて、遭難者を運び込むには最適の居住環境が保たれていた。

　パイロットが頑張ってくれというように手を振って、ヘリはカトマンズの方向へ飛び去った。

　マカルーの西面にはまだ日が射しておらず、気温はマイナス二〇度をやや下回る。バルンツェ、チャムラン、ピラミッド・ピークなど周囲の峰々の山肌は昇って間もない陽光を受けて淡いピンクに染まり、頭上に見えるマカルーの頂からは、南西に向かって長い雪煙が伸びている。

頭上の空にはきょうもほとんど雲はなく、イタリア隊の隊員五名が無事だったら、いまごろ勇躍サミットプッシュに向かっていたことだろう。

ヘリから降りた直後は頭痛や眩暈がしたが、運んできたボンベからしばらく酸素を吸ううちに体調は落ち着いた。この先しばらくは無酸素で行けそうなので、八〇〇〇メートルを越えるまで酸素は温存することにした。

「イタリア隊はよく登ったね。上から見れば容易いルートじゃないのがわかる。それでも崩落が起きなかったら、きっと全員登頂を果たしていただろう」

ハーネス（安全帯）にアッセンダーのリーシュ（流れ止めの紐）をセットしながら、感嘆するようにアランが言う。和志は頷いた。

「全員登頂がパーティーの最重点目標だったとカルロは言っていた。そういう成功例は意外に稀だからね。それを最優先にタクティクスを組み立てて、実行に移した点はカルロのリーダーシップの賜物だし、加えてメンバー全員の素晴らしいチームワークがあったからこそだと思うよ」

「しかし、そのメンバーでもない君が、どうしてこんな場所にいるんだ。ひょっとして西壁を狙うための偵察か」

訝しげな表情でジャンが問いかける。使い慣れない借り物のアイゼンを装着しながら、和志は曖昧に応じた。

「今後の大きな目標の一つではあるけど、まだ決まっているわけじゃない」

「いや、怪しいな。この冬を狙ってるんじゃないのか。それもソロで」

ノースリッジのサイトでもSNSでもそんな計画を公表したことはまだない。ただローツェ南壁、K2と続いたこの間の挑戦の流れを見れば、次はマカルー西壁だろうと推測する声はネットの世界でも出ていたし、この一月に亡くなったエリザベス・ホーリーも、次はぜひマカルー西壁をと大いに期待を寄せてくれていた。

「しかし、今年からは、ソロじゃパーミッションが出ないだろう」

アランが言う。磯村と話した作戦を彼らに言うわけにはいかないし、そんな噂が広まれば、おそらくマルクが付け込んでくる。和志ははぐらかした。

「マカルーに限らず、ヒマラヤで活動するアルピニストにとって大問題だね。でも、そのうちネパール政府も間違いに気づいてくれるんじゃないかと思ってね。カラコルムやチベット側からのルートも含め、いまはターゲットを物色している最中だよ。まだどこを登るか、はっきり決めているわけじゃない」

カルロにもそんなふうに答えておいた。そもそも和志自身が、現状ではまだ西壁に挑む覚悟が出来ていない。磯村の作戦にしても、いまは思い付きのレベルで、たぶん彼も本気でやれるとは思っていない。

「なんにしても、ネパール政府の今回の規制はふざけた話だよ。我々も当初予定していなかったシェルパを雇わされた。そのせいで予算オーバーしたうえに、登攀計画の変更も余儀なくされた」

ジャンは憤懣(ふんまん)やるかたない口振りだ。その件については、磯村からの一報を受けたあと、カルロにも確認した。

イタリア隊がシェルパなしで登れたのは、昨年の秋にすでにパーミッションを取得していたからで、今年に入ってからだったら、シェルパ同行の大パーティーになっていただろうと言っていた。このプレモンスーン期にアルパインスタイルで登ったパーティーがいたという磯村の話にしても、たぶんそんな経緯があったからだろう。

「ローツェ南壁のときも、わけのわからない理由でパーミッションを取り消されたことがある。そのときはなんとか撤回させたけど、アルピニズムの世界に政治が口を出すとろくなことがない。それより、遭難者の救出を急がなきゃ」

和志はそう応じて話を打ち切った。アランとジャンも頷いた。

4

　これから出発すると伝えると、切実な調子でカルロは応じた。

「容易い仕事じゃないことはわかっているが、頼れるのは君たちだけだ。ただし決して無理はしないでくれ。二重遭難だけは避けてほしい」

「ルート工作がしっかりしているようなので、僕らについては心配は要りません。問題はミゲロの体力です。いま彼がいるのは八〇〇〇メートルを超えた場所ですから、時間が経つほど高所障害に陥るリスクが高まります。現在の状況はどうですか」

「まだ肺水腫や脳浮腫の兆候はなさそうだ。君たちが救出に向かうと聞いて、大いに感謝していると伝えてほしいと言われたよ」

「だったらこちらも安心です。いずれにしても、なるべく早く下に下ろさないと」

「頼むよ。君たちが出発したと、ミゲロにはこちらから伝えておく」

　カルロは祈るように言って通話を終えた。そんなやりとりを二人に報告し、和志が先頭に立って登攀を開始した。

　岩と氷の交じった急峻な尾根は高度を増すにつれて傾斜が強まる。六級以上を含む難度の高いルートだが、固定ロープは適切にセットされていて、アッセンダーを使って高度を稼ぐ。

酸素ボンベに加えて救出用のロープや金具類を背負っているから、荷物は重いが、それはほとんど負担に感じない。気になる西壁の状態を観察するゆとりもある。

約三時間で七二〇〇メートルの第四キャンプに達した。西壁のヘッドウォールが間近に迫る。そこから落石の音がひっきりなしに聞こえてくる。この位置からは、その上部が垂直を超えてオーバーハングしている様相が如実にわかる。

こんな壁を目の当たりにしたのは初めてだ。最後の緩傾斜の一〇〇メートルほどを除けば、六級を超える部分が息つく暇もなく連続する。こういう壁はヨセミテにもあるが、それが八〇〇〇メートルを超す高さにあるという点で、その難度は別次元だ。

ヨセミテにあるエル・キャピタンのザ・ノーズを和志は磯村とともに四時間余りで登った。それは当時のほぼ最速の記録で、一般的なクライマーなら三、四日はかかる。

現在の最短記録は二時間弱とされるが、ヨセミテ渓谷の標高は一二〇〇メートルほどで、酸素分圧はほぼ平地と変わりない。しかし八〇〇〇メートルを超えた、いわゆるデスゾーンではそれが三分の一だ。

その差がどう影響するかと言えば、実感としての身体能力もまた三分の一以下に低下する。呼吸が苦しいだけではない。平地なら楽々できることがなかなかできない。ヒマラヤではそのイメージのギャップに慣れることが重要なポイントだ。

挑もうとする山の難易度を、平地での、あるいはより低い山での身体能力をベースについ判断してしまう。そのギャップに直面したのが、和志にとって初めての八〇〇〇メートル超えとなったローツェ・シャールとローツェ主峰の縦走で、それまで六、七〇〇〇メートル級しか経験のなかった和志にとって、デスゾーンは想像もしなかった過酷な世界だった。

吐き気や頭痛、眩暈はもちろんのこと、なにより苦しんだのが身体能力の極端な低下で、思いどおりに動いてくれない自分の体への苛立ちが想像以上のストレスを生んだ。なんとか数日で折り合いをつけられたが、ローツェ南壁挑戦の前哨戦として、八〇〇〇メートル超えの縦走を提案した磯村の狙いは適切だった。

そうした点を考慮に入れれば、マカルー西壁の難しさはこれまで和志が経験したレベルをはるかに上回る。ローツェ南壁もK2のマジックラインも、むろん厳しいルートではあったが、それは十分予測可能なもので、蓄積してきた経験やノウハウの延長でなんとか対処できた。

しかしこの壁は明らかに別物だ。ヒマラヤには宗教的な理由で登れない山がいくつかあるが、マカルー西壁はそれとは異なる物理的な理由で、人類にとって永遠に不可侵な領域ではないかとさえ思えてくる。

第四キャンプを過ぎ、八〇〇〇メートルに近づくと、さすがに呼吸は苦しくなる。アッセンダーによる登高でもスピードが上がらない。痛めた左肩も張ってきた。

適当なタイミングでカルロとは連絡を取っているが、ミゲロはだいぶ衰弱しているようだ。本人は大丈夫だと言ってはいるが、声に力がないうえに、ときおりひどく咳き込むとのことで、それが肺水腫の兆候だとしたら致命的だ。

5

登り始めて五時間。午前十一時で、西稜にもようやく日が射してきた。氷が緩んで、ときおり落石がある。いま七九〇〇メートル。あちこちに岩雪崩の痕跡が現れて、固定ロープが断ち切られている箇所が出てきた。

急峻な上に不安定な岩場を、ランニングビレイ（中間支点）をセットしながら、和志がトップでロープを延ばす。ルート自体はさほど難しくはないが、空気が希薄な上にK2以来のブランクがあるから、予想以上に苦しい登攀を強いられる。

借り物のアックスとアイゼンもいま一つしっくりこない。太陽の輻射熱で冷え切っていた岩も温まってきた。お家芸のドライツーリング（岩場をアックスとアイゼンで登る技術）は封印し、薄手のグラブだけでホールドを摑む。

つい先ほどまで晴れ渡っていた西空に、薄絹のような巻層雲が広がっている。眼下のバルン氷河は雲海に覆われている。気温はマイナス一二度で、この標高としては異常に高い。朝から吹いていた北西風がいまは南西風に変わり、それも不気味に生暖かい。きのうまで続いた好天も、これから下り坂に向かう気配だ。

カルロの隊が契約している気象予測会社によれば、きょう一日は好天が続くとのことだが、短期的な予測に関しては、遠く離れた欧米や日本の予測会社よりも、現場にいるクライマーの観天望気による判断のほうがよく当たる。

一ピッチ（ほぼロープ一本分の距離。約四〇メートル）登り終えたところでそんな考えを伝えると、アランもジャンもそれを感じていたようだった。

次はアランがトップで登り、和志がラストで確保する。アランのクライミングの技術は高く、まったく危なげがない。しかし天候がいつ急変するかと思えば気持ちがはやる。安全性の面では交互に確保し合って登るほうがいいのは言うまでもないが、スピードの面でのロスは多い。

固定ロープが途切れているのはあと三ピッチほどで、アランとジャンの実力とその区間の難易度を勘案すれば、ノーロープで三人が同時に登ることは十分可能だ。提案すると二人も賛成した。

いまいる場所からはしばらく急峻な雪稜が続くから、ダブルアックス（左右の手に持ったピッケルとアイスバイルを交互に氷雪壁に打ち込み、アイゼンと併用して雪や氷の壁を登る技術）でスピードアップできる。

　イタリア隊から借りたアックスとアイゼンも体にだいぶ馴染んできた。先頭を切って登っていくと、アランもジャンも遅れることなくついてくる。

　頭上の巻層雲は空いっぱいに広がって、高く登った太陽にも暈がかかっている。眼下の雲海は厚くなり、すでに第三キャンプの高さまで近づいている。南西からの風もだいぶ強まった。いくら暖風とはいえ、ここはヒマラヤだ。ほぼ吹き曝しの状態では、しだいに体温が奪われる。

　運動による体温の上昇でそれを補おうとしても、大気の希薄さに加えて疲労も蓄積していて、思うようには体が動かない。左肩の張りも強まって、腕の可動域がやや狭まってきた。

　一時間ほどで八〇〇〇メートルを越えた。そこから先の固定ロープは無事だった。またアッセンダーをセットして、ジャン、アラン、和志の順で登り始める。

　時刻は午後一時。問題は明るいうちにミゲロを第三キャンプに下ろせるかで、日が沈んでしまえば、ヘリによる救出はあすの朝以降になる。

　標高を下げれば高所障害のリスクは減るが、骨折に関しては時間の経過で悪化する。コンパートメント症候群と呼ばれ、腫れがひどくなれば内圧で組織が壊死し、足を切断せざるを得ない場合もある。

一時間ほどで固定ロープを登り切り、第五キャンプ直下の岩雪崩に覆われた箇所に出た。

折り重なった岩の状態は不安定で、ヘリから見たときに予想したとおり、尾根通しに登るのは不可能だ。

ヘリの機上で想定した西壁側のクーロワールからの登攀を提案すると、アランとジャンもそこに着目していたようで、迷うこともなく頷いた。

技術的にやや困難なルートなので、ここからはまたロープを結び合うことにした。和志の肩の状態を気遣って、ジャンがトップで登りだす。

クーロワールに達するには、尾根の側面を二〇メートルほどトラバース（横移動）する必要がある。幸いそこまで斜上する狭いバンド（長く伸びた幅の狭いテラス）があった。アイゼンの前爪（まえづめ）が辛うじて引っかかる程度だが、ジャンは絶妙なバランスでロープを伸ばす。

そのロープでジャンを確保しながら、和志はふと眼下に目を向けた。二〇〇メートルほど下の西壁側の岩場に人の姿がある。小さな岩の突起に引っかかっているような状態だ。体は腰のあたりでくの字に曲がり、生きている気配はまったくない。

指さすと、アランは切ない表情で首を横に振る。ほかに遺体らしいものは見えないが、残りの二人が生存している可能性もだいぶ遠のいた。

その遺体を回収することはまず不可能だろう。ヒマラヤにはそんな遺体が数多くある。和志たちのようなクライマーであれ専門の救助チームであれ、ヒマラヤのような危険な場所で、生きている人間を救出するために力を尽くすことはあっても、リスクを負って遺体を回収することはあり得ない。

無事に渡り終えたジャンの確保で、今度は和志がトラバースを開始する。アランは衛星携帯電話でカルロに連絡を入れている。その沈痛な表情を見れば、電話の向こうのカルロの落胆ぶりが想像できる。

幅二メートルほどのクーロワールは、中央部分に途切れ途切れの氷の帯がある。ここからは和志がトップに立って、ダブルアックスで登っていく。

頭上の雲も厚くなり、その雲底が下りてきて、いまにもマカルーの頂を呑み込もうとしている。眼下の雲海も泡立つようにせり上がる。あと数時間後には山は荒れ始めるだろう。そのまえに、せめて第四キャンプまで下りていなければ、嵐のなかで一夜を過ごすことになる。

大気はいよいよ希薄になり、一挙手一投足が砂袋をつけたように重い。たった五〇メートルのクーロワールが果てしなく長く感じられ、焦燥はひたすらつのるばかりだ。意地を張っても仕方がない。背負ってきただけでは意味がないので、このあたりから酸素を吸うことにする。

その酸素の効果も期待していたほどではなかった。三〇メートルほど登ったところでアランにトップを交代してもらう。ここまで体力を温存していたアランのほうも、最初は動きがよかったものの、すぐにスピードは落ちてくる。

第五キャンプに到達したのは午後三時。ミゲロは思った以上に衰弱して見えた。顔色は青ざめ、なにか語ろうとするが、ひどく咳き込んで言葉にならない。

それでも感謝の思いを満面に表し、三人の手を順番に握る。その握力は思いのほか強く、瞳には強い輝きがあり、生還の意志を失っていないことが読み取れた。

こういうとき、重要なのは生きることへの強い思いだ。山での救難作業は救う者と救われる者の共同作業だ。生きようとする意志が失われたとき、救出に要する労力は倍加する。それがデスゾーンという極限の場所であれば、救出に向かった者の能力をはるかに上回ることにもなるだろう。

ミゲロの足は骨折した足首のみならず、脹脛（ふくらはぎ）まですでに腫れ上がり、コンパートメント症候群の様相を呈（てい）している。ジャンが持参したテーピングテープで患部を固定する。

ミゲロは歯を食いしばって痛みに堪える。それでも固定されれば痛みは多少和（やわ）らいだようだ。そのあとボンベから十分に酸素を吸わせると、血色がだいぶよくなった。

テルモスに詰めてきた温かい紅茶を飲ませると、最初はほとんど吐いてしまったが、それを繰り返すうちになんとか飲めるようになる。水分は高所障害の最良の予防薬であり治療薬だ。

さらにチョコレートやナッツを与えたが、さすがにこちらは喉を通らないようだ。しかし水分さえ補給できれば、命に関わる危険はとりあえず遠のく。

そんな状況を伝えると、カルロは感謝の思いを滲ませた。

「ありがとう。すべて君たちのおかげだよ。死んだ二人のことは悲しいし、残りの二人もおそらく絶望的だろう。ミゲロは動けそうなのか」

「体力はだいぶ回復したようです。片足だけでもラペリング（懸垂下降）はできるかもしれません」

和志が言うと、傍らで聞いていたミゲロが何度も頷く。それが可能なら救出の見通しは立つ。担いで下りる覚悟もしていたが、それをせずに済めば、最悪でも第四キャンプまでは下れるだろう。

6

アランとジャンと三人で第五キャンプの周辺を見て回ったが、折り重なった岩塊のなかに人の姿は見つからなかった。南壁側の岩場やその下の氷河上にも遺体らしきものはない。

いまこの状況で残りの二人を捜索している時間はない。生きているミゲロを救出することが最優先で、ぐずぐずすればミゲロのみならず、和志たちも二重遭難で命を落とす。そんな状況を伝えると、早急に下降を開始してくれとカルロも応じた。

ラペリング用のロープをセットしてから、まずジャンが先行し、クーロワールの途中にある小さな岩棚まで下降して、ロープのセッティングを確認した。

次いでミゲロが下降に入る。万一に備えて、ミゲロのハーネスには別のロープをもう一本結び、和志がそれで確保する。ラペリングは一つミスをすれば致命的な技術で、第一級の登山家が命を失った事例もいくつかある。現在のミゲロの状態を思えば、用心してしすぎることはない。

ミゲロは生きることへの不撓（ふとう）の意志を示した。無事な片足だけで岩角を蹴（け）るから、体は絶えず左右に回転する。それを絶妙のバランス感覚で立て直しながら、巧（たく）みにディッセンダー（下降器）を扱って下降する。

頭上の雲は鉛色（なまりいろ）の雲底を覗かせて、マカルーの頂はすでにそのなかに呑み込まれている。風はいよいよ強まって、ダウンスーツに包まれた体からも容赦（ようしゃ）なく体温を奪い去る。雲海は荒海の波濤のように盛り上がり、ヘッドウォールの下部を洗い始めた。

七二〇〇メートルの第四キャンプに到達したのが午後五時少し前。日没まであと二時間ほどだ。

周囲は濃いガスに包まれて、小雪もちらつき始めている。このあたりから傾斜が緩み、ラペリングが難しい箇所が出てくる。

問題はそこをミゲロにどう移動させるかだ。肩を貸すくらいで歩けるといいが、状況によっては交代で背負って歩くことになるだろう。そう考えれば、第三キャンプまで日のあるうちに下れるかどうかは疑わしい。

　標高が下がるにつれて、ミゲロの体調もよくなった。ひどかった咳もだいぶ治まり、高所障害の不安はほぼなくなったが、足の腫れのほうはひどくなっている。ここで一晩停滞すれば、足を失う可能性は高まる。

　しかし第三キャンプに向かってさらに進めば、途中で嵐に巻き込まれるのは間違いない。片足の不自由なミゲロを連れてでは、四人の生還すら難しい——。そんな考えを率直(そっちょく)に伝えると、足一本失うより、生きて還ることが重要だと、ミゲロは第四キャンプでの停滞に賛成した。

　この悪天候があす回復するかどうかもわからない。幸いテントのなかには数日の停滞が可能なほどのストーブや燃料、食料も残されていた。そんな状況を報告すると、カルロは不安げに言った。

「やむを得ないな。これから山は相当荒れそうだ。あす回復するかどうかも保証の限りじゃない。君たちには大変な苦労を背負わせてしまった」

「覚悟の上でしたから、気にすることはないですよ」

慰めるように応じると、カルロの声がやや明るくなった。

「じつはカトマンズに常駐している救難ヘリの会社に問い合わせてみたんだよ。今年からアエロスパシアル・SA315ラマってのを買い入れたという噂を聞いていたんでね」

「それはなんですか」

「一九六〇年代末に開発された古い機体なんだが、一万二四四〇メートルというヘリコプターの最高到達高度記録をいまも保持していてね。七五〇〇メートルでの離着陸も可能だそうだ」

「それなら天候が許せば、第四キャンプにも着陸できますね」

「十分できる。さっそくチャーターしておいた。あすにでも天候が許せば飛んでくれるそうだ」

「気象予測はどうですか」

「荒れてもあすの午前中いっぱいだと言っているが、きょうも大外れだったから、あまり当てにはならないな。気象予測会社なんて、高い金をふんだくって詐欺みたいなもんだよ」

カルロは不快感を隠さない。しかしそれが百発百中なら、山で気象遭難に遭う者はいない。

「多少外れたとしても、あすのうちにはなんとかなるでしょう。第四キャンプはなかなか快適です。食料も燃料も十分保ちそうですから」

「それならとりあえず安心だ。ミゲロの足に関しては、最悪のケースも考えなきゃいけないが、それについては本人も覚悟は出来てるんだろう」

「そのようです。なんとかもう一度、山に帰ってほしいんですが」

第一線のアルピニストがそのステージを失ったときどういう心境に陥るか——。ミゲロの心を思って和志は言った。

山際のように見事に第二の人生を切り開ける人間は多くはないだろう。自分ならそこから這い上がる自信がない。だから命を救えたからよしとする気持ちにはなかなかなれない。切ない口調でカルロは言う。

「それより命が大事だよ。君たちについてもだ。二重遭難が起きでもしたら、私は一生十字架を背負うことになる」

7

吹きつける風にテントがばたつく。外の気温はマイナス二〇度を下回っているが、弱めにストーブをつけているだけで、テントのなかは十分暖かい。

暖房兼用でゆっくり雪を融かし湯を沸かす。ミゲロも食欲が出てきたようで、温かいスープを何杯もお代わりし、第五キャンプでは喉を通らなかったチョコレートやナッツ類も口にした。ひどかった咳もほとんど治まった。九〇〇メートル下っただけだが、その効果は覿面だった。

ヘリの話を聞かせると、ミゲロは大いに期待を寄せた。

「たしか二〇〇五年にエベレストの頂上にヘリで着陸した記録があったな。そのときはずいぶんくだらないことをするもんだと思っていた。いまはそういう連中に感謝するしかないよ」

「生きて還れば次がある。アルピニズムの進歩とは別の話だけど、そういうチャンスを与えてくれるとしたら、ヘリコプター野郎たちの冒険をおれもこれから応援したくなる。それに、そのときの機体も今回飛んでくる機体もフランス製なんだよ」

誇らしげな口振りでアランが言う。ヘリを登山の道具に使う発想は和志にもさらさらないが、それで救われる命があるのなら、クライマーにとっては大きな恩恵だ。和志はミゲロに問いかけた。

「マカルー西稜の次は、どこを目指す予定だったの？」

「アンナプルナとかダウラギリで新ルートを拓きたいと思っていたんだけど、足が無事だったらマカルー西稜をもう一度登りたい。けっきょくやり残した宿題になってしまったから」

「今回は不運だったとしか言えないからね。ああいう大規模な岩雪崩を予測できる登山家はいないよ」

「つまり、リベンジするんだな」

ジャンが身を乗り出す。ミゲロは悲しげな笑みを浮かべた。

「山に対してリベンジという言葉は不遜だけど、死んだ仲間の夢を、あと一息だった頂上に運んでやりたいんだよ」

ミゲロ・サバティーニはイタリア登山界の俊英だ。ヨーロッパアルプスで頭角を現して、一昨年、カラコルムのマッシャーブルム北壁に新ルートを開拓し、欧州では高い評価を受けている。

「それはいいな。狙うとしたらいつだ」

ミゲロの足のことを忘れでもしたように、アランは煽るような調子で問いかける。嵐のなかの停滞は、ただでさえ気分が落ち込みがちだ。四人のチームメイトを失い、自らも命からがら生還し、そのうえ足を失う惧れさえある。そんな状況なのは重々承知で、あえて希望のある話題に持っていこうという気遣いでもあるのだろう。そんな思いを受け止めるように、ミゲロは瞳を輝かせる。

「この足の状態じゃ、ポストモンスーンは無理だと思うけど——」

「じゃあ来年のプレモンスーンか。いや冬という手もあるだろう」

「たしかに冬という手もあるね。ここに冬のエキスパートがいるから、意見を聞いてみたいよ。どう思う、カズシ」

　まんざらでもない顔でミゲロは話を振ってくる。和志は慎重に言葉を選んだ。

「僕も言われるほど冬のクライミングに精通しているわけじゃないよ。冬の八〇〇〇メートル級はまだ二つ登っただけだから。ただ、最近のウェアやテントの進歩を考えると、冬は必ずしも特別な季節じゃなくなっているような気がするね。ポストモンスーンは新雪が多いし、プレモンスーンは逆に雪が少なくて落石のリスクがある。冬は雪や氷の状態が安定していて、僕にとってはむしろ登りやすいんだ」

「コロンブスの卵のような発想だな。記録を狙ってというより、いちばんいい季節を選んだ結果が、冬のローツェとK2だったわけだ」

　ミゲロが唸ると、ジャンが突っ込む。

「でもK2は夏にも登っているじゃないか。君だって、やはり大事なのは記録じゃないのか」

「もちろん、登山はいまの僕にとってビジネスでもあるからね。スポンサーシップの問題やらも、いろいろ考えないといけないから」

　ついこのあいだまでの自分だったらまず口にしなかったような言葉が自然に出てくる。

そんな変化を磯村は成長したと褒めてくれるが、それは和志にとって、山際からの恩義に報いたいという思いの発露でもあった。

冬のK2の成功は、柏田のアイデアによる新型アックスを果敢に開発してくれた山際のリーダーシップの賜物であり、もしマカルー西壁に挑むことになるとしたら、それはまさしくノースリッジとの共同作業だと言えるだろう。敬愛する山際の夢である世界市場への進出と、いまでは和志の夢ともなっている世界のトップクライマーへの道は、すでに一体の関係にある。

「だったら、もう隠さなくてもいいじゃないか。冬のマカルー西壁を、君はやはり狙っているわけだ」

アランは図星だろうと言いたげだ。ミゲロは興味を露わに問いかける。

「いまのところ候補の一つに過ぎない。実際にあのヘッドウォールを目の当たりにして、恐れ慄いているというのが正直なところなんだ」

和志ははぐらかした。噂が流れることで、またマルクに妨害されることを惧れてでもあったが、あの壁を自分が登るということが、まだ実感を伴ってイメージできない以上、それが可能であるかのように装うのも気が引ける。登ろうという意志があって偵察にきたのは間違いないが、それがいままさに打ち砕かれようとしている。その現実を和志は噛みしめるしかない。

ミゲロを振り向いてアランが言う。

「西壁は敬遠したいけど、きょう登ってみて、冬の西稜には俄然興味が湧いてきたよ。君の足が無事だったら、一緒にやってみないか。たぶんジャンも付き合うよ」

勝手に決めつけられたジャンも大きく頷いた。

「たしか西稜は冬季未踏だ。ルートは困難だけど不可能というほどじゃない。さっきカズシが言っていた、冬ならではのメリットの話も大いに参考になる。一度登頂の目前までいったミゲロが加われば鬼に金棒だ」

二人は本気になってしまったようだ。ミゲロもむろん勢い込む。

「そんな話ならもちろん乗るよ。足が無事だったらの話だけど」

「どうなんだ、足の状態は？」

アランが問いかけると、さほど不安げもなくミゲロは言う。

「だいぶ以前にも、ドロミテで転落して足を折ったことがある。救出されるまで三日かかって、そのときもかなり腫れたよ。いまよりひどいくらいだったけど、足を切断するほどの話にはならなかった。だめならそのときはそのときだ。アドバイザー兼テントキーパーとして付き合うよ」

アランが話を振ってくる。

「カズシ、君はあくまでソロにこだわるんだろう。もし西壁を狙うんだったら我々と合同隊を組まないか。それならネパール政府の馬鹿げた規制もクリアできる。我々は西稜を、君は西壁をソロで登る。シェルパが必要だというんなら、一人か二人雇ってベースキャンプで寝ていてもらえばいい」

思わぬところで磯村と似たようなアイデアが飛び出した。いまもし西壁を登ろうという腹が固まっていたら、一も二もなく応じていただろう。しかしあの壮絶なヘッドウォールを間近に見たばかりでは、即答はとてもできない。和志は率直に言った。

「いいアイデアだと思うけど、あの壁をソロで登るタクティクスがまだ思い浮かばない。結論が出るまで時間がかかりそうだよ」

「そうか。冬までに答えが出ればいいんだが。おれたちはカンチェンジュンガが片付いたらすぐに計画に取りかかる。形式的にシェルパを雇うにしても、基本的にはアルパインスタイルだから、費用もそれほどはかからない。その気になったらいつでも声をかけてくれ」

アランは一人で話を進めてしまう。ミゲロもジャンも異論を唱えない。こんな話題が出てきたのは、ミゲロの気持ちを落ち込ませないための気配りだくらいに思っていたが、話しているうちに和志を除く全員が、本気になってしまったようだった。

まるで日本のアマチュアクライマーが週末に谷川岳(たにがわだけ)に登ろうという相談に近い感覚で、八〇〇〇メートル峰の冬季登攀計画を決めてしまう。おそらくそれがヨーロッパ流なのだろう。

和志もかつては一般の人が名前も知らない六、七〇〇〇メートル級の山々の壁を気が向くままに渉猟（しょうりょう）した。しかし彼らが目指しているクライミングはスケールが違う。

いっそ駄目元（だめもと）で西壁に挑めばいいと心のなかでささやく自分がいるが、それを許さないもう一人の自分もいる。いま自分が背負っているものは、かつてよりはるかに重くなっている。

だからどうしても失敗はしたくない。しかしそれが守りの姿勢に繋がれば、クライマーとしての成長もそこで止まる。それでは磯村や山際や友梨の期待を裏切ることになる。

マカルー西壁は今後の和志の人生にとっても、最難関というべき障壁であるのは間違いない。

第三章　ドロミテ

1

翌日の昼過ぎには嵐は収まった。

カトマンズから飛来したアエロスパシアル・SA315ラマは七二〇〇メートルの第四キャンプまで楽々上昇し、和志たち四人を乗せてベースキャンプに着陸した。

和志たちはそこでヘリを降り、ミゲロはそのままカルロが手配していたカトマンズの病院に運ばれた。

ミゲロは高所障害の兆候がほとんど消えて、顔色もだいぶよくなっていた。しかし足はきのうよりさらに腫れ上がり、骨折した足首のみならず脹脛まで風船のように膨らんで、一部は紫色を帯びていた。痛みはだいぶ引いたようだが、その腫れ具合を見れば予断を許さない。

「あとは運を天に任せるよ。この片足とも山ともおさらばになるかもしれないが、命を救ってくれたみんなには、ただただ感謝しかない」

和志たちとの別れ際に、さばさばした口調でミゲロは言った。アランとジャンには、もし足を切らずに済んだらマカルー西稜の冬季登攀には必ず参加すると約束し、和志にはぜひマカルー西壁に挑んでほしいと激励して、名残惜しげにカトマンズへ飛び去った。

アランとジャンはそのあと飛来したネパール陸軍のヘリでカンチェンジュンガのベースキャンプへ帰っていった。二人からも、この冬マカルーで再会したい、ぜひ西壁に挑戦すべきだと大いに発破をかけられた。

ミゲロの救出行という予定外のミッションで生まれたクライマー同士の友情が新たな挑戦への原動力となる。それは和志が初めて経験することで、そこにアルピニズムの真骨頂を見たような気がした。

和志にとってソロは重要なタクティクスだが、今回のようにそんな仲間たちとともに登る機会が今後もあれば、別の意味での成長の糧になるのは間違いない。

ヨセミテからアラスカへ、磯村とともに行脚した修業時代。ローツェ南壁の前哨戦として磯村と登ったゴールデン・ピラー、そしてローツェ・シャールからローツェ主峰への世界初縦走。そのときの記憶に残る温もりを和志は改めて噛みしめた。なにより磯村ともう一度山に登りたい。しかしそれはいまや叶わぬ夢なのだ。

アランたちが去ったベースキャンプでカルロは言った。

「ありがとうカズシ。それにユリ。君たちがいなかったらミゲロは生きて還れなかった。ほかの四人のことは残念でならないが、チーム全員を死なせた隊長という不名誉からは救われた。どこであれ次に君が挑戦するときは、手助けできることがあれば言ってくれ。君の味方はトモだけじゃない。私だってその一人だということを忘れないでくれ」

「こちらこそありがとう。悲しい出来事だったけど、あなたやミゲロ、アランやジャンと出会えたことは、僕にとって貴重な経験でした」

「私にとってもそうだよ。できればミゲロの足が無事で、もう一度アルピニズムの世界に戻ってほしい。還れなかったほかの四人のためにも、命を懸けて彼を救出してくれた君やアランやジャンのためにも」

強い思いを込めて和志は応じた。

「僕もそれを祈っています。あの状態で、第四キャンプまでほぼ自力で下降したミゲロの闘志は素晴らしいものでした。そのクライマースピリットをもう一度ヒマラヤで発揮してほしい。僕の心のなかで、彼はこれからも同じパーティーの一員です」

2

友梨が発信した救出行の報告に対し、ＳＮＳには称賛のメッセージが溢れた。そこには和志の次の課題がマカルー西壁だと決めつけた応援のメッセージも数多くあった。

そんな反応をみればいまさら引くに引けない気分にもなるが、マカルー西壁という難敵への挑戦を決断するところまではモチベーションを高めてくれない。むしろ今回西稜を登ったことで、その困難さを思い知らされた。

報告の電話を入れると、磯村はまずは和志が無事に帰ったことを喜んだ。第四キャンプでのアランたちとの話を聞かせると、磯村は俄然興味を示した。

「そりゃいい話だよ、いくらアルパインスタイルでもそれなりに資金は必要だ。連中、ノースリッジの懐を当てにしているような気もするが、どのみちおまえがソロで挑んだとしてもけっこうな金がかかる。折半ということなら、合同チームへの資金提供くらい山際さんは認めてくれるだろう。さっそく相談してみるよ」

「ちょっと待ってよ。そのまえに、僕が登るか登らないかを決めないと」

「まだ迷っているのか。おまえにできないはずがない。あのヘッドウォールだって岩で出来た壁には違いない。空中を攀じ登るわけじゃないんだから、人間にやれない仕事じゃない。新型のアックスだってある。あれを開発した究極の目的はマカルー西壁だった。もうじき冥途に行くかもしれないおれに、でかい土産を持たせてくれよ」

磯村は手前勝手なことを言う。血も涙もない人間だからではない。和志の力量を信じ切り、自分の死期まで材料にして発破をかけようとしている。そんな話をしながら、晴れ渡った空を背景にそそり立つ西壁を和志は見上げた。

からからと乾いた落石の音がいまも聞こえる。登れるものなら登ってみろとでも言いたげに、ヘッドウォールは圧倒的な威容で頭上からのしかかる。

「冥途の土産どころじゃないよ。先に向こうに行くのは僕かもしれない」

和志は率直に弱音を吐いた。それでも磯村は押してくる。

「単純に壁の難度で言えば、おまえはあれより厳しいところを過去にいくつも登っている。違いはせいぜい標高の差だ。高所順応をみっちりやれば、克服できないことはない。なんならポストモンスーンにノーマルルートからエベレストに登る手だってあるぞ。世界最高峰で高所順応しておけば、マカルー程度なら楽勝だろう」

「それ以上に体力の問題があるよ」

「壁そのものの標高差は二七〇〇メートルで、ローツェ南壁の三三〇〇メートルに及ばない。ナンガ・パルバットのルパール壁は四八〇〇メートルもある。そういう意味じゃショートルートだ。日本へ戻ったら、おれが付きっきりで猛トレーニングしてやるから」

「それじゃトレーニング疲れで登れない」

「おまえらしくもない。なんでできない理由ばかりを並べ立てるんだ。おまえの実力をいちばんよく知っているのはおれだ。そのおれが言うんだから間違いない。世界で初めてあの壁を登るのはおまえだ。命が惜しい人間なら絶対にやらないことを、おまえはきょうまでやり続けてきた。天性の才能に加えて、おまえには持って生まれたツキがある」

　磯村はいっこうに引く気配がない。ここまで頑固な磯村も初めてだ。あるいはと思って訊いてみた。

「病気が急に進行しているわけじゃないよね。検査はちゃんと受けてるの？」

「またそれか。まだしばらく死ぬ心配はないと言われたよ。体調もとくに悪くはない。人間というのはいずれ死ぬことになっている。しかし物事には順番というものがある。おれより先におまえに死なれたら、三途（さんず）の川を大手を振って渡れない」

　あっけらかんと磯村は応じる。ローツェ・シャールの縦走のときも病気のことは黙っていて、途中で体調が急変し、そのとき初めて告白した。

「信じていいんだね。あのときみたいに騙しちゃだめだよ」

「なんならベースキャンプまで同行してもいいくらいだよ」

「西壁のベースキャンプはＫ２のベースキャンプよりだいぶ高いよ」

「死に場所としては悪くない」

「死んでほしくないよ」

「だったらマカルー西壁に挑め。おまえがやらないと言うんなら、おれも生きている甲斐がない」

「そこまで言ったら脅迫だよ」

「おまえはおれの夢なんだ。もうじき死ぬことが決まっている人間の、最後の願いを聞いてくれ」

強気の調子から一転し、切ない口調で磯村は訴える。このあたりが駄々っ子を扱うように難しい。和志はやむなく応じた。

「なるべく前向きに考えてみるよ。東京へ帰ったら話し合おう。冬まではまだ時間があるし」

「のんびりしていると、先に誰かに登られちまうぞ。スティーブ・ハウスとかマルコ・プレゼリが虎視眈々(こしたんたん)と狙っているからな」

「向こうは冬はやらないよ。これまで二度敗退したときも、プレモンスーンかポストモンスーンだったから。もし先に登られても冬季初の記録は残るし」

「いや、おまえは世界初の栄冠を獲得すべきだ。きのうネットを漁(あさ)って調べたんだが、ポストモンスーンにマカルー西壁に挑戦するパーティーの情報はまだないようだ。もちろん冬となると皆無だよ。いまなら西壁が手招きしてくれているようなもんだ」

脳味噌のどこをいじればそこまでの楽観論が出てくるのかと訝りながら、和志はとりあえず曖昧に応じた。

「やるやらないは別として、もう少し心の準備が必要なのは間違いない。ゆっくり考えながら日本へ戻るよ」

3

イタリア隊がベースキャンプを撤収したあと、和志たちはまだしばらく滞在して、西壁の偵察を継続することにした。

ヘッドウォールのディテールは友梨が超望遠レンズで撮影し、すべてを繋げば細かい岩角やクラックの一つ一つをパソコンのモニターで確認できる。

帰国したらそのすべてをチェックして、最適なラインを検討する。とはいえ写真では岩の硬さや脆さは把握できない。プレモンスーン期と冬季では雪や氷の付きかたも違うだろう。

そもそも壁の状態は実際にホールドに触れ、体重を預けてみなければわからない。ざっと確認したところでは、岩は硬そうだが、浮き石があちこちに見られる。

それ以上に問題なのは、ヘッドウォールを登り始めたらまともなビバークサイトが一切ないことだ。そもそも普通に足を置ける場所さえない。

どんなにスピードアップしても、ヘッドウォールの登攀中には何泊か必要だろう。そんな状況を想定して、柏田が素材を工夫して完成した軽量のポータレッジ（吊りテント）があるが、それでも六キロほどの重さがあり、八〇〇〇メートルを超える壁を登る際の荷物としては馬鹿にならない。それ以上に、よほどロケーションに気をつけなければ、ポータレッジがまともに落石の標的になってしまう。

ベースキャンプ滞在中も落石の音は頻繁に聞こえ、それと連動するようにヘッドウォールの下の雪壁を巨大な雪崩が駆け下る。

雪崩や落石が一定の頻度で起きるとしたら、遭遇する確率を減らすには、そこをできるだけ速く通過するしかない。しかしマカルー西壁はおそらくそれを許してくれない。

ヘッドウォールに至る雪壁は、上部からの落石や雪崩が集中する中央部をストレートに登るより、北西稜ないし西稜側にルートをとるほうがよさそうだ。

北西稜に寄ったルートにはヘッドウォールまで切れ切れに続く細いミックス（岩と氷雪が混在した状態）のリッジ（岩稜）があり、やや遠回りになるが、そこなら雪崩や落石のリスクも軽減できる。

問題はやはりヘッドウォールだ。六〇〇メートルの標高差のうち五〇〇メートルはオーバーハングしている。かつてこの壁に挑んだ精鋭たちも、最も困難な部分に関しては一日数十メートル登るのが精いっぱいだったと聞いている。

ヘッドウォールに入ったら、落石の直撃を避けるため、できるだけオーバーハングがきついところにルートをとるしかないだろう。しかしそれは登攀により以上のパワーを要求されることを意味する。

人工壁を登るスポーツクライミングではオーバーハングを登るのは当たり前だが、それはせいぜい数メートルから十数メートルの範囲で、筋力に頼る登攀が五〇〇メートルも続くこと自体が想像を絶する。八〇〇〇メートルを超えたデスゾーンで、それだけ困難な登攀を強いる壁はマカルー西壁以外にはない。

登攀技術の点については、ドライツーリングに特化した新型アックスの性能で乗り切れると楽観していたが、現実の壁を目の当たりにすれば、要求されるレベルはあまりに高かった。

最後は運が決め手になるだろう。しかしそのまえにできる限り答えを見つけ出しておく必要がある。運だけを頼りにこの壁に挑むのは自殺行為以外のなにものでもない。しかしその答えがなかなか見つからない。

ミゲロから電話が入ったのは救出後五日経ってからだった。

「いまカトマンズの陸軍病院にいる。この国では最高レベルの医療設備が調っていてね。

本国へ移送してもらおうかと思っていたんだが、幸い骨折のほうは比較的単純で、むしろ無理な移動はせず、ここで安静にしていたほうがいいという結論になったんだ」

弾んだ声を聞いて、和志の気持ちも明るくなった。

「ということは、足は切断せずに済んだんだね」

「あと四、五時間遅れていれば手遅れだったそうだ。薬が効いて腫れはだいぶ治まった。手術もきのう無事に終えて、金属のプレートとビスで固定してある。骨が繋がるまで四週間。そのあとリハビリに同じくらいかかるけど、この冬の遠征には十分間に合うよ。ジャンとアランは、きのう無事にカンチェンジュンガに登頂したそうだ。帰国したらさっそくマカルー西稜の準備を始めることになっている」

あのとき話した計画は、やはりその場の思い付きではなかったらしい。

「それはよかった。君たちの実力で挑めば、冬季初登頂はきっと成功するよ」

率直な思いで激励すると、ミゲロは訝しげに問い返す。

「君も我々の遠征に合流するんじゃないのか」

「まだ西壁を登るための技術的な見通しが立たないんだ。体力的にもどれだけのパワーが要求されるか見当がつかないしね。やれるかどうか、答えを出すにはもう少し時間がかかりそうだね」

「消極的だな。あの壁を最初に登るのは君だと、おれたちは確信しているんだが」

　ミゲロは気落ちしたように言う。和志は西壁を子細に観察した感想を語った。慎重な口振りでミゲロは応じた。

「おれが君にアドバイスするなんておこがましいが、すべてを一度に解決しようとしても上手くいかないんじゃないか。落石や雪崩のリスクについては、君が考えたルートが正解だと思う。もちろん運という要素は完全には排除できないけどね。ただヘッドウォールに関しては、十分なトレーニングで乗り切れそうな気がするんだ」

「そのための場所が思い浮かばないんだよ。オーバーハング含みであれだけのロングルートは、世界でもあそこだけだから」

「おれの地元のドロミテならあるぞ。一〇〇〇メートル前後のロングルートから一〇〇メートルくらいのショートルートまで、バリエーションは無尽蔵だ。それを何本も連続登攀したら、十分なトレーニングになるんじゃないか」

　興味深い提案だった。冬のK2に向かう前にも、新型アックスのテストを兼ねて穂高岳(ほたかだけ)の滝谷(たきだに)で集中的にオーバーハングを登ったが、いずれもハングした部分はせいぜい一〇メートルほどで、技術的なチェックはできても筋力の限界を知るにはほど遠かった。その後のK2登攀にしても、ルートとなったマジックラインは複雑な様相の岩稜ルートだが、顕著にオーバーハングした箇所はさほどなかった。

　ミゲロの言うことは理にかなっている。西壁が突きつけるすべての課題に一度に答えを出そうとしてもプレッシャーがかかるだけだ。落石や雪崩はけっきょく山の機嫌次第で、和志がコントロールできる部分はごく少ない。

　しかし登るための技術と体力に関しては、トレーニングによって現在の限界を押し上げることができる。もしミゲロの言うようなルートがドロミテにあるなら、そこを集中的に登ることで、克服すべき課題の一つにある程度の見通しをつけられる。

　ドロミテはアルプス山脈の一部に含まれるイタリア北東部の山塊で、最高峰のマルモラーダで三三四三メートルと標高は全般に低い。しかし急峻な岩峰が乱杭歯のように林立し、ヨセミテと並ぶロッククライミングの聖地として世界的に名高い。山際がクライマー人生を断念することになったのは、そのマルモラーダ南壁での転落事故によってだった。

　巨大な一枚岩の壁が中心となるヨセミテとは対照的に、鋭い岩峰が無数に林立するドロミテには、現在も探せば未踏のルートはいくらでもあると聞く。

「じつはドロミテは未経験なんだ。そもそもヨーロッパアルプスそのものと、これまであまり縁がなかったから」

　唯一経験したのは、トモ・チェセンに誘われて訪れたスロベニアで、ヨーロッパアルプス南東端のジュリアアルプスの最高峰であるトリグラウに登り、そのあとシャモニーに滞在して、モンブラン山群の壁をいくつか登ったくらいだ。

　トリグラウの標高は二八六四メートルだが、素晴らしい岩のルートを擁し、そこをトモとロープを結んで登った経験は、いまも和志にとってかけがえのない人生の宝物だ。ミゲロは言う。

「君はアルプスを経由しないで、ヨセミテやアラスカからヒマラヤに直行したんだったな。だったらドロミテは、いまの君にとっては格好(かっこう)のゲレンデじゃないか。その気があればカルロに話をしておくよ。彼は喜んでガイドを引き受けるはずだよ」

4

和志たちが東京へ帰ったのは二週間後だった。ノースリッジの本社で、磯村と山際を交(まじ)え、その報告のためのミーティングが行なわれた。

磯村はとくにやつれた様子もなく、体調はまずまずのようだが、ローツェ・シャールのときのようなこともある。見かけで騙されるわけにはいかない。

「病院へは行ってるの」

訊くといつものように不機嫌に応じる。

「自分の体のことは自分がいちばんよくわかっている。そもそも手術や抗癌剤治療を受ける気はないんだから、余計な検査をしたってストレスにしかならない。それで寿命が縮(ちぢ)まったら元も子もないだろう」

そう言われれば返答のしようがない。きょうまで元気でいられたのはその選択が正しかったことの証だと言い張るのは間違いない。しかし本当の答えは当人も含めて誰もわからない。磯村は即座に話題を変える。

「ドロミテはおれは経験がないが、山際社長にとってはかつてのホームグラウンドだ。どうですか、そこでトレーニングするというアイデアは？」

磯村が話を振ると、興味深げに山際は応じる。

「私にとっては懐かしい山だし、因縁の山でもある。ミゲロが言うとおりルートは豊富で、その点ではヨセミテをはるかに上回るだろうね――」

定番となっているルートでも、少しコースを外せばより困難なラインどりがいくらでもできるし、オーバーハングした部分だけを繋いで何百メートルかのルートを設定することも可能だろうと山際は言う。和志は意を強くした。

「だったらやってみたいと思います。マカルーの西壁を登るには、いまの僕の技術や身体能力では限界があるような気がするんです」

「私もそれは重要だと思う。かつてあの壁に挑んだパーティーは人工登攀も駆使していたようだし、固定ロープも使っていたと聞いている。しかし君の場合はあくまでソロで挑むわけだ。八〇〇〇メートルを超える高所だという点を別にしても、ソロであんなオーバーハングしたロンググルートを登ったケースはないと思うからね」

山際は積極的だ。磯村も頷いた。

「おれも甘く見ていた気がするよ。ヘッドウォール全体が九〇度を超えているわけじゃないから、おまえなら軽く登れると高をくっていたんだが、友梨が撮影した写真を見る限り、やはり気が遠くなるような壁ではあるな」

人に散々発破をかけておいてその言い草はないと思うが、そう言われるとむしろ気持ちが前向きになる。

各パートを細かく見れば決して不可能というわけではない。上級者向けのスポーツクライミングのコースセッティングの難度はそれをはるかに上回る。山際が言うように、問題はそれが五〇〇メートルも続くことと、八〇〇〇メートルを超える高所にあることだ。和志は言った。

「写真で確認した限り、ヨセミテのようなつるつるの壁じゃない。ドライツーリングに適したホールドやリス（幅数ミリ以下の微細な岩の割れ目）が豊富にありそうだ。その点では、新型アックスの真価が発揮できるんじゃないかな」

柏田の置き土産になった新型アックスは、ドライツーリングに高度に最適化されたものだ。素材に日本刀に用いられる玉鋼を使用し、さらにそれを現代の刀工の技術で鍛造したもので、さらに従来はカシメやボルトで接合されていたヘッドとシャフトを一体成型することで強度と靭性を確保した。

すべて柏田のアイデアによるもので、今後商品化する際には、「ＫＡＳＨＩＷＡＤＡ」のシグネチャーをつけてほしいという和志の希望も受け入れられている。

日本刀同様、切れ味と折れにくさを両立し、イレギュラーな方向からの荷重に柔軟に対応するその性能の片鱗は冬のＫ２で十分確認していたし、その結果を現場にフィードバックして、現在もさらに改良が続けられている。

「その点については、私も大いに期待しているよ。マカルーの西壁に必ずしも拘るわけじゃないが、君が次の挑戦に成功したタイミングで『ＫＡＳＨＩＷＡＤＡ』モデルとしての商品化を考えているんだ。確保できる玉鋼の量が限られるから当面は限定生産で高価になるが、とりあえずノースリッジが本格的に世界に打って出るための名刺代わりとしてね」

身を乗り出して山際が言う。マカルー西壁に拘らないというのは和志にプレッシャーを与えないための気配りだとわかっている。ノースリッジを世界の頂点に立たせたいという思いは、和志にとって自らがクライミングの世界でその頂点に立ちたいという思いと変わらない。

山際との出会いがなければ、いまも自分は素寒貧の風来坊生活を送っていたはずだった。好きな壁を登れさえすればそれでいい――。当時はそれ以上の欲はなかったが、現在のステージにまで押し上げられてみれば、世界の見え方も変わってくる。

応援してくれる大勢のファンがいて、自分の達成によって彼らに夢や希望を与えられる。むろん磯村や友梨の力もあった。かつてのように自分一人ですべてを成し遂げられるという思い上がりもなくなった。クライミングのスタイルはソロでも、それがたくさんの人々の思いに支えられていることをいまは知っている。だから、もし可能ならマカルー西壁をという気持ちは強い。

いま八〇〇〇メートル級で、単なる登頂はむろんのこと、たとえバリエーションルートでも、世界初の冠（かんむり）が残っている山はほとんどなくなった。ヒマラヤ最後の課題ともいわれるマカルー西壁を「KASHIWADA」のシグネチャーのアックスで登ることは、山際の夢を実現するうえでの大きな一歩であり、いまは亡き柏田の夢の完成でもある。

「新型アックスの本格デビューの場としては、やはりマカルー西壁以外考えられない。そのトレーニングのためのゲレンデとしてドロミテはベストの選択だな」

磯村は太鼓判（たいこばん）を押す。山際もむろん乗り気なようだ。

「昔の話だから記憶は曖昧だが、当時の登攀ノートはいまも持っている。トポ（ルート図）も揃（そろ）っているよ。もちろん私が登ったルートについてだけだから、ミゲロのような地元のクライマーの知識には勝てないが、それでもとりあえずの検討材料にはなるはずだ。あすには用意するよ」

「ありがとうございます。夏ごろを目標に研究をしておきたいと思います」

含みを持たせて和志は言った。

「ドロミテなら、ホテルやロッジが充実しているから、おれもコーチとして付き合える。社長もどうですか。たまには仕事を離れてバカンスというのもいいんじゃないですか」

磯村はさっそく調子に乗る。友梨が口を挟む。

「和志さんにとってはクライマー人生を懸けたビッグチャレンジの準備でしょう。それをだしにバカンスだなんて不謹慎ですよ」

「だったら友梨は日本に残って、本番に向けた雑用をやってくれればいいんだよ」

「そうはいきませんよ。和志さんのプロジェクトを全面サポートするのが私の任務ですから」

友梨はマーケティング室長としての職責を主張する。山際も積極的だ。

「それなら栗原君も一緒に行けばいい。ドロミテなら、クライミングの手ほどきを受けるのに最適なゲレンデもある。和志君は自分のトレーニングで忙しいだろうが、現地のガイドを雇えば基礎からみっちり仕込んでくれる。私も毎年一週間は夏休みをとるから、タイミングが合えば付き合うよ」

「本当ですか。だったら僕にとってはヒマラヤへの第一歩になりますよ。いずれは連れていくって、和志さんが約束してくれましたから」

そこまで約束した覚えはないが、栗原は勝手に勢い込む。カルロやミゲロを頼ってふらりと一人で出かけるつもりだったのが、本番の遠征並みに大袈裟になってきた。しかし山際が乗り気となると断りにくい。しみじみした口調で山際が言う。

「私にとっては辛い思い出の場所でもあるが、結果的には第二の人生のスタートラインでもあった。あの事故以来、ヨーロッパアルプスには一度も足を踏み入れていない。もうそろそろ心のなかで区切りをつけていいころだと思ってね。いつまでも拘っていたってしょうがないから」

　そんな山際のアルプスへの複雑な心境を初めて知った。彼にとってクライマーとしての人生はなによりもかけがえのないものだったはずだ。自らの意思でリタイアしたわけではないその前半生には、果たそうとして果たせなかった夥しい数の夢があったことだろう。

　スポンサーシップの話を持ち掛けられたとき、ノースリッジはすでに国内ではトップメーカーの位置を占め、欧米の市場にも積極的に打って出ていた。あえて和志を表看板に仕立て、その遠征費用や、新型アックスを始めとする装備の開発に多額の資金をつぎ込む必要もなかったはずだった。

　それでもなお、たとえスポンサーとしてでも、世界のクライミングシーンでトップをとりたい――。そんな執念が山際のなかにいまも存在するのなら、和志もそれに付き合いたい。山際はストレートに口にはしないが、いまその胸の内にある唯一のターゲットがマカルー西壁であることは間違いない。

「僕にとっては、冬の挑戦の可能性を占う大事な判断材料になります。社長や磯村さんが現地にいてくれれば、いろいろアドバイスも受けやすいですし」

和志が応じると、友梨も負けじと口を挟む。

「記録係としての私も重要よ。滝谷でのトレーニングのときだって、私が撮影した動画からいろいろヒントを得たって和志さんは言ってたじゃない」

「今回の偵察でも、ヘッドウォールの詳細な撮影は大いに役に立ったよ。あれだけの情報を用意して挑んだパーティーは、これまでなかったはずだから」

友梨の肩を持つように和志は言った。どちらかと言えば、体調に不安のある磯村こそ遠慮すべきだと内心では思うが、本人のいる前でそれは言えない。

「左肩の状態はどうなんだ。例の救出騒動で、けっこう負担がかかっただろう」

磯村が問いかける。とくに不安もなく和志は応じた。

「ほとんどアッセンダーで登れたから大きな問題はなかったよ。途中で若干張ってきて可動域が狭まったけど、下山して数日でかえって動きがよくなったくらいだから、回復は順調だと思う」

「だったら夏のドロミテはいいリハビリになるな。高所順応に関しては、国内の低酸素施設で時間をかけてトレーニングすればいい。エベレストのノーマルルートを登る手もあるかと思っていたが、このプレモンスーンは過去最高の登山者が押しかけて、ラッシュアワーには富士山並み(ふじさん)の長蛇の列が出来ているらしい。ポストモンスーンもパーミッションの申請状況は似たようなものだ。それじゃストレスを溜(た)めに行くようなもんだから」

磯村はうんざりしたように言う。その点は和志も同感だ。マカルーでのイタリア隊の遭難に際して、すぐ近くのエベレストにいた公募隊から支援を申し出た者はいなかった。ハイシーズンのエベレストはいまや商業主義の波に侵食されて、アルピニズムの精神は地に墜ちていると言わざるを得ない。

ネパール政府のソロ登山禁止やシェルパ帯同の義務付けにも、安全確保を名分にしながら、たっぷり金を落としてくれる商業公募隊を優先し、金にならないアルパインスタイルのクライマーを排除したいのではという疑いが拭いきれない。

5

「冬のマカルーを目指すという、フランス人とイタリア人の合同隊は本気なんだね」

山際がさっそく訊いてくる。その件についてはすでに彼の耳にも入れていて、場合によっては合流する腹積もりだと伝えてある。もちろん山際も異存はなく、その際は費用折半などとケチなことは言わず、遠征そのものへのスポンサーを買って出てもいいと言っていた。

「アランとジャンの二人はカンチェンジュンガの遠征を無事終えて、次の遠征の準備に入っているようです。ミゲロも足を切断せずに済み、冬の遠征までには間に合いそうだと言っています」

「だったら、あとは和志君次第だな」

山際はいよいよ期待を隠さない。アランたちにしても西稜からの冬季登頂は世界初になる。和志の西壁初登攀とそれがセットになれば、ノースリッジにとってもアピール度が大きい。

「早く決めてしまえ。マカルー西壁にソロで挑めるチャンスは今回しかないかもしれないぞ」

追い打ちをかけるように磯村が言う。苦い気分で和志は応じた。

「ネパール政府が間違いに気づいてくれる様子はないからね。僕に限らずアルパインスタイルで挑むクライマーがこの先も排除されたんじゃ、あの壁は技術面じゃなく、政治的な意味で難攻不落になっちゃうよ」

「じゃあ、やる気なんだな」

「気持ちはね。ただ、できるかどうかは別の話だから」

「まだそんなことを言っているのか。ヨセミテにいたころ、おれとおまえでエル・キャピタンのザ・ノーズを四時間で登った。あそこだって垂直の一枚岩で、標高は低いといっても比高は一〇〇〇メートルある。西壁が多少オーバーハングしているからって、その部分はせいぜい五〇〇メートルだ。新型アックスという武器もある」

ヨセミテ渓谷の標高は一二〇〇メートルに過ぎない。それでも七〇年代初頭には、ザ・ノーズを誰が二十四時間以内で登るかを競い合っていた。現在は二時間を切る記録も生まれている。

一方、比高でそのおよそ半分に過ぎないマカルー西壁のヘッドウォールは、アレックス・マッキンタイアやヴォイテク・クルティカ、最近ではスティーブ・ハウスを始めとする世界の精鋭をことごとく退けている。

ザ・ノーズの登攀時間がそれほど短縮された理由が近年のクライミング技術の進化によるものなのは明らかだが、そういう技術的進化の恩恵はヒマラヤでもあったはずなのに、マカルー西壁はいまも未踏のまま残されている。その最大の理由は、やはり八〇〇〇メートルという高さにあると考えざるを得ない。

しかしデスゾーンの酸素の濃度を変える方法はないし、酸素ボンベを担いで登るのは、和志のポリシーとして受け入れがたい。それ以上に、四キロ弱の重さのボンベを担ぎ上げ、さらにそれを背負ってオーバーハングした壁を登ることは、メリットよりデメリットが大きいのは明らかだ。山際が言う。

「私はヒマラヤを登ったことがないからわからないが、不可能だと考えられていたエベレストの無酸素登頂をラインホルト・メスナーはあっさりやってのけた。その後、世界のトップクライマーのあいだでは、八〇〇〇メートル峰の無酸素登山は常識になった。それからもう四十年以上経っている。高所登山に対する実践的な知見も積み上げられている。それでスゾーンでの登攀活動のハードルはかつてより低くなっているような気がするんだがね」

そこは山際の言うとおりで、一九八六年には、エアハルト・ロレタンとジャン・トロワイエの二人組が、未踏のエベレスト北壁をわずか四十時間で登るという快挙を成し遂げた。マカルー西壁のようなアクロバチックなルートではなかったが、無酸素かつ少人数のアルパインスタイルのメリットがフルに生かされたケースとして注目を集めた登攀だった。

いまではエベレストやK2を含む八〇〇〇メートル級の高峰でも、アマチュア登山家を対象とする商業公募隊を除けば無酸素がスタンダードになっている。そう考えればあのヘッドウォールも、さほど恐れるべきものでもないように思えてくる。

しかし理屈ではそうだとしても、ベースキャンプから仰ぎ見たときの西壁の威圧感は、そんな考えを完膚なきまでに打ち砕いた。なぜと問われても明快な答えは見いだせない。

山は理屈では登れない。答えのない答えを求めて、ホールドを摑みアックスを振るう。困難なポイントで悪戦苦闘するとき、事前に立てていた作戦は頭のなかから消え失せる。なんとか無事に乗り越えられたとき、その理由を後付けで説明はできても、登っている最中はそのヒントすら思い浮かばない。

　だからマカルー西壁にしても最後は登ってみるしかない。それはわかっているのだが、いまもいいイメージが浮かばない。最後は第六感ともいうべきインスピレーションが感じられるかどうかなのだ。和志は言った。

「ただ人間の体はそうは変わらないようです。僕は短期間で立て続けに八〇〇〇メートル峰を登っていますが、それでも高所で楽になるということはありませんでした。それ以上に――」

　和志の不安がわかるというように山際は頷いた。

「私も言葉にしにくい不安を覚えることはよくあったよ。そこを無理して登って、いい結果が出たことは滅多になかった。マルモラーダ南壁の新ルートに挑んだときもそうだった。結果はご存じのとおりだよ――」

　だから慌てて結論を出す必要はないと山際は続けた。ミゲロの言うとおり、大事なのは一つ一つ問題を潰していくことで、自分の失敗の原因はその準備を怠ったことにある。不安はリスクを伴う行為に臨むとき、魂の奥底にある人知を超えたなにかが与えてくれる啓示だ。虚心坦懐にそれに耳を傾け、不安の原因と向き合えば、道が開ける時は必ず訪れる気がする――。

「会社を経営していても、判断に迷うことはしょっちゅうだよ。そういうときは計画や社内のシステムのどこかに問題が隠れているものでね。むしろ不安は正しい答えに導いてくれる案内役のようなものだ。そう割り切れば、いま感じている不安は、君にとって頼れる味方だとも言える」

「逃げずに付き合えばいいんですね」

「そうだよ。大事なのは、君が納得できる答えを見つけることだ。まだ時間は十分あるからね」

穏やかな口振りで山際は言う。その言葉に込められている深い信頼を和志は感じた。

前向きに考えれば可能性がなくはない。ここ最近の大舞台での成功で、クライミング技術に関しては自分をとことん追い込んではこなかった。ローツェ南壁にしてもK2のマジックラインにしても容易いルートではなかったが、マカルー西壁のヘッドウォールほど困難ではなかった。だから標高による身体能力の低下を加味しても、十分乗り切れるという計算が成り立った。

しかし今回はその許容度を超えている。五〇〇〇メートルのほぼ全体が最高難度の六級だ。八〇〇〇メートルでの身体能力の低下を補ってそこを登るだけの解決策はまだ見いだせない。

それを打開するために和志がいまやれることは、クライミングの技量をアップグレードすることで、とくに重要なのは、高所での影響を少しでも軽減できる省エネテクニックの習得だろう。

筋力アップによる対応はこの場合は意味をなさない。筋肉が増えればそれだけ酸素消費量が増える。それがあるから高所クライマーは筋力トレーニングを極力避ける。クライミングに必要な筋力だけをしっかりつけて、不要な筋肉はむしろ落とす。

たとえばスポーツクライミングのオーバーハングの登攀では筋力が重要になるが、高所登山ではできるだけ筋肉量を増やさずにクリアする必要がある。ドロミテでのトレーニングではそこに集中することになるだろう――。

そんな考えを聞かせると、山際は大きく頷いた。

「いいアイデアだね。私も若いころ、筋力トレーニングに励んだことがあるが、けっきょくクライミング能力の向上にはほとんど役に立たなかった。むしろ筋力に頼る癖がついてしまって、デリケートなバランスでの体重移動が不得手になったよ」

「そう言えば、おまえ最近、腕や肩に筋肉がついてきているな。それをそぎ落とせばもっと効率的なクライミングができる。ドロミテでは、その辺をおれがみっちり指導してやるよ」

磯村は張り切り出す。登攀中の動きの問題点は自分ではなかなか気づきにくい。重箱の隅（すみ）を突（つつ）くような指導ぶりにはときに辟易（へきえき）することがあったが、今回に関しては、磯村のそんな指摘が役に立ちそうだ。

「よろしく頼むよ。どんなに小言を言われても甘んじて受けるから」

「なにを言っても逆らうくせに、今度は本気なんだな」

「もちろん。大いに頼りにしているよ」

信頼を込めて和志は言った。

6

和志たちがコルティナ・ダンペッツォ入りしたのは七月十日の午後二時過ぎだった。山際もスケジュールが合い、同行した。

アムステルダムで乗り継いで、ヴェネツィアのマルコ・ポーロ国際空港に向かい、そこで借りたレンタカーで到着した。

コルティナ・ダンペッツォは、ドロミテ山群の山懐（やまふところ）にあり、夏はハイキングや登山、冬はスキーやスノーボードなどのウィンタースポーツで賑（にぎ）わうイタリアを代表するリゾート都市だ。

瀟洒（しょうしゃ）なホテルやコンドミニアム、ペンション、別荘が立ち並ぶ標高一二二四メートルの盆地の四囲には、クリスタッロ、ソラピスを始めとする三〇〇〇メートル級の岩山がそそり立つ。

アルプスといえば氷雪に覆われた峰々と氷河が代表的なイメージだが、この季節のドロミテは、わずかに見える残雪を除けば、石灰岩質の岩肌が露出して、誰もが思い浮かべるアルプスの景観とは大きく異なる。

同じアルプスのリゾート地でも、シャモニーやツェルマットでは、一般の観光客が踏み込めるエリアと本格的な登山家が活動するエリアが明確に分かたれている。しかしドロミテには、そんなアルプス中央部の山々のような、人を拒絶する雪と氷の境界がない。

山容は険しくても、頂上近くまでロープウェイやゴンドラ、リフトで登ることができ、山麓にはトレッキングやハイキング、サイクリングのコースも整備されている。明るく開けた山懐を縫うトレール（山道）を、老若男女のハイカーがのどかに行き交う。

しかしそこには、かつてヨーロッパのトップクライマーが新ルートの開拓を目指して鎬を削った夥しい数の難ルートがあり、メスナーを始めとする数多くのクライマーがそこから巣立っていった——。

初見参の和志にすれば、すべてここまでの道中で山際から聞いた俄知識だが、栗原が運転するSUVの車窓から眺めるドロミテの景観はそんな話を裏切らない。

青空を背景にそそり立つ山々に、山際は懐かしそうに目を細める。緑のカーペットのような牧草地の上に針葉樹の森が広がり、そのさらに上には晴れ渡った空を背景に天に突き上げる灰褐色の岩峰群——。

「かつての私にとって、ドロミテは心安らぐ場所だった。アプローチは車で行けたりすぐ近くに山小屋があったりで、日本の三ツ峠山や小川山のゲレンデに近い感覚なのに、アルプス流の本格的なクライミングができる。超絶テクニックが要求される岩場を登っているとき、麓の教会の鐘の音が聞こえてきたり、車のクラクションが聞こえてきたりする。私にとっては故郷のような土地でもあるんだよ」

そんな感慨に和志も頷ける。アルプスやヒマラヤの巨峰とは異なり、ドロミテの山々は、登ろうとする者を胸襟を開いて迎え入れ、心をのびやかにしてくれるようだ。陰鬱とさえいえるマカルー西壁の威容を目の当たりにしてきた和志にとって、それは思いもかけない発見だった。

「同じ岩山でも、ヨセミテとはタイプがまるで違うな」

磯村が言う。和志も同感だ。ハーフドームもエル・キャピタンも斧で断ち割ったような垂直の一枚岩で、困難さの理由はホールドが少ないこととロングルートが多いことだが、テクニカルな意味ではむしろシンプルと言っていい。しかしドロミテは登攀中の写真や動画を見る限り、ルートは複雑で、グレードもはるかにバリエーションに富んでいる。

「そのとおりだよ。ヨセミテとは岩の様相がまるで違う。向こうはクラッククライミング（クラックやリスを手がかりにして登る技術）主体のルートが多いが、ドロミテならホールドが豊富で、ドライツーリングに向いている。その点はマカルー西壁とも共通するね。

私が登っていたころはまだドライツーリングなんて誰もやらなかった。新型アックスという武器もある。いまなら当時の超難関ルートも、それで案外簡単にクリアできるんじゃないかな」

山際はどこか誇らしげだ。ヨセミテと張り合うわけではないだろうが、そこにクライマーとしての修練の場となったドロミテへの思い入れの深さが感じられる。

7

予約していたコンドミニアムにチェックインし、テラスでティータイムを楽しんでいると、カルロとミゲロがやってきた。到着時間は事前に知らせておいたので、彼らもこの日、コルティナ・ダンペッツォ入りしていたらしい。アランとジャンも間もなくやってくるので、夕食をともにしながら、冬の遠征の話をしたいという。

やるかやらないか、和志はまだ返事をしていないが、彼らもパーミッション取得の申請をする必要がある。そのため人数を確定したいので、できればドロミテ滞在中に答えを出してほしいとのことだった。

ミゲロたちがノースリッジのスポンサーシップを期待しているのはおおむね想像がつく。山際はそれに応じる腹積もりのようだ。和志が合流しようとしまいと、彼らがマカルー西稜の冬季初登攀に成功すれば、それはヨーロッパでのノースリッジ製品の販路拡大の後押しになる。

マカルー西稜冬季初登攀は、もし成し遂げられたとしても日本ではおそらく話題にもならない。しかし欧米では事情が違う。自国のクライマーがそのレベルの登攀に成功すれば、地元のマスコミは熱心に報道し、その評価は一般市民レベルでも共有される。その遠征のスポンサーになるビジネス上のメリットはノースリッジにとって決して小さくない。

カルロとミゲロにはまだそのことは伝えていない。アランとジャンが揃ったところで、山際は正式な申し入れをする腹積もりのようだ。

ミゲロはまだ松葉杖を突いているが、体調はすこぶるよさそうだ。カルロもマカルーでの遭難事件の傷心からは癒えたようで、ベースキャンプでの初対面のときのような闊達な表情をみせている。

「カズシ、思っていたより早く再会できて嬉しいよ。ご希望どおりマカルーのヘッドウォールをシミュレートできる難ルートをいくつか見繕っておいた」

弾んだ調子でカルロは言う。ミゲロも身を乗り出す。

「ドロミテはここのところ天候も安定しているから、いい結果を期待しているよ。おれはまだこんな状態で付き合えないが、あと一月もすれば松葉杖は要らなくなる。それから本格的にリハビリを始めれば、冬には十分間に合うよ」

「それはよかった。僕も冬の挑戦に向けて研究を進めるつもりだよ。ここへきてドロミテの山々を見たら、いろいろヒントが得られそうな気がしてきた」

心のなかにいい風が吹き始めているのを和志は感じた。カルロが用意してきた現地の地図や写真、各ルートのトポをテーブルに広げ、詳細な説明を聞いた。

カルロは山際とは面識があり、当時の思い出話にも花が咲いた。ノースリッジの製品が最近ヨーロッパの登山界にも浸透していることは耳にしていたが、その創業者で社長が山際だというのはきょう初めて知ったらしい。それならなおのこと、和志の挑戦を側面支援すると張り切った。

そんな話をしているうちに、アランとジャンもやってきたので、さっそくカルロが予約していた市内のレストランに向かった。

「こんなに早く再会できるとは思わなかったよ。ミゲロから連絡を受けてシャモニーから車を飛ばしてきたんだ――」

全員の自己紹介が終わったところで、アランが嬉しそうに言う。ジャンも頷いた。

「ビッグプロジェクトのスタートラインが、シャモニーじゃなくコルティナ・ダンペッツォだというのが悔しいが、たしかにマカルー西壁に向けたトレーニングにはドロミテが向いていそうだな」

フランスのアルピニストの多くがそうであるように、どちらも本業はシャモニーの登山ガイドだ。いまはバカンスシーズンの繁忙期だから、和志のトレーニングには付き合えないと残念がる。

カルロは大学の教員でいまは夏休み。ミゲロは地方公務員だが傷病休暇中だから、しばらくは和志たちに付き合えるという。さらに磯村もいるわけだから、アランとジャンまでそこに加わったら、船頭が多すぎて船が沈む。

「ムッシュ・ヤマギワの名前はシャモニーでも有名ですよ。地元のガイドはみんなあなたをリスペクトしています。シャモニー針峰群であなたが開拓したルートに、いまも若いアルピニストたちは憧れを抱いています。こんなかたちでお会いできるとは思いもよりませんでした」

ミゲロたちと同様、ジャンとアランも、クライマーとしての山際の名は知っていたが、それがノースリッジの創業者で現在も社長だということまでは知らなかったようだった。

山際自身、そのことを積極的に表に出してこなかった。その名声は、欧米への進出に際し営業上の有力なカードとして使えたはずだ。しかし山際はそれを封印してきた。和志にはその気持ちがわかるような気がする。彼にとっては、ドロミテも含め、ヨーロッパアルプスは栄光よりも挫折の舞台だった。それをビジネスの材料にすることに、余人には窺いしれない抵抗があったのではないか。

「この冬のあなたたちのプランはとても興味深い。すでに全員がヒマラヤで素晴らしい成果を出している。ミゲロにとっても深い思い入れのあるチャレンジだ。ぜひ成功してほしい。じつは我々もあなたたちの提案にとても関心があってね。例のネパール政府の困った規制のことなんだが――」

山際が切り出すと、憤りを交えてアランは言った。

「わかります。カズシのような天才ソロクライマーがネパールで活動できなくなるとしたら、それはアルピニズムの危機であり、ヒマラヤ登山の歴史の後退です。多少イレギュラーな手段を使ってでも、ふざけた策謀の裏をかいてやらないと」

八〇〇〇メートル峰は中国にもパキスタンにもあるし、ヒマラヤのほとんどの山が中国側からも登れる。その意味ではアランの言葉はやや大袈裟だが、それでも世界最高峰のエベレストを含め八〇〇〇メートル峰八座を擁するネパールはヒマラヤの代名詞だ。しかしアランが口にした不穏な言葉は気になった。

「策謀って、どういう意味なんだ？」

和志は問いかけた。不快感丸出しでジャンが応じる。

「知らないのか。去年の暮れにマルク・ブランがグループ・ド・オート・モンターニュの会員に選出されたのを」

「本当なの？」

和志は驚いた。グループ・ド・オート・モンターニュはパリに本拠を置く一流クライマーだけが参加できるクラブで、世界の山岳界の重鎮が集い、その発言力にはそれ相応の権威がある。当然その会員になるには登山家としての一定以上の実績が必要だ。すでに物故した父親のラルフはその会員だったし、ヒマラヤではそれなりの活躍をした登山家だった。しかし息子のマルクにクライマーとしての顕著な実績はなく、普通に考えれば会員になる資格はない。

「あそこはおれたちには縁のない社交クラブで、これまでもどうしてあんなのがというケースはあったから驚きもしない。マルクの場合は父親の七光もあったんだろうし」

うんざりした調子でジャンは言う。山際と磯村が怪訝な表情で身を乗り出す。和志は問いかけた。

「それがネパール政府の登山規制とどんな関わりが？」

「かつてトモに疑惑の目を向けていた人々も君に関してはむしろ称賛しているくらいなのに、マルクはいまも執拗に敵意を向けている。ローツェ南壁でしてやられたと思い込んでいるようで、その後の君の相次ぐ成功を妬んで、逆恨みしているらしいのは我々の間でも周知の話なんだが」

「つまり、どういうことなんだ？」

「父親のラルフはネパール政府との繋がりが強くて、政治家や役人と癒着しているという噂が絶えなかった。マルクはその人脈を受け継いでいるらしい」

「つまりマルクが裏で動いたと？」

「我々が事前に聞いていた情報だと、当初ネパール政府が考えていたのはシェルパ帯同の義務付けと身体障害者の登山禁止までだった。それが突然単独登山も禁止になった。そのときはどうしてなのか、我々も含めてほとんどのクライマーが首を捻ったよ――」

不審な噂を耳にしたのは、カンチェンジュンガの遠征が終わり、彼らがカトマンズに帰ったときだったという。エリザベス・ホーリーは亡くなったが、その遺志を継いで〈ヒマラヤン・データベース〉を運営するボランティアチームのインタビューを受けた。それを担当した人物が観光省の内部事情に詳しく、親しい役人から聞いた話を教えてくれたという。

「グループ・ド・オート・モンターニュの会員になってから、マルクは何度もネパールを訪れて観光相と会っていた。単独登山禁止の動きが出てきたのがちょうどそのころで、観光省内部では反対意見のほうが多かったが、けっきょく観光相がごり押しして、あの馬鹿げた法案が通ってしまったらしいんだよ」

「グループ・ド・オート・モンターニュという組織は、それほど影響力が強いんだろうか」

和志は首を捻った。アランはあっさり否定する。

「基本的には登山家同士の親睦団体で、一種の貴族クラブだ。自分たちで勝手に敷居を高くしているだけで、一国の政府に影響力を行使できるような力はないよ」

「だったらどうしてマルクが観光省を動かしたと言えるんだ」

「金の力だろうね」

「マルクに、そんなに金があるのか」

「最近死んだ彼の伯父が大変な資産家で、その遺産が転がり込んだらしい。グループ・ド・オート・モンターニュの会員資格も金で買ったという噂もある」

アランはいかにも情けないと言いたげだ。和志は問いかけた。

「単独登山を禁止させたのも？」

「あの国では、政治家や役人も金で買える」

「だからといって、どうしてわざわざそんなことを？」

「普通の人間ならそこまではしないけど、マルクならやるだろうね。彼としては、君がマカルー西壁に挑むことがどうしても許せないんだろう。君がソロ以外に興味を持たないのを知っているし、あの壁はネパール側からしか登れない。つまり――」

「ネパール政府が規制をやめない限り、僕はあの壁にソロでは挑戦できないわけだ」

不快感を滲ませると、ジャンが思いがけないことを口にする。

「それだけじゃない。君は去年の一月にローツェ南壁を単独登攀しているが、ピオレドドール（金のピッケル賞）にノミネートすらされなかった。我々は君こそが受賞者だと確信していた。こうなると今年の二月に登ったK２にしても、おそらく受賞対象にはならないだろうね」

ピオレドール賞は、グループ・ド・オート・モンターニュとフランスの有名な登山誌が共催する登山界のアカデミー賞とも呼ばれる賞だ。年間を通じて最も優れた登攀に対し、翌年の春に賞が授与されるが、和志はとくに意識もしていなかったし、その審査基準に疑義が呈されるケースも過去にいろいろあったと聞いている。

二〇〇四年にはジャヌー北壁新ルートを初登攀したロシア隊が受賞したが、彼らはそのとき数カ月を費やして大量のフィックスロープを設置し、下山時には七十本以上のロープを残してきた。

ジャヌー北壁は一九七六年に日本の山岳同志会隊が初登攀しており、八九年にはトモ・チェセンがソロでの初登攀を果たしている。新ルートとはいえ第三登でしかないうえに、大時代的な物量作戦によるロシア隊の登攀がどうしてピオレドールに値するのか、世界の山岳界では大いに物議を醸したと聞いている。和志は問いかけた。

「それもマルクが妨害を？」

「どうしてもそう考えたくなる。というより、シャモニー周辺じゃその噂で持ちきりだよ」

確信しているようにアランは言う。いくらなんでもと思いたいが、マルクはローツェ南壁のときも裏で動いてパーミッションの取得を妨害したし、アマ・ダブラムでの柏田の死については、和志を殺人犯に仕立てようとさえした。その執念深さを考えれば、アランたちの疑念もあながち否定はしにくい。

第四章　アルピニズム

1

カルロが推薦した店は、南チロルの郷土料理が売り物のカジュアルなレストランで、クライマーやハイカー風の服装の客で賑わっていた。

メニューに並ぶのはシカやイノシシなどを使ったジビエ料理や種類の豊富なチーズ、ハム、ソーセージ、名品の誉れ高いアルト・アディジェのワイン――。

高級なフレンチやイタリアンとは縁遠い食生活を送ってきた和志にとっても親しみやすく、店の雰囲気もフレンドリーで好感が持てた。これからしばらく滞在することになるドロミテでの最初のディナーは、心楽しいひとときになりそうだった。

窓から望むドロミテの山々は、夕日を受けて薔薇色に染まり、鋭く連なるクリスタッロやトファァーナの岩峰群は、クライミングが好きな者なら誰でも登高欲をそそられてやまない魅力に溢れている。

アラスカでもヒマラヤでも、目指すピークはいつも文明から隔絶された土地にあった。こんな街中の洒落たレストランの窓から三〇〇〇メートルを超す壮麗な鋭峰群を指呼の間に望める場所は一昨年訪れたシャモニー以外に思い浮かばない。

ヨーロッパアルプスで世界自然遺産に登録されている地域は、ここドロミテとアルプス最大の氷河を擁するスイスのユングフラウ・アレッチ・ビーチホルンだけで、それは単に美しいだけではなく、自然景観として独特の価値があることの証明でもあるだろう。

レストランでの食事では会話が弾んだ。アラン、ジャン、ミゲロの三人にとって、マカルー西稜冬季登攀のプロジェクトはすでに始動しているようで、そこに和志が合流するかしないかを問わず、スポンサーシップを提供したいという山際の申し出を大いに喜んだ。

すでにアルピニズムの世界では注目株と目されている三人だが、まだ十分な資金を提供してくれるスポンサーは見つかっていないようだった。

冬のマカルーはもちろんアルパインスタイルで登る予定で、これまでなら自己資金で十分賄えるはずだったが、ネパール政府の新しい登山規制によってシェルパの同行を義務付けられた。

かたちだけでもその条件を満たすために予定外の費用もかかる。加えて冬季となると、天候待ちでベースキャンプでの滞在期間も長引く可能性がある。

そのための食料や燃料の量も馬鹿にならず、それを運ぶポーターの賃金等も考慮すると予算はぎりぎりで、万一事故でも起きた際の救出費用まで賄えない。カルロたちのパーティーにはイタリア山岳会のバックアップがあり、救出時のヘリ費用についてはそちらからの援助が受けられたが、今回はそうしたサポートも期待できないという。

だから、じつを言えば和志と組むことで、ノースリッジのスポンサーシップが得られるかもしれないとの期待が早い時期からあったとアランは正直に打ち明けた。それならなおさら自分たちだけではなく、和志にもソロでの西壁挑戦をぜひ果たしてほしいとアランは強い希望を覗かせた。

まだ和志は決心に至っていないが、マルクの不審な動きのことがある。自分が同じパーティーで活動した場合、三人にも迷惑がかかるのではないかと不安を伝えた。ミゲロたちは、それなら正面から受けて立つと声をそろえた。

「冗談じゃないよ。そんなことがまかりとおるんだったら、アルピニズムの精神はこの先、地に墜ちる」

ミゲロは拳を振り上げた。イタリア人は声が大きい。周囲のテーブルの客たちが驚いたようにこちらを振り向く。アランも大きく頷いた。

「もしそれで厄介ごとが起きたとしたら、カズシにとっての問題である以上に、我々ヨーロッパのアルピニストの恥になる」

そうは言われても、マルクの策謀に関しては、恥をかいたで済まされないこともある。アマ・ダブラムでの遭難では、危うく和志は殺人犯にされかけた。ローツェ南壁では、ネパール政府に働きかけてパーミッションの取得を妨害した。

ネパール政府の決定の裏でマルクが暗躍したというアランから聞いた話が事実なら、和志への逆恨みがあれからさらに高じていることになり、冬季マカルーのパーミッションにしても、なんらかの妨害を仕掛けてくる可能性は否定できない。しかしカルロは歯牙にもかけない。

「マルクの画策がもし本当だとしたら、グループ・ド・オート・モンターニュの品位が疑われるよ。もっとも元からそれほど敬意を払っていたわけじゃないけどね。そもそもいまだに私には入会の声がかからない。登山家としての実績では、私以下の会員がいくらでもいるというのに」

たしかにカルロの実績から考えれば、すでに会員になっていておかしくないはずで、そうではないと聞かされて、和志はむしろ意外だった。入会は会員の推薦によることとなっていて、申請すれば入れるというものではない。つまりグループ・ド・オート・モンターニュが、なにかの理由でカルロを歓迎していないということだ。ミゲロはむしろ楽しげだ。

「マルクが暗躍しているかどうかはわからないが、今回のソロ禁止の件にしたって、大人しく従っていたらアルピニズムに未来はない。カズシが規制の裏をかいてマカルー西壁を登ってみせれば、ソロがアルピニズムにとって重要なタクティクスの一つだということを世界が再認識するはずだ。そうなればネパール政府だって、馬鹿な規制は撤廃せざるを得なくなるよ」

　同感だというようにアランが応じる。

「おれだってソロで狙っているピークはいくつかある。アルピニズムはスポーツとは別物だという議論があるけど、記録を目指すという点じゃスポーツと同じだ。ところがその記録の対象となるピークやルートがいまや枯渇しつつある――」

　挑む目標がなくなればアルピニズムそのものが衰退する。だからこれからはソロや冬季のような、より困難な条件でのクライミングがアルピニズムの課題になる。そんな流れに逆行するネパール政府の政策は、アルピニズムの命脈を絶とうとするものだとアランは力説する。

　単に自分の偏屈な性格ゆえに選んだソロ主体のこれまでのクライミングスタイルに、そういう意味があると和志自身はとくに意識はしてこなかった。そんな和志の背中を磯村がもう一押しする。

「ソロ、そして冬季――。その二つの条件をクリアできるクライマーはそうはいない。だとしたらこの先、おまえが挑むべきターゲットはいくらでもあるぞ。とりあえずはマカルー西壁だな。規制の裏をかいてソロでの登頂に成功したら、ネパール政府は当分おまえにパーミッションを出さなくなるかもしれないが、そんなことは気にしないでいい。登れる山はほかにいくらでもあるんだから」

磯村の言うとおり、一般に世界の屋根と称されるネパールだが、八〇〇〇メートル峰十四座のうち、ネパール国内からしか登れない山は、じつはダウラギリ、マナスル、アンナプルナの三座だけだ。

カンチェンジュンガはインド側からも登れるし、エベレストを始めとするネパールの大半の高峰は中国側からも登れ、K2を始めとするカラコルムの峰々は中国とパキスタンに跨（また）がっている。ナンガ・パルバットは全体がパキスタンの国内に、シシャパンマも全体が中国の国内にある。

「アルプスであれヒマラヤであれ、世界初の名がつくあらゆる記録は、不可能を可能にして達成したものだからね。だから我々も西稜の冬季初を狙うんだ。そこに政治は介入すべきじゃない」

憤りをあらわにするアランの言葉を受けて、山際もここぞと身を乗り出す。

「すべてのトップクライマーがそれぞれにとっての不可能に挑戦する。そうやってアルピニズムはきょうまで発展してきた。それが人類の宝ともいうべきアルピニズムという文化を、さらに未来に繋げるために必要なことだと思うよ」

「ところがいまは、アルピニズムを金儲(もう)けの道具に使おうとするようなのばかりなんですよ。政治の介入以上に問題なのがそっちのほうで、エベレストのノーマルルートはいまやフィールドアスレチックコースです。それも料金だけはべらぼうに高い」

ジャンが嘆(なげ)くと、神妙な表情でミゲロは頷いた。

「あのとき、カズシに続いてアランとジャンが動いてくれなければ、おれは生きて還れなかった。もちろんヒマラヤのバリエーションルートに挑む以上、そうなることも覚悟はしていた。ただね、エベレストにいた連中のように、アルピニスト仲間の生死よりビジネスが大事という風潮が広まったら、これからはアルパインクライマーですと、おれは胸を張って世間を歩けなくなる」

「アルピニズムを金儲けの道具にするという話については別の意味で耳が痛いが、私にとって現在のビジネスは、断念せざるを得なかったクライマーとしての夢の続きなんだよ。カズシのスポンサーを買って出たのも、今回冬のマカルー遠征をサポートしようと考えたのも、君たちの夢がいまでも私の夢だからなんだ」

真剣な口調で山際は応じる。もちろん山際が金儲けのためだけにノースリッジを立ち上げたとは、和志は決して思わない。彼の経営者としての手腕を考えれば、単にビジネスとしてだけなら、もっとうま味のある分野でいくらでも成功できたはずだ。ミゲロが慌てて首を横に振る。

「そんな意味で言ったんじゃないんですよ。高品質のクライミングギアをリーズナブルに提供してくれるうえに、カズシという卓越したクライマーを世に出してくれた。それだけでアルピニズムに対する素晴らしい貢献です。そのうえ我々まで支援してもらえる。その期待にこちらも全力で応えないと」

「もし可能なら、カズシと頂上でランデブーだな。世界が喝采するのは間違いない。そのチームの隊長をやらせてもらえるんなら、私としては本望だよ」

　カルロが唐突に言い出した。その表情はいかにもやる気満々だが、事前に聞いてはいなかったらしく、アランとジャンは驚いたように顔を見合わせた。磯村が慌てて異議を申し立てる。

「勝手に決めないでくれよ。カズシの場合、スタイルはソロでも活動はチームでやっていて、その隊長はおれがずっと務めてきたんだから」

　余計なことを言うなというように友梨が傍らで袖を引っ張る。磯村の病気のことはまだ世間には知られていない。公表すれば和志の挑戦を感涙もののドラマに仕立てられそうだが、磯村はもちろんのこと、和志も山際もそれは望まない。むろん冬のＫ２でもそうだったように、磯村がベースキャンプに入れるとは思えない。

「だったらツートップで行こう。私は命を救えなかった隊員たちのリベンジを果たしたいんだよ。もちろん山に恨みはないけどね。私にとって彼らを頂上に立たせられなかったのは、まさに痛恨の極みなんだ」

　カルロは切実な表情で訴える。自身は登らないにしても、ふたたび隊長としてマカルー遠征に参加して、生還したミゲロを含む三人を登頂させることで、死んだ四人の思いを遂げてやりたいというのが、彼の切なる願いのようだった。

「わかったよ。マカルーの西面に関してはあんたに一日の長がある。なに、仲良くやれさえすればいいんだよ。アランとジャンに異存がなければね」

　磯村はカルロの妥協案を鷹揚に受け入れた。アランたちもこだわることなく頷いた。

　和志の登攀に関してはあくまで自分が仕切りたい。遠征中にネパール入りするか日本国内にとどまるかはともかくとして、一定の発言権は確保しておきたいという思惑だと和志には読める。

　もちろん和志にしても望むところだ。ソロであれアルパインスタイルであれ、長期間を要するビッグウォールクライミングでは、ベースキャンプを支える隊長の役割が極めて重要だということを和志は身をもって知っている。

　登るのはあくまで自分で、最後の決断をするのもむろん自分だ。しかし下で見守ってくれている者との心の絆がどれほどクライマーに強さを与えるか――。

　いまではともに登ることは叶わない磯村が、むしろそれゆえにかけがえのない魂のパートナーというべき存在になっている。同様に四人の隊員を失ったカルロにとっても、マカルー西稜への思いは特別なもののはずだ。ミゲロが身を乗り出す。

「頼もしいベースキャンプが出来そうだね。カルロは隊長の経験が豊富だ。イソムラは一昨年、和志とローツェ・シャールから主峰への縦走をやったんだろう。できればパーティーの一員として、一緒に西稜を登ってもらいたいくらいだよ」

和志の目から見れば、筋肉が落ち、顔色もいま一つ優れない磯村にかつての精悍なアルピニストのイメージはないが、普段から見慣れているわけではないミゲロたちには、まだ第一線のクライマーのオーラのようなものが残って見えるのかもしれない。

2

あすはガイドの予約が入っているとのことで、アランとジャンは食事を終えると慌ただしくシャモニーに帰っていった。

カルロとミゲロは今回の和志のトレーニングのために、ドライツーリング向きのルートをいくつも見繕ってくれていた。

「ほとんどが私の時代には敬遠されていたエイドクライミング（人工登攀）のルートだよ。当時すでにクリーンクライミングの思想が普及していて、埋め込みボルトやアブミ（小型の縄梯子（なわばしご））を使わないフリークライミングが主流になっていたせいかもしれないが」

山際は意外そうな表情で問いかける。そこだと言うようにミゲロが説明する。

「おっしゃるとおり。そういうルートの大半が、フリークライミングが主流の時代には目を向けられなかったんです。ところがドロミテでも最近はドライツーリングをやるクライマーが増えてきて、それに適したルートが新たに脚光を浴びるようになったんですよ――」

ドライツーリングのギアとテクニックを使えば、ハンドホールドがほとんどないような一枚岩でも、極端なオーバーハングでも、埋め込みボルトやアブミのような人工的な手段なしで乗り越えられる。

ミックスクライミングから派生したドライツーリングのグレード（難易度）は、前者がMプラス数字で表されるのに倣い、Dプラス数字で表記される。そのグレードで言えば最高難度のD16相当の壁がドロミテにはいくつもあるという。困惑ぎみに和志は言った。

「高難度のグレードにはあまり興味がないんだ。ミックスクライミングもドライツーリングも、最近はそういう壁を対象に競技化が進んでいるようだけど、あれはあくまでもスポーツだからね――」

そうした壁は主にショートルートで、今回のトレーニングの目的とは根本的に異なる。それに競技としてのミックスクライミングやドライツーリングと、ヒマラヤの八〇〇〇メートル峰を登る技術としてのそれは本質的に別物だ。

とくにマカルー西壁では、八〇〇〇メートルを超えた地点からの五〇〇〇メートルに及ぶオーバーハングを攻略する技術こそが重要で、できるだけ筋力に頼らず、よりスピーディーに登るテクニックを発見することが今回のトレーニングの目的でもある。しかしミゲロの考えは違うようだ。

「おれも西稜を登っているとき、ヘッドウォールの様子にも興味があってじっくり観察したよ。たしかにカズシが言うように、ドライツーリングのグレードとしては中程度かもしれないけど、ドロミテで最高難度の壁を登っておけば技術的な余裕が生まれると思うんだ。その余裕があの高所の壁では大きなアドバンテージになるはずだ」

「そうかもしれない。ただ僕が求めているのはあのヘッドウォールを登るために必要な技術と肉体で、それ以外の要素はすべて削ぎ落としたい――」

現在の思いを和志は率直に語った。アラスカで腕を磨いたアイスクライミングやミックスクライミングの技量でならその分野のトップクラスにいると自負しているが、ドライツーリングに関しては、まだまだ埋めなければならない技術的課題が少なからずあると感じている。

アイスクライミングやミックスクライミングから派生したとはいえ、それらはオーバーハングを登るための技術ではない。それは当然のことで、雪や氷の壁は物理的に九〇度を超える傾斜を持つことがないからだ。

だから同じダブルアックス系でも、岩だけを対象にするドライツーリング特有の課題となるのがオーバーハングの克服なのだ。

もちろん現在のドライツーリングの技術レベルは、ルーフと呼ばれる一八〇度近く前方にせり出した極端なオーバーハングもこなせるようになっている。

それを力任せではなく最小限のエネルギーで登る——。これから立ち向かうことになるかもしれない八〇〇〇メートルの高所で待ち構える難敵との闘いでは、そんな省エネ登攀ができるかどうかが明暗を分けることになるだろう。

そのためにはどうしたらいいか。答えはまだ見つからない。ただがむしゃらに登るだけなら、競技グレードのD14からD15あたりまではなんとかこなせる自信がある。しかしそれはドロミテのような標高の低い壁で、かつシングルピッチのショートルートに限られる。

そもそもそういうハイグレードなルートは競技を目的に設定されていて、そこで求められる技術は高所クライミングに必要な技術とは同列に置けない。

「だったらとりあえずD9からD15くらいまでのシングルピッチのルートで技術に磨きをかけて、そのあと本番を想定したマルチピッチのロングルートを登ってみたらどうだ。それなら高度の問題を除けば、マカルー西壁を登るうえでの技術的課題についてほぼ見通しがつくんじゃないか」

仲をとり持つようにカルロが言う。ミゲロもそれに乗ってくる。

「それならお誂え向きのゲレンデがいくつもあるよ。ボルトやピトンがセットされているからリードで行ける。落下を惧れず大胆なムーブ（体重移動）が試せるんじゃないのか」

ミゲロが言っているのはリードクライミングと呼ばれるやりかたで、下でビレイヤー（確保者）がロープを握り、登攀者はあらかじめセットされたプロテクション（確保のための支点）にロープをセットしながら登る。スポーツクライミングの競技種目の一つだが、そんなゲレンデがドロミテにもあるとは知らなかった。

「だったら私がビレイヤーをやるよ。ミゲロはまだ足が不自由だから」

カルロが張り切って言うと、磯村が今度も慌てて口を挟む。

「だめだよ。カズシのコーチはおれの仕事だから、下でビレイ（確保）しながらいろいろ指導をしないと」

現在の磯村の体力で墜落時にしっかり止めてもらえるかどうか、若干心もとないところはあるが、やめてくれとはとても言えない。要は自分が落ちなければいいと割り切るしかないだろう。

「だったらイソムラに任せるよ。ただしドロミテは我々の庭みたいな場所だから、適宜アドバイスはさせてもらうよ。冬の遠征にはぜひカズシにも加わってもらって、世界の度肝を抜いてやりたい。そのために私もできる限りのサポートはしたいから」

渋々という調子でカルロは言う。仲良くツートップでという話も怪しくなって、早くも微妙な鞘当てが始まっている様相だ。差し水をするように山際が口を開く。

「カルロとミゲロの協力には感謝するばかりだよ。プロジェクトはいよいよスタートラインに立った。お互い、いい関係を構築していかないとね。西稜のほうはもう確定と考えてよさそうだから、あとはカズシの決断を待つだけだよ」

普段は押しつけがましい物言いをしない山際が、さりげなくプレッシャーをかけてくる。さらに背中を押すように友梨が言う。

「二つのチームが一つになれば、アルピニズムの世界に与えるインパクトも桁違いになるわね。こうなると、私も広報のし甲斐があるわ」

山際も顔をほころばす。

「冬のマカルーの頂上で四人がランデブーできたらと思うと、私だってワクワクするよ。それがビジネスにも波及すれば、もっと大勢のアルピニストにスポンサーシップを提供できるからね。それによってアルピニズムの未来に私もいくばくかの貢献ができる。そのためには、まずは君たちに頑張ってもらわないと」

「任せてくださいよ。ノースリッジのサポートがあれば、我々は余計なことに気を回さず、登ることに専念できます。冬のマカルー西稜は確実に落としてみせます。だからカズシにも、ぜひ成功してもらいたいんです」

ミゲロは力強く応じる。彼らが吹かせてくれている追い風は、和志を命懸けの挑戦に追い立てようとする身勝手なものでは決してなく、その能力を十分に信頼してくれているがゆえのものだと納得できる。できればそれに応えたいと和志も思う。これまでになく前向きな気分で和志は言った。

「きっとなにかがドロミテで見つかるはずだよ。そうなればクリアすべき条件の一つに見通しがつく」

マカルー西壁攻略の条件は三つある。その一つが天候で、それればかりは技術や体力でどうこうできるものではない。

冬のK2のときのように、優秀な気象予報士と組んで精緻な情報を入手し、わずかな好天を逃さず短期速攻で勝負をかける——。そんないつもの作戦以外に思い浮かぶ方法はとくにない。

もう一つの条件が、落石とそれによって引き起こされる雪崩だ。そのリスクを避けるための作戦が冬季登攀で、冬の寒さが氷や岩を強固に凍てつかせ、落石のリスクを軽減させるメリットが期待できる。ローツェでもK2でもその作戦がある程度は有効だった。一方で寒さという別のリスクも存在する、いわば諸刃の剣だが、ここはそのメリットが勝ることに期待するしかない。

とはいえマカルー西壁が多くの挑戦者を退けてきた最大の要因が、落石とそれによって誘発される雪崩であることを考えれば、好天を突いて頂上を目指す作戦と考えあわせても、もっとも重要なのが三つ目の条件となるスピードだろう。

壁に長居をすればするほど、天候悪化と落石という二つのリスクが幾何級数的に高まっていく。それをクリアする鍵がヘッドウォールの速攻登攀だということを考えれば、今回のドロミテでのトレーニングの成果が、和志にとってマカルー西壁挑戦の可能性を開くキーになる。

「やっとその気になってくれたようだな。なに、必ずいい答えが見つかるよ。おまえはきょうまでそれを見つけ続けてきた。それが現在のおまえのキャリアをつくりあげているんだから」

磯村は信頼を滲ませる。それを和志は率直に受け入れた。マカルー西壁が自分のクライマー人生で、もっとも重い課題なのは間違いない。その課題に挑む心の準備がいま出来つつあるような気がした。

3

翌朝早く、カルロが用意したキャンピングカーで和志たちはホテルを出発した。

カルロとミゲロの勧めに従い、まずはクリスタッロ山頂直下のロレンツィ小屋までゴンドラで登ることにした。直接ゲレンデに向かうことも考えたが、せっかく世界自然遺産のドロミテにやってきて、その絶景を眺めないのも無粋というものだ。

山際から聞いた話では、コルティナ・ダンペッツォはかつて冬季オリンピックの開催地になったこともあり、街を囲むドロミテの峰々の山懐は、冬になればそのほとんどがスキー場になる。そのためのゴンドラやリフトは雪のない時期も稼動しており、それを利用すれば、ほとんどの山が頂上もしくは頂上近くまで歩かずに登れるようになっている。

ゴンドラの駅があるリオ・ジェーレまでは車で十分ほどだ。

お伽の国を連想させる南チロル風の街並みを抜ければ、緑の絨緞を敷き詰めたような放牧地が広がり、あちこちで牛や羊の群れがのどかに草を食んでいる。牧草地帯の先はモミやヨーロッパトウヒの鬱蒼とした樹林で、ハイカーやサイクリングを楽しむ人々の姿もときおり現れる。

森を抜けたところがリオ・ジェーレで、標高は一六四八メートル。そこから徒歩で頂上に向かうハイカー向けのコースもあるようで、見かけの険しさとは裏腹に、クライマーではない一般のツーリストも胸襟を開いて迎え入れてくれる懐の深さは、やはりドロミテの持ち味のようだ。

車を駐車場に駐めて、一行は四人乗りのゴンドラに分乗した。ゴンドラは一気に高度を上げる。ドロミテの女王と称されるコルティナ・ダンペッツォの美しい街並みが眼下に広がり、盆地に点在するいくつもの湖が午前の日射しを受けて眩く輝く。

その周囲にソラピス、トファーナを始めとする三〇〇〇メートル級の山々が大地から生(は)えた牙(きば)のようにそそり立つ。

じつに不思議な景観だ。ヒマラヤやヨーロッパアルプス、あるいは日本アルプスでも、こうした高峰は山脈として連なる。しかしここではそのいずれもが海に浮かぶ島のように独立している。

「なんていうところなの。一つ一つの山は写真で見ていたけど、ただの岩山という感じだったわ。でもこうして全貌(ぜんぼう)を眺めると、まるで魔法の国ね」

友梨が感嘆する。山際も窓外の景色に懐かしそうに目を向ける。

「見えているのはまだ一部だね。さらに上に行けば、セッラ山群、マルモラーダ、チベッタといった東部ドロミテの大物が続々顔を出すよ」

「こういう山に、普通のハイカーが登れるんですか」

栗原が問いかける。説明する山際は故郷自慢でもするように楽しげだ。

「ドロミテの山々には、ヴィア・フェラータ（鉄の道）というルートが縦横に走っていてね。急峻な岩壁にも頑丈(がんじょう)なワイヤーや鉄梯子が設置してある。そのおかげで、普通ならクライミングの素養が必要なところでも、一般の人が安全に登れるんだよ」

「観光目的でそんなルートをつくるのは、アルピニズムの精神に反するんじゃないんですか」

ゆうべのレストランでのアランたちとの議論で出てきた、エベレストの大衆化に対する批判が栗原の頭にはあるようだ。山際は穏やかに首を横に振る。

「ヴィア・フェラータは、じつは戦争の産物なんだよ。第一次世界大戦で、敵のオーストリア軍と闘うためにイタリア軍が設置したもので、戦後も歴史遺産として保存してきた。その後、観光資源として有効活用されていまに至っている。結果的に、普通なら一般の人が近づけないドロミテの山々が誰にも開かれた自然の楽園になった。それはそれで素晴らしいことじゃないのかな」

補足するように和志は言った。

「ヨーロッパアルプスには、モンブランやユングフラウのように、ロープウェイや登山鉄道で頂上近くまで登れる山がある。日本にもそういう山はいくつもある。人類共通の資産である山を、一部のクライマーだけの独占物にしたいとは僕は思わないよ」

「でも、そのうちエベレストの頂上までロープウェイで登れるようになっちゃうかもしれませんよ」

栗原は極端なことを思いつく。さばさばした調子で磯村が言う。

「やるならやったらいいんだよ。いまのエベレストは、もうすでにそれに近い状態になりつつある。だからといって、より困難な課題に挑戦するクライマーは必ず出てくる。同じ山というフィールドで両者が共存できるのがベストだとおれは思う」

　磯村が言うとおりで、一昨年、和志は難壁として有名なバルンツェ南西壁をソロで初登攀したが、頂上で待っていたのは磯村が組織したアマチュア対象の商業公募隊のパーティーで、彼らはノーマルルートから登っていた。そのなかには友梨もいた。

　そんなふうに、いまはヒマラヤの高峰もトップクライマーとアマチュアが共存する場所になっている。つまり頂それ自体はアルピニズムの対象ではなくなりつつある。

　ハイキングレベルの技術や体力で頂上に至れるルートと、現代クライミングの最高の技術レベルを要するルートが隣（とな）り合うように存在するドロミテは、そんな時代のパイオニアともいうべき場所なのだろう。山際はきょうもさりげなく発破をかけてくる。

「ノースリッジの社長としては、山に登る人の裾野（すその）が広がるのは嬉しいよ。ただしそれを牽引（けんいん）するのは、より困難な登攀を目指す本格派のアルピニストの活躍だ。こうなったら、和志君にはとことん尖（とが）ったクライミングをやり続けてほしいね」

4

　十分ほどで中腹駅のソン・フォルカに到着した。正面にトファーナ、その左奥に氷河を頂いたドロミテ最高峰のマルモラーダが顔を覗かせる。風は穏やかで、夏の日射しがじりじりと肌に照りつける。

ここで二人乗りの立ち乗りゴンドラに乗り換えて、さらに上を目指した。高度を増すにつれ、窓外の景観はさらに広がりを見せる。ドロミテを代表する雄峰が次々顔を覗かせる。

十分ほどで頂上直下のゴンドラ駅に着いた。標高はすでに三〇〇〇メートル近い。駅のすぐ近くにある小屋の展望のよいテラスに腰を落ち着け、コーヒーを注文した。

テラスからの一望に和志は驚嘆した。快晴の空に鋭く突き上げる墓標のようなモノリス（岩塊）や槍の穂先のようなピナクル（尖塔）。いずれもが三〇〇〇メートル級の高峰で、緑の牧草地や針葉樹の森に覆われた谷がそれらを隔て、そのあちらこちらに大地の瞳のような湖水が点在する。

トレ・チーメ、ソラピス、トファーナ、セッラ山群、サッソ・ルンゴ、チベッタ、マルモラーダ――。山際が次々指さしながら山名を諳んじる。

「ヒマラヤもすごいけど、ここも負けていないわね。タイプはまったく別だけど、山の魅力って様々なのね」

友梨はため息を吐いて周囲の景観に視線を巡らせる。

「おれもドロミテは初めてだが、この歳まで足を踏み入れることがなかったことをいま後悔しているよ。どうやらこれが見納めになりそうだけどね」

　磯村が突然切ないことを言う。それはたしかにそうかもしれない。しかし和志に発破をかけるためのカードとして使う以外に、そんな言葉を口にしたことはこれまでなかった。

　具合が悪いのかと訊いたところで正直に答えるはずがないし、ゆうべは冬のマカルー遠征の隊長を務めることにこだわった。気力も体力も横溢（おういつ）しているからなのか、それともこれが最後と思い定めて、なけなしの気力を振り絞っていたのか――。突然湧いて出たそんな疑念に戸惑（とまど）いながら、努めて明るい口調で和志は言った。

「僕もドロミテが気に入った。そのうち時間が出来たら、またここに来てたっぷり岩登りを楽しみたいよ。ルートは一生かかっても登り切れないほどありそうだ。そのときは磯村さんにも付き合ってもらうから」

　和志と同様の不安を感じたのかもしれない、妙に弾んだ声で友梨も言う。

「ヒマラヤの大遠征の合間に、磯村さんと組んで、ここでドライツーリングの最高難度の記録に挑むのもいいんじゃない。世界一の冠はいくつあってもいいから」

「だったらノースリッジも、これから競技用のアックスの開発を検討するよ。私にもいろいろ課題が出てきそうだな」

　屈託のない調子で山際も応じる。

　そんなやりとりから和志たちの懸念を察知した様子で、それを払拭（ふっしょく）しようとでもするように磯村は身を乗り出す。

「せっかく来たんだから、今回、おれも一登りしてみるよ。だいぶブランクがあるから、和志が登るような厳しいルートは無理だけど、ヴィア・フェラータならなんとか行ける。友梨と栗原も一緒にやってみないか」

「私にできるかしら」

友梨はまんざらでもなさそうだ。クリスタッロの頂上直下の切り立った岩場に目を向けて、やや腰が引けた様子で栗原が問いかける。

「見た目はかなり恐ろしげですけど、僕でも登れますか」

いまいる小屋から頂上までは標高差で二二〇メートルほど。ルートは普通に登ればおそらく四級から五級のグレードだ。

しかしここにもヴィア・フェラータのワイヤーや梯子が設置されていて、数珠繋ぎになって登る人々の姿が見える。テラスで身支度をしている人々も、ヘルメットやハーネスを着けている点を除けば、ごく普通のハイカーの服装だ。

「心配ないよ。クライミングというよりフィールドアスレチックの一種で、登山経験がまったくない人でもどんどん登っているから。栗原君もこれからヒマラヤを目指すんなら、高度感に慣れておくうえでもいい経験になるはずだ」

山際が煽るように言う。傍らでコーヒーを飲んでいるカルロに磯村が相談すると、カルロは大いに喜んだ。

「そりゃいいアイデアだ。ヘルメットやヴィア・フェラータ専用のカラビナは、コルティナ・ダンペッツォのスポーツ用品店で買えるし、使い方も説明してもらえる。イソムラも一緒に登るんなら、心配することはなにもないよ」

「だったら、最高峰のマルモラーダを狙うべきだね。途中までリフトが使えるから、頂上まで五、六時間で往復できるよ。せっかくドロミテに来たんだから、ぜひ楽しんで帰ってほしいね」

ミゲロも諸手（もろて）を挙げて賛成のようだ。磯村の体調を考えると、和志としては若干不安ではあるが、去年の秋の滝谷トレーニングの際には上高地（かみこうち）から北穂高岳に登っており、全盛期の馬力はなかったにせよ、一般の登山者のレベルは超えていた。

その後、特別なトレーニングはしていないが、とくに体力が落ちているようには思えない。山際やミゲロの説明を聞く限り、ゴンドラを併用したヴィア・フェラータでマルモラーダに登るくらいは造作（ぞうさ）もないと磯村は判断しているのだろう。

山にいることがいちばんの治療だという磯村の日頃の主張からすれば、それはむしろプラスに働くと信じたい。ポロリと漏（も）らした悲観的な言葉に不安を感じてそれとなく煽ってみたら、思わぬ成り行きになってきた。

ハイキングとフィールドアスレチックのミックスのようなヴィア・フェラータとはいえ、頂上を目指すという意味では登山と変わりない。すでに諦めていた磯村とともに頂を踏みたいという希望が、ヒマラヤでは無理でもドロミテでなら叶いそうだ。

「それなら、僕も一日体を空けて付き合うよ。いい気分転換になりそうだし」

さりげなく和志が言うと、拗ねたような調子で磯村が口を挟む。

「もしかして、おれの体のことを心配して、お目付役を買って出ようという魂胆じゃないだろうな。途中で死なれたら困ると思ってるんだろう。だめだよ。いまのおまえには無駄にできる時間はないんだから」

日本語の会話だから、カルロとミゲロのことを気にせずに、磯村は遠慮なく病気のことを口にする。和志は慌てて首を横に振った。

「そんなことないよ。みんなの話を聞いていたら、僕もマルモラーダの頂上を踏みたくなったからだよ」

「おまえがマカルー西壁を登ることがおれの願いだ。余計なことを考えず、おまえはそっちに集中しろ」

「難しく考えないでよ。ただ磯村さんとマルモラーダの頂に立ちたいだけだよ」

「それが、二人で登る最後の機会だと言いたいわけだ」

今回がドロミテの見納めだなどと言っていたくせに、今度は妙に絡んでくる。しかし本人が語ろうとしない以上、その心の裡はわからない。

降り注ぐ陽光と青空、天に向かって伸びあがる勇壮な岩峰群——。

普段の和志なら気持ちが高ぶらずにはいられないそんな世界のただなかで、いま大切ななにかを失おうとしている——。そんな予感めいた思いが心を捉(とら)えて放さない。

もちろんそれ自体は既定の事実だということを知っている。しかし一方で、それが無期限に保留になっているという、とくに根拠もない思い込みが、つねに和志の心を支えてきた。

ふと漏らした磯村のあの一言で、その頑(かたく)なな思い込みに揺らぎが生じた。自分の余命が限られていることを、これまでも磯村はしばしば口にしてきたが、いつもの口癖と受けとって、そんな言葉に予感めいたものを感じたことはなかった。

山にいるときでも、和志は第六感などというものは信じない。天候悪化には必ず具体的な兆候があることを知っている。雪崩や落石にしても同様で、事故が起きるのはそれを見落としたときなのだ。

日本からイタリアに向かう機内でも、磯村は体調に不安は感じさせなかったし、ゆうべのレストランでの食事でも、かつての健啖(けんたん)家の面影(おもかげ)はないにせよ、十分食事を楽しんでいる様子は窺えた。

「そんな機会はまだまだあるよ。磯村さんは不死身だからね。あと五年でも十年でも生きて、僕を世界の頂点に押し上げてほしいんだよ」

悲観に傾こうとする気持ちに抗って、強い調子で和志は言った。皮肉な口振りで磯村は応じる。

「心にもないことを言うんじゃないよ。きょうあしたに死ぬわけじゃないけど、時間が限られているのは間違いない。だからマカルー西壁は、おれが生きているあいだにぜひ登ってくれよ」

「マルモラーダには問題なく登れる体調なんだね」

和志は突っ込んで問いかけた。そんなことを訊けば反発するのはわかっている。しかし磯村はその予想を裏切った。寂しげな調子で磯村は言う。

「おれのいまの状態で、頂上に氷河がある山に登れるチャンスはそうはない。だからあの山を見て闇雲に登りたくなったんだよ。おれだってそう簡単にくたばりはしないつもりだよ。だからと言って病気には勝てないからな」

二人のやりとりに、友梨も懸念を感じたようだ。

「どうして急にそんなことを言い出すの？　体調に不安でもあるの？」

ストレートな友梨の問いに、磯村は首を大きく左右に振る。

「だったらマルモラーダに登ろうなんて思わない。いまはここ最近でいちばん調子がいいくらいだよ」

「本当にそうならいいけど、磯村さんの言うことは信用できないから」

友梨は露骨に猜疑を滲ませる。やれやれという表情で磯村は応じた。

「あのなあ、おれは山の素人（しろうと）じゃない。いつ死ぬかわからない体調で登って、みんなに迷惑をかけるようなことはしない」

　和志たちの会話の調子にただならぬものを感じたように、カルロとミゲロが顔を見合わせる。そんな気配を払拭しようとするように、共通語の英語に切り替えて、さりげない調子で山際は言った。

「ヴィア・フェラータで登るだけなら、なんの心配も要らないよ。途中までゴンドラやリフトを使うから、日本の北アルプスを登るより体力的にはずっと楽だ。マルモラーダの頂上からの展望は素晴らしい。せっかくドロミテに来て、登らずに済ますのはもったいないよ」

5

　和志たちは、翌日もカルロたちのキャンピングカーでホテルを出た。向かった先はトファーナの中腹にあるゲレンデで、D9からD14くらいのドライツーリング専用ルートがあるという。

　カルロもミゲロも和志たちが滞在する二週間ほどのあいだ、キャンピングカーで寝泊まりして付き合ってくれるとのことだった。山際はさすがに仕事があって、一週間程度で帰国する予定だが、そのあいだはドロミテでのバカンスを堪能するつもりのようで、当然のようにそこに加わった。

ゲレンデはゴンドラの中腹駅からほど近く、整備されたハイキングコースを五分ほど歩いたところにあり、足の悪い山際もダブルストックを使って問題なく歩きとおせた。

カルロがまず案内したのは高度差三〇メートルほどのルートで、グレードはD12。下から見上げると、ルーフと呼ばれる頭上から覆いかぶさるようなオーバーハングが何カ所かあるのがわかる。

「君にとっては歯応えがないかもしれないが、まずドロミテの岩のコンディションに慣れたほうがいいと思ってね」

カルロが言う。登るべきラインを頭のなかに描きながら和志は頷いた。

「ここはマカルー西壁の岩によく似ているよ。かなり硬そうだし、凹凸が多いからアックスで捉えやすい。さっそく登ってみるよ」

和志は磯村のビレイで躊躇なく登攀を開始した。磯村に不安げな様子はまったくなく、こなれた手さばきでロープを繰り出していく。磯村のビレイで壁を攀じるのは滝谷でのトレーニング以来だ。

ヨセミテやアラスカでの修業時代には、ほとんどのルートで磯村とロープを結び合った。そのなかにはルート初登攀の記録も少なからずある。ソロ主体のスタイルに変わったいまでも、磯村は心のパートナーなのだという思いが、どこか切ない気分を伴って湧き上がる。

最初の一〇メートルはほぼ垂直の壁で、「KASHIWADA」モデルの新型アックスは、指先では歯が立たないホールドをしっかり捉え、アイゼンも硬い岩肌に確実に食らいつく。

ドライツーリングでの使用を意識してブラッシュアップしてはいるものの、競技で使われるような専用のギアではない。基本はヒマラヤでの登攀で直面するあらゆるケースを考えた万能タイプだから、競技用のゲレンデでは多少のハンデはあるかと思っていたが、それを感じさせないどころか、想像以上に使い勝手がいい。

一〇メートル登ったところであらかじめ設置されているプロテクションにロープをセットし、下を振り向くと磯村が声をかけてくる。

「いい調子だな。しかしもう少しスピードを上げられないか。今回のテーマの一つはスピードだ。新型アックスの性能とおまえの技量からしたら、もっと素早く登れるはずだ。自分の力をもっと信じろ」

「わかった。岩の感じはとてもいいよ。磯村さんを信じて大胆に動くから、落ちたら確保をよろしく頼む」

そう応じて和志はさらに上に向かう。傾斜がいったん緩まったところを走るようなスピードで登りきると、二メートルほど突き出したルーフに差し掛かる。

　傾斜は一二〇度ほどだが、ホールドは細かく手では摑めない。普通ならエイドクライミングを要求される箇所だ。しかし新型アックスはそんなホールドを正確に捉え、十分に体重を支えてくれる。

　これが競技だったら腕力だけで乗り切るところだろうが、それではトレーニングの意味がない。体を丸めて足を伸ばし、しっかりと岩にアイゼンを嚙ませ、体重の負荷を腕と足に分散させる。適切なフットホールドを求めて体を捩り、デリケートなバランスで乗り越える。

「いいムーブだ。その調子なら体力は温存できる」

　磯村の声が届く。言うとおり、痛めた左肩にもさほど響かない。自分の腕が格別上がったということはない。新型アックスのドライツーリングへの適応力がかなり大きいということだろう。

　ルーフを越えた先もオーバーハング気味の一五メートルほどの壁だ。腕力を使わないムーブを心がければ、その分腹筋や背筋に負荷がかかる。

　アイゼンの利きに期待して、できるだけ足の力で体を押し上げる。単にスピードを上げるだけなら腕力に頼るほうが有利だが、マカルー西壁ではそれは通用しない。

　ヴィア・フェラータにチャレンジするらしい、ヘルメットとハーネスを着けたハイカーたちが眼下のトレールで立ち止まり、アックスを振るって登る和志の姿を興味深げに眺めている。ギャラリーがいるクライミングはヨセミテで経験したが、ヒマラヤではありえないシチュエーションだ。

山際たちもカルロとミゲロもこちらを見上げる。いいところを見せようという気についなりがちだ。それで登りが雑になり、ヨセミテでは落下したことが何度かあったから、ここは気を引き締めなければならない。

ハングした壁を登り切り、さらに小ぶりなルーフを二つ乗り越えたところがルートの終点だった。登り切ったことを報告して、懸垂下降でスタート地点に戻ると、ストップウォッチを手にしていたミゲロが声を上げる。

「十三分二十秒だ。ルートの最速記録だよ」

「本当なの？　そんな自覚は全然なかったけど」

意外な思いで和志は言った。あくまでバランスと体力の温存を考慮して、強引なムーブはしないように心がけた。

「おれが知っている限り、ここの記録は十五分台だよ。無駄のないきれいなフォームだった。当然の結果だな」

ミゲロは感心したように言う。磯村は鼻高々だ。

「おれの指導の賜物だな。もともと筋はよかったんだが、ヨセミテで知り合ったころは、ただ馬力で登るだけで、無駄なムーブが多いからスピードも出なかった。あのころと比べたら雲泥の差だな」

そう言えば聞こえはいいが、実際はなにも知らない和志を騙して身の丈を超えたルートに引っ張り出して、結果オーライで登らせてしまったのだ。その繰り返しでたしかに腕を上げたが、そのやり方がたぶん自分に合っていた。磯村との出会いがあっていまの自分がいる。そのことを否定する気は毛頭ない。

「私はドライツーリングのテクニックについては明るくないが、下から見た限り、ムーブはスムーズでルートの読みも的確だった。それはフリークライミングにも共通する、優れたクライマー特有の美点だよ」

山際も称賛を惜しまない。栗原は興奮を隠さない。

「下で見ていたら、僕もやってみたくなりましたよ。あんな凄いところは無理ですけど、和志さんみたいな最高のお手本がいるのに、ちょっとでも近づかないと損ですから」

「だったらあすから地元のクライミングスクールに通ったらいい。費用は会社で出してやるから」

「僕としては、できれば和志さんの指導を受けたいんですが、忙しいですから仕方がないですね」

栗原は残念そうに言う。宥めるように和志は応じた。

「まずはフリークライミングの基礎をしっかり身につけることだよ。そのためにはドロミテは最高のゲレンデだ。もしマカルー遠征が実現したら、ベースキャンプにいるあいだに、アイスクライミングやミックスクライミングの手ほどきをするよ」

「それがいいわよ。K2のときも、天候待ちで長いあいだベースキャンプで過ごしたから。和志さんもいよいよやる気になったみたいだし」

マカルー挑戦の言質（げんち）をとったとでもいうように、傍らで友梨が声を弾ませた。

この日、和志はシングルピッチのルートを十数本登り、最後はD14のグレードの壁を、最速記録ではなかったが、平均をだいぶ上回るスピードでクリアした。

登ったルートの標高差をすべて合計すればマカルー西壁のヘッドウォールに匹敵し、さすがに疲労はかなり溜まった。本番での標高や冬の寒さ、さらにそれなりの重量の荷物を背負って登ることを考えたとき、ここでの結果がそのまま当てはまるわけではない。

しかしミゲロが言っていたとおり、西壁のヘッドウォールよりもはるかに難度の高い壁を難なく登り切ったことで、テクニカルな側面に関してはある程度の見通しが立った。より筋力に頼らず、かつ酸素分圧の低い高所での動作の緩慢さを克服できるテクニックの追求があすからの課題になるだろう。

新型アックスも、機能性はもちろんのこと耐久性の点でも及第点以上で、ドライツーリング用のアックスは使い捨てというのが常識だが、これだけ酷使してもびくともしない。それはまさに日本刀の強靭さと共通するものだということが確認できた。

すべてのルートの登攀で、磯村はビレイヤーを務めてくれた。D14のルートでは一度落下したが、磯村は危なげなく止めてくれた。ただ立っているだけで体力も神経も遣うはずで、それを十分こなしたことを考えれば、きのう気になった磯村の健康上の不安は杞憂に過ぎなかったとも思われた。

6

山際は一週間の滞在ののち帰国したが、和志たちはその後もトレーニングを継続した。

ルートのグレードはあえて追求せず、スムーズなムーブで筋肉への負担を減らすことに注意を払った。その成果は如実に表れて、同じ本数のルートをこなしても、日を追うごとに疲労度は軽減した。

新型アックスは、従来のアックスならヘッドとシャフトの接合部が破損しそうな不規則な角度からの負荷にも、一体成型と靭性の高さの相乗効果で期待以上に適応し、斜め方向のリスでも不安なく体重を預けられる。そのおかげでムーブの際の選択肢が広がった。

滞在十日目で、マカルー西壁を想定したマルチピッチのロングルートでのトレーニングに移行した。

カルロとミゲロはまずトファーナの上部にあるルートを推薦した。トファーナは、コルティナ・ダンペッツォに近い三二四四メートルの高峰だ。

トポで確認すると、全体にオーバーハング気味だが、それほど極端なルーフは存在せず、マカルーのヘッドウォールをシミュレートするには最適の難度のようだった。

和志はソロで登るつもりだったが、本番前のトレーニングで転落して命を失うのは馬鹿げていると、磯村もカルロもミゲロも反対した。やむなく、ドロミテの若手ガイドをカルロに紹介してもらい、彼をセカンドにしてトライすることにした。

取り付きまではゴンドラで行くことができ、ルートはそこから頂上岩峰の一角に突き上げる。

踊り場のような二カ所の緩傾斜の岩場を挟み、オーバーハングした三つの壁が連なるピラーで、取り付きから見上げたスケール感は、この春目の当たりにしたマカルー西壁のヘッドウォールを凌駕(りょうが)する。

この壁はゲレンデとして整備されていないため、自分でプロテクションをセットしながら登ることになる。

パートナーを務めるガイドはエドアルドという二十五歳の若者で、もちろん和志の実績はよく知っているから、どこか惧れ多いという表情だった。

二十数ピッチのロングルートは、取り付いた瞬間から圧倒的な威圧感で頭上からのしかかる。しかしハイグレードのショートルートで十分トレーニングを積んでいるから、オーバーハングした壁に苦労することはほとんどない。

エドアルドのビレイでワンピッチ登り終え、今度は登ってくるエドアルドのビレイをする。そんなピッチを繰り返し、一時間ほどでほぼ中間地点に到達した。

和志の本来のスタイルのソロだったら、交互にパートナーのビレイをする必要がなく、プロテクションをセットしたり回収したりの作業もない。登攀に要する時間は半分程度で済むだろう。

もちろんデスゾーンでの登攀となれば別物で、過去にマカルー西壁に挑んだトップクライマーたちが、どれだけてこずり敗退したかはよく知っている。しかしこれだけの壁をこのペースで登れることが自信になったのは明らかだ。テクニックの点でも用具の点でも、とりあえずの目途は立ったと言えるだろう。

その後も登攀は順調で、ほぼ正午に頂上に着いた。頂上の小屋でしばらく待つと、磯村たちがゴンドラで上がってきた。

「危なげのないいい登りだったぞ。疲労度はどうだ」

磯村が訊いてくる。余裕を見せて和志は応じた。

「それほどじゃないよ。痛めた左肩もほとんど張っていない。さすがにあれだけオーバーハングが続くと、スピードはもう一つだったけどね」

登攀に要したのは三時間。エドアルドの話では、それでも過去の最速記録より一時間ほど早いという。高度差一八〇〇メートルのアイガー北壁の最速記録が二時間二十分台だということを思えばまだまだだが、そちらの記録はソロで達成されている。同条件ならたぶん和志も一時間台で登っていただろう。決めつけるように磯村は言った。

「これでマカルー西壁への準備は整ったな。天候については運任せだ。落石と雪崩については冬季という条件を生かすしかない。これ以上悩むのは時間の無駄だ」

第五章　ヴィア・フェラータ

1

　和志は八〇〇メートル前後のマルチピッチのルート（複数のピッチを含むルート）をさらに数本こなし、最後の二本はビレイヤーなしのソロで登った。本番をシミュレートするために約五キロの荷物も背負った。

　その二本とも二時間半前後の記録を達成し、もちろんルート最速だった。標高と落石の問題を除けば、技術的な課題はほぼクリアできたと言っていい。

　その二日後、和志たちはマルモラーダの麓の街、ロッカ・ピエトーレに向かった。ここにもカルロとミゲロが付き合ってくれた。

　街の近くにあるゴンドラの駅からは威圧するように迫るマルモラーダ南壁の威容が望めた。氷河があるのはその背後、北側の斜面で、南壁は雪など付きようのない石灰岩の垂壁だ。

メスナー・ダイレクト、オリンポ、フィナツァ、フィッシュ、モダンタイムス――。カルロが次々著名なクラシックルートを指で示す。もし転落事故がなかったら、そこにヤマギワの名を冠したルートも加わっていたかもしれない。

そこからゴンドラで向かった二〇〇〇メートル台半ばの地点から、岩稜伝いに頂上に至るヴィア・フェラータが始まる。

専用のセーフティシステムやヘルメットから、下山時に氷河を通過するためのアイゼンやダブルストックまで、ヴィア・フェラータに必要な装備はすべてコルティナ・ダンペッツォ市内で入手できた。

天候はここ数日安定していて、この日も絶好の登山日和（びより）だった。風は穏やかで日射しは強く、標高の高いドロミテの山中でも、日中は三〇度近くになることもある。

日本から来た全員がヴィア・フェラータは初めてなので、カルロがガイド役として一緒に登ってくれるという。足の悪いミゲロはさすがにそこまでは付き合えず、ロッカ・ピエトーレのホテルのテラスでビールでも飲みながら待っているとのことだった。

カルロをトップにさっそく登り始める。ヴィア・フェラータ用のセーフティシステムはよくできている。伸縮性のあるY字状のストラップの、分岐（ぶんき）した先にはそれぞれカラビナがついていて、ハーネスへはリギングプレートと呼ばれるショックアブソーバー機能を持つ器具を介して接続する。

その二つのカラビナをそれぞれ、二メートルほどの間隔で打たれた支点に固定されている安全確保用のワイヤーにセットする。そのため、落ちても落下距離は最大一区間分の二メートルだから安全性は高い。さらに支点でのカラビナの付け替えも片方ずつ行なうから、その際の事故も起きにくい。

カルロから基本的な手順の説明を受けて登り始めたヴィア・フェラータは、最初は三級程度のグレードで、栗原も友梨もなんなく登っていく。磯村にも苦しげな様子はとくにない。

やがて四級、五級くらいの岩場が現れるが、ホールドの少ない箇所には金属製の梯子やステップが設置され、とくにロッククライミングの素養がなくても問題なく越えられる。

この日は明け方にホテルを出発し、リフトが動き始める午前七時前に現地に到着した。一本のワイヤーで結ばれたルートは、登るのが遅い利用者がいればそこで渋滞する。それを避けるには、その日のトップで登りだすのが最善だというカルロのアドバイスに従ってのことだった。さすがに一番乗りは無理だったが、先行したパーティーは比較的足が揃っていて、とくに妨害されそうな気配はない。

栗原は地元のクライミングスクールで何日かトレーニングを受けていて、岩場での基本動作はマスターしている。友梨も最近はインドアのクライミングジムで腕を上げているようで、四級程度の岩場なら、ワイヤーや梯子に頼らずその傍らをすいすい登っていく。普通ならデリケートなバランスが要求されるトラバースも、ワイヤー伝いならまったく危なげはない。

眼下には針葉樹の森や牧草地が広がり、麓の村々の教会の尖塔や南チロル風の瀟洒な建物が点在する。

登るに従って高度感は増してきて、すでに七〇度は超していそうなルートは感覚としてはほぼ垂直に近い。栗原はまだここまでの斜度や高度感には慣れていないようで、表情はやや硬い。しかしクライミングスクールの指導よろしきを得たようで、登攀の動作に危なげはない。

三ピッチほど登ったところで先行パーティーに追いつき、そこでカルロが先方のガイドと話し合い、トップを譲ってもらうことにした。

そこから先は遠慮なくスピードアップする。栗原の動きも次第にスムーズになってきた。心配していた磯村も、不安な様子はいまのところまったく見せない。

二時間ほどでルートのほぼ中間に達した。比較的広いテラスになっていて、休憩するには最適だ。ワイヤーからカラビナを外し、テルモスに詰めてきたコーヒーで一息入れる。

高くなった日射しにじりじり肌が焼けるが、空気は次第に冷たくなり、風も出てきた。眼下の岩場をときおりガスが巻き、下界の村々や牧草地の景観がかき消えるが、それも長続きはしない。きょうも一日、登山日和は続きそうだ。

東方向にやや遠くクリスタッロやトファーナ、ソラピス、南東には屛風を立てたようなチベッタや巨大な王冠を思わせるペルモが、薄絹のような雲海の上に空中楼閣のように浮かび上がる。

「私たち、凄いルートを登ってきちゃったんだね。こんな楽しいこと、ドロミテでしかできないわね」

ここまでの峻険なルートを見下ろしながら友梨が感嘆する。栗原も高揚を隠さない。

「僕も信じられませんよ。でも和志さんは、これよりずっと難しいルートを軽々フリーソロで登ったわけですから、それは想像を絶する世界です。これからトレーニングを積めば、僕にもできるでしょうか」

大袈裟な物言いに面映ゆいものを覚えながら和志は言った。

「技術面はまだこれからだけど、持久力の点では合格だよ。さすが元陸上選手だ。これからは新製品のテストにも付き合ってもらえそうだ。僕も楽しみだよ」

「本当ですか。じゃあ、ドライツーリングの指導もしてもらえるんですね」

「もちろんだ。山際社長は君に技術開発部門の一員として大きな役割を期待している。製品テストのために一緒に登ってもらう機会は、これからいくらでも出てくるはずだよ」

アマ・ダブラムで柏田を失った心の傷はまだ癒えないが、和志のクライマーとしての進化にとって、ノースリッジとのコラボレーションはこの先ますます不可欠になる。柏田を襲った悲劇が栗原に降りかからないとは限らないが、一方でその後継者を育てることは、アルピニズムの発展に懸けた柏田の思いを継ぐことでもあるはずだ。

「友梨も栗原も大したもんだ。おれもだいぶ煽られたよ」

磯村が言う。人を素直に褒めることは滅多になく、必ず一言皮肉を加える磯村にしては珍しい。そんな日本語のやりとりの雰囲気を察知したのか、満足げな口振りでカルロが言う。

「さすが、カズシのチームだよ。標準タイムより三十分は早い。ドロミテのヴィア・フェラータのなかでも、ここは指折りのハードコースだ。ほとんどのツーリストは、北側の氷河のルートから頂上を往復する。その意味では空いていていいルートなんだがね」

先ほどトップを譲ってもらったガイド同伴のパーティーはまだだいぶ下にいる。ルートの全体を眺めても、先日見たクリスタッロの頂上直下のように、数珠繋がりの渋滞になっている箇所はない。

「世界屈指のマルモラーダ南壁の全容が望めて、目と鼻の先にメスナー・ダイレクトのような第一級のクラシックルートがある。こんな贅沢な遊歩道は世界広しといってもここくらいだね」

心楽しい気分で和志は言った。普段経験するハイグレードなクライミングでは、周囲の展望を楽しむ余裕はほとんどない。できれば山際がかつて挑んだルートを和志も登ってみたかったが、難度は高いものの、今回の目当てであるオーバーハングを多く含むルートではなかったため、カルロたちが挙げた候補には入っていなかった。

そこから先は傾斜が一層増して、厄介なトラバースも何カ所か出てきたが、友梨も栗原も安定したムーブで楽々通過する。やや疲労が溜まってきたのか、前を行く二人と磯村の間隔がときおり広がる。磯村が肩で息を吐いているのがわかる。

昨年、穂高の滝谷に出かけたとき以来、自宅周辺でウォーキングをするくらいで、とくに体を動かすようなことはなかったようだ。当然、筋力は落ちているだろうし、そもそも不治の病を抱えた身で、いまこんな場所を登っていること自体、普通ならあり得ないことなのだ。

そんな状況を気遣って声をかければ、偏屈なプライドを傷つけるのはわかっているから、動きに注意を払いながらペースを合わせてついていく。トップを行くカルロもややばて気味のようで、全体としてもペースは落ちてきているから、磯村がことさらブレーキになっているわけではない。

とはいえ一昨年は、磯村と夏にゴールデン・ピラーを最速記録で登り、秋にはローツェ・シャールからローツェ主峰への世界初縦走に成功した。そのころの磯村と比べれば、クライマーとしての肉体的劣化は明白だ。

もちろん本人は百も承知だろうし、そうでなければ、エドアルドをパートナーに登ったマルチピッチのルートでも、自分がセカンドで登ると言って聞かなかったはずだ。

そのことをいまさら切ないといっても仕方がない。悲観するのではなく、その状態でいまドロミテ最高峰のマルモラーダを懸命に登っている磯村を、むしろ誇らしく思うべきなのだ。

和志たちが登る岩稜の横手をゴンドラが行き交う。マルモラーダの頂稜部をなす岩峰の一つ、三〇〇〇メートル級のプンタ・ロッカの頂上に通じ、和志たちが目指す主峰のプンタ・ペニアまではそこから指呼の間だ。

頂上に近づくにつれ、岩稜は一気に斜度を増してくる。鉄製の梯子やステップが頻繁に現れる。眼下には、箱庭のように広がる緑の牧草地や村々の建物。高度感はますます強まって、こういう場所に慣れていない栗原や友梨にすれば、壁を這い登るアリになったような気分だろう。

このくらいのルートなら普通はフリーソロで楽々登ってしまう和志も、ヴィア・フェラータ頼りのいまは逆に集中力を欠くせいか、その高度感にいつもとは違う緊張を覚える。

最後のかぶり気味の壁を登り切り、傾斜が緩んだ最後の岩稜を抜けると、ヨーロッパの山によくみられる鉄製の十字架がある頂上に出た。

頂稜部の半ばを占める雪のプラトー（台地）はそのまま北面を流れ下る氷河へと続き、その向こうに、深い青を湛えたフェダイア湖を隔てて、サッソ・ピアット、サッソ・ルンゴ、セッラ山群などの鋭峰群。その奥はるかに雪を頂いたオーストリアアルプスも顔を覗かせる。

「三〇〇〇メートルを越えたのは穂高以来だな。おれもまだまだやれるよ」

鉄の十字架にもたれて雪面に座り込み、荒い息を吐きながら磯村は言う。

「ガイド役を買っては出たものの、実際に登るとなるとマルモラーダは甘くないな。現役を退いてだいぶ経つから、若い人たちのようにはいかないよ」

トップの重責を果たしたカルロも力尽きたように腰を下ろす。こちらは日ごろの不摂生によるメタボ体型のせいだと思われる。

ツートップの隊長のどちらもこの状態では先が思いやられると言いたいところだが、登るのは彼らではない。そして彼らのサポートが、いや存在そのものが、どれだけチームの力を高めてくれるか、ドロミテでのトレーニングで、そしてこのヴィア・フェラータで、和志はたしかに感得できた。

2

その二日後、和志たちは日本に帰った。来週にはカルロたち四人がノースリッジとのスポンサー契約の件で来日するという。

この冬のマカルーのパーミッションはアランがすでに申請していて、いまのところネパール政府側からとくに問題は指摘されていないとのことだった。メンバーに和志の名前を加えるかどうかについては、迷った末、記載することにしたという。

最初から和志の名前を出すと、本隊とは別行動で西壁のソロを狙うのではないかとの憶測が広まり、それを耳にしたネパール政府がパーミッションを出さなかったり、和志を外せと要求してくる惧れはあった。しかし、それはとりあえず杞憂のようで、全員が西稜からの登攀だというアランたちの申請内容を、政府観光局の担当者は疑うこともなかった。もちろんまだ申請しただけで、実際に許可が出るまでは安心できない。

別の人間をダミーとして申請し、遠征に向かう直前に和志と差し替える手も考えられた。体調不良や内部的な対立で隊のメンバーが入れ替わることはさして珍しくもなく、ほとんどの場合、とくに問題なく認められる。ルートにしてもそうで、原則は山単位での許可というかたちだから、入山後にルートを変更することや、一つのパーミッションで複数のルートを登ることは珍しくない。

しかし直前まで和志の名前を伏せていたら、それが表沙汰になったとき、ネパール政府が動いて打つ手がなくなる公算が大きい。しかし和志がアランたちと国際チームを組むこと自体にはなんら問題はないから、名前さえ出しておけば、実際に登攀活動に入るまでネパール政府は強硬な手段はとれない。

どのみち最後には騙すことになる。その点は気が咎めないでもないが、そうしなければマカルー西壁にソロで挑む機会は永遠に訪れない。そもそもソロ登攀禁止というネパール政府の愚挙こそが問題なのだ。

和志に対しては、以後ネパールへの入国が拒否されることも考えられる。しかしアランたちには迷惑をかけたくない。その点に関しては、現地での和志の勝手な行動ということにすればいい。遠征中に仲間割れをして一部のメンバーが別行動をとることはよくある話だ。

ナンガ・パルバットの初登頂を果たしたヘルマン・ブールは隊長の指示に逆らって単独で頂上を目指したし、ラインホルト・メスナーと弟のギュンターがナンガ・パルバットのルパール壁を初登攀したときも、隊長の指示に反しての行動だった。

そういう行動をことさら称賛する気はないが、和志自身、ついこのあいだまでは、そもそもマカルー西壁に挑むこと自体を逡巡していた。しかしドロミテでのトレーニングで技術的な目途がある程度つき、アランとジャンとの再会、カルロとミゲロとの現地での交流で、いまはチームとしての結束にも強い手応えを感じている。

そうなると、これまで気持ちのなかでは抑制されていた今回の意味不明で理不尽な規制への怒りが噴出した。世界の登山界で、マカルー西壁クラスの難ルートにソロで挑むクライマーは、現状では和志くらいのものなのだ。そう考えれば、ネパール政府が規制を実施した背後にマルクの暗躍があったという話にも納得がいく。それは事実上和志一人をターゲットにした規制といっていい。もちろん和志だけの力では一国の政府相手になにもできない。しかしカルロやアランの手助けがあれば、そんなふざけた企みにも一矢報いることはできそうだ。

これまで登山界の揉めごとには和志はいつも一線を引いていて、積極的に関わろうという気になったことは一度もなかった。ローツェ南壁への挑戦にしても、トモが単独初登頂を果たしたのは一九九〇年の話で、和志にとっては私淑していたトモへの恩返しという思いによるものに過ぎず、そこに政治的な意味はなんら存在しなかった。

そのせいでトモを忌み嫌っていたマルク・ブランが和志に攻撃の矛先を向けてきた。その延長線上に今回のソロ登山規制があるのなら、自らの行動でその妨害を突破する義務がある――。それが和志の現在の心境だった。

帰国した翌日、ノースリッジの会議室で、ドロミテでのトレーニングの成果やマカルー西壁に挑むに当たっての技術的見通しについて山際に報告した。

和志が説明し、磯村が補足したその内容について、山際は十分満足した様子だった。トレーニングの前半には山際自身付き合っているし、もともとドロミテに関しては豊富な経験の持ち主だから呑み込みは早い。

「マルモラーダは私にとっても懐かしいよ。もちろん、思いはいまも複雑だがね。あそこの南壁は私のクライマー人生を断ち切った仇敵だから」

そんな言葉とは裏腹に、明るい調子で山際は言った。むろん彼の心のなかで、かつての思いはすでに吹っ切れているだろう。むしろ関心は、カルロたちヨーロッパ勢との国際隊の件のようだった。

せっかくスポンサーになるのだから、その挑戦を積極的にアピールすることは重要だが、本音を言えば、よりインパクトの強い和志の西壁挑戦を前面に出したい。しかしそれをやればマルクやネパール政府の神経を逆なでし、無用な妨害を呼び寄せることにもなりかねない。

だったらここではあえて波風は立てず、アランたちが考えているように、あくまでカルロと磯村をツートップの隊長とする、冬季マカルー西稜国際隊としてのアピールに徹するのが安全策だろうという結論に達した。

「なに、心配することはない。最終的に和志君が西壁を登ってしまえば、そうせざるを得なかった背景も含めて世界の注目は一気に集まる。むしろそのほうが宣伝効果は大きい」

山際は力強く言い切る。磯村も異存はないようだ。

「アランたちは実力のわりにこれまで過小評価されてきました。ノースリッジがスポンサーになるというだけで、世界の登山シーンでの注目度は大きく上がるでしょうし」

「そこに和志さんの名前も加わっていれば、いろいろ噂が立つのは間違いないわね。ただし、それが諸刃の剣になりかねないところもあるけどね」

友梨が言う。その不安を拭うように和志は応じた。

「西壁に関しては、本番まで腰が引けたアナウンスを流しておけばいい。そもそも冬にあそこをソロで登ろうなんていう頭のねじの飛んだクライマーは世界広しと言えど僕くらいのもので、その本人が無理だと主張すれば、とりあえず世間の噂は収まるよ」

「和志は馬鹿がつくくらい正直だから、上手に三味線が弾けるかだよ」

磯村は疑わしげだ。任せておけというように友梨が言う。

「そこは私がうまくアレンジするわよ。当面、和志さんは表に出なくてもいいから」

「そうしてもらえると助かるね。磯村さんが言うように、たしかにその辺は得意じゃないから」

ローツェ南壁に成功してからは、海外のメディアのインタビューも何度か受けたが、彼らは引っかけるような質問をよくしてくる。それにやられてタクティクスの核心に触れる話をつい口にしてしまったことが何度かある。それがマイナスに作用することはこれまでとくになかったからよかったようなものの、今回に関してはそうはいかない。磯村も不安げなく頷く。

「実際に和志が登り始めてしまえば、もう誰も止められない。どうせいつものように、みんなが寝ている夜中に登り始めるんだろうから、リエゾンオフィサーに感づかれる心配もない」

「なんだか、こそ泥でもするような気分だけどね」

「べつになにかを盗むわけじゃないし、ネパール国民に損害を与えるわけでもない。罰金くらいは取られるかもしれないが――」

磯村は山際の顔を覗き込む。任せておけというように山際は頷いた。

「それで得られる成果と比べたら痛くも痒(かゆ)くもないよ。ノースリッジにとっての話だけじゃない。邪悪な意思でおかしな方向に捻じ曲げられようとしているアルピニズムの未来を正常な軌道に戻す。それは私にとって、ビジネスを超えた責務だと思っているからね」

3

　その五日後、カルロ、ミゲロ、アラン、ジャンの四人が来日した。

　山際が用意した契約書の内容を確認して四人は小躍り(こおど)した。ベースキャンプに搬入する食料や燃料、それを運ぶポーターの賃金、さらにリエゾンオフィサーやコックと助手の日当と彼らの保険料、ごみ処理の供託金などネパール政府が義務付けている諸費用のほか、万一の事故の際に備えるヘリコプター保険の保険料もノースリッジが負担することになっていた。

　彼らが負担するのは各自の登山料と本国から現地までの航空運賃、カトマンズでの宿泊代くらいで、要するに登攀活動にかかわる費用のほとんどは面倒を見るという気前のいいものだった。

　クライミングギアやウェアに関しては、彼らもすでに欧米のメーカーとアドバイザー契約を結んでいるものと考えて、山際はノースリッジ製品の使用をあえて要求しなかったが、案に相違して、彼らのほうからそれを申し出てくれた。

「ＫＡＳＨＩＷＡＤＡ」モデルのアックスは材料の玉鋼がまだ十分手に入らず、和志が使う分しか用意できない。しかし、サンプルとして用意したノースリッジの製品を彼らはいたく気に入ったようで、これまでのアドバイザー契約は解除し、今回の冬季マカルーの遠征はもちろん、その後についてもノースリッジと新たに契約したいという意向を示した。

欧米のクライマーのあいだで、まだ有力な広告塔を十分確保しているとは言えないノースリッジにとっては歓迎すべきものだった。アックスを始めとするクライミングギアについて、彼らの注文によるカスタマイズにも応じると山際は約束した。

先日、こちらで話し合った考えを説明すると、カルロたちはそれで問題はないと請け合った。もちろん和志の計画のことは決してオープンにせず、すでにヨーロッパの登山界に広まっている和志のマカルー西壁挑戦の噂については、気がつく範囲で否定しておくという。

「あとで嘘つき呼ばわりされるかもしれないけど、結果を見れば、むしろよくぞ騙してくれたと感謝されるくらいじゃないのか」

アランは意に介するふうもない。ジャンも笑って応じる。

「マルクに一泡吹かせられると思えば、それだけでおれは楽しいよ」

「アルピニズムの未来は、一国の政府や悪質な策謀家の手で捻じ曲げられるべきじゃない。こうなったらカズシのソロでの成功は、あらゆるアルピニストの悲願でもあるな」

ミゲロは大層な期待を口にする。そこまではさすがに荷が重い。グループ・ド・オート・モンターニュにさえ一部にそんな不審な動きがあるとしたら、ここで退いてしまえば和志自身もそれに加担するのと同じになる――。そんな意味にも受けとれる。カルロも身を乗り出す。

「マルクの動きは私もチェックしておくよ。会員にはしてもらえなくても、グループ・ド・オート・モンターニュに知り合いはいるし、みんながみんなあいつの同類じゃない」

なにやら思わぬ方向に盛り上がってしまったが、和志としてはいまは気持ちを引き締めたい。マルクと闘うためにマカルー西壁に挑むのではない。いままでもそこがうまく語れないが、言葉で語れる理由があるなら、「なぜエベレストに登るのか」と訊かれたマロリーも、「そこにそれがあるからだ」などという禅問答のような答え方はしなかっただろう。

純粋に山に登りたいという以外のモチベーションはぎりぎりのところで判断を狂わせる。自分がマカルー西壁を登れるかどうか、まだ一〇〇パーセントの自信はない。攻める勇気も重要だが、引く勇気もまたそれに劣らない。

「みんなにとっても僕にとっても、目指すルートをしっかり登り切るのが当面の目標だからね。それをやって見せれば結果は自ずからついてくる。その点を考えたら、マルクにできることはなにもないわけだから」

努めて冷静に和志は言った。そんな胸中を察したように磯村が応じる。

「そのとおりだよ。いちばん大事なのはメンタルの維持だ。下界のことはすべておれたちに任せて、おまえはいつものように、ただ登ることに専念すればいい」

同感だというように山際も頷く。

「マルクにできるのは外野からの嫌がらせだけで、登り始めてしまったらもうなにもできない。冬のマカルーを登っているクライマーにはネパール陸軍だって手出しはできない」

「カズシの言うとおりだよ。我々が目指す冬季の西稜だって舐めてかかれるターゲットじゃない。マルクのようなやつの策謀に踊らされて、本来の目的を見失ったら本末転倒だからね」

当然だというようにミゲロが言う。カルロはそれでもこだわりをみせる。

「カズシに余計な負担をかけたいとは思っちゃいない。そうはいっても、もしマルクがこれからふざけたことを仕掛けてくるなら、それを阻止するのは我々の責務なんだよ。アルピニズム発祥の地のクライマーとして、それ以上恥さらしなことはないからね」

「いずれにせよ、いまアルピニズムの世界は転機を迎えている。そのうち世界の八〇〇〇メートル級の山々も、七大陸最高峰のようにアマチュアのピークハンティングの対象になりかねない。そこへもってきてマルクと政府観光局が結託してネパールの観光行政の舵(かじ)とりをするようになれば、アルピニズム本来の目的は失われ、ヒマラヤ登山が観光ビジネスの一分野に成り下がる」

アランも力説する。もちろん和志もその危機感は理解できる。カルロが言うように、彼らにはアルピニズム発祥の地のクライマーとしてのプライドがあるはずだ。

日本の現状を見れば、そんな流れはより鮮明だ。タレントやタレントまがいの自称クライマーのエベレスト挑戦がマスメディアで大々的に取り上げられる一方で、それ以外の山のどんな難ルートの登攀に日本のクライマーが成功しても、メディアは一切それに触れようとしない。

和志に関してはノースリッジのキャンペーンのお陰で日本国内でも多少は名の知られた存在になったが、海外での注目度と比べればまだまだだ。

別に有名になりたいわけではない。しかし特別の支援も受けず、自力で世界の難ルートに果敢に挑み、海外で高い評価を得ている日本人クライマーはほかにも大勢いる。

かつての和志もそうだった。プレモンスーンやポストモンスーンのシーズンにはカトマンズの安宿をベースにネパールに入り浸り、六、七〇〇〇メートル級のトレッキングピークの難壁を渉猟した。

好きで選んだ道だから特段不満なわけではなかったし、むしろ人に頭を下げる必要もないと、その境遇が気に入ってはいたが、そんな生活を続けるために、オフシーズンには日本に帰って、山小屋の歩荷やビルの窓拭きといったアルバイトに精を出す。ソロが習性として身についた理由の一つに、そんな境遇に身を置いていれば、ソロのほうが身軽に動けてコストも安く済むという利点もあったからだった。

アルパインスタイル全盛のいまは、かつての極地法の時代のように、巨額の資金を出してくれるスポンサーを探す必要はないものの、かといってソロやアルパインスタイルでも、当然それなりの資金がかかる。それを日本でのアルバイトで賄う生活がいつまで続けられるものかと、さすがの和志もときに不安を覚えていた。ノースリッジのスポンサーシップのお陰でなにより変わったのは、生活面での心配なく、長期間にわたるビッグプロジェクトに挑戦できるようになったことだった。

実力においても実績においても、世界のトップクラスに位置する日本人クライマーは大勢いる。彼らの活躍にもっとスポットライトが当たれば、和志にとってのノースリッジのような企業がこれから相次いで現れるかもしれない。日本人だけの話ではない。そういう意味では日本よりはるかに恵まれていると思っていたヨーロッパでも、アランたちのように強力なスポンサーシップが得られないクライマーもいる。

誰かがどこかの難しい壁を登ったからといって、経済に好影響を与えたり世界が平和になったりはしない。しかしその点は、ほかのほとんどのスポーツでも同じことが言えるだろう。オリンピックのような大規模なスポーツイベントなら大きな経済効果が期待できても、個々のアスリートがその恩恵に与れるわけではない。

最近では陸上競技などでも、トップアスリートは巨額のスポンサー契約を結び、競技会での賞金も高額になり、十分ビジネスとしてやっていけるようになったようだが、登山に限っていえば、世界的に名高いクライマーでもそういう収入を得ている者はまずいない。

もちろん誰しもそれを目的に山に登るわけではないが、大袈裟に言えば、高所クライミングは人類の可能性の極限を追求するという意味で、宇宙開発や海洋開発に匹敵する活動だ。それがヒマラヤの観光化によって、いま以上に人々の関心の埒外に追いやられるとしたらあまりにも悲しい。

「僕にできることはマカルー西壁に全力で挑むことくらいだけど、その結果としてアルピニズムに関心を持ってくれる人が少しでも増えるなら嬉しいよ」

大きなことは言いたくないが、そのくらいなら自分にもできそうだ。山際がおもむろに口を開く。

「ノースリッジもできるだけバックアップしたい。こちらもまだまだ巨額のスポンサー料を支払えるような立場じゃないが、先鋭的なアルピニズムを牽引する君たちのようなクライマーには、可能な限りチャンスを与えられるように努力するつもりだよ」

「それがアルピニズムの裾野を広げてくれるのが理想ですよ。エベレストの大衆化にしてもそうです。ほとんど登山経験がなくても金だけはあるアマチュアを登らせてしまうビジネスがはびこるようなら、頂上までロープウェイを通すほうがまだましじゃないですか」

磯村は栗原が言っていた極端な話を持ち出すが、和志もそこは同感だ。高い料金をとって実力のないアマチュアを募集して、成功しなくても責任はとらず、もちろん命の保証もしない。そんなビジネスの舞台になるくらいなら、実現可能かどうかはさておいて、ユングフラウやモンブランのように頂上近くまで乗り物で行けるようにしたほうがずっといい。山際も頷く。

「基礎から力を蓄えて、自分にとっての不可能を可能にする。そんな努力を厭わない本物のクライマーをこそ私は支援したいよ。ヒマラヤ登山の商業化の向こうには、アルピニズムの死しかない」

「そう言われると耳が痛いね。エベレストにまでは手を出さなかったけど、おれも商業公募隊を主宰して飯を食っていた時期があったから」

　磯村が困惑ぎみに言うと、友梨が大きく首を横に振る。

「磯村さんはそんなのとは違うわよ。参加者の安全を最優先してくれていたし、現地での技術指導にも力を入れてくれたもの。あれで私もただの山ガールを卒業して、ヒマラヤのエキスパートになれたんだから」

「いつからどういうエキスパートになったのか知らないけど、ベースキャンプキーパーとしてなら、ここんとこ頼れる存在なのはたしかだな。いい仕事をしてくれてるよ」

　磯村の毒舌に、心なしかインパクトが感じられないのが気になった。

4

カルロとミゲロは先に帰国したが、アランとジャンはそのあと一週間ほど日本に滞在し、和志の案内で前穂高岳東壁や谷川岳一ノ倉沢（いちのくらさわ）でのクライミングを楽しんだ。

友梨と栗原も同行し、二人には和志がクライミングの指導をした。といっても、どちらもすでに初心者レベルはクリアしていて、教えたのはジャミング（クラックに手を差し込んでホールドにする方法）やフィギュア4（ホールドに掴まった自分の腕に、足をかけてフットホールドにする方法）といった、やや高難度のテクニックだった。

いずれもホールドに乏（とぼ）しい岩場で有効な技術で、屋内のジムではまず使うことはない。今後、二人が本格的な岩場に挑むかどうかはわからないが、どちらも好奇心は旺盛で、そんなトリッキーなテクニックもすぐに吸収した。

シャモニーを中心とするヨーロッパアルプスを仕事の場とするアランたちにとっては、日本有数の岩場も物足りないだろうと想像したが、スケールは小さくてもルート自体は興味深いものがあったようで、秋に時間がとれれば、再来日してほかのルートも登ってみたいと口を揃えた。

和志にとっても、彼らが見せてくれたヨーロッパ仕込みのクライミングは大いに参考になった。とくに興味深かったのが、自在に駆使するナッツやカムといったプロテクション用のギアで、ソロ主体でやっているから、そのあたりに関して和志は比較的疎かった。

クリーンクライミングの思想が普及している現在、ピトンや埋め込みボルトのような、岩に直接打撃を加えるギアは避けられる傾向にある。

ナッツはワイヤーのついた金属製の分銅で、様々なサイズと形状の分銅をクラックに差し込むことでプロテクションとする。カムは文字通り金属製のカムを閉じた状態でクラックに差し込み、ばねの力でそれが開くことで荷重を支える。いずれも岩を傷つけることなくかつ回収も容易なため、近年のクライミングでは多用される傾向にある。

マカルー西壁は可能な限りフリーソロで登るつもりだが、極端に危険な箇所であれば、ロープをアンカーに固定した状態でプロテクションをとりながら登ることもあるかもしれない。西壁の途中でのビバークでは足を置く場もないはずだから、ポータレッジを吊るためにも有効だろう。

ナッツやカムには、クラックのサイズや状態に対応して夥しい数の製品がある。しかし、装備に関しては極力軽量化するつもりだから、その取捨選択には頭を悩ませるはずで、それについてもアランたちのアドバイスが期待できる。

「残るは高所の影響だな。順応は十分できているはずだが、念には念を入れて、また低圧トレーニングをしておくか」

アランたちが帰国して四日ほど経ったある日、磯村が和志の自宅を訪れてそんな話を持ち掛けた。和志にとって初めての八〇〇〇メートル超えとなったローツェ・シャールから主峰への縦走の前に、名古屋（なごや）大学の低圧訓練施設でやっている。無酸素で成功したのがそのせいなのかどうなのか、和志自身には比較できる経験がなかったからなんとも言えない。しかし、その後のローツェ南壁もＫ２も無酸素で挑み、とくに高所障害に陥ることもなく成功している。

最近のスポーツ医学では、高所耐性の優劣はＡＣＥと呼ばれる遺伝子で決まるという知見があって、ＤＤ型の場合八〇〇〇メートルの山に無酸素で登るのに向かないらしい。逆にＩＩ型の場合は高所耐性が高く、八〇〇〇メートル級の無酸素登頂者のほとんどがこの遺伝子を持っているという。

和志も最近その検査を受けていて、中間のＩＤ型という結果が出ている。つまりとくに強くもなく弱くもないということだ。

高所順応の効果はある程度持続する。ローツェのあとの夏と冬のＫ２、さらにマカルー偵察の際のイタリア隊の救出行も含め、現状で八〇〇〇メートルへの耐性は十分保てている自信はあるが、マカルー西壁がこれまで経験したどの八〇〇〇メートル峰よりも、技術的にも体力的にも手強（てごわ）いのは間違いない。

「やっておいたほうがいいかもしれないね。これまで以上にスピードが要求されるから、その分、血中酸素飽和度を高く保つ必要があるし、ヘッドウォールで行き詰まると、高所での滞在が長引くかもしれない」

「ああ。遺伝子がどうのこうのといっても、そこには個人差もあるらしいからな。おまえの場合、ここまでの実績からしたら、とくに高所に弱い体質じゃないとは思うが」

「K2のときは本番の冬の前に、夏にも登っているからね。その点では今回はだいぶ間が空いてしまう。イタリア隊の救出行はほとんどアッセンダーを使っての登攀だったし、滞在時間も短かったから順応効果はあまり期待できないし」

「まあ、みっちりトレーニングをすれば問題ないだろう。じゃあさっそく申し込みをしておくよ。高所トレーニングだったらあそこがいちばんだ――」

最近は、気圧はそのままで酸素濃度だけを下げる、いわゆる低酸素施設が増えているが、それでは本物の高所環境のシミュレーションにはならないし、対応しているのはせいぜい六〇〇〇メートル程度の酸素濃度だ。名大(めいだい)の施設は本物の低圧室で、八〇〇〇メートル級の環境にも対応していると磯村は太鼓判を押す。

「左肩の状態はどうなんだ。心配なのはそっちのほうだぞ」

磯村は念押しするように訊いてくる。とくに不安もなく和志は応じた。

「問題ない。ドロミテではけっこう酷使したけど、前穂東壁でも一ノ倉沢でも違和感はまったくなかったよ」

「そうか。それなら安心だ。おまえは絶対にやってのけると信じてる。おれにとっては、たぶん今度が最後だからな」

「最後って？」

「おまえの遠征をサポートできる、最後のチャンスになりそうだ」

磯村のその言葉に、思わず声が詰まった。

「どういうことなの？　やはり状態が悪いの？」

磯村の外見にとくに変化はなく、体調が急変したような様子は見られない。いつもなら大袈裟に否定するそんな質問に、磯村は素直に頷いた。

「おととい突然めまいに襲われて、立っているのも難しくなった。しょうがないから女房に付き添ってもらって、タクシーでかかりつけの先生のところへ出かけたんだよ。救急車じゃどこの病院へ連れていかれるかわからない。変なところに担ぎ込まれて、勝手に手術やら抗癌剤治療をやられたら堪らないからな」

「じゃあ、検査を受けたわけだ。それで結果は？」

「肝臓や肺への転移は落ち着いているらしいんだが、今度は脳に来ちまったらしい」

「脳に？　つまり脳腫瘍(しゅよう)——」

驚いて問い返した。しかしここまで話をしたところでは、磯村は言葉も正確で、思考の乱れのようなものもない。

「いまのところ変なできものが出来たくらいで、そのせいで脳圧が高くなってめまいに襲われたらしい。いまは薬で脳圧を下げているから、とくに生活に支障はないんだよ」

磯村は他人事のように言う。和志はさらに訊いた。

「今後の見通しは？」

「脳腫瘍ってのは、手術で取り出してみないとステージの判定ができないそうなんだ。まあ、膵臓にしても肝臓や肺にしても、宣告された余命はとっくに過ぎているんだから、いまさら予後がどうのこうのという話じゃないんだけどね」

磯村は小さく笑った。和志は確認した。

「治療法は？」

「手術が第一適応だそうだよ。摘出してから病巣の様子を見て、必要なら追加的に放射線や抗癌剤の治療をすることになるらしい」

「だったら、手術を受ける気はあるんだね」

「ないよ」

磯村はあっさり首を横に振る。強い調子で和志は言った。

「助かる可能性があるのに、どうして？」

「脳腫瘍だけならな。しかしおれの場合は、ほぼ全身が癌だから、そこだけ治したって始まらない」

「それでもきょうまで元気にやってきたんだから、もっと生きられるかもしれない」

「余命六カ月の宣告を受けて、いま丸二年だよ。手術を勧められたとき医者に訊いたんだよ。どのくらい延命できるんだって。完治させるのは難しい。余命がどれくらい延びるかも、やってみないとわからないというご託宣だった」

「でも少しでも長く生きられるなら――」

「そのあいだ病院で寝たきりになったり抗癌剤の副作用で苦しむなら、べつに長生きしなくてもいい。元気で動けるあいだに好きなことをやって、寿命が尽きたら死ねばいい――。そう考えて治療を拒否したら、きょうまでなんとか生きてしまった。もちろんそれは結果論で、治療しなかったから生き延びられたとまで言う気はないけど、医者の診立てが外れたのはたしかだよ」

「つまり、今度もなんとかなると思っているの？」

「なんともならないかもしれない。そんなの誰にもわからないよ」

「今度はだめだと思うような、なにかがあるんだね。ドロミテにいたとき、そんなことを感じていたんだね」

「ヴィア・フェラータの最中、ずっと頭痛がひどくて、ときどき視野が狭まってね。なんとか頂上まではと必死だったよ」

磯村の告白に、和志は驚くしかなかった。

「言ってくれればよかったのに」

「あそこは逃げ場がないだろう。みんなに迷惑はかけられない。カルロに感づかれたくもなかったし」

「冬のマカルーの隊長もやってくれるんだよね？」

「ああ。そのためにもなんとか頑張らないとな」

「手術を受けるとしたら、どのくらい入院することになるの」

「上手くいけば二、三週間。そのあと必要に応じて放射線治療を一週間ほど受ける必要があるそうだ」

「だったら冬までに間に合うじゃない」

「そういう単純な話じゃないよ。原発巣の膵臓にしても転移巣の肝臓や肺にしても、いま微妙なバランスで進行が遅くなっているだけだ。脳腫瘍の手術がトリガーになってそっちが暴れ出したらアウトだ。いずれ死ぬのは仕方がないとしても、寝たきりになるのはまっぴらだ。遠征中はせめてカトマンズ、できればツムリンタールまで入りたい」

冬のＫ２では、ベースキャンプまでは無理だと判断して、山際とともにスカルドのホテルに滞在した。連絡は衛星携帯電話で行なうしかないから、東京にいるのと違いはないとも言える。

しかし、時差がないのは大きなメリットだ。ネパールと日本のあいだでは三時間程度だが、登攀活動中の和志の行動時間は不規則で、どちらかが寝ているあいだに緊急連絡が必要な場合がある。リアルタイムで状況に対応できるというメリットは、Ｋ２の遠征中何度も感じる機会があった。そんなやりとりが、磯村の生命力に活力を与えてくれるかもしれないとも期待した。

「そうしてもらえれば僕も嬉しいよ。いまはどんな状態なの？」

「さっき言ったとおり、対症療法として脳圧を下げる薬を飲んでいて、それでとりあえず症状は治まっている。問題は、この先いつまで薬で誤魔化せるかだな」

磯村はやはりなにかを感じているようだ。死期を悟ったとまでは言いたくないが、自らの予後について語るときの、以前のような磊落な調子がみられない。切ないものを覚えて和志は言った。

「マカルー西壁は、磯村さんがいてくれないと登れないよ」

「情けないことを言うなよ。おまえはいまや世界のトップクライマーだ。おれはギャラリーの一人に過ぎない。それでもおれは、おまえがヒマラヤ最後の課題を解決する瞬間を、この目で見るのは無理にしても、少しでも近い場所で実感したいんだよ。なんなら自腹を切ってヘリで飛んで、ベースキャンプでおまえを迎えたいくらいだよ」

磯村は真剣な表情で訴える。和志は胸が締め付けられるような思いを禁じ得ない。

「山際さんや友梨には話してあるの?」

「まだだよ。検査で脳への転移が思っていたより進んでいたことがわかったというだけのことで、大勢に変化があったわけじゃない。居酒屋の品書きが一つ増えたくらいのもんだよ」

磯村は然(さ)もないことだと言いたげだが、だとしたら、わざわざ和志にそれを伝えた理由が不可解だ。いまは和志自身、マカルー西壁への挑戦に強いモチベーションを感じている。磯村もそれはわかっているはずで、これまでのように、余命をカードにプレッシャーをかける意味はない。

ローツェ・シャールと主峰の縦走中に磯村は倒れ、そのとき和志にだけ病気のことを打ち明けた。そのときは彼自身も、きょうまで生き延びられるとは思っていなかったはずだった。医者でもなければ神でもない和志に、できることなどなにもない。手術を勧めることが無条件に正しいとは必ずしも言えない。いま目の当たりにしているのは、半年と宣告された余命が丸二年まで延びたという、まさに奇跡そのものなのだ。

「山際さんや友梨には、ずっと黙っているつもりなの?」

「そういうわけにはいかないだろうな。ただ、言ったからってどうなるもんじゃない。いつでも死ぬ覚悟は出来ている。女房だって、きょうまで生きていることに呆(あき)れてるくらいだよ」

妻が呆れているというのは磯村一流の冗談だろうが、穏やかな気分で聞ける話ではない。

「だったらどうして、いま僕に話したの？」

「万一ぽっくり死んじまったら、さよならが言えないからだよ」

「本気でそんなことを言ってるの？」

「なんだかわかるんだよ。そろそろ年貢（ねんぐ）の納めどきじゃないかって」

そう言う磯村の表情には、いわく言い難い諦観のようなものがある。なににつけ弱みを見せるのが嫌いな性分（しょうぶん）だから、そんな思いは胸の奥に仕舞い込んできょうまで生きてきたはずだった。それを自分には見せてくれる――。そのことが嬉しいというよりあまりに切ない。

「そんなこと、誰にもわからない。僕にしてもそうだし、磯村さんだってそうじゃないか。せめて放射線治療くらいは受けてみたら？　骨転移はそれでだいぶ治まったわけだから」

夏のK２で痛みが出た腰骨への転移は、その後安定しているようだ。たとえヴィア・フェラータでも、みごとマルモラーダに登って見せたことがその証拠だろう。磯村は意外に素直に頷いた。

「先生にも勧められてはいるんだよ。入院はせず、一週間ほど通院するだけでいいし、体にも負担がかからない。頭痛やめまいを薬で抑えるのは限界がある。放射線なら、治癒までいかなくても症状を軽くするくらいの効果はあるそうだから」

「治療を受ける気はあるんだね」

期待を露わに和志は問いかけた。磯村は頷いた。

「おまえがヒマラヤ最後の課題をクリアする瞬間をなんとしてでも見届けたいからな。そのとき意識不明になってたら困る」

「だったら早いほうがいいよ。低圧トレーニングは、予約を入れておいてくれればあとは僕のほうでやれるから」

「わかった。マカルー西壁の状況はしっかり伝えておくよ。高所医学についての知見では、最近あちこちに出来ている民間の類似施設とはレベルが違う。前回指導してもらった先生もいるから、高所でのハードクライミングを前提にした特別メニューを考えてくれるように言っておく」

「ただし、そのあたりの情報が漏れないようにしてもらわないと」

和志は慎重に言った。エベレストを除けば高所登山にほとんど関心のない日本のメディアが、そんな話を耳にしても記事にする惧れは皆無といってよさそうだが、そういう噂が広まるのは、マスメディアを通じてだけとは限らない。SNSもあれば口コミもある。

「しっかり口止めしておくよ。おまえからも事情を説明したらいい。あそこは日本隊の八〇〇〇メートル級挑戦に協力してきた実績がいくつもある。敵に塩を送るような真似はしないはずだよ」

磯村は太鼓判を押すが、アマ・ダブラムでの遭難の際も、国内はおろか海外のメディアもニュースとしてはほとんど取り上げなかったのに、マルクはその情報をどこかから耳に入れ、卑劣な嫌がらせを仕掛けてきた。

今回の遠征ではアランたち欧州組にも迷惑がかかりかねない。パーミッションは申請が受理されただけで、まだ出ているわけではない。いつでも却下はできるし、一度出たものが取り消されることも珍しくはない。

5

磯村はさっそく、名古屋大学環境医学研究所にある低圧訓練施設の利用を申し込んでくれた。

利用期間は八月中旬の一週間で、そのあいだに五〇〇〇メートルから八〇〇〇メートルまでの低圧負荷を行なった。

負荷の方法は、固定自転車やランニングマシーンのほか、クライミング動作で要求される上腕筋や腹筋、背筋への負荷も取り入れる。その結果は良好で、トレーニング前の状態と比べ最大酸素摂取量は大きく向上し、高度八〇〇〇メートル環境での血中酸素飽和度も、肺水腫や脳浮腫のような重篤な高所障害を引き起こすレベルまでは低下しなかった。酸素分圧の減少で瞬発的な筋肉の動きは大きく制約されるものの、持久力に関しては極度の低下はなかった。

「一昨年からきょうまで、短期のうちに八〇〇〇メートルを複数回越えているから、それによる累積効果が残っているようだね。遺伝子検査の結果はともかく、君がデスゾーンで最高のパフォーマンスを発揮できる数少ない登山家の一人なのは間違いないよ」

トレーニングを監修してくれた高所医学を専門とする准教授はその結果を称賛する。それに気をよくし、遠征直前の十二月上旬にも同様のトレーニングを行なって完璧を期すことにした。

磯村はそのあいだに転移した脳腫瘍の放射線治療を受けた。一週間の通院治療で済み、同じ治療を腰骨への骨転移の際にも受けている。その経験からしても、体力低下等の心配はないとのことだった。

名古屋でのトレーニングを終え、新幹線で東京へ戻った和志は、報告がてら八重洲口のコーヒーショップで磯村と落ち合った。

都内は残暑の真っ盛りで、午後五時を過ぎても暑さは緩む気配がない。山では冷凍庫並みの寒さにも耐えられるが、湿度の高い東京の暑さは体に応える。それでもとくにばてている様子もなく、さばさばした調子で磯村は言った。

「病巣はちょっと小さくなったようだ。このくらいで進行が止まってくれれば、とりあえず重篤な障害は回避できそうだと先生は言ってるよ」

「それはよかった。僕も安心してマカルーに挑めるよ」

「まあ、あくまで対症療法で、全身状態がこの先、悪化しない保証は一つもないけどな」

磯村は楽観的なことは口にしないが、先日、脳腫瘍の話をしたときのような悲壮感は漂わせていない。

治療の効果がいくらかは出たことで気持ちが前向きになったのか、あるいはもう遠ざけようのない死を納得して受け入れたのか。いずれにせよ和志もまた、来るべきときを受け入れる心の準備をする時期に差しかかったようだ。そんな思いは腹に仕舞い込み、努めて明るく和志は応じた。

「あとは無事にパーミッションが出るのを待つだけだよ。カルロたちからまだ連絡はないの？」

欧州組との連絡は、磯村とカルロに一任している。

「まだ正式な回答は出ていないが、政府観光局に問い合わせたところ、まず問題なく出るという話だそうだ。とりあえず拒否する理由はないはずだし、冬場のヒマラヤは閑散期だ。そこそこ金の落ちる規模の隊だから、先方としては大歓迎なんじゃないのか」

「僕が参加することで、警戒しているようなことはないんだね」

「あったとしても、いまの段階では立証のしようがないしな。どこの国であろうと、役所としては出てきた書類で審査するしかないわけだから」

「ベースキャンプに入ってしまえばこっちのもんだから、なんとかそれまでは気づかれないようにしないとね。またマルクが裏で悪さをしている心配はないの」

「どうだかな。そこは心配だから、ちょっと訊いてみるよ」

磯村は携帯から電話を入れた。こちらがいま午後五時台だから、サマータイムの向こうは午前十時台だ。相手はカルロのようだった。磊落な調子で挨拶を交わし、磯村は状況を問い合わせる。相手の話に耳を傾けるうちに、その表情に困惑の色が滲む。ときおり相槌を打ちながら十分ほどで話を終え、磯村は和志に向き直った。

「パーミッションのほうはきょうネパール政府の観光局から連絡があって、書類審査はパスしたから、内部手続きを経て二、三日のうちには発給されるそうだ。そっちはとりあえずクリアしたんだが――」

「なにか困ったことでもあったの？」

「またしてもマルクだよ。いまアランたちが情報を集めているらしい。この冬、大きな登山隊を組織して、自分が隊長になって八〇〇〇メートル級の山を狙うと言っているらしい」

「そんな実力があるとは思えない。いったいなにを考えているんだろう」

和志としては当惑せざるを得ない。マルクにできるのは、せいぜいプレモンスーンかポストモンスーンにノーマルルートから登るくらいのものだろう。

一昨年のポストモンスーン期には、ノーマルルートと南壁からのローツェ交差縦走と銘打った遠征を企てたが、実際には先にノーマルルートから登り、下降しながら南壁に固定ロープを張り巡らし、食料や燃料をデポしておいて、それを利用して別動隊が南壁を登るというあざといやり方で邪魔をしてきた。

狙いはトモが単独登攀の証拠だと言っていた頂上直下に残してきた三本のピトンを隠すためだと思われた。しかし彼らは見つけられず、その後の冬季登攀で和志がそれを発見し、トモの成功は事実上立証された。しかし、今回はマルクも冬を狙うという。不穏なものを覚えて問いかけた。

「まさか、マカルー西壁を狙っているんじゃ？」

「当たりだよ。いまはまだ噂のレベルだが、どうもその出どころがマルク本人らしい。いま若手のクライマーをかき集めているというんだが、そんな急ごしらえのパーティーで登れるはずがない。しかし、おまえが登るのを邪魔するくらいはできる。おまえがソロで狙わないはずがないと勘繰（かんぐ）って、妨害工作に出るつもりかもしれない」

「ただそれだけのために、大金を使って?」

「資産家の伯父の遺産を受け継いで、金には不自由しないらしいからな。おまえへの嫌がらせこそが、いまのあいつの最大の道楽なんだろう」

吐き捨てるように磯村は言った。

第六章 ライバル

1

マルクの怪しげな動きについて報告を受けた二日後の夕刻五時過ぎに、カルロからより詳しい情報が入ったという連絡が磯村からあった。

フランスの著名な山岳雑誌〈グラン・モンターニュ〉にマルクが登場し、この冬の遠征計画について語っているという。巻頭グラビア六ページを割いたロングインタビューで、その雑誌としても破格の扱いらしい。

カルロが該当ページをスキャンしたデータを送ってくれたとのことで、二時間後にノースリッジのオフィスで会議を開くことになった。フランス語に堪能な山際も出席するとのことだった。

ノースリッジも近年は欧州市場の開拓に力を入れているので、社内にはフランス語のわかる人材がほかにもいるが、現状では和志のマカルー西壁挑戦は内輪だけの話にとどめているから、情報漏洩を少しでも防ぐためらしい。

社内の人間を疑うわけではないが、耳の数が増えればそれに比例して口の数も増える。むろん山際自身がマカルー西壁挑戦については並々ならぬ力の入れようだから、友梨が会議のことを伝えると、その場でアポイントをいくつかキャンセルして参加することにしたという。もちろん、すでにチームの一員として活動している栗原も加わるらしい。

磯村が転送したデータは友梨を経由して山際に届いていたようで、わずか二時間ほどのあいだに山際はそれを抄訳して人数分のレジュメを用意していた。内容のあらましはすでに磯村がカルロから聞いていたが、山際が抄訳したインタビューの内容はより詳細な情報を含んでいた。

タイトルは「ヒマラヤ最大の課題に挑むマルク・ブラン。今冬、大型遠征隊を率いてマカルー西壁へ」。

各ページには饒舌に語っている様子のマルクのポートレートや、マカルー西壁の写真や周辺地図、過去の挑戦の歴史についてのコラム等が配され、かなり周到に準備された編集内容であることが窺える。

隊長はむろんマルク本人で、彼自身はベースキャンプで指揮をとり、メンバーは世界各国のトップクライマーを集めた国際隊になるとのことで、いま参加を呼びかけているクライマーは世界のクライミングシーンを代表する錚々(そうそう)たる顔ぶれだが、その実名についてはまだ秘密だと言って明かされていない。

パーティーの人員は十五、六名を予定しており、そこに二十名ほどのシェルパを加えた大部隊になるとのことだ。まるで和志に対する当てこすりでもあるかのように、こうした困難な壁はソロやアルパインスタイルで安易に挑むべきものではないという考えを強調している。

偉大な目的の達成にはそれにふさわしいタクティクスが必要で、それはかつてエベレストを始めとする数々の八〇〇〇メートル峰の世界初登頂を成功させ、人類の夢を実現してきた極地法であるべきだとマルクは言ってのける。

極地法を一概に否定するわけではないが、現在エベレストを中心とするヒマラヤの高峰では、登山隊が持ち込む大量の物資が様々な環境汚染を引き起こしている。

延べ数十キロに及ぶ固定ロープを張り巡らし、夥しい数の埋め込みボルトやピトンを残置するかつての極地法の大登山隊は、環境意識が高まる現在のクライミングシーンでは過去の遺物と化しつつある。

そんなスタイルは和志に言わせれば登山というより土木工事で、いまや世界のクライマーの大半が同様の感覚を持っているはずだ。それをマカルー西壁に挑むベストのタクティクスだとマルクは強弁する。

過去に極地法で挑んだパーティーももちろんあるが、けっきょくヘッドウォールは攻略できずに、敗退するか西稜あるいは北西稜に逃げる結果に終わっている。むろんアルパインスタイルで挑んだパーティーも同様だ。いずれにしても、極地法がアルパインスタイルより有利だという根拠がとくにあるわけではない。

一方、敢えて冬季登攀を目指す理由を問われると、冬なら寒さで壁が凍結し、最大の障害となる落石や雪崩のリスクが低減される。加えて、現在のクライミングウェアの耐寒性能は冬のヒマラヤの寒さに十分対応できるレベルにあると、ローツェやK2の登攀に際し、和志がメディアに語ってきた話をほとんどコピペしたような答えを返す。

インタビュアーはさらに資金の面に話を振った。マルクが考えている規模の登山活動には巨額の費用がかかるはずだと問いかけると、マルクはアメリカのある富豪がすべて負担してくれることになっていて、その点ではなんの心配もないと豪語する。

富豪の名前もマルクは明らかにしていないが、親しい友人だとのことで、その人自身は登山をしたことはないが、ヒマラヤ最大の課題と言われるマカルー西壁の世界初登攀という野心的なプランを耳にして、ぜひその金字塔に自らの名を刻みたいと希望しているという。

すべてが雲を摑むような話で、どこまでが本当でどこからが嘘か見当がつかない。磯村は鼻で笑う。

「やれるもんならやってみろというところだが、問題は本当にやる気があるのかどうかだよ。おまえが登りにくいように、ただ邪魔したいだけじゃないのか」

「僕もそんな気がする。でも、それだけの大部隊にルート工作の名目で壁に取り付かれたら、こちらにすればえらく迷惑だよ」

和志は正直な思いを口にした。アルパインスタイル、それもソロでの達成を目指すなら、他のパーティーが設置した固定ロープに手を触れるわけにはいかない。まさか西壁全体に網の目のようにロープを張り巡らすことはないだろうが、いくら壁に横幅があっても、実際に登れるルートは限られる。

いちばん効率的なルートに彼らが先に手をつけたら、そこに割り込むことは困難で、次善のルートを登るしかなくなる。しかしマカルー西壁のような困難な壁では、次善といってもやや登りにくいといった程度の差とは限らず、絶望的に困難なルートを選択せざるを得ないこともある。

「それだけじゃないわね。ベースキャンプじゃきっと嫌がらせをし放題よ。冬のK2のときのポーランド隊とはとてもいい関係だったけど、そこでストレスが溜まることになったらと思うと気が重いわよ」

友梨が別の不安を口にする。こちらの読みどおり、その目的が和志の登攀の妨害にあるのなら、当然そんな不安も拭えない。ベースキャンプを預かることになる友梨にとっては気が重い話だろう。切迫した口振りで磯村が言う。

「いずれにしても、連中がかたちだけでも西壁を登ろうとするなら、こちらが先んじて壁に取り付くしかないんじゃないか。ただでさえ雪崩や落石が多いルートで、上にそんな大人数のチームがいたんじゃ危なくてしようがない」

黙ってそこまでのやり取りを聞いていた山際が口を開く。

「マルクは世界有数のエキスパートでチームを組むと言っているが、その名前をいまもって明かせないということは、おそらく声をかけているだけでまだ確定していないか、そもそもそれ自体が和志君に対するブラフに過ぎないということだろう。うまくいけばそれでこちらが西壁を断念すると期待してるんじゃないのか」

「だったらまだ口先だけで、本当に計画が立ち上がっているかどうかすらわかりませんね。マルクたちはネパール政府にパーミッションは請求しているの？」

磯村を振り向いて友梨が問いかける。そこだというように磯村は応じる。

「まだ出ていないようなんだ。こっちも正式に発給されたわけじゃないからなんとも言えないが、アランが知り合いの観光局の職員に探りを入れてみたら、この冬のマカルーに申請を出しているのは、いまのところこっちの隊だけらしい。もっとも、冬のマカルーがとくに混むはずもないから、これから申請しても十分間に合うだろうという話だそうだが」

そうだとしても、申請をする前からマスコミのインタビューで大風呂敷を広げてみせるというのは、なんとも腑に落ちないやり方ではある。

　そういう大きな編成の隊ならなおさらだ。Ｋ２で冬季初登攀を競ったポーランド隊も国家や企業の助成を受けた一大プロジェクトだったが、パーミッションの取得はこちらよりずっと先行していたと聞いている。

　パーミッションも取れていないパーティーに、国や企業が資金援助するとは考えにくい。マルクの計画にしても、アメリカの富豪がスポンサーだとしたら、最低限、パーミッションという手形を差し出すのが必須の条件だろう。山際が慎重に言う。

「ネパール政府とは強いコネがあるようだから、その気になればいつでも取得できると高を括っているんじゃないのか。そのあたりの情報はしっかり集めておいたほうがいいな。いつでも先手を打って動けるように準備はしておかないと」

「ローツェのときみたいな汚いやり方を考えているんじゃないですか」

　友梨が言うが、そこはおそらく心配ない。そもそもノーマルルートというものがないと言われるほどマカルーは困難な山だ。冬季となれば、西壁以外のルートでも成功する確率は極めて低い。アランたちが目指す西稜にしても、いまだ冬季未踏の難関なのだ。

　マルクは、ローツェではノーマルルートから登ったあと、固定ロープを張り食料をデポしながら南壁を下り、そこを別動隊が登り返すというトリックを使ったが、そのときは冬ではなく秋だった。今回そのやり方が通用する可能性は、和志の考えではおそらくゼロだ。確信を持って和志は言った。

「たとえそういうアンフェアなことをするにしたって、彼らが本当に冬の西壁を登る気なら、ライバルとして多少の敬意は払うよ。でも、その気はおそらくないと思うね」

切って捨てるように磯村も言う。

「マルク自身は登らないにしても、ああいう性格のねじ曲がった人間がそれだけの大パーティーを統率できるとは思えない。隊長というのは誰がやってもいいというもんじゃないんだよ。登山家としての豊富な経験と深い知見に加えて、隊員の人望を集められる人格が必要だ」

磯村の場合は、隊長と言っても隊員は和志一人だから気楽なものだと言いたいところだが、その言い分はよくわかる。

隊長と隊員の心が結び合ってこそチームは力を発揮する。登るのは和志一人でも、磯村は欠くことのできない分身だ。マルクがそんな信頼感を隊員とのあいだに醸成できるとは思えない。

「いずれにしても、厄介なことを思いついてくれたよ。カルロやアランの見方はどうなんだ」

山際が問いかける。強気な調子で磯村は言う。

「我々と似たようなもんですよ。これまでも錚々たる世界のトップクライマーがチャレンジして敗退してきた。それをマルクごときが組織したにわかパーティーが登れるはずがない。なにを画策しているのか知らないけど、どうせお騒がせで終わるだろうというのが彼らの予想です。前回のローツェ南壁での疑惑も解消されていないし、メディアであれだけアピールした割には、ＳＮＳの反応も低調なようですから」

「私も海外のＳＮＳをチェックしたけど、今回のマルクの計画についての反応は鈍いし、その内容にしても、意図を訝しんでいるような傾向が強いわね。英語圏のしかわからないけど」

同感だというように友梨が言う。山際も身を乗り出す。

「私もチェックはしたが、フランスから発信されているものも似たようなもんだよ。本当にやると信じている者はごく少ない。まだ雑誌が出て間もないからこれから盛り上がるのかもしれないが、世界全体を見ても、和志君の冬のＫ２の遠征計画を発表したときのほうが反響が大きいね」

「あのときはポーランド隊との競争になったということもあって、そちらの陰に隠れてしまいましたが、それでも今回のマルクの遠征計画より、かなり食いつきがよかったと思います」

友梨が言う。山際も大きく頷く。

「もちろんクライマーとしての注目度の点で、マルクは和志君とは比べものにならないわけだが──」

実力はともかく、グループ・ド・オート・モンターニュの会員になっていまや飛ぶ鳥を落とす勢いのマルクの遠征計画への反応が、ここまで低調だとは思わなかったと山際は続けた。

そんなことで勝った負けたを言っても仕方がないが、地元欧州の反応がそうなら、本気で登る気はなさそうだというこちらの見立ては必ずしも外れてはいないだろう。しかしもしそうだとしたら、そのほうがむしろ厄介だとも言えそうだ。

本気で登る気なら、こちらも彼らの行動はある程度まで理詰めで読める。しかし単に妨害することが狙いなら、予測もしない動きをされる惧れがある。

まさかそこまでとは考えたくないが、彼らに先行された場合、意図的に落石を起こすことだってできないわけではない。意図しないにしても、不用意に落石を起こす惧れは十分にある。

それを避けるためにはこちらが先行するしかない。マルクが言う錚々たる顔ぶれがどの程度のレベルのクライマーかはわからないが、先にスタートさえできれば、後れをとることはまずあり得ない。

こちらはソロだからプロテクションなしで登れる。スピードこそがソロの最大の利点で、ルート工作しながら登る彼らより理屈から言っても圧倒的に速い。いったん先行してしまえば、その先は誰にも邪魔されることのない一人旅だ。

2

翌日、カルロから嬉しい連絡が入った。冬季マカルー登攀のパーミッションが出たという。

パーミッションは山を単位に発給されるから、申請の時点でルートは特定していないが、カルロたちはすでにSNSを通じて西稜を登る計画だということを公表している。そのパーティーに和志が加わることで、じつはソロでの西壁登攀を画策しているのではと疑われることを惧れていたが、政府観光局はそんな疑念を指摘することもなく、パーミッションは粛々と発給されたらしい。

和志が冬のマカルー西壁をソロで狙っているという噂はいまもヨーロッパのSNSで出回っているものの、カルロたちは見つけしだい、モグラ叩きのように否定して回っているという。

パーミッションの件で今回もマルクが裏で動いたことは想像に難くないが、ネパール政府観光局もさすがに書類審査の段階で、噂を理由にカルロたちの申請を却下するわけにはいかなかったということだろう。

その点では、ネパール政府も多少は骨のあるところを見せたことになる。マルクの遠征計画発表は、そんな状況を受けて慌てての動きだと思われる。

トモ・チェセンからメールが届いたのはその日の夕刻だった。文面は次のようなものだった。

親愛なるカズシへ

ローツェ南壁、K2のマジックラインと相次ぐ冬季ソロの記録達成で、君が次にどこを狙うのか、私も興味津々だ。希望としてはぜひマカルーの西壁を制覇してほしいんだが、どうも現地当局が厄介な規制をかけているようだね。

この冬、ヨーロッパ勢と組んで西稜を目指すという情報も耳に入っている。西壁と隣り合わせのルートで、ベースキャンプもほぼ同じという点にすこぶる興味を持っているんだが、その点はすべて君の胸の内にある。私が詮索すべき話ではないね。

ところでマルクがこの冬、マカルー西壁に大遠征隊を送るとぶち上げている。フランスの有名な山岳雑誌に長いインタビュー記事が出たから、君たちもその情報は把握していると思う。

その記事を目にしたとき、たぶんマルクがなんらかの意図を持って流したフェイクニュースだろうと考えた。マルクのクライマーとしてのキャリアを考えたとき、たとえ隊長としてでも、いやそれだからこそなおさら、あり得ない挑戦だと思えたからだ。

ローツェ南壁以降、彼が君に対してやってきた様々な嫌がらせを思えば、今回の計画発表もそれに類する妨害工作だろうという気がしてね。

ところがきのう小耳に挟んだ情報によると、地元スロベニアの、私も注目している気鋭のクライマーがその遠征に誘われたという。彼はピオレドールにも何度かノミネートされた実力者で、岩と氷のルートにすこぶる強い若者だ。

ターゲットの魅力に加え、潤沢な資金を提供してくれるスポンサーがいるという話に興味を覚え、彼はその計画についてより詳細な情報を求めたが、よくよく聞いてみれば、ルートについての基本的な理解があまりにお粗末で、計画自体がすでに破綻していると感じたという。

ルート全体にわたって大がかりな人員を収容できるキャンプ適地が皆無なことや、ヒマラヤの冬の天候についてのあまりにも楽観的な見通し、食料や燃料計画の不備など、高所登山のエキスパートなら常識というべき部分で無知をさらけ出していて、これでは参加は見送らざるを得ないと答えたらしい。するとマルクは、もし参加してくれるならギャラを支払ってもいいと提案してきたという。

彼だって遠征費用の捻出にはいつも苦労している。金ならむろん喉から手が出るほど欲しいが、胡散臭いものを感じてそれも断ったそうだよ。わずかな金銭を対価にアルピニズムの歴史に深い傷跡を残しそうな計画に名を連ねることは、自らのアルピニストとしてのプライドが許さないと考えたんだそうだ。

君にメールを送ることにしたのは不安を感じたからだ。どうもマルクは、すでに水面下で動いているようだ。だとしたら彼以外にも、世界の気鋭のクライマーに声をかけている可能性が大いにある。

憶測でものを言ってすまないが、もし君が西壁をソロで登ることを考えているのなら、マルクの今後の動きを甘く見ないほうがいい。私もこれからその方面の情報に注意を払うつもりだ。

いまはスポーツクライミングのコースセッターが本業になっているが、かつてのアルピニスト仲間とはいまもコンタクトがあって、アルピニズムの世界の裏事情に決して疎いわけじゃない。

君たちもすでに情報を得ているかもしれないが、マルクは最近グループ・ド・オート・モンターニュの会員に推挙され、アルピニズムの世界に分不相応の影響力を持つに至っている。一部の山岳貴族を除けば、大半のアルピニストにとって縁のない団体だが、舐めてかかれない存在でもあるのは間違いない。

会員リストに名を連ねたいがために既存会員に媚(こび)を売るような連中がいないわけでは

ないし、マルクの計画を支援するというアメリカの富豪にしても、グループ・ド・オート・モンターニュ会員という金看板に目を眩(くら)まされたものと思われる。

もし君が西壁の冬季単独登攀を目指しているのなら、私は声を限りに応援するつもりだ。もっともスロベニアからじゃ大した声は届かないと思うがね。

しかしその際は、マルクたちの動きに十分注意を払うことだ。もし彼が今回声をかけられたスロベニアの若者と同等のクライマーを十人も集めたら、隊長は無能でも、チームとしてはそれなりの力を発揮する。

正真正銘(しょうしんしょうめい)のライバルとなるのなら君にとっても望むところだろうが、もしマルクに金で雇われての参加だとしたら、フェアに登ることより君の登攀を妨害するような行為に出る惧れもある。

その場合、能力の低いクライマーより技量の高いクライマーのほうが厄介だ。そういう連中がマルクの意を受けて邪魔をするためだけに活動したら手が付けられない。アルピニズムの名誉にかけて、そんなことにはならないことを祈っているがね。

ついでにマカルー西壁の話をさせてもらえば、あのヘッドウォールは決して難攻不落じゃない。私も一度挑戦を企てて、子細に検討したことがある。

けっきょく断念したのは、アックスを含む当時のギアの問題だった。まだドライツーリングのような技法は一般的ではなかった。そのころ計算できる登攀スピードでは落石にやられる可能性が高すぎた。過去、あの壁に挑んだどのパーティーも、敗退した原因はそれだった。

しかしいまの君には、それを克服できる要素がいくつかある。まず第一にギアの問題だ。君がK2で使った新型アックスを私はまだ目にしていないが、ノースリッジがホームページに掲載している技術資料をチェックした限り、岩にも氷にも最適化されていて、靭性の高さも群を抜いている。これまで考えられなかったイレギュラーな負荷にも十分耐えられるはずだ。

さらにローツェ南壁以来君が得意としてきた冬季登攀というタクティクスだ。寒さが浮き石を安定させるのは言うまでもないメリットだ。

それをわかっていながら、私を含め誰も戦略的な武器とは考えず、冬を狙うのはあくまで記録のためだった。しかし、君は記録ではなく戦略として冬を選択している。そんなクライマーは私が知る限り初めてだよ。

そしてそれはじつに理に適(かな)っている。それによってマカルー西壁最大のリスクを軽減できるのは間違いない。しかし、そんな戦略を決断できるクライマーは数少ない。私もそれができなかったがゆえに、冬に登った八〇〇〇メートル級は一つもない。

加えてソロという選択だ。そこは私と共通する。ジャヌー北壁もローツェ南壁も、プロテクションをとらずに登るソロだから達成できた。

落石、雪崩、寒さ、高所障害――。つまりヒマラヤ登山のあらゆるリスクを回避するための最大の武器がスピードで、落ちたら死ぬというリスクとのトレードオフで得られるそのメリットは決定的だ。

そういう大きな武器を君は持っている。心したほうがいい点は、今後君がさらに成功を重ねていけば、マルクのようにそれを快く思わない敵が出てくることだ。

私はそんな人々によって叩かれた。そして彼らと闘う気力が失せて、アルピニズムの世界から身を引いた。その因縁によって君までマルクの標的になってしまったことはじつに心苦しい。

私はすでにアルピニズムの世界では部外者だが、それでも力になれることはある。マルクの動きに関しては、新しい情報が耳に入ったら知らせるよ。

クライミングの技術面についても、疑問を感じることがあればいつでも相談してくれ。もっとも私は時代遅れの人間で、いまさら君にアドバイスできることなどあるはずもないんだが、違う視点からのヒントというのは意外に役に立つものだ。いまはスポーツクライミングのフィールドで仕事をしているから、壁を登るうえでのトリッキーなテクニックにも詳しいからね。

あくまで仮定の話だが、もし君がこの冬、マカルー西壁に挑むとしたら、私は成功を疑っていない。というより、それを成し遂げられるクライマーは世界で君一人だと信じている。そしてそんな君のファンは私一人じゃない。私は世界に大勢いるそんな人たちの一人に過ぎない。

リュブリャナにて　トモ・チェセン

3

思いがけないそんなメールに心が躍った。トモはこちらの腹の内をどうやらお見通しのようだ。いま考えているタクティクスに関する理解も、和志を大いに勇気づけてくれるものだった。

さっそく感謝の思いを込めて返信のメールを書いた。ネパール政府の規制によって裏技を使うことを余儀なくされ、現在はソロで西壁に挑む計画は秘匿(ひとく)していることも正直に伝えた。

ドロミテでのドライツーリングのトレーニングの成果や低圧トレーニングの結果についても詳しく報告し、天候や岩と氷のコンディションなどクライマーがコントロールできない部分を除けば、条件はほぼ整っていると自信を示した。もちろんそのコントロールできない部分のなかにマルクの画策が含まれていることは、しっかりと伝わるように書いておいた。

さらにドロミテでのトレーニングの際、友梨が撮影してくれた動画のファイルも添付しておいた。トモが言っていたように、カルロや磯村とは別の視点からのアドバイスに期待したからだった。

トモからは一時間もしないうちに返信があった。

ドロミテでのトレーニングについては、いいアイデアだったと称賛した。ヒマラヤの高峰もアルプスやアラスカと同様、いまやテクニカルなクライミングの対象になっており、マカルー西壁も決して不可能な壁ではなくなった。困難ではあっても克服は可能であり、そんな時代を生きる和志がうらやましいと言う。そんな激励は和志にとって心強い追い風だった。

添付したドロミテでのトレーニングの動画についてもアドバイスしてくれた。彼が携わっている人工壁のコースでも最近はドライツーリング用のルートが多くなり、トモ自身もコースセッターとして試登する機会が増えているという。

屋外の岩場での経験はまだ少ないと言うが、スポーツクライミングの専門家の視点からのトモのアドバイスは的確だった。

基本的なテクニックに関してはほぼ百点だとしながらも、体重移動の際にまだ無駄な動きがあり、そこを修正すればより筋肉に負担をかけずに登れるはずだと細かい点にわたって指摘した。

マカルー西壁の登攀に際してもっとも重要なのは、スポーツクライミングで要求されるようなスピードではなく、よりエネルギーをセーブしながら登る技術で、八〇〇〇メートルを超える高所でのクライミングでは、それが結果的によりスピーディーな登攀に結びつく――。

そんなトモの考えは和志の狙いと一致する。その上に立ってのアドバイスは的確で、目から鱗が落ちる思いをするところがいくつもあった。

そんなトモとのやりとりを電話で報告すると、磯村は唸った。

「そのスロベニアの若手クライマーの話、気になる情報ではあるな」

「どこまで本気なのかまだわからないけど、単なるブラフでもないような気がするね。アメリカの大富豪の話が本当なら、金に糸目をつけず、ハイレベルなクライマーをかき集めることだってやりかねない」

「遠征資金を援助するくらいなら珍しい話じゃないし、今回の我々の遠征に関してはノースリッジもスポンサーシップを提供する。しかし、ギャラを払ってクライマーを雇うなんて話は聞いたことがない」

磯村はいかにも呆れた口振りだ。和志は言った。

「アルピニズムがプロ化することに異論はないよ。いまの僕自身がそうだから。でも今回マルクがやっていることは、それとはまったく別次元の話だよ」

「そのとおりだ。金を払って見に来る観客がいるわけでもないし、その富豪とかいう人間は、山際さんのように山岳関係のビジネスに携わっているようにも思えない。つまりビジネス上のメリットはなにもないわけで、常識的に考えれば、そんなトンデモ話に大枚の金をはたく馬鹿がいるとは思えない」

アルピニズムに対して和志が抱いてきた希望に泥を塗られるような気がして、思わず口汚い言葉が飛び出した。同感だというように磯村が応じる。

「ところが、どうもそんな馬鹿がしゃしゃり出てきているような気がするんだよ」

「マルクにはマカルー西壁どころか、そもそも冬のヒマラヤに登れるだけの実力がない。そしてそのスポンサーにはそれを見破る眼力がない。そんな最悪の組み合わせで大枚の金をどぶに捨てるのは勝手だが、そのせいでこっちの登攀が邪魔されたんじゃ大迷惑だ。しかしマルクなら、そういう素人を騙すくらいわけないかもしれん」

「グループ・ド・オートト・モンターニュの会員という肩書は、そのための有力なツールと言えるかもしれないね」

「無知な金満家の目には後光が射して見えるんだろうな。まあ、余計なことを考えて惑わされる必要はない。こうなったら受けて立つしかない。なに、向こうは土木工事をしながらの登攀だ。おまえがスピードで負けるはずがない」

「そう考えるしかないね。それに本気で冬のマカルーに挑むようなレベルのクライマーなら、マルクの舌先三寸に騙されるとはとても思えない」

「あいつの悪い評判は、世界の一線級のクライマーなら誰だって耳にしているだろうし、その言いなりになってインチキ遠征に加わるようなクライマーなら、そもそも冬のマカルー西壁に挑むだけの力量があるはずもないからな」

磯村は断言する。

努めて楽観的に和志は応じた。

「そう考えるのがよさそうだね。アルピニズムの世界が、すべてマルクのような人間で占められているわけじゃない」

「というより、マルクみたいなのは極々少数派で、グループ・ド・オート・モンターニュにだって、尊敬に値する偉大なクライマーが大勢名を連ねている。そういつまでもマルクに好き勝手はやらせておかないよ」

信頼を滲ませて磯村は言った。

4

九月に入ったころ、アランから思いがけない提案があった。

冬のマカルーのトレーニングを兼ねて、十月中旬にパタゴニアのフィッツ・ロイを登らないかという。ミゲロもリハビリが済んで、そろそろ本格的なルートでトレーニングしたいと意気込んでいるらしい。

パタゴニアはアルゼンチンとチリの国境にまたがる南米大陸最南端の地域で、十月中旬と言えば南半球は春だが、そこに位置する山々は、気象条件が厳しいパタゴニアではほぼ冬に近い。

フィッツ・ロイはパイネ、セロ・トーレと並ぶパタゴニア有数の岩峰で、標高は三四〇五メートル。南極圏に近いその位置と、大地から生えた牙のようにそそり立つその峻険な山容のため、夏でも高度なクライミング技術を要求される。

風の大地と言われ、年間の晴天日数が三十日に満たないと言われるパタゴニアの山々は、冬にはヒマラヤ並みの強風と寒気にさらされ、世界でも最悪のコンディションの山域の一つと言っていい。

フィッツ・ロイは日本の山野井泰史が一九九〇年に冬季単独初登頂したことでも知られるが、彼が登ったのは七月で、南半球にあるパタゴニアでは厳冬期だ。

十月なら気象条件はそれより多少は緩いはずだが、それでも山は氷雪に閉ざされ、厳しいクライミングを強いられる。トレーニングだと言って気楽に登れる山ではないが、ネパールやカラコルムの山々と比べれば人の住む街に近く、道路網も整備され、アプローチは圧倒的に楽だ。

ドロミテではドライツーリングの技術に磨きをかけたが、季節は初夏だった。高所での身体能力は別にしても、高難度の氷と岩のルートを、強風と寒気に苛まれて登るトレーニングは大いに意味がある。

和志は冬のヒマラヤを二度経験しているが、マカルー西壁はそのときの登攀よりも壁の滞在期間は長引くものと予想される。マルクの不審な画策もあることを思えば、多少の荒天でも行動せざるを得ないことになるかもしれない。

寒さと風がどれだけ体力を消耗させるかを和志はよく知っている。ジャンはマナスルを冬季に登頂した経験があるが、アランとミゲロは冬のヒマラヤを経験していない。その点をシミュレートするうえでパタゴニアの山は最適だとアランは力説した。

磯村もその考えに賛成し、ノースリッジのオフィスに出向いて相談すると、山際は即座に和志の参加を了承した。

さらに当初は和志一人が参加するつもりだったが、冬の遠征のリハーサルを兼ねて友梨と栗原も同行することになった。それなら磯村もという話になったが、磯村は来たるべき本番に備えて体力を温存したいから今回は辞退するという。

当然、同行を希望するものと思っていたら予想が裏切られた。体調に不安でもあるのかと気になったが、とくに具合が悪そうな様子はない。訊いても大丈夫だと答えるのはわかっているので、いつものようにそれ以上問い質しはしなかった。

　山際もその点を訝しく思ったようで、費用のことなら心配は要らない、本番では隊長を務めるわけだから遠慮は無用だと言い添えた。しかし、ツートップで隊長を務めるカルロも参加するとは聞いていない。本番に向けての装備や食料、キャラバンの手配など、カルロと綿密に打ち合わせる必要があるし、冬のＫ２で付き合ってもらった山岳専門の気象予報士との再契約など、やるべきことが多々あるからと言って、磯村は態度を変えなかった。

　それももっともな話ではあるし、現在の磯村の体調を考えれば、地球の裏側のパタゴニアまで飛行機で行くのが負担でないはずがない。本番のマカルーまで、いやその先まで磯村には元気でいてほしい。そのためにパワーを温存するというのなら、和志もそれに異存はない。

「しかし、薄気味悪いのはやはりマルクの動きですよ」

　自分の体調の件に話が向かうのを嫌うように、磯村は話題を切り替える。

「新しい情報が入っているのかね」

　山際が問いかける。磯村は頷いて言う。

「ついさっき、カルロから連絡がありました。マルクが、いよいよパーミッションを申請したようです」

「その内容は？」

「登攀対象はマカルーで、期間はこちらと同じ十二月から春分の日の三月二十一日までです。冬季登攀に照準を合わせているのは間違いありません。人員はシェルパを除いて十五名で、隊長はマルク・ブランです」

「ほぼ例の山岳雑誌のインタビューでぶち上げていた内容どおりと言っていいね。マルク以外のメンバーは？」

「いまのところ、カルロたちも名前を聞いたことがないようなマイナーなクライマーばかりのようです」

「けっきょくブラフということか？」

「そこはわかりません。人数分の料金を支払えばパーミッションは出ます。人の入れ替えは随時(ずいじ)可能ですから」

「だからと言ってまだ最終的なメンバーが固まっていないとしたら、この冬の挑戦に間に合うのかね」

山際は首を傾げる。そこだというように磯村は身を乗り出す。

「常識的には無理でしょう。選(え)りすぐりのエキスパートがアルパインスタイルで登るならともかく、ああいう大人数の登山隊の場合、ジグソーパズルを組み合わせるみたいにきっちり役割分担をしないと力が発揮できないんです」

「私はアルプスが専門で、極地法による登山は経験したことがないが、そういう話はよく聞いたよ」

「言い方は悪いですが、働きアリのようなメンバーが苦労してルート工作をし、一握りのトップクライマーだけが最後にサミットプッシュを果たす。そのためには軍隊のように組織化されたチームワークが求められます。かつての日本の組織登山がそうでした」

「マカルー西壁の場合、そういうタクティクスが向いているかどうかだね」

「残念ながら、あの壁にいちばん向いていないのが極地法ですよ」

磯村は断言する。その点は和志も同感だ。冬なら落石が軽減されるといっても、その判断そのものが一か八かの賭けであり、それがゼロになることはあり得ない。

極地法では、ルート上に固定ロープを張り巡らし、そこに前進基地としてのキャンプをいくつもつくり、必要な食料や資材をバケツリレーのように荷揚げする。通常は早くてそれに一、二カ月は必要で、そのあいだに落石や悪天候に遭遇する確率は幾何級数的に高まることになる。

そもそもあの壁には、まともにキャンプを設営できる場所などない。和志もビバークには急峻な雪壁や岩壁にポータレッジで吊り下がるしかないと覚悟しているが、それが極地法の基本である大量の荷物の中継や交代要員の滞在のベースとして十分機能するとは考えにくい。

人海戦術でボルトをべた打ちし、ビル清掃のゴンドラ並みの頑丈なポータレッジをセットするといった強引な方法も考えられなくはないが、それが落石で破壊されれば元の木阿弥で、当然死傷者も出るだろう。そのリカバリーに時間と労力を奪われれば、遠征そのものが頓挫して、注ぎ込んだ大枚の資金が無駄になる――。

磯村がそんな考えを説明すると、山際は賛同するように頷いた。

「そう考えて間違いなさそうだね。そもそもそれだけの準備をするのに、期間は三カ月余りしかないわけだ」

「そういう大遠征の場合、一年以上前にパーミッションを取得するのが常識です。もちろんその時点で主要なメンバーは決まっている必要があります――」

磯村は力説する。そこから細かいタクティクスを考え、必要な資材や食料、燃料を算出し、その輸送計画を策定し、さらに実力のあるシェルパの選定もしなければならない。パーミッション取得からわずか三カ月というのは、アルパインスタイルなら十分でも極地法では不可能なスケジュールだ。少なくとも、マルクにそれをマネージする能力があるとは思えない――。

和志も山際同様、そういう大規模な遠征を経験したことはないが、磯村はかつて日本の大きな遠征隊に参加したことがあり、そのあたりの事情には詳しい。和志は自信を覗かせた。

「いずれにしても、僕が先行して行動を起こせば問題はないですよ。マルクがどこまで本気なのかはわかりませんが、少なくとも僕を妨害しようという目的は果たせないことになります。そこで撤収して下山するか、僕が失敗することを期待してあくまで登攀を続けるか——。マルクならおそらく前者だと思いますけど」

「ソロならできれば五日、最長でも一週間で登り切らなきゃいけない。向こうが下部の雪壁で四苦八苦しているあいだに、おまえは頂上に立っている。いや、それ以前に、冬の寒さと落石や雪崩に恐れをなして、早々に撤退するのが落ちじゃないのか」

磯村も楽観的な見方を崩さない。納得したように山際は応じる。

「ぜひそういう落ちにしたいもんだよ。マカルー西壁がマルクの隊の手に余るのはわかっている。考えなきゃいけないのは妨害されないことだけだ」

「そのスポンサーとかいう人物が誰だかわかれば、我々の考えを教えてやれるんですがね。それでも無駄金を使いたいというんなら仕方がないですが」

磯村の言葉に、山際はきっぱりと首を横に振る。

「期待はできないな。いくら詳しく説明しても、そういう人物にそれを理解する能力があるとは思えない。筋の通った説明よりも、グループ・ド・オート・モンターニュ会員の後光に説得力を感じるだろうね」

割り切った思いで和志は言った。

「だったら好きなようにやらせましょう。そんなことは気にせずに、こちらは目いっぱいモチベーションを高めるだけです。フィッツ・ロイはそのための最高のトレーニングになります」

「ソロで登るのか」

磯村が問いかける。和志は頷いた。

「できればそうしたい。もちろん現地に行ってみてからの判断だけど、標高差が一五〇〇メートルくらいある。やれたら大きな自信になるね」

「夏ならともかく、冬となるとヒマラヤ並みに困難な山だからな。十月でもたぶん厳しさはそう変わらない。マカルー西壁の前哨戦としては申し分ないよ」

磯村は満足げに言う。和志はもう一度誘ってみた。

「アプローチはほとんど車だし、滞在も二週間くらいの予定だから、磯村さんも付き合えば？」

「なに、わざわざおれが出張るほどの遠征じゃないよ。カルロも自国で準備に忙しい。友梨と栗原は、本番に備えてミゲロやアランやジャンとのコミュニケーションを深めてほしい。本番のベースキャンプではマルクたちと一緒に過ごすことになる。こっちの作戦を見破られないように、カルロたちとうまく示し合わせる必要があるからな」

磯村は自分の体調についてはあくまで触れようとしない。見た目でもとくに異変の兆候は見られない。

　しかし以前は、山にいるのがいちばんの良薬だというのが口癖だった。アプローチが容易なフィッツ・ロイはまさに良薬そのもののはずだ。体調不良を隠してマルモラーダに登頂したドロミテの場合もそうだったが、パタゴニアは彼にとって初見参になる。それでもここまで乗ってこないことには落ち着きの悪いものを感じざるを得ない。

5

　フィッツ・ロイ登攀に向けて、和志は準備を始めた。

　狙っているのはカリフォルニアルートと呼ばれる南西稜。垂直に近い角度で一気に頂上に突き上げる急峻な岩稜だ。

　アランたちが登るのはその隣にあるフランコ・アルゼンチンルートと呼ばれる南東稜で、こちらもピラー状の険しい岩稜で、彼らが狙っているマカルー西稜のイメージに近い。

　わずかに赤みを帯びた花崗岩（かこうがん）の山肌はヨセミテの岩の感じに近いが、岩峰の基部は氷河に囲まれる一方、上部の岩稜は急峻すぎてほとんど雪がつかない。

　しかし気温の高い夏ならともかく、春先の十月中旬では至るところに氷が張り付き、高度なミックスクライミングの技術が要求されるだろうというのがアランたちの見通しだった。

ルート自体の困難さはヨセミテのエル・キャピタンやハーフドームと同程度だが、ひとたび荒れたときの強烈な風と寒気はその難度を一気に引き上げる。風速は六〇メートルを超えることもあり、それはヒマラヤの嵐にも匹敵するという。

ヨセミテ、アラスカ、そしてヒマラヤと重ねてきた和志の海外登山歴のなかで、南米は空白地帯だった。ヒマラヤでのビッグクライムの合間のトレーニング登山というには贅沢で、かつ気の抜けないターゲットなのは間違いない。

いまメイングラウンドにしているネパールヒマラヤにはモンスーンがあるから夏場は登れない。一昨年の夏にはゴールデン・ピラー、昨年の夏にはK2にも登ったが、どちらもカラコルムで、モンスーンがない点がメリットだった。

その意味で夏と冬が逆の南米の山は、ネパールヒマラヤのシーズンオフに登れる山として、カラコルム同様、今後興味深い領域になるだろう。

南米大陸を南北に貫(つらぬ)くアンデス山脈には六〇〇〇メートルを超える山が二十座以上あり、未踏峰はないが未踏のルートは無数にある。いずれもアプローチが容易で、ネパールヒマラヤやカラコルムのような長距離のキャラバンを必要としない。

この冬、マカルー西壁をソロで登れば、そのペナルティーとして当面ネパールのパーミッションは取得できなくなるだろう。そうなると登れる山が限られてくる。

エベレストやマカルーを始め中国側からアプローチできるネパール国境の山は少なからずあり、さらにカラコルム、インドヒマラヤなど、登れる山域はほかにまだいくらでもあるが、そんなターゲットの一つとしてもアンデスは魅力的だ。その嚆矢として挑むことになるフィッツ・ロイは、和志にとって心躍るターゲットになってきた。

フィッツ・ロイそのものも登高欲をそそる岩峰だ。南米最高峰のアコンカグアを始めとするアンデスの高峰群と比べれば低山の部類だが、パタゴニアの最高峰であり、かつその独特のシルエットから、アルゼンチンを代表する山の一つとみなされている。

パタゴニアにはパイネやセロ・トーレなど、ほかにも同様の鋭鋒がある。とくに標高三一二八メートルのセロ・トーレは一九七〇年代まで未踏で、登頂は不可能とまで言われていた尖塔だ。

一九七〇年にイタリア人のチェザーレ・マエストリが重さ一三〇キロものガスコンプレッサーを持ち込み、数百本の埋め込みボルトを打ち込んだことで登山史に大きな汚点を残したとされ、いまでもそこはコンプレッサールートの名で知られている。

そのときは登頂できず、その四年後に別のイタリア人が登頂に成功するが、それ自体も打ち込まれたボルトを使っての登攀で決して評価は高くない。そのルートは、二〇一二年にオーストリア人のデビッド・ラマによって初めてフリーで登攀された。

和志としてはそちらにも食指が動く。ラマの登攀はソロではないし、冬季にも登られていないから、マカルー西壁登攀に成功したら、ぜひチャレンジしてみたい。

そんな考えを電話で伝えると、アランも関心を示した。

「コンプレッサールートは興味があるよ。ラマがフリーで登ったときのドキュメンタリー映画を観たんだが、ヨセミテみたいな花崗岩の垂直の壁で、ホールドはわずかなクラックしかない。あそこをフリーで登ったのには恐れ入るが、それは夏だからできたことだ――」

冬となるとその壁のいたるところに氷が張り付き、素手で登れるルートではなくなる。ミックスクライミングがその唯一の解だろうと言う。

アランが言うドキュメンタリー映画もそのうちDVDで観てみたいと思うが、写真で見た限りでも、セロ・トーレは自然が生み出した景観として世界に類のないもので、天を刺す鋭利な剣のようなそのシルエットに、登高欲をそそられないクライマーはまずいないだろう。

6

「ところで、例のマルクのパーティーの件なんだが」

アランが唐突に話題を切り替えた。和志は問いかけた。

「メンバーがわかったの？」

「全員じゃないんだけど、すごいのが参加するようなんだ」

深刻な調子でアランは言う。和志は緊張を覚えて問いかけた。

「それは？」

「ボリス・アリエフだよ」

その名前には耳を疑った。アリエフはカザフスタンのクライマーで、マカルーを含む八〇〇〇メートル級の冬季初登頂を二度達成し、八〇〇〇メートル峰には累計で十九回の登頂を果たし、さらに四十二日間で七〇〇〇メートル峰五座を連続登攀したという驚異的な記録を持つ、いま世界最強の一人と目される韋駄天(いだてん)クライマーだ。

K2冬季登攀の際、彼もポーランド隊の一員としてゲスト参加していた。しかし、登攀活動の進捗(しんちょく)状況について隊長と意見が対立し、単独で頂上を目指した。

彼が登ったのは南南東リブで、和志が登っていたのは南南西稜——通称マジッククラインそんな予想もしない成り行きでソロ対ソロの冬季初登争いとなったが、けっきょくアリエフは途中で断念して下山し、そのまま隊を離れて帰国した。

そんな狷介(けんかい)な性格でも知られるが、K2のキャンプで接したアリエフは気さくで魅力的な人物だった。そのアリエフがどうしてマルクの誘いに乗ったのか——。信じられない思いで和志は問いかけた。

「本当なの？」

「アリエフ本人が言っているわけじゃないんだが、きのうあたりからSNS上でそんな噂が飛び交っているんだよ。本人はそれについて沈黙しているからまだなんとも言えないけどね」

「マルクとは別のパーティーで登るんじゃないの？」

「それは考えにくいんだよ。冬のマカルーのパーミッションを申請したのは、我々とマルクの隊だけだ。ほかに申請は出ていないらしい」

「信じられないよ。アリエフがマルクと組むなんて」

和志は覚えず声を上げた。アランが思いがけないことを言う。

「おれもアリエフのような偉大なクライマーがマルクなんかに牛耳られるとは思いたくないけど、ひょっとしてK2のリベンジを考えているんじゃないのか」

「まさか――」

思わず言葉を呑んだ。もしそうだとしても、アリエフならもっとフェアな方法を選択するはずだ。

マルクがこれまでやってきたことや、常識的に考えて冬のマカルー西壁がマルクの身の丈に合わない挑戦であることを考えたとき、やはりブラフか、さもなければ和志の登攀を妨害することだけを目的にした攪乱作戦だとしか考えられない。そんな遠征に加わってアルピニストとしての自らの名声を汚すようなことをアリエフがするはずがない――。

　そんな考えを聞かせると、アランはなお不安なことを口にする。

「彼はタフだし、岩や氷もこなせるオールラウンダーだ。ベースキャンプで体力を温存しておいて、ヘッドウォールだけに専念するとしたら、侮りがたいライバルになるんじゃないのか」

「そうかもしれないけど、僕は彼を知っている。頑固一徹の本物のプロフェッショナルで、チームワークよりは自分の意思を優先するタイプだ。マルクと相性がいいとはとても思えない」

「そうは言っても、マカルー西壁初登攀というのは、あらゆるクライマーにとって憧れの栄冠だ。単にそれに手が届く実力を備えたクライマーが極めて少ないというだけで、もし可能な条件が整えば、アリエフだってその気にならないとも限らない」

　アランの穿った見方には同意せざるを得ない部分もある。

　現に冬のK2で、彼はソロで頂上を目指したが、その途中までは本隊がルート工作を終えていた。彼もその作業に参加したのは間違いないが、隊長との意見の相違を理由に隊と決別し、結果としてそれを踏み台に単独で頂上を目指したことになる。

　もし成功していたとしても、おそらく彼はソロによるものだとは主張しなかっただろうが、それでも初登頂の栄誉はポーランド隊にではなくアリエフ個人のものになっていたはずで、ポーランド隊にとっては不愉快な結果となったかもしれない。

もちろんあのときのアリエフは、登頂の栄誉を独り占めしようとしたのではなく、スケジュールの遅れでこのままでは冬季登頂ができないと考え、その点が隊長の見解と食い違ったためだとは思う。

しかし、マカルー西壁の初登攀があらゆるクライマーにとって憧れの栄冠だというアランの考えも否定しがたい。アリエフは必ずしもソロやアルパインスタイルにこだわりのあるクライマーではない。冬のK2のポーランド隊も、タクティクスは極地法で、規模もマルクの計画と同規模のものだった。

マカルー西壁の場合でも、ヘッドウォールの手前、あるいはそのさらに上までルート工作が済んでいれば、サミットプッシュは体力の面で圧倒的に楽になる。

そのアドバンテージは無視できない。八〇〇〇メートルを超える高所でのスピードこそが成否の決め手で、和志がドロミテで省エネ登攀のテクニックを磨いたのも、あくまで目的はそこにあった。

「これまで西壁を登ったパーティーでは、ヘッドウォールまで達することのできなかったケースのほうがむしろ多いくらいだ。もちろんどれも精鋭揃いの強力なパーティーだった。そこに至る雪壁にルート工作すること自体、マルクたちの手に余るはずだよ。おれだったら、そんな危なっかしい誘いには乗らないけどね」
自分が煽った不安の火消しをするようにアランは言った。

第七章　フィッツ・ロイ

1

和志たちは十月八日の夕刻、アルゼンチンに向けて出発した。

日本からの直行便はないので、ロサンゼルスとアトランタで乗り換え、ブエノスアイレスに向かう片道三十時間弱の長旅だ。

ブエノスアイレスに到着したのは現地時間で十月九日の午前九時過ぎで、そこからさらに国内便に乗り換えて、エル・カラファテに到着したのが午後二時だった。

エル・カラファテはアルゼンチンのサンタ・クルス州の第二の都市だ。人口は八千人ほどだが、世界遺産に登録されたロス・グラシアレス国立公園の玄関口で、夏場は巨大氷河の末端が湖に崩落する映像でお馴染みのペリト・モレノ氷河を始めとする南部パタゴニアの絶景を目当てにした観光客で賑わう。しかしいまは町全体が閑散としていて、肌寒く、空は灰色の雪雲に覆われている。

予約していたホテルはアーリーチェックインに応じてくれた。いまの季節は天候が不順で気温も低いから客足も遠のく。そのあいだ休業するホテルも多いと聞いて不安を覚えていたが、予約は思いのほか簡単にとれたとアランは言っていた。

アランたちとはホテルで落ち合った。ミゲロは、ドロミテで長期間行動をともにした友梨と栗原との再会を喜んだ。アランとジャンも日本滞在中に彼らとは親密な付き合いをしており、本番のマカルーに向けたチームワークづくりは、磯村が期待している以上に順調に進みそうだった。

各自が部屋に荷を下ろし、ホテルのラウンジで今後の行動について話し合った。

ミゲロのリハビリは順調に進んだようだった。一週間前にはアランたちとシャモニー針峰群の上級ルートを何本かこなしたとのことで、肉体的に気になる点はほとんどなかったという。

「問題はやはり寒さと風だよ。その点、パタゴニアの山は荒れれば冬のヒマラヤに遜色ないと聞いているから、試運転にはちょうどいい。古傷が寒さで痛むようなことはけっこうあるからね」

そう言いながらも、ミゲロの表情に不安げなところはまったくない。

「まあ、ヒマラヤにしたって、冬だからいつも最悪というわけじゃないからな。天気さえよければプレモンスーンやポストモンスーンとあまり変わりない。そのあたりはカズシもよく知っているだろうけど」

ヨーロッパ勢のなかで唯一冬のヒマラヤを経験しているジャンが言う。

「だったらフィッツ・ロイでは、少し荒れてくれたほうがいいくらいだな。おれたちが目指すルートはベースキャンプからの標高差で一六〇〇メートルほどで、晴れたら一日で登れないこともなさそうだから」

ミゲロは気合を入れる。今回の目的はあくまで冬季マカルーのためのトレーニングだが、登るとなれば頂上に立つことはもちろん、記録にも挑みたくなるのがクライマーとして当然の心理だ。

「僕にしたってそうだよ。いまは厳冬期じゃないし、ここで手こずるようならマカルー西壁は諦めるしかない。それに、すぐ近くにあるもう一つのピークにもつい興味が湧いてくるし」

和志は思わず口にした。ジャンが驚いたように身を乗り出す。

「セロ・トーレか？」

「もちろん、今回登ろうというわけじゃないけど」

慌てて首を横に振ると、ミゲロもさっそく口を挟む。

「せっかくだから、やってみたらどうだ。もちろんソロでだな」

さすがに自分たちもとは言わないが、彼らの目にもセロ・トーレは興味深いターゲットのようだ。しかし二兎を追う者は一兎をも得ずと言う。今回の遠征は三週間の予定で、延ばしてもせいぜい四週間。そのあとはマカルー遠征の準備もある。そのうえ無理をして怪我でもしようものなら、そちらの計画自体が頓挫する。

「いまも天候はすっきりしない。そもそも予定している期間内にフィッツ・ロイ登攀のチャンスが訪れるかどうかもわからないし、気持ちの準備もできていない。セロ・トーレが心をそそられる山なのはたしかだけど、いま登ったとしても、春でもなければ冬でもない中途半端な記録に終わってしまう。それならいずれ本格的な冬に挑戦したいよ」

「それももっともな話だが、一気呵成にやっちまったほうがいいときもあるぞ、現にアリエフは四十二日間で七〇〇〇メートル峰五座を連続登頂している」

ミゲロはまだ諦めきれない様子だ。さりげない調子で和志は応じた。

「僕は彼とはタイプが違うよ。アリエフは基本的にマラソンランナーで、僕は短距離走者だから」

「もちろん、余力があったらの話だよ。しかしドロミテでは八〇〇メートル前後の壁を毎日登って、ほとんど疲労を感じさせなかったじゃないか。君のスピードなら、晴れて風がなければ十分やれるはずだ。それに、いまの季節はミックスクライミングが威力を発揮する。その分野での勝負なら君の独壇場じゃないか」

ミゲロは煽ってくる。もちろん和志も頭の隅にそんな思惑がないでもない。あのあとインターネットで資料を漁り、セロ・トーレ、とくにコンプレッサールートについては研究したつもりだ。

いま目指しているフィッツ・ロイのカリフォルニアルートと比べれば難度は格段に高いが、ミゲロが言うように、壁に氷がついてさえいれば、ミックスクライミングには有利な条件だ。

目指すコンプレッサールートは、遠くから見る限り斧で断ち割ったような垂壁だ。しかしフリーで初登攀したときのデビッド・ラマの映像を見る限り、縦（たて）方向に走るクラックは意外に多い。そこに氷が詰まっていれば、和志にとっては格好のルートになる。

遠くからは砥石（といし）で磨かれたように見える垂壁にも微細なホールドはあり、ラマはそれを指で捉えて登っている。新型アックスの性能なら、それより微妙なホールドにも十分適応できるはずで、条件さえ整えばワンデイアセント（一日で登頂すること）も可能だという自信がなくもない。

「とりあえず、まずはフィッツ・ロイだね。セロ・トーレはすぐ近くに見えるはずだから、登りながらしっかりこの目で確認するよ。今回無理をしなくても、今後の楽しみにとっておけるわけだし」

ここは軽くかわしておいた。それより気になるのはあの強力なライバルの動向だった。

「あれからアリエフのことでなにか情報は入っている？」

問いかけると、アランは覚束ない様子で首を傾げる。

「まったく情報が出てこないんだよ。アリエフもマルクもその件についてはなぜか沈黙を守っている。アリエフに断られたのかもしれないし、そもそもがデマだったのかもしれないな」

それを聞いていくぶん安堵（あんど）を覚えた。K2の冬季初登を競ったアリエフに、和志は畏敬（いけい）の念を抱いてもいた。横紙破（よこがみやぶ）りな行動ではあったが、彼自身にとっては、個人の名誉よりも、せっかくの遠征が失敗に終わることを惧れてのことだったと信じていた。

当初からソロで挑んでいたわけではない。途中で撤退に至った理由はわからないが、タクティクスの面においても、装備や体調の面においても、一人で頂上を目指すうえでの十分な準備は整っていなかっただろうと思われる。

それでもあえて本隊と決別して頂上を目指した。その大胆な決断は、ナンガ・パルバット初登頂の際のヘルマン・ブールを彷彿（ほうふつ）とさせる。

その勇気には感銘（かんめい）を禁じ得ない。そして和志の心のなかでは、勇気とフェアネスは同義と言っていい。一方が欠ければもう一方もあり得ない。

「そうであってほしいね。それでマルクの計画そのものが頓挫してくれるのが、僕としてはいちばんありがたいんだけど」

祈るような気分で和志は言った。いまは本番の登攀に向けてモチベーションを高めていく時期だ。マルクの怪しげな動きに惑わされてメンタルな面での集中力を失えば、それだけで成功の確率は低下する。

2

翌日の午前十時にホテルをチェックアウトし、フィッツ・ロイ登山のベースとなるエル・チャルテンに向かった。

バスで三時間半ほどの距離だが、小規模の遠征とはいえそれなりに荷物は多いので、レンタカーで行くことにした。ハンドルを握るのはジャンだ。

パタゴニアはフィッツ・ロイを始めとするアンデス南端の山々を分水嶺(ぶんすいれい)にして、気候は東西にはっきりと分かれる。太平洋に近いチリ側は降水量が多く、鬱蒼とした樹林帯が茂る。一方のアルゼンチン側には荒涼(こうりょう)とした草原が広がる。

水分を含んだ太平洋からの風が山々に大量の雪を降らせ、巨大な氷河を形成したあと、乾燥した冷風となってアルゼンチン側の平原に吹き下ろす。そのため山の東側は降水量が少なく、農作物もほとんど育たない。

そのあたりは、モンスーンによって大量の降雪や降雨があり、樹林や氷河が発達するネパール側に対し、降水量の少ないチベット側に荒涼とした原野が広がるヒマラヤとよく似ている。

道路はそんな草原を行く一本道で、この季節は行き交う車もほとんどない。この日は朝から快晴で、エル・カラファテからはいったん東に向かい、途中で国道四十号線に入って北上する。

左手に広がるのは琵琶湖（びわこ）の二倍の広さだというアルヘンティーノ湖。夏の観光シーズンには氷河見物のクルーズ船が運航されるという。

エメラルド色に輝く湖水の向こうに、地平線を縁どるように、白銀の氷河を抱いたアンデスの峰々が連なる。

北西方向にフィッツ・ロイも姿を現す。衛星峰（えいせいほう）のポインセノット、メルーモスを従えたその山容は、魁偉（かいい）であるとともに極めて優美だ。自然をアーティストと見做（みな）すとしたら、この造形はたぶんその最高傑作の一つと言えるだろう。

「こういう美しい場所が南米にあったんだ。ドロミテとはまた別の意味で凄いわね」

窓外に広がる景観に友梨は感嘆の思いを隠さない。栗原も興奮気味に言う。

「マカルー西壁もドロミテもそうでしたけど、こっちもそれに劣らずですよ。あんな壁を人間の力だけで登るんですから、アルピニズムって最高ですよ」

「栗原君だってあのくらいはそのうち登れるよ。ドロミテでは、けっこう腕を上げたじゃないか」

和志が煽(おだ)てると、栗原はさっそく調子に乗る。

「じゃあ、そろそろミックスクライミングやドライツーリングのトレーニングを始めないと」

「天候待ちでベースキャンプにいるあいだ、近場にいいゲレンデがあれば初歩的な練習はできるかもしれないな。予備のアックスとアイゼンは持ってきているから」

和志が鷹揚に応じると、友梨も冗談めかして口を挟む。

「じゃあ、私も講習に参加するわ。マカルーで和志さんがトラブったときは、私が助けに行かないといけないから」

「だったらよろしく頼むよ。それなら安心して転落できる」

「それはまずいわよ。あそこから落ちたらお終(しま)いじゃない。せいぜい忘れ物を届けるくらいにしてもらわないと」

友梨は慌てて否定する。怪訝な顔で三人のやりとりを聞いているミゲロたちに英語で説明してやると、三人はどっと笑った。

アルヘンティーノ湖が後方に遠ざかるころには、空はどんより曇って、草原の草が激しく風に靡(なび)き始めた。やがて小雪さえちらついてきて、フィッツ・ロイは上半分が雲に呑み込まれた。

パタゴニアの天候の変化は激しく、晴れているかと思えば突然雪や雹が降り出し、強風が吹き荒れ、気温も上がったり下がったりと、あらゆる季節の天候が一日のうちに出現すると言われる。

しかしアランが事前に得た情報では、地元の気象予報は意外に精度が高いらしい。そこに地元のガイドの経験知を加えれば、数時間後の天候変化も予測できるとのことで、それならサミットプッシュのタイミングも正確に把握できる。

それ以外にも、アランたちも和志もパタゴニアは初めての土地で、現地の地理はもちろんのこと、岩の状態や氷雪の状態についても知識が疎い。その点を考えて、アランは現地のガイドとすでに契約を交わしている。

もちろんタクティクスはアルパインスタイルで、ガイド付きで登るわけではない。天候や現地の事情についてのアドバイザーといった役回りだ。

それから二時間ほど走り、遠くにエル・チャルテンの町が見えてくるころには、ふたたび頭上には晴れ間が広がった。

雲間から姿を覗かせたフィッツ・ロイは、先ほどよりもさらに大きく聳え立つ。和志が登る予定のカリフォルニアルートも、アランたちが目指すフランコ・アルゼンチンルートも、思っていた以上に氷雪が張り付いているようだ。

厳冬期なら寒さと風が最大の敵になるが、いまの時期ならある程度は和らぐ。一方で現在の氷の付き具合なら、アイスクライミングで登れる部分は少なくないはずだ。その点はドライツーリングを含めたダブルアックス技術に力点を置いて技術を磨いてきた和志にとって有利と言える。

3

ガイドブックによれば、エル・チャルテンは人口二千人ほどの小さな町で、建設されてから三十年ほどの新しい町でもある。

標高は四〇〇メートルと、とくに高地というほどではないが、農業や工業などめぼしい産業はなく、その経済は年間十四万人という観光客によって成り立っている。

しかし彼らの大半が訪れるのは夏で、それ以外の季節は超閑散期といっていい。営業しているホテルも限られ、エル・カラファテ以上に滞在の条件は厳しかったが、アランは簡素だがまずまず設備の行き届いたホテルを確保した。

エル・チャルテンからフィッツ・ロイの壁の取り付きまでは歩いて五、六時間で、事実上のベースキャンプにホテルが使えるという点は、シャモニーやグリンデルワルトなどのヨーロッパアルプスの登山基地と似たような環境だ。

十月となれば春先で、閑散期を狙ったトレッキング客もいるようで、営業中のホテルはそこそこの客の入りだった。

チェックインするにはまだ時間が早すぎたので、ホテルに荷物を預け、レンタカー会社の営業所に車を返して、町の裏山にある、フィッツ・ロイの眺望が得られるという高台に向かった。

さすがにこの季節、草原を縫うトレールの周囲にはところどころ残雪も見られるが、危険な箇所は一つもなく、一時間ほどの登高で小高い丘の頂に到着した。

フィッツ・ロイの姿は町のなかからも望めたが、ミラドール（展望台）と名付けられた場所だけあって、遮るものがない眺望が一気に開けた。

氷河の海原から天を突き刺す、二つの衛星峰を従えた標高三四〇五メートルの岩の伽藍。その頂の周囲には真綿を引き伸ばしたような雲が纏わりつく。その雲の流れの速さを見れば、上部の壁やリッジでは、登る者を振り落とそうとするような強風が吹き荒れているのは間違いない。

「山そのものがクライマーに対する挑戦状みたいなもんだよ。冬のマカルーの練習台にしようなんて考えは、不遜だという気がしてきたな」

寒さのせいか感動のせいか、ジャンが声を震わせる。和志もヒマラヤのジャイアントをいくつも見てきたが、フィッツ・ロイは、山の風格を決めるのは高さではないと率直に納得させてくれる。そもそもヒマラヤは、山麓のベースキャンプでさえフィッツ・ロイの頂よりはるかに標高が高いのだから、山麓からの比較で言えば決して低山というわけではない。

「ここから見る限り、期待したほど氷はついていないようだね」

わずかに不安を覚えて和志は言った。先ほど車中から見たときとは角度がだいぶ違っていて、光線の具合もあるのか、カリフォルニアルートもフランコ・アルゼンチンルートも、赤みを帯びた花崗岩の岩肌が大部分を占めている。その危惧を打ち消すようにアランが言う。

「契約した地元ガイドの話だと、そもそも真冬でも露出した岩にはあまり氷は張り付かないらしい。その代わりクラックには硬い氷が詰まっている。それはいまの時期でもあまり変わりないそうだ」

「フリーの場合、あの手の壁はクラッククライミング主体になる。しかしクラックに氷が詰まっているとなるとジャミングがやりにくいから、フリーで登るのは難しい。まさしくミックスクライミング向きのルートだな」

ミゲロの見通しは楽観的だ。もしそうだとしたら、ミックスクライミングで挑む和志たちにとって、氷の詰まったクラックはむしろ高速道路ということになる。気象条件さえ恵まれれば、スピード面でこれまでの記録を上回ることもできるかもしれない。

「岩の質も壁の難度もヨセミテに似ているけど、向こうは標高が低いから氷がつくことはまずない。僕にとっては貴重な経験になりそうだよ」

　前向きな気分で和志は応じた。

「でも、無理はしなくていいと思うわ。ここは本番のマカルー西壁とはタイプが違うんだから」

　友梨は心配げだ。フィッツ・ロイの特異な相貌は、ヒマラヤの高峰を見慣れている友梨にも不安を抱かせずにはおかないもののようだ。しかし見かけがいかに困難そうでも、意外に登りやすい山もある。

　マッターホルンは誰もが知っているとんがり帽子だが、ノーマルルートのヘルンリ稜は、ガイドを雇えば一般の観光客でも登れるし、日本のとんがり帽子の代表ともいえる北アルプスの槍ヶ岳も、一部のバリエーションルートを除けば、北アルプスでも登りやすい部類の山だ。和志は言った。

「いや、現物を目の前にしてますます登りたくなったよ。ジャンが言うとおり、フィッツ・ロイは山自体がクライマーへの挑戦状だね」

　すべての壁と稜線の平均斜度はおそらく八〇度以上で、容易なルートは一つもない。どれをとってもより難しいか、ちょっと易しいかの違いしかなく、それもせいぜい主観のレベルといったところだろう。

「十分行けるよ。山のかたちがいかにも危険そうなだけで、子細に見ればおれたちが目指すマカルー西稜のほうがはるかに厳しい。あそこだって中間部から上は稜線というより柱を立てたようなものだから」

ジャンが言う。和志も頷いた。

「カリフォルニアルートも、マカルー西壁みたいに全体がオーバーハングしているわけじゃない。登り始めれば案外すいすい行けそうだよ」

「だったらセロ・トーレも今回、やってしまったらいい。君はこの先もヒマラヤやカラコルムで忙しいだろうから、南半球まで来る機会はそうはないだろう」

ミゲロがまた煽り立てる。さりげない調子で和志は応じた。

「やれたらやってみたいけど、キャラバンも不要で、ホテルをベースキャンプにできるんだから、むしろヒマラヤを登る合間に、これからもちょくちょくやって来られる。焦ることはないと思うよ」

セロ・トーレもここから見えるかと期待していたが、左手の岩山の陰に隠れてそちらの眺望は開けない。フィッツ・ロイに登り始めれば、そこからの距離は七キロ弱だから、手に取るように観察できるはずだ。

どの山の場合でも、登るか登らないか、和志はまず頭のなかでその可能性をとことん突き詰める。しかし考えているだけでは永遠に答えは出ない。最後の決断はインスピレーションだ。

4

いったんホテルに戻り、頼み込んでアーリーチェックインをさせてもらい、ホテルの近くにある郷土料理のレストランでの昼食がてら、アランが契約していた地元ガイドと落ち合った。

ホセ・アクーニャという名の五十代の大柄な人物で、かつてはフィッツ・ロイを始めとするパタゴニアの峰々に頻繁に登っていたという。地元のガイド仲間のあいだでもパタゴニアの生き字引とみなされ、人格的にも敬愛されているとの評判を耳にして、アランが予約を入れていたらしい。

幸いいまはオフシーズンで、トレッキング関係の仕事がほとんど入っていないため、ホセは喜んで引き受けたという。

「きょうは珍しく山が見えてるんだが、ここ一週間以上、ずっと雲に覆われていて、このあたりでも雪が降ったくらいなんだよ。もっともフィッツ・ロイやセロ・トーレは、あの傾斜だから雪が積もるということはないけどね――」

ホセは立て板に水で、ここ最近の現地の状況を説明した。

ルート上に氷雪はさほど張り付いていないが、こちらが期待していたとおり、クラックには硬い氷がぎっしり詰まっているはずだという。ホセはカリフォルニアルートとフランコ・アルゼンチンルートの両方の詳細なトポを用意してくれた。

「あんたたちの想定どおり、縦方向のクラックやリスは豊富だよ。そこを選んで登ればほぼ氷伝いに進めて、夏にフリーで登るよりずっと効率的だと思うね。ただ問題は、これから先の天候なんだよ」

渋い表情でホセが言う。アランは問いかけた。

「見通しが悪いの?」

「西大西洋に前線が居座っていて、そこを次々低気圧が通過している。きょうはたまたま前線が遠ざかっているようなんだけど、あすからまた接近してくるようだ。どうも南極の寒気がなかなか弱まらず、そのせいで南極海が低気圧の巣になっているらしいんだ」

「当分は悪天が続くわけだね」

ミゲロは落胆を隠さない。

「今回の目的は冬のヒマラヤのトレーニングだから、多少の悪天ならむしろお誂え向きだよ」

アランは興味を示すが、ホセは真剣に忠告する。

「舐めてかからないほうがいいぞ。私もかつて何度も嵐に遭遇しているが、寒さはもちろん壁から引きはがされそうな風に追い立てられて、命からがら逃げ帰ったよ。アンデスの六〇〇〇メートル級はいくつも登っているが、パタゴニアの山ほど厳しい山域は知らないよ。なにしろ南極が目と鼻の先で、標高は低くても、荒れれば冬のヒマラヤ並みだと言われているくらいだから」

ホセが言うとおりなら、嵐を突いて登ってみようというほど和志も思い上がってはいない。しかしマカルー西壁の登攀は、これまでのローツェやK2以上に長丁場になる。わずかな好天を利用して一気にサミットプッシュするのがアルパインスタイル、ことにソロの眼目(がんもく)だが、それに想定以上の時間がかかれば、岩壁の途中で猛烈な嵐にさらされることもあるだろう。

「もちろん無理はしないけど、途中で嵐に捕まったら、退却のいい練習にもなるからね。せっかくパタゴニアに来たんだから、ただ天候待ちして時間を潰して帰るんじゃもったいないよ」

和志は強気で応じた。ローツェにしてもK2にしても、天候の面でベストコンディションだったわけではない。極力それを避けるのが基本でも、山の気象はこちらの都合に合わせてはくれない。

ホセはトポを指で示しながら、ルートの詳細を説明してくれた。実践から離れて十年以上経つというが、その記憶力は驚くべきもので、各ピッチごとのクラックやハンドホールドの状態まで細かく解説する。

カリフォルニアルートもフランコ・アルゼンチンルートも、夏にはそれぞれ複数回登っているとのことで、アランはまさに最強のアドバイザーを得たことになりそうだ。

5

ホテルに戻ってそんな状況を報告すると、電話の向こうで磯村は唸った。

「マカルーの事前トレーニングのつもりでいたんだが、舐めてかかれる話ではなさそうだな。おれがいなくて大丈夫か」

「いまさらこっちに来ると言われてもね。ホセはガイドとして信頼できるし、ルートは短いから、途中で嵐に捕まっても退却は十分可能だし」

「なんだかおれがいないのをいいことに、羽を伸ばそうという魂胆みたいだな」

「心配ないよ。エル・チャルテンに羽を伸ばせるような場所はないから。アランたちともうまくいっているし」

「そうか。そのホセともいい関係をつくっておいたほうがいいな。南米もこれからおまえの仕事場になりそうだから、現地の情報もいまから仕入れておく必要があるだろう」

「ああ。その意味で興味深いのはセロ・トーレだね」

「まさか、ついでに登ろうという気じゃないだろうな」

磯村は慌てて訊いてくる。思わせぶりな調子で和志は言った。

「まずはフィッツ・ロイの頂上からじっくり眺めてみるよ」

「やる気満々だな。しかし半端な壁じゃないぞ。いまこんなところでおまえに死なれちゃ困る」

警戒する口振りだが、その考えが気に入っているような気配も窺える。和志は大胆に言った。

「やるとしたらコンプレッサールートだね。ずるいアイデアだけど、どうしても行き詰まったら、壁に残っているボルトを使って逃げられるから——」

チェザーレ・マエストリがガスコンプレッサーで打ち込んだ悪名高い数百本のボルトは、二〇一二年に別ルートから登頂したアメリカのクライマー、ヘイデン・ケネディとジェイソン・クルックが、下降する際にその多くを撤去してしまった。

その直後に、デビッド・ラマとペーター・オルトナーのパーティーが三度目の挑戦で完全フリー化に成功し、世界を驚愕(きょうがく)させた。しかし彼らも二度目の挑戦の際に、同行した撮影チームが大量のボルトを打ち込み、固定ロープを残置したことで非難されている。

あのあとアランたちはまたセロ・トーレの話を持ち出して、頼みもしないのにホセの意見を聞いた。そのとき出たのがラマのチームが残したボルトの話だった。

もちろんそれを使って登る気はないし、打たれているのは最難関のヘッドウォールではない。しかしマエストリが大量のボルトを打ったことからもわかるように、コンプレッサールートはラペリングの支点をとるのも難しいすべすべの垂壁だ。

天候やその他の事情で行き詰まった場合は、そこを使ってエスケープできるから、それがセーフティネットになるだろうというのがホセの意見だった。そんな話を聞かせると、磯村は乗ってきた。

「だったら最悪でも生きて還れるな。まあ、いまは怪我だってしていられないから無理をする必要はないが、狙えるものなら遠慮は要らない」

「人工的なエスケープの手段が用意されているのは、フェアじゃないような気もするけどね」

「気にすることはないよ。登攀に使ったら問題だが、命からがら退却するときに、別の隊が設置したピトンや固定ロープを使ったからって誰も非難はしない」

「そう割り切るしかないね。まあ、今回やるかどうかはまだ決めたわけじゃない。天候からスケジュールまで、あらゆる条件が整ったときの話だから」

「もちろんそうだよ。どんな天才クライマーでも、絶対に勝てないのが山の神様のご機嫌だ。逆にうまくご機嫌がとれれば、それまで不可能とみられていたことがあっさり達成されてしまうのもアルピニズムの醍醐味だからな」

「それで、どうなの？　本番の準備は進んでいるの？」

和志は問いかけた。自信満々で請け合うかと思ったら、磯村は不安げな様子で声を落とした。

「ポーターを確保するために知り合いのサーダー（シェルパ頭）に相談したんだよ。冬場は登山隊が少ないから人が余っていそうなもんだが、じつはそうでもなくて、逆に仕事がないと考えて、村人はカトマンズに出稼ぎに行っちまう。そのせいで意外に人集めに苦労することが多いんだよ」

「必要な人数のポーターが集まらないということ？」

「おれたちのパーティーに必要なのは三十人くらいだから、人数の点では心配ないんだが――」

「それ以外になにか問題が？」

「料金を上げてほしいというんだよ」

「ポーター料金は協定で決まっているんじゃないの？」

「それを上回る破格の料金でポーターを集めているやつがいるんだよ。マカルー周辺の村ではその噂が広がって、それ以下の料金じゃ誰も引き受けないというんだよ」

「誰がそんなことをしているの？」

「言わずと知れたあいつだよ」

「マルク？」

「ああ。集めているのがなんと八百人だというんだよ」

「バルン谷にダムでもつくる気なの？」

「それに近い大工事をしてルートを確立しようとしているんだろうな。西壁に高層ビルの建設現場並みの足場だって組めそうだよ。おれたちがポーターを集めるのを妨害するために、やる気もない法螺話を流しているのかもしれないが、もし本気だとしたら、馬鹿馬鹿しさも極まれりだな」

「本気なら舐めてはかかれないよ。ギャラに糸目をつけず声をかけているのは、アリエフだけじゃないかもしれない」

「そのアリエフの情報なんだが、いまカトマンズにいるらしい」

磯村はさらに穏やかではない話を切り出した。和志は当惑を隠さず問い返した。

「カトマンズに？　ポストモンスーンにどこかを登る気なのかな」

「そういう気配でもなかったらしい。見かけたのは、ケビン・マクニールという、おれがよく知っているニュージーランド人のオルガナイザーで、個人的にもちょくちょくヒマラヤに登っているから、アリエフとは面識があるそうなんだ。マカルー周辺の六〇〇〇メートル峰に公募隊を率いて登る予定だと聞いて、現地情報を教えてもらおうとたまたま連絡をとったんだよ。ケビンが会ったのはカトマンズのホテルのロビーで、いま催行している公募隊の集合場所だったんだが、アリエフはそこに宿泊していたわけではないらしい」

「誰かと会っていたの？」

「ああ。誰だと思う？」

磯村は思わせぶりに間を置いた。和志は迷うことなく問いかけた。

「マルク？」

「そのとおり。どっちもクライマーというよりビジネスマンのような格好で、ロビーのラウンジでなにやら話し込んでいた。声をかけようかと思ったんだが、ずいぶん入れ込んでいるようなんで、遠慮しているうちに出発時間が来ちまって、客を引き連れてホテルを出たらしい」

「用件は聞かなくても想像がつくね」

「ネット上で流れていた噂は本当だったのかもしれないな」

「できれば信じたくないけどね。アリエフほどのクライマーがマルクなんかと――」

和志にとってはショッキングな話だ。最初に噂を聞いたとき、それは考えられないと自分に言い聞かせた。もしアリエフがそんな常軌(じょうき)を逸(いっ)した遠征隊に加わるつもりなら、和志が抱くアルピニズムの理想への冒瀆(ぼうとく)だという気さえしてくる。

「見かけたのは一週間くらい前だそうだ。ポーターの値上げの話は、ケビンが今回の公募隊の手配をしたころはまだ出ていなかったらしい」

「いまはどうなの？」

「ストライキとかはとくに起きていない。ただケビンは十二月にもそのあたりでトレッキングツアーを計画していて、地元のサーダーに話を持ち掛けたら、なかなか乗ってこないので不思議に思っていたらしい。マルクが高値でポーターの囲い込みをしている話を聞かせたら、そう言えばと、アリエフとマルクの接触の話を教えてくれたんだ」

渋い口調で磯村は言う。不安を隠せず和志は応じた。

「動きが派手だね。彼らのパーミッションは僕らと同じ十二月からのようだけど、それは登攀活動の開始時期の話で、キャラバンだけなら先行して進めることはできるわけだ」

「ああ。十一月中にベースキャンプに荷を揚げておけば、十二月に入ったところですぐに活動に入れる」

「ところが十一月だとまだポストモンスーン期で、登山やトレッキングの客も多いから、それだけ大勢のポーターを雇うのは簡単じゃない。それで金に糸目をつけず人を集めている、そう考えれば辻褄（つじつま）が合ってくる。それだけのポーターを確保するとなると、運び込む荷物も膨大だろうね」

「二、三〇トンは運ぶつもりだろうな。いまは極地法でもせいぜいその半分くらいだよ。いくらマルクでも、そういう計算もできないくらい馬鹿ではないだろうから」

磯村は吐き捨てる。うんざりした気分で和志は言った。

「チェザーレ・マエストリ張りに馬鹿でかいガスコンプレッサーを担ぎ上げて、ヘッドウォールにボルトをべた打ちする気かもしれない。ヒマラヤに第二のコンプレッサールートをつくられたんじゃ堪らないよ」

「やりかねないな。金で横っ面を張られてそんな遠征に参加するとしたら、アリエフの名声も地に墜ちる」

「僕はまだ、信じたくないけどね。その件は、もうカルロに伝えてあるの？」

「これから連絡を入れようと思ってるんだが、アランたちにはおまえのほうから話してくれれば手っ取り早い」

「わかった。さっそく伝えておくよ。もっとも彼らが登るのは西稜だから、直接影響が出るわけじゃないけどね」

「しかしベースキャンプは西壁と同じだ。嫌でもマルクの隊と付き合わざるを得なくなる。それにアランたちの遠征費用もノースリッジ持ちなんだから、おまえの秘密作戦にもいろいろ協力してもらわなきゃならん」

「そこは十分わかってくれるはずだよ。それで、どうなの、磯村さんの体調は？」

「電話で話をするたびに同じことを訊くなよ。大丈夫に決まってるだろう。これからは自動音声で応答するしかないな」

嫌味な口振りで磯村は応じる。声の調子に弱々しいところはないし、無理に問い質しても返ってくる答えは自動音声と五十歩百歩だろうから、とりあえず大きな異変はないと納得するしかない。

6

磯村との通話を終えて、アランや友梨たちにラウンジに来てもらい、マルクの不審な動きについて報告すると、苦い口振りでアランは言った。

「やっぱりやる気か。それも想像していた以上のぶっ飛んだ話のようだな。いったい誰なんだ、その馬鹿なスポンサーは？」

「カルロの耳には、まだ情報は入っていないの？」

「ここのところ、マルクはほとんどSNSの発信をしていないそうなんだ。そのせいでヨーロッパのクライマーのあいだでも関心が薄れて、けっきょくただのはったりじゃないかという結論に落ち着いているようでね」

「しかし、アリエフとの密会の話といい、ポーターをかき集めている話といい、水面下で派手に動いているのは間違いないよ」

「それが当たりならふざけた話だ。アルピニズムの歴史を百年後退させるくらいの愚挙だよ」

ミゲロが慨嘆（がいたん）する。ジャンも不快感を隠さない。

「西壁のヘッドウォールにボルトをべた打ちされたんじゃ、ヒマラヤ最後の課題がフィールドアスレチックになっちまうな」

「だったら、おれたちも早めに入山しようか。なんとかスケジュールを調整して――」

　ミゲロが提案する。和志は首を横に振った。

「十一月にポーターを確保するのは無理だよ。ポストモンスーンでトレッキングツアーが目白押しのうえに、マルクががっちり押さえてしまったわけだから。こちらは十二月に入るまでポーターを確保できない。それに君たちだって、スケジュールは詰まっているんじゃないのか」

「たしかにそうだ。おれとアランは、十一月中はまだシャモニーでガイドの仕事が入っている。それにカルロの話だと、装備や食料の手配に十一月いっぱいはかかりそうだと聞いている」

　ジャンが無念そうに言う。和志も頷いた。

「僕らのほうも準備にはまだ時間がかかる。それに十二月の契約で手当てしたポーターやシェルパと、いまさら前倒しで再契約するのは難しい。ここでトラブルを起こすと、十一月はもちろん十二月も押さえられなくなりそうだからね」

「そこまで計算に入れているとしたら、マルクも舐めてはかかれないな」

　ジャンが唸る。歯噛みするようにミゲロも応じる。

「汚い手を使わせたら右に出る者がいない。親父のラルフ・ブランともども、欧州のアルピニストの恥さらしだ。トモはそんな連中のせいでアルピニズムの世界から身を引くことになった。おれはつくづく同情するよ」

差し水をするように和志は言った。

「それより、君たちに迷惑はかけたくない。こうなったら開き直って、予定どおり計画を進めるしかない。それにそういう物量作戦で登れる壁なら、とっくの昔に誰かが登っている。まともなセンスのあるクライマーなら、あれが札束の力で登れる壁じゃないくらいわかるはずだよ」

「マルクにはそのセンスがないから困った話なんだよ。あの壁は我々アルピニストにとっていわば神からの贈り物だ。知力を尽くして登ってみろという我々人間への大いなる課題だ。その壁をマエストリのように物量作戦で改変するとしたら、神に対する冒瀆以外の何ものでもない。登れる登れないは別にして、もし連中にそんな企みがあるとするなら、それをぶっ潰すのもおれたちの仕事じゃないのか」

ミゲロは拳を振り上げる。和志は穏やかに応じた。

「いや、目的はあくまで登攀の成功だよ。君たちは西稜から、僕は西壁から頂上を目指す。それ以外のことはすべて付随的なことだ。マルクの策謀に踊らされて、アルピニストとしての本来の目的を見失うわけにはいかない」

　ミゲロはそれでも納得しない。

「たしかにそれが正論だが、ヒマラヤはマルクの所有物じゃない。マカルー西壁のような偉大な壁は、あらゆるアルピニストの、そして人類共通の財産じゃないのか」

　強い思いで和志は言った。

「もし彼らがマエストリのようなことをやったら、僕がすべて撤去するよ。ヘイデン・ケネディとジェイソン・クルックがセロ・トーレでやったようにね。ただしその前に、僕はフリーでルート初登攀を完成させる。それがあるべき順序じゃないかな」

　アランも大きく頷いた。

「カズシの言うとおりだよ。もし連中がそういうふざけたことをしたら、おれも壁の掃除に参加するよ」

「おれだってそうするよ。それに、声をかければ心あるクライマーなら喜んで手伝ってくれるはずだ」

　確信するようにジャンが言う。友梨が身を乗り出す。

「私は登攀活動中の彼らの動きを下からしっかり撮影して、あとで世界に公表してやるわよ。もしマエストリみたいにボルトのべた打ちをしたことが明らかになれば、世界のアルピニストを敵に回すことになるはずだから」

「それはいいな。我々も西稜を登っているあいだに西壁の動きを監視できる。ボルト以外でも、カズシの登攀を妨害する工作物を設置したり意図的に落石を起こしたりしたら、アルピニストの恥どころかまさに犯罪だ。それを世界に告発してやる」

ミゲロも声を高ぶらせる。冷静な口調で和志は言った。

「気持ちはわかるけど、いまその件で盛り上がっても仕方がない。現状ではすべて想像のレベルにすぎないわけだから。僕はあくまでフェアに登る。大事なのはこの先、僕以外にあの壁にソロで挑むクライマーが出てこないかもしれない点だよ。たぶん僕にとっても、これが最後で次はない」

「君が見事にやってのければ、ネパール政府だって考えを変えざるを得ないんじゃないのか」

ジャンが言う。和志は頷いて応じた。

「それがいちばん望ましい結末だね。だからいまはできるだけ雑音を排して、登攀に専念したいんだ」

「君がそれを望んでも、向こうはそうは考えない。アリエフが参加するとしたら、隊長といってもマルクはただの飾りだ。実力と経験の差から実質的にアリエフがリーダーシップを握るはずだ。彼は天才肌だけど難しい性格の男でもある。厄介ごとが起きないとも限らない。K２のときと違って登るルートが一緒だからね」

なお警戒を隠さずにアランは言った。

7

翌朝はホセの予想どおり、早くから強風がエル・チャルテンの町を吹き抜けて、ホテルの窓から見えるフィッツ・ロイの上部は完全に雲に呑み込まれていた。

ホセを加えた全員が集まり、ホテルのビュッフェで朝食をともにしながら今後の予定を打ち合わせたが、予定といってもすべてが天候次第で、しばらくは模様眺めをするしかない。

周囲の不毛な原野と閑散としたエル・チャルテンの街並みを見たときは、長期の滞在はできれば敬遠したい気分だったが、ホテルの設備は想像していた以上に快適だった。食事にしてもアルゼンチン特産のビーフに加え、パタゴニア自慢のラムを使った郷土料理は味もボリュームも格別で、アルゼンチンワインも安くて美味い。これでは体重が増えて、マカルーどころかフィッツ・ロイの登攀すら危うくなるとアランは心配する。

ホテルでだらだらしていても仕方がないので、この日はホセの案内で、フィッツ・ロイの前進ベースキャンプになるパソ・スペリオールに向かうことにした。

エル・チャルテンからは六時間ほどの距離で、下見の意味もあるが、重くかさばる装備はあらかじめそこに荷揚げしておけば、天候が回復する兆しが見えたら迅速に行動できるというのがホセのアドバイスだった。南極の寒気は徐々に緩む傾向にあり、この先一週間ほどは短い好天が周期的に訪れそうだとホセは言う。

身支度をしてホテルを出たのが午前八時。エル・チャルテン観光の目玉は朝焼けに染まるフィッツ・ロイで、それを目当てにやってくるトレッカーは未明に登り始めて日の出を待つが、きょうはその絶景が期待できるわけではない。ヒマラヤでは夜中に登り始めるのが習い性の和志にすれば、ずいぶん遅い出発だった。

それでもホテルを出ると、通りを吹き抜ける寒風が身に染みる。ここはまだ四〇〇メートルほどの標高で、しかも春先だというのにこの寒さだ。パタゴニアの気象条件の厳しさを改めて認識する。

エル・チャルテンの町を出て、トレッカー向けのトレールを、まずはフィッツ・ロイから流れ下る氷河の末端のトレス湖に向かう。町から約一〇キロの距離だが、標高差で五〇〇メートルは登るので、一般のトレッカーにとっては鼻歌交じりというようなルートではない。

高度が増すにつれて周囲にちらほら残雪が現れる。歩いていれば体温が上がり、寒さはさほど感じないが、顔に吹きつける風の冷たさは東京の木枯らしと変わりない。

「これじゃヒマラヤのキャラバンより厳しいくらいね。パタゴニアって、やっぱり特別な場所なのね」

寒風に頬を紅潮させて友梨が言う。栗原も頷く。

「きのうはわりと暖かかったのに、本当に陽気の変化が激しいですね。ここと比べたらドロミテは天国でしたよ」

「アラスカでもヒマラヤでも、麓近くでここまでの寒暖の差は経験したことがないよ。寒いなら寒い、暑いなら暑いで対応の仕方があるんだけど」

悩ましい思いで和志は言った。この先好天が訪れたとしても、登り出して途中で天候が崩れれば、とたんに極寒の風雪にさらされる。そんな急激な変化が一日に何度もやってくるのがパタゴニアの気候の特色だとホセも言っている。

きのうも出発時にはくっきり見えていたフィッツ・ロイが、一時間もしないうちに雲に呑み込まれ、草原を強風が駆け抜けた。それがエル・チャルテンに到着するころには、風も収まり空は晴れ渡り、フィッツ・ロイはその全貌をあらわにした。

一転してきょうは朝から荒れ気味だ。大西洋岸の前線がわずかに近づいたり遠ざかったりすると、もともとデリケートなバランスで成り立っているパタゴニアの陽気は瞬く間に変わるとホセは言う。

トレールは次第に氷河地形特有の岩が散乱したガレ場に変わり、傾斜も次第に増してくる。

振り向くと、周囲を岩山に囲まれたエル・チャルテンの街並みが、鉛色の雪雲の下でちんまり縮こまって見える。向かっているフィッツ・ロイは、濃いガスの緞帳（どんちょう）に覆われてまったく見えない。

歩き始めて三時間半でトレス湖畔に到着した。モレーンに周囲を囲まれた小さな氷河湖だが、その澄んだ湖面もフィッツ・ロイから吹き下ろす強風に細かく波立っている。湖水の向こうには、ガスを透（す）かしてロス・トレス氷河の末端がうっすらと見える。頭上では、フィッツ・ロイの峰を吹き荒れる風音が重苦しく響き渡る。

きょうはあくまで下見だが、これが登攀活動のスタートだったら、和志もさすがに気分が萎えていたはずだ。冬のマカルーの小手調べだという当初の思惑は、パタゴニアの山に対してはやはり不遜だったかもしれない。ついでにセロ・トーレもなどという考えは、思い上がりもいいところだった。

時刻は十一時半。湖畔の岩陰で早めの昼食をとることにした。

ホテルのレストランで用意してもらったラム肉のローストと自家製のパンはなかなか美味で、それもガイドの仕事と心得ているのか、ホセはパーコレーターで美味しいコーヒーを淹れてくれた。

「いま荒れるだけ荒れてくれれば、山も疲れて大人しくなるよ。パタゴニアは一年中天気が悪いと思われているが、ただ移り気なだけで、悪天も好天も長続きしない。そのリズムをキャッチすれば、最高のクライミングが楽しめるよ」

気分が落ち込み気味な和志たちを鼓舞（こぶ）するようにホセが言う。たしかにせっかく南半球までやってきて、楽しまずに帰るのは馬鹿げている。

「ホセの言うとおりだね。そもそも僕らがパタゴニアにやってきたのは、困難な壁を厳しい天候のなかで登ってみるためだった。その意味でパタゴニアは、すでに期待に応えてくれているよ」

気分を切り替えて和志は言った。友梨も前向きに応じる。

「そうだよね。今回の挑戦で求めているのは、結果じゃなくて体験だと思うから」

和志は頷いた。天候の点でこんなに気まぐれな山は初めてだが、どんな山でも天候の急変はいつでも起きるし、遠征の失敗は大部分が天候の読み違いだ。逆に言えば、それをすべて回避することは、神ならぬ身には不可能だ。

その気まぐれを思う存分経験させてくれるのなら、いまの和志たちにとって、むしろ大きなチャンスと考えるべきだろう。重要なのは登れるかどうかではない。パタゴニアという特異な条件の山から、冬季マカルーに向けてなにを学んで帰るかなのだ。

「いや、来たからには登らないと。もちろん無理をして遭難でもしたら本番のマカルーも怪しくなるけど、だからといって手加減をするようじゃ、フィッツ・ロイに失礼じゃないか」

アランは意気軒高（いきけんこう）だ。それもまた正しいと和志は思う。登ろうという強い意志と冷静な判断力——。あらゆる困難な登攀は、その高度なバランスの上にしか成り立たない。その判断力には撤退の決断も含まれる。しかし最初から撤退ありきでは登れる山も登れない。

ミゲロが大胆に言う。

「カリフォルニアルートもフランコ・アルゼンチンルートも、登攀距離はアイガー北壁より短い。カズシはイソムラとのパーティーでゴールデン・ピラーのワンデイアセントを達成しているんだろう。あそこは標高差が二〇〇〇メートルはあるし、斜度はフィッツ・ロイに劣らない。標高が低いことも考えれば、こっちは圧倒的に楽で、条件さえ整えばおれたちなら鼻歌交じりだよ。しかし、それだけじゃここへ来た意味がない」

「ああ、悪条件のなかで困難な壁を登るトレーニングには、ここは最適のゲレンデだ。おれたちにとってはもちろん、カズシにとっても得るものが大きいと思うな。高度の点を除けば、冬のヒマラヤの壁のシミュレーションにはもってこいだ」

ジャンが言う。本番のマカルーでもフィッツ・ロイでも、登るルートは別だが気持ちはすでに一つのパーティーだ。そんな言葉からは、彼らが和志の西壁挑戦に寄せている期待の大きさが伝わってくる。和志としても、もちろん彼らの西稜への挑戦が成功することを切に願っている。

ルートは違っても、同時に一つのピークを目指すとき、その相手に不思議な共感を抱くことがある。ある種の同志意識というべきか。K2を登ったときのアリエフがそうだった。

あのときは今回のアランたちとは異なり、K2冬季初登頂という目標を競い合う関係だった。しかしそのとき自分のなかで、アリエフに敵意を持ったことは一度もなかった。逆に目的を共にして、同じ困難に挑む彼をリスペクトする気持ちが自然に生まれた。和志にとって目的はあくまで冬季初登頂であって、アリエフと闘うことではなかった。

遠くに見えるアリエフのヘッドランプの光は、孤独な登攀を続ける和志を励ましてくれさえした。アリエフにとっても、おそらくそうだろうと和志は信じていた。

そのアリエフとマカルー西壁で再び競い合う——。そんな強力なライバルの出現は、普通なら和志にとって心を躍らせる舞台ともなるはずだった。しかしアリエフが組んだのは、和志に執拗な敵意を抱くマルク・ブランだった。そのことがあまりに空しい。けっきょく和志が抱いていたアリエフのイメージは虚像でしかなかったのか。

昼食を済ませ、トレス湖の湖岸のモレーンをトラバースして、ロス・トレス氷河の登りに入る。

ここからは全員がアイゼンを装着し、ホセが先頭に立って進む。いまの季節はヒドゥンクレバス（雪をかぶったクレバス）が多いという。そこは地元のガイドの目利きに頼るしかない。ホセはクレバスの位置を探り当てては、後続する和志たちに警告する。

氷河を吹き渡る風はますます激しくかつ冷たい。雪が降らないだけましだともいえるが、ガスはますます濃密になり、視界はせいぜい二〇メートルほどだ。ホセはそれでも迷うことなくリードを続ける。

途中でいくつか岩場を乗り越え、高度は一三〇〇メートルを超えた。前進ベースキャンプに予定しているパソ・スペリオールまであと一時間ほど。足がそろっているせいか、寒さと風に追い立てられているせいか、予定より早く到着しそうだ。しかし目の前に聳え立っているはずのフィッツ・ロイはもちろん、周辺の山もほとんど見えない。

そのとき周囲がわずかに明るくなった。しばらく進むうちに、ガスに閉ざされていた視界が徐々に広がってきた。パタゴニアの山がまた気まぐれを起こしたのか。西からだった風向きが急に北東に変わっている。

頭上の雲間から青空が覗いた。フィッツ・ロイを包み込んでいた雲が風に吹きちぎられて、水に融ける雪のように消えていく。その頂はまだ雲に包まれているが、衛星峰のポインセノットはその全容を露わにしている。

「見えたぞ、セロ・トーレが」

ホセが北西方向を指さした。窓のようにぽっかりと開けた雲のあいだに、姿を覗かせているのは、大地に突き立てられた剣のような壮麗なオベリスク（尖塔）――。

和志は息を呑んだ。アランたちも友梨も栗原も、言葉を失ったようにその容姿に見惚れている。

アラスカでもヒマラヤでも、数多くの難壁に挑んできた。その和志にしても目の当たりにするその壁を、確実に登れる自信は必ずしもない。しかしそこに挑みたいというモチベーションは、いままで以上に高まった。

第八章　異　変

1

　フィッツ・ロイの全容が望めたのは到着した最初の日だけで、その翌日から四日間、山は雲に閉ざされた。きのうまでエル・チャルテンの町は寒風が吹きすさび、ときおり小雪も舞っていた。しかしこの日は朝から快晴で、久々に天を突き刺すフィッツ・ロイの雄姿も望めた。

　午前中早く、ホセがホテルにやってきて、地元気象台の最新の天気図を示して言った。

「ゆうべから南極海の高気圧が勢力を増してきてるんだよ。大西洋側の前線も遠ざかり、低気圧の発生間隔も開いてきている。これから天候は安定するようになる。いつものことで、局地的には目まぐるしく変わるだろうけど、好天の時間は確実に増えるはずだよ。タイミングによっては、丸一日以上続くこともある。アイガー北壁が二時間で登られる時代なんだから、君たちならワンデイアセントができるんじゃないか」

ホセは弾んだ声で言う。パタゴニアでは、冬場でなくても悪天で数週間の停滞を余儀なくされることは珍しくないと聞いていた。今回の遠征の予定は三週間、最大限延ばして四週間とみていたから、滞在五日目でチャンスが訪れたとすればじつに幸運と言うべきだろう。

もちろん冬のマカルーのシミュレーションが目的だから、ベストの天候でなくても登る気でいた。むしろ絶好のコンディションではその目的が果たせないが、せっかく山が登攀のチャンスをくれるというのなら、ありがたく受けとらなければ罰当たりというものだ。

「じゃあとりあえず、あす早い時間にパソ・スペリオールまで登っておこうか。ホテル暮らしもこれ以上続くと体が鈍(なま)ってしまうしね」

気合を入れるようにアランが言う。和志も頷いた。

「けさは有名なフィッツ・ロイのモルゲンロート（朝焼け）も見られた。いい予感がしていたんだよ」

パタゴニアの観光写真でよく使われている、朝日に真っ赤に染まったフィッツ・ロイの景観を、けさホテルの窓から初めて見た。わかっていれば早起きして先日訪れたミラドールまで登っていたところだが、それがまったく予測できないのがパタゴニアという土地なのだ。

先日の偵察行の際に、装備の大半は前進ベースキャンプとなるパソ・スペリオールまで運び上げてある。そこはフィッツ・ロイから伸びる岩尾根の鞍部で、雪が豊富なため雪洞を掘るのに最適だ。

気象通報と現地での観天望気で、最適な登攀開始のタイミングは読めるとホセは言う。パソ・スペリオールで待機していれば、つかの間のチャンスを逃さず壁に取り付ける。

「だったらこれから食料を買い込んで、一週間くらい滞在できるように準備しよう。いまの時期ならあそこは天然の冷蔵庫だから、生鮮食品がいくらでも保つ。ビーフでもラムでも大量に備蓄できる。登攀に成功したときの乾杯用に、ワインやビールも持っていかないと」

ミゲロが張り切る。どこかのキャンプ場にバーベキューをしに行くようなノリだが、その楽天性が彼の持ち味だ。

「ただ問題はルートのコンディションだよ。ここ数日、天候が不順だったせいで、だいぶ氷雪が張り付いている。硬く凍っていればいいんだが、この先、好天が続くとそれが緩んでしまう。その点がちょっと心配なんだがね」

窓の向こうのフィッツ・ロイに目を向けながらホセが言う。滞在初日に見たときよりも、花崗岩の岩肌に白い部分が目立つようになっている。フィッツ・ロイは急峻すぎて雪は積もらないが、強風に吹き付けられて氷雪の層が張り付くという。

岩に張り付いた氷雪には手こずることがある。硬ければ絶好のアイスクライミングのルートになるが、軟らかいとアックスやアイゼンの利きが悪くなり、場合によっては剝落する。

そんな場合、下にある岩にホールドをとるために、不安定な氷雪を搔き落とす必要があり、それはそれで労力を要する。アランたちのように複数人のパーティーの場合、落下した氷雪が下にいる仲間に当たることもある。

「その手のルートには慣れてるよ。積雪期のシャモニー針峰群でもよくあるパターンだ。アルプスくらいの標高だと、ヒマラヤと比べて荒れたときと晴れたときの気温の差が大きいし、冬でも日当たりが良ければ氷雪が緩む。けっきょく氷を主体にルートを選ぶか、岩を主体にルートを選ぶか、現場を見ての判断になるね」

アランはさほど不安を覗かせない。それは和志も同様だが、やはり望ましいのは氷雪がしっかり張り付いてくれていることだ。和志は問いかけた。

「いまの季節で、気温はどのくらいなの」

「晴れていれば、上部のルートでマイナス五度くらいかな。荒れると優にマイナス三〇度まで下がるよ。しかしマイナス五度でも、日射によって氷は融けるから」

「だったら僕としては、荒れた直後が狙い目だね。壁が冷え切っていれば氷雪もしっかり岩についている。ルートはどこも急峻だけど、大きくオーバーハングした箇所はあまりなさそうだから、アイスクライミングで登れる部分が多いほうがずっと有利だよ」

「それは我々にしても同じだ。だとしたら、これから一時的に荒れてくれたほうがありがたいんだが、そうはこちらの都合に合わせてはくれないんだろうな」

期待半ばにジャンが言うと、ホセが窓の外を指さした。

「そうでもなさそうだよ。君たちの希望が叶うかもしれない。この様子だと、これから今夜にかけては荒れそうだね。直近の気圧配置から考えて、そう長くは崩れないと思うんだが」

見るとホテルの庭の立ち木が大きく揺れている。知らないあいだに風が強まってきたようだ。青空はいまも覗いており、フィッツ・ロイの山体はまだすっきりと見えているが、主峰の真上には気味の悪いレンズ雲が浮かんでいる。けさからの好天の大盤振る舞いはそろそろ終了のようで、気まぐれなパタゴニアの天気の神様の面目躍如だ。

「だったら急いで食料を調達して、きょうの午後早い時間にパソ・スペリオールを目指そうよ」

和志が提案すると、ホセは力強く請け合った。

「これから多少荒れたとしても、パソ・スペリオールまでは十分行けるよ。途中で夜になるかもしれないが、ルートもクレバスの位置も頭に入っている。寒さと風さえ我慢できれば、あとはなにも心配ない」

友梨がさっそく張り切りだす。

「じゃあ、これから買い出しね。町にはスーパーが二軒あって、もう下見を済ませてるんだけど、食料品はそこそこの品ぞろえなのよ。肉やハムは美味しそうだし、野菜もまずまず新鮮よ。レトルト食品やインスタントラーメンもあったわよ」

「日本のインスタントラーメンは最高だね。パスタは調理に手間がかかるから、おれは山でもよく食べるよ」

ミゲロが声を弾ませる。和志も山では重宝(ちょうほう)しているし、海外の登山家のあいだでも最近、携行食として人気があると聞いている。

2

そんな状況を東京の磯村に報告した。日本とアルゼンチンの時差は十二時間。いまこちらが午前十時で、向こうは午後十時とわかりやすい点はなかなか便利だ。

「だったら案外早く片づくかもしれないな。ホセの読みが当たりなら、セロ・トーレも行けるかもしれないぞ」

磯村は欲張ったことを言う。本番のマカルー西壁と比べれば手頃な目標と見ているようだし、和志もとくに異論はない。その点はアランたちも同様だ。

「技術的には大きな問題はない。要は天候だけど、ホセの予報が当たりなら、フィッツ・ロイは比較的短期で登れそうだよ。セロ・トーレもできればチャレンジしたいけど、そっちは気象条件がより重要になる。微妙なバランスでアックスを引っかけているだけの登攀になるから、強風に吹かれたら、壁から一発で引き剝がされる」

「デビッド・ラマも、天候待ちで一ヵ月以上停滞したというからな。それも比較的天候の安定した夏の話だから、あまり欲張っても本番のマカルーに差し障りが出る。判断は任せるが、あまり期待はしないようにするよ」

磯村はあっさり引いてしまう。それはそれで拍子抜けで、かえって登ってやろうという思いが湧いてくる。といってここで怪我をしたり死んでしまっては虻蜂とらずだから、そんな思いは腹に仕舞って、和志は問いかけた。

「マルクの件で、あれからなにか情報は入っているの？」

「ああ、それそれ。遠征のスポンサーがわかったよ」

「マルクが公表したの？」

「違う。というよりまだ推測の段階なんだが――」

情報の出どころは山際だという。仕事柄、彼は世界のライバル企業の動向をウォッチしている。そのために欧米のリサーチ会社と契約しているが、そちらからある情報が入ってきたらしい。

ノースリッジにとって強力なライバルである、パドレルというフランスのクライミングギアのメーカーが、アメリカを拠点とする投資ファンドに買収される見通しだという。

その投資ファンドを運営するのが、世界有数の投資家の一人として注目されるジェローム・スミス。買収されたフランスのメーカーは、父親のラルフ・ブランと長年スポンサー契約を結んでいたという。現在はマルクもその会社からスポンサーシップを得ており、二代続きの深い関係があるとみていいらしい。

リサーチ会社の調査によれば、こちらが想像していたとおり、ジェローム・スミスは、自身が登山に興味を持ったことはなく、アルピニズムの世界についてはまったくの門外漢のようだ。そのためフランスの株式市場では、パドレルの買収はもっぱら投資利益を狙ったものとみられているという。

しかしそのリサーチ会社は別の情報を得ていたらしい。パドレルがジェローム・スミスによる買収とタイミングを合わせるように、新規にマルクと五〇〇万ドルという巨額のスポンサー契約を結んだというのだ。

ジェローム・スミスは株式や投資信託など金融商品に投資するのではなく、特定企業の一定以上の株式を取得し、アクティビスト、いわゆる物言う株主として経営に関与することで企業価値を高め、自己利益の最大化を目指すタイプの投資家らしい。

当然パドレルの経営にもこれから深く関与していくはずで、そのスポンサー契約にもスミスの意思は働いているだろう。マルクを看板にすることで、最近経営が低迷しているパドレルの業績に活を入れようという目論見とみられるが、マルクのクライマーとしての実績をよく知るフランスのマーケット関係者は、スミスの無知に基づく大いなる勘違いだと冷めた見方らしい。不安を隠さず和志は言った。

「馬鹿にしたもんじゃないかもしれないよ。フランスではアルピニズムは国技のようなものだから、そういう見方をする人間も多いかもしれないけど、日本を含め世界のほとんどの国のメディアは、アルパインスタイルの意味も極地法の意味もわからない——」

極地法を一概に否定するわけではないが、今回のマルクの計画に関しては、環境破壊にも繋がる常軌を逸したものだ。しかしそうした事情を知らない世間の大半の人々に対しては強いアピールとなる可能性がある。

もしマルクが西壁からの登頂に成功し、それでパドレルの株価が上がれば、スミスにとっては御の字だ。それをパドレルの製品の優秀さによるものだと勘違いする者もいるだろうから、売上もアップするかもしれない。

マルクの実力を知り、彼の遠征計画の馬鹿馬鹿しさを理解する者は、スミスの視野に入っているマーケット関係者や潜在的なユーザーのなかでは圧倒的に少数派である可能性がある。パドレルは最近、本格的なクライミングギアよりも、一般消費者向けのキャンピング用品に力を入れていると聞いている。その点を見れば、スミスの思惑があながち間違っているわけではないだろう。

「たしかに、舐めてかかればしてやられるかもしれないが、おまえが先に登ってしまえば、スミスとかいう怪しげな投資家の皮算用は成り立たない。五〇〇万ドルのスポンサー料は、けっきょくどぶに捨てることになるだろう」

磯村は意に介するふうもないが、巨額の資金を出してくれるスポンサーがいるというマルクの話は、どうやら法螺ではなかったようだ。ネパール現地で金に糸目をつけず大勢のポーターやシェルパを雇っていることが逆にその裏付けになる。

カトマンズでのアリエフとの密談にしてもそうだ。アリエフのような世界レベルの登山家でも、決して左団扇で暮らしているわけではない。和志にしても同様だが、登山をビジネスとみなし、それによって財を成そうという願望をもつものはまずいない。それなら命を削るような危険なことをしなくても、金を稼ぐ方法はいくらでもある。

一方で大きな課題に挑戦するためには、それなりの資金が必要だ。ほとんどのクライマーがそれを稼ぎ出すために四苦八苦している。ノースリッジのスポンサーシップによって生活が安定し、大きな遠征の経費を丸抱えで負担してもらえる和志は極めて恵まれた例なのだ。

そう考えれば、アリエフもクライマーとしての自らの野心を達成するために、マルクの申し出た大枚のギャラに気持ちを動かされた可能性は大いにある。

「でも、アリエフとの勝負ということになると、なんとも言えないね」

気持ちを引き締めて和志は言った。アリエフは和志のようなソロの専門家ではないし、壁登りのエキスパートというわけでもない。しかしパワーと持久力では明らかに勝る。高額のギャラに惹かれての参加だとしても、目の前に歯応えのある壁があれば、本気で挑みたくなるのがクライマー共通の心理だ。

冬のK2では隊長と決裂してソロで頂上を目指したくらいだから、彼が参加した場合、おそらくマルクは母屋（おもや）を乗っ取られるだろう。そのときマルクが用意した圧倒的な人員と物量を活用して、アリエフがどういうタクティクスを編み出すか。そこは予断を許さない――。

そんな考えを口にしても、磯村は動じない。

「けっきょくアリエフのワンマンチームだよ。K2のときだって、あいつは隊長を含めた自分以外の全員を足手まといと考えたくらいだから、最後に空中分解するのは間違いない。おまえはソロというタクティクスに自信を持てばいい」

「でもアリエフは、そんなかたちで戦いたくない相手だよ」

「そうは言っても、おまえが信じているアルピニズムの精神を裏切ろうとしているのはあいつだぞ」

「ああ。その点は切ないよ。どんな経緯があったにせよ、あのとき一人で頂上を目指したアリエフは、間違いなく本物のアルピニストだった」

「それが買いかぶりだったんだよ。屑(くず)はどこの世界にもいる。アルピニズムの世界だって例外じゃない。隊長のアンジェイ・マリノフスキだってヒマラヤ登山のレジェンドで、マルクのようなへたれクライマーとは比較できない。あのときのマリノフスキの判断が間違っていたとはおれは思わない――」

アリエフに対する和志の思いを断ち切るように磯村は続けた。

「けっきょくアリエフは撤退した。もしアリエフの主張に従って隊として強引にサミットプッシュを仕掛けていたら、死んだ隊員が何人も出たかもしれない。ほぼ同時に頂上を目指し、おまえは成功し生きて還った。アリエフは断念して下山した。それも本隊が設置した固定ロープを使ってだ。困難なマジックラインからソロで登頂したおまえの圧倒的な勝利だよ。ビッグクライムの実績ではあいつが勝っているといっても、そんなのは過去の話に過ぎない。マカルー西壁はどちらにとっても初めてのルートで、経験の差なんてないも同然だよ」

3

ほぼ一週間分の食料とストーブ用のガスカートリッジを買い込んで、パソ・スペリオールに向かったのは午後三時だった。

お誂え向きというべきかどうか、天候は午後に入って本格的に荒れてきた。二〇〇〇メートル弱の標高のパソ・スペリオールまでの行程は、この天候だと日本の冬山に登るのと変わりないだろう。和志たちにとってはとくに問題はないが、冬山経験があまりない友梨と、まったくない栗原にとっては難ルートになるはずだ。

二人には天候が回復してから後続したほうがいいと提案したが、それでは和志たちのサミットプッシュに間に合わないと言う。氷河上のクレバスを除けば大きな危険はないとホセが保証するので、とりあえず一緒に登ることにした。

登り始めはそれほど雪はなかったが、一時間ほど登ると一面の雪原に変わる。風も強まりガスも濃くなった。ホセのガイドがなかったら、和志たちでも行動をためらう荒れ模様だ。

風速は二〇メートル以上はあるだろう。まだ一〇〇〇メートルを超えていない段階でこれでは、上部の壁や稜線を吹きすさぶ風は台風並みの風速に達しているはずだ。

三時間ほど登ると雪は脹脛にまで達した。ここ数日の荒天による積雪だろう。ときおりトップを交代しながら、ホセの案内で雪原を進む。まるで脳内にGPSが仕込まれてでもいるように、ホセは自信をもって方向を指し示す。

トレス湖に到着したのが午後七時。前回より三十分遅いが、この厳しい条件での登高だから、決して悪いペースではない。

周囲はすでに宵闇に包まれている。ほぼホワイトアウトの状態で、ヘッドランプで照らせる範囲も限られる。休んでいても体が冷えるだけだから、テルモスに詰めてきた紅茶とクッキーとチョコレートでカロリーを補給し、湖を囲むモレーンを伝って対岸のロス・トレス氷河に出る。

氷河上ではときおり体をなぎ倒されそうな突風に襲われる。ここから先はクレバスもあるし、だれかがルートを外れる危険もあるから、用心のために全員がロープを結び合う。

幸い強風で新雪が吹き払われ、ラッセルの必要はなくなった。

目の前一〇メートルまで狭まった視界のなかで、ホセはクレバスの位置を正確に探り当てる。彼にとっては庭のような場所らしく、迷う様子もなくパーティーをリードする。

友梨も栗原も眉毛や髪に霧氷の華をつけ、唇も紫がかっている。しかし吹きつける強風に体重を預けて進む足どりはしっかりしている。

ソロもいいがパーティーで登るのもいい。いずれ彼らとヒマラヤの手ごろなピークに登ってみたいと和志は思う。記録を追い求める登攀だけでクライマー人生を終わるとしたらなにか寂しい。

磯村とふたたびパーティーを組むことは、いまでは叶わぬ夢になった。磯村は和志にとって、これまでともに本格的なクライミングをした唯一のパートナーだった。

ヨセミテやアラスカの壁、ワンデイアセントを達成したゴールデン・ピラー、ローツェ・シャールからローツェ主峰への世界初縦走——。ソロで達成した記録以上に、彼とパーティーを組んで登った記憶が、より価値のあるものに思えてくる。

人は一人では生きられない。ソロは一つの戦術に過ぎない。ローツェ南壁もK2のマジッククラインも、あくまで磯村や友梨、山際とのパートナーシップで成し遂げられたものなのだ。

パソ・スペリオールに到着したのは午後十時近かった。ミゲロは足の不安をまったく感じさせなかった。友梨も栗原も疲労の色はさほどではない。友梨は山ガールとしての実績と和志の遠征に関わった経験があるから、並みのクライマーには負けない持久力がある。栗原も陸上選手として鍛えた基礎体力があるから、この程度の登高でばてることはないようだ。

パソ・スペリオールは風の通り道で、岩の露出した鞍部はテントなど張れる場所ではない。しかし風下方向にわずかに下った斜面には豊富な積雪があり、そこに雪洞を掘ると、万全の前進ベースキャンプが出来上がった。頭上で風は唸りを上げるが、ストーブに点火して水をつくり始めただけで、雪洞内の温度は急速に上昇し、ダウンウェアが不要なくらい暖かい。

　先日デポしておいたクライミングギアや友梨の撮影機材を雪洞内に運び込み、遅い晩飯の用意に取りかかる。ホセは料理も得意なようで、多めに買い込んだ食材の扱いに悩む友梨を見かねて、手際よくラムとレンズ豆のシチューを作ってくれた。

　出来上がったシチューを食べてみると、エル・チャルテンの郷土料理のレストランで食べたシチューと遜色ない。友梨はホセに確認しながらそのレシピをメモに取る。

「すべてホセにお任せじゃ、私はなにしに来たかわからないからね。地元の食材の調理の仕方をマスターして、みんなの体調をしっかり維持しないと」

「食事はもちろん大事だけど、たぶんそう長く滞在することはなさそうだよ」

　自信ありげにホセは言い、スマホを取り出して最新の天気図を表示した。

「いまは大西洋岸に小さな低気圧が発生していて、それで山が荒れているんだが、それはもうじき東に抜ける。その次の低気圧は、間隔が大きく開いているんだよ――」

　その一方で、チリ側に強高気圧が張り出しているらしい。春先にはよくあるパターンで、それがこれから周期的にやってくる。たぶんあすには絶好のチャンスがやってくるだろうとホセは言う。

「あすか。ちょっと忙しないが、それを逃すと、またしばらく好天は訪れないわけだね」

　アランが問いかける。ホセは頷く。

「丸一日は保証するよ。そのあとはまた前線が近づいて天候は不安定になる。冬のマカルーのシミュレーションとしてはやや物足りないかもしれないが」

「ちょうどいい加減に荒れてくれるのが希望なんだが、その要求は贅沢というもんだろうな」

ミゲロは不満げだが、アランはむしろ歓迎する。

「ここまで来るあいだに経験した風は、やはり普通じゃなかったよ。上部の壁であれに襲われたら南極まで吹き飛ばされていたかもしれない。ヒマラヤであのくらいの風に吹かれたら、当然撤退かビバークだ。あす登れるんだったら、そのチャンスを逃すわけにはいかないよ」

その言葉を受けて、ホセが指摘する。

「晴れたとしても、そう甘くはないよ。高気圧は南極海から張り出している。寒さに関してはヒマラヤに負けない。それに好天だといってもここはパタゴニアだから、きょうほどじゃなくてもかなりの風が吹く。夏場のベストコンディションのときよりはるかに条件は厳しいよ。その点では、君たちの希望に十分応えてくれると思うがね」

パタゴニアを舐めるなと言いたげな口振りだ。その挑発を受けて立つように和志は言った。

「だったら登ってみる価値はあるよ。楽勝でいけるんなら、冬に登ったクライマーがもっと大勢いていいはずだからね。たしか成功したのはまだ数人だと思うんだけど」

「そんなところだね。一九九〇年に日本のヤマノイというクライマーが冬季単独登頂をしているよ。あれは快挙だった。私を含め、地元のクライマーでだれ一人そんなことをやろうとしたのはいなかった。そもそも夏以外のシーズンにパタゴニアの山を目指そうという物好きがそうはいないということだよ」

山野井泰史が達成したその記録は、当時の地元のクライマーにとっても驚嘆すべきものだったようだ。ジャンが背中を押してくる。

「だとしたら、カズシがやってみせれば、冬季単独の第二登になるのは間違いないな」

和志は気負いなく否定した。

「彼が登ったのは八月で、南半球では厳冬期だった。いまは春と冬の中間くらいだから、同列には論じられないよ」

「いずれにしても、遊び半分で挑めるターゲットじゃない。十分チャレンジし甲斐のあるルートだよ。冬季マカルーへのスプリングボードとして大いに意味がある。あすの快晴を楽しみにして、きょうは早めに寝ることにしよう」

答えは出たというようにミゲロが締め括る。和志もアランもジャンも頷いた。

4

和志が午前五時に目覚めると、雪洞のなかまで響いていた風の唸りが弱まっている。入り口に積んだ風除けの雪のブロックを除け、半身を乗り出して目をやると、頭上は満天の星だった。雪洞を出て空を見渡すと、満月に近い月が西の空に浮かび、頭上に伸び上がるフィッツ・ロイの山肌のディテールを克明に照らし出す。頂上からは東に向かって派手な雪煙が伸びている。上部はまだかなりの強風が吹いているようだ。

アランたちを起こして状況を伝えると、彼らも慌てて雪洞から出てきた。アランが唸る。

「ホセの予報が的中したよ。サミットプッシュには絶好のチャンスだな」

東の地平線付近の空はほんのり明るくなっているが、この時期の日の出は午前七時前で、それまでまだ二時間ほどある。急いで雪を融かし、インスタントラーメンで手早く朝食を済ませ、和志たちは暗闇のなかを出発した。

一分一秒の時間も惜しいから、磯村への報告は友梨に任せた。イタリアにいるカルロには磯村から連絡を入れてもらうことにした。

パソ・スペリオールから上部氷河に出て、カリフォルニアルートとフランコ・アルゼンチンルートの分岐点のイタリアノスのコル（鞍部）に向かう。

気温はマイナス一〇度ほどで、このあたりはさほど風はないが、壁に取り付けば西からの風をまともに受ける。体感温度はマイナス三〇度近くを覚悟したほうがいいだろう。

氷河上を一時間ほど行ったところが、イタリアノスのコルに続く下部岩壁の取り付きだ。岩壁と言ってもこの季節は大半が急峻な雪壁になっているから、ダブルアックスで容易に登れ、ロープで確保するほどの難度ではない。それぞれ自由にルートをとって、同時登攀でぐいぐい高度を稼ぐ。

東の空がうっすらとピンクに染まってきた。頭上の星の数はだいぶ少なくなった。フィッツ・ロイの頂上付近が鮮紅色に染まりだし、頂から伸びる雪煙が炎のように輝いてたなびく。

コルに近づくにつれて、上空を吹く風の音が強くなる。いま登っている場所は岩稜の風下のためほぼ無風状態だ。しかし稜線に出たとたん、パタゴニアの強風の洗礼を受けることになるだろう。

登れるかどうかはそのときの判断だ。風を受けての登攀には、技術や体力では乗り越えられない壁がある。心もとないホールドに微妙なバランスで引っかかっているだけで、風による意図せぬ重心の変化が墜落に繋がる。ましてやソロでは、落ちたらだれにも確保してもらえない。

一時間ほどの登りでコルに立った。東の稜線から太陽が顔を出す。フィッツ・ロイの山肌が真っ赤に燃え上がる。

風は強いが立っていられないほどではない。風向きは南西からで、カリフォルニアルートはその風をほぼ真うしろから受ける。背後からの風は体が岩場に押し付けられるから安定度はむしろ高い。

ときおり吹きつける突風は四〇メートルを超えていそうだが、平均風速は二〇メートルほどで、まともに受けても体が飛ばされるほどではない。このくらいの条件なら十分登れると見極めた。そんな判断を伝えると、不安のない様子でアランは応じた。

「フランコ・アルゼンチンルートの場合、ストレートに登ればまともに横風を食らうけど、できるだけ右寄りにルートをとれば稜線の陰に入るから、風はある程度防げると思うよ。この季節のパタゴニアなら、これがベストの条件だろうね」

「ここがヨーロッパアルプスなら、麓のロッジで美味いものを食って美味いワインを飲んでいるところなんだが、針の穴を通すようなチャンスを狙って南半球まで飛んできたんだから、もちろん登らないわけにはいかないな」

力強く言うミゲロに、ジャンも大きく頷いた。

「ああ。この程度で断念するなら、冬のマカルーなんて高望みということになる」

互いに健闘を誓いあって、それぞれのルートを進んだ。

アランたちはコルから続く岩稜を越えてフランコ・アルゼンチンルートの取り付き点に向かう。和志は氷雪の張り付いた壁をトラバースして、ルートの起点となる本峰から派生する小岩峰とのコルに出る。

氷雪は硬くしっかりとしていて、いかにもミックスクライミング向きのルートと言える。そんな状況を衛星携帯電話で友梨に連絡した。携帯電話も使えないことはないが、山中では電波の状態が不安定だと事前にホセから聞いていたので、登攀中の連絡のために今回も衛星携帯電話を携行してきた。

ルートの状況を説明し、これから登ると伝えると、信頼を滲ませて友梨は応じた。

「和志さんがやれると判断したんだったら、それが正しいのよ。必ずやり遂げるわよ。これまでもそうだったんだから。さっき磯村さんとも話したんだけど、彼もなにも心配していないわ。ただ怪我だけはしないようにって。本番のマカルーに支障が出たらなんの意味もなくなるから」

「ああ。十分気をつけるよ。ホセが用意してくれたトポはすべて頭に入っている。技術面での不安はまったくない」

和志はきっぱりと言った。登攀を開始したら、もう余計なことは考えない。不安の材料は探せばいくらでも出てくるが、その回路を断ち切る心のスイッチが知らないうちに入っている。

5

南西稜——通称カリフォルニアルートはそこから一気に立ち上がり、九〇度近い平均斜度で一〇〇〇メートルあまりを駆け上がる。その先はやや傾斜は緩むものの、ホセが用意してくれたトポを見れば、そちらはそちらですこぶる複雑な様相の岩稜で、いずれも高度な技術が要求されるだろうことはわかっている。

取り付きは弱点の少ない垂直のフェースで、氷雪はほとんどついていない。唯一のルートは直線的に上に向かう一筋のクラックで、幸いそこには硬い氷が詰まっている。

その氷の帯に正確にアックスを打ち込み、アイゼンの前爪を凹凸の少ない岩にしっかりと噛ませ、脚力を使って大胆に体を引き上げる。

背後からの強風が体を壁に押し付けてくれるせいで、アックスやアイゼンの食いつきがよく、重心がぶれることもない。

クラックは二〇メートルほど登ったフェースの中間で途切れるが、二メートルほど右手にもう一本のクラックが走っており、その手前に太さ一〇センチほどの氷柱(つらら)が下がっている。右腕を大きく伸ばし、その氷柱にアックスを打ち込んで、腕一本でぶらさがり、振り子のように体を振る。足がクラックに達したところで、岩にアイゼンを蹴り込んで体を止める。ミックスクライミングで多用される振り子トラバースと呼ばれる技法だ。

幅五センチほどのクラックは上に向かうに従って狭くなり、一〇メートルほど登ったところで消えていく。あいにく適当なところにべつのクラックやリスはない。

やむなく花崗岩の岩肌をアックスの先端でまさぐって微細な凹凸を捉える。岩肌の感触を確認しながらアイゼンを動かし、前爪をやはり微細な凹凸にひっかける。

結晶粒子が大きい花崗岩は、平滑に見えても表面は紙やすりのように摩擦力が大きい。ヨセミテなどの見た目ではほとんど手がかりのない垂壁でも、岩と掌の摩擦力で登ることができるのはそのためだ。

ダブルアックスによるドライツーリングではそうした点がより有利に働く。斜度が九〇度を超さない限り、ドライツーリングを意識してブラッシュアップした新型アックスは、そんな結晶がかたちづくる微細な凹凸にしっかりと食らいつく。背後からの強風が、そんなデリケートな動きを手助けするように体を岩に押し付ける。

しばらく登ると、先ほど途切れたクラックがふたたび現れ、フェースの最上部まで続いている。途中から幅は三〇センチほどに広がり、そこに硬い氷雪がびっしり詰まっている。ミックスクライマーにとってはエスカレーターのように快適なルートだ。

三〇メートルほどのフェースを登り終えると傾斜はやや緩み、そこからはあちこちに氷雪の張り付いたピラーの登りになる。

気温はマイナス二〇度を下回り、氷雪は硬く凍てついているが、厚みは一〇センチあるかないかで、強い衝撃を与えれば剝落する惧れもある。強度を確認しながら慎重にアックスを打ち込みアイゼンを蹴り込む。アックスもアイゼンもしっかりと食い込んで、氷雪に亀裂が入ることもない。強度は十分とみてスピードアップする。

およそ三時間で二〇〇メートル登った。アイゼンの前爪が辛うじて置けるバンドに立って、氷の詰まったクラックにアイススクリューをねじ込み、スリング（捨て縄などに用いる細いロープやナイロンテープを輪にしたもの）でハーネスと結んで自己確保をとり、テルモスの紅茶とチョコレートでエネルギーを補給する。

下部岩稜の陰に隠れていたパソ・スペリオールが見えるようになった。雪洞を出てこちらを見上げている友梨たちの姿が確認できる。友梨は三脚にカメラをセットし、登攀の様子を撮影しているようだ。軽く手を振ると、友梨もこちらに手を振ってくる。

眼下右手にはロス・トレス氷河、左手のチリ側も名も知らぬ氷河の海に埋めつくされ、そこから無数の鋭峰群が立ち上がる。さらに南に目を向けると、太古の大地から神が鉈を振るって掘り出したような鋭利で優美なオベリスク――セロ・トーレ。

夢のような景観に心が震えた。ヒマラヤは人の心を圧倒する。しかしパタゴニアの山々は心を魅了する。氷河の白と黒々した岩峰のコントラストが描き出す、これほどまでに美しい絵模様を和志は初めて目にした。

アラスカの氷雪の鎧に覆われた峰々とも、箱庭のように美しいドロミテの奇峰群とも異なる陶然とするような山々のたたずまい。そんな氷河の大地に突き立てられた剣のように、セロ・トーレはひときわ鋭く天を突く。

コンプレッサールート――南東稜の無慈悲極まりないシルエットもはっきりと確認できる。前半部分はときおり斜度の緩い部分を挟むものの、その大半は垂直のリッジで構成されている。

さらに最初の難関とされるボルトトラバースから上は、頂上までほぼ垂直の壁が続いて、頂上直下のヘッドウォールはほとんど弱点のない一枚岩だ。チェザーレ・マエストリがガスコンプレッサーを使って数百本のボルトを打ち込んだ気持ちもわからないではない気もしてくる。

しかしデビッド・ラマは、そのルートを完全なフリーで登り切った。マエストリの挑戦から四十年あまり。セロ・トーレはそれだけのあいだ、人工的手段なしに人が登るのを拒否し続けてきた。

フィッツ・ロイを登ったついでにその難ルートにチャレンジしようという目論見がいかにも不遜なもののように思われてくる一方で、抑えがたい登高意欲が湧いてくる。

フランコ・アルゼンチンルートを登るアランたちの姿が見える。最初の一五〇メートルほどを登ったところだ。こちらはすでに二〇〇メートルを登っている。ソロとパーティーのスピードの差を考えればそれが妥当で、彼らが遅いわけではない。

彼らと頂上でランデブーしたいのは山々だが、ホセの話を聞く限り、天候がおおむね安定しているといっても局地的な嵐が突然襲ってくることは珍しくない。和志たちもエル・カラファテからエル・チャルテンに向かう車中で、その急激な天候の変化に遭遇していた。

そんなときは嵐が去るまで安全な場所で待機することになり、それが時間的なロスになる。だから登れる状況であればできるだけ登っておくのが最良のタクティクスだとホセは言う。スピードの差は当初から考えられたので、アランたちも自分たちにペースを合わせる必要はないと言っていた。

自己確保のスリングを外し、アイススクリューを回収して登攀を再開する。急角度で伸び上がる氷と岩のミックスしたリッジをスピーディーに登っていく。西の地平線にも東の地平線にも、足元の氷河地帯にもまだ雲は湧いていない。

正午過ぎにリッジのほぼ中間地点に達した。ふと足元のロス・トレス氷河を見下ろすと、不穏な雲が湧き起こっている。見上げる頂上のすぐ上には、はっきりとしたレンズ雲が浮かんでいる。風もだいぶ強まってきた。

ホセが言っていた天候の急変がさっそく訪れたのか。氷河から湧き上がった雲は急速にせり上がり、アランたちが登っていたあたりを一気に呑み込んだ。

風はさらに強まって、風向きは南東に変わる。横から吹きつける風で体が煽られる。

ホセが提供してくれたトポによれば、いまいるリッジを抜けたところに幅二メートルほどのチムニー（人の体が入るくらいの煙突状の岩の裂け目。クラックより大きい）がある。

そこまでおそらく二〇メートルほど。そこに身を隠せば嵐はしのげる。時間はない。デリケートな氷雪を積極的にアックスで捉え、アイゼンを蹴り込んでリズミカルに体を押し上げる。

風はますます強まって、ほぼ真横からの強風に変わった。闇雲にアックスを打ち込めば氷雪が剝落する惧れもあるが、それ以上に、ぐずぐずしていれば、風でバランスを崩され転落する。

風上に体重を預けて横風に抗い、体がよじれるような姿勢のムーブを繰り返す。ふわりと体が浮きかけて、アックスにしがみつくように体を壁に押し付ける。氷雪が硬くしっかりと張り付いてくれているのが幸いで、剝落すれば一巻の終わりだ。

これだけの風のなか、これほど厳しいルートを登るのは初めてだ。そもそもこんな天候が予測されれば、ヒマラヤでなら絶対に行動しない。天候の急変はヒマラヤでももちろんあるが、ここパタゴニアほど気まぐれな変化は起こらない。

強引なアックスワークでなんとかリッジを抜けた。ホセのトポに示されていたチムニーはたしかにあった。内部には上に向かってほぼ垂直に氷の帯が走っているが、体はすっぽり収まった。

その氷から手早くアンカーをとり、自己確保をして、衛星携帯電話で友梨に連絡を入れる。心配なのはアランたちの安否だが、彼らも懸命な退避行動をしているはずで、電話を受けている余裕があるとは思えない。状況を伝えると、友梨は安堵を滲ませた。

「リッジが雲に呑み込まれて、どうなったか心配してたのよ。パソ・スペリオールもガスに呑み込まれて、すごい強風が吹いてるわ」

「アランたちの状況は？」

「五分くらい前に電話があって、風が避けられる岩陰に退避したそうよ。ホセの見通しだと、この嵐は一時間ほどで収まるそうなの。そのあいだは堪えられそう？」

「それなら心配いらないよ。立ったままだけど、疲労度はそれほどじゃない。この時間なら、むしろいいランチタイムになる」

アイゼンの前爪を氷に刺して、スリング一本で自己確保しているだけだから、休憩と言えるかどうかわからないが、アルピニズムの世界では珍しいことではない。ヘルマン・ブールがナンガ・パルバットを初登頂した際、猛吹雪のなか、立ったまま夜を明かしたのは有名な話で、和志もそれに近い経験は何度もある。

「ホセの予報が当たるといいんだけど」

「信じるしかないね。ここまで登ってしまうと、撤退するのも命懸けだから」

「とにかく気をつけて。そこまではずいぶん調子が良かったから、晴れさえすれば登れるわよ」

「ああ。雪や氷のコンディションは思った以上によかったよ。出発するときにまた連絡する」

そう言って通話を終えた。チムニーの外は一面の灰色で、風音も鼓膜を圧するほどだ。寒気もマイナス三〇度に近づいている。風を避けられるから体感温度はさほど下がらないが、一方で体を動かさないでいると体温が上がらない。

不自由な姿勢でテルモスを取り出し、まだ熱い紅茶で体を温め、チョコレートやナッツやクッキーで軽く腹ごしらえをすると、さすがに疲労が蓄積していたのか、うとうと眠くなってきた。

6

どのくらい眠ったのか、ふと目が覚めると、猛々しい風の唸りが弱まっていた。時計を見ると午後一時少し前。スリングにぶら下がったまま一時間近く寝入ってしまったらしい。

その程度の睡眠、しかもほぼ立ったままでも、気分はすっきりしていた。チムニーの外側を渦巻いていたガスはだいぶ薄まっている。ホセの予報は的中したようで、パタゴニアの生き字引の異名（いみょう）は伊達（だて）ではない。

これから登攀を再開すると友梨に連絡し、自己確保を解除して氷の回廊のようなチムニーを登り始める。氷は硬く、ダブルアックスでの登攀には最適だ。

十分もかからずチムニーを抜けて、ふたたびリッジに移る。頭上の雲間から青空が覗き、風はふたたび背後から、しかも微風と言っていい。パタゴニアの天候の気まぐれぶりには驚かされるが、郷に入っては郷に従えで、結果オーライなら文句はない。

氷雪と岩が複雑に入り交じるリッジは、ミックスクライマーにとっては最適なルートだ。遠目に見れば直線的な稜線にも、随所にオーバーハングや弱点のないフェースが立ちはだかり、ときおりアクロバチックなムーブを強いられるが、K2で痛めた肩にはまったく支障がない。ドロミテでのトレーニングは大いに有効だった。無駄な筋肉の動きがないから、体が軽く感じられる。

ロス・トレス氷河を覆っていた雲も切れてきた。気温はいまもマイナス二〇度前後だが、雲間から降り注ぐ陽光の輻射熱で、膨張（ぼうちょう）したダウンスーツの下は汗ばむほどだ。

二時間の登りで三〇〇〇メートルを超えた。いいペースだ。これなら日があるうちに頂上に立てる。

アランたちもいいペースで登っているようで、いまいる位置は標高で一〇〇メートルほどの差だ。この調子なら、頂上で待機すればランデブーも可能かもしれない。

下山は和志もアランたちと同じフランコ・アルゼンチンルートを使う予定だ。彼らと一緒に下ると完全なソロとは言えなくなるが、今回は記録をさほど重視していない。

カリフォルニアルートは、イタリアノスのコルと取り付きのあいだに危険な氷壁のトラバースがあるが、それがないぶん、フランコ・アルゼンチンルートのほうが下山時の安全度が高いというのがホセの見解で、アランたちの考えも同様だ。

衛星峰のポインセノット、メルーモスもすでにその頂が眼下に見える。足元は、フィッツ・ロイの山塊に押し寄せる氷河の海原まで一五〇〇メートル近く切れ落ちている。

ルートの三分の二を超えると傾斜はだいぶ弱まったが、それでもなお手がかりの少ないオーバーハングぎみの段差が続き、ボルダリングの課題を次々こなすような気分だ。岩場には分厚く氷が張り付いて、素手で登れる箇所はほとんどない。ミックスクライミングの技法を駆使して、立ちはだかる障壁を次々クリアする。風もいくらか強まったが、あの突発的な局地嵐ほどではない。

午後四時。稜線の傾斜はぐっと緩んで、立って歩けるようになる。走るような足取りで頂上を目指す。空気の薄いヒマラヤでそんなことをすれば卒倒するのは間違いないが、三四〇〇メートル台のフィッツ・ロイなら問題はない。

頂上を覆う雪のプラトーに出る。息を荒らげながら、一歩一歩登頂の喜びを味わうように雪を踏み締める。午後四時四十五分。いちばん高い場所に立った。

パタゴニア最高峰の頂からの、遮るもののない眺望に息を呑んだ。東のアルゼンチン側には、氷河が削り出したいくつもの湖と、そのあいだを埋めて地平線まで続く広大な草原。西のチリ側には、大小の氷河に埋め尽くされた純白の大地が広がる。

そして南西に七キロほどを隔てて立ち上がるセロ・トーレ。はるか南には鋸歯（のこぎりば）のように鋭い岩峰を連ねるパイネ山群。傾きかけた陽光を受けて、それらの光景全体が黄金色を帯びて見える。

さっそく友梨に電話を入れた。

「登頂したよ」

「やったのね。途中から南東稜の陰に隠れて見えなくなったんだけど、でもそこまでのペースから考えて、もうそろそろだと思っていたのよ」

「ああ。なんとかワンディアセントを達成したよ。パソ・スペリオールを出て十二時間弱。まずまずじゃないか」

「この季節でそのスピードはほぼ最速だとホセは言ってるわ。でも無事に登れたのがなによりよ。まずは磯村さんに報告するわ」

弾んだ声でそう応じ、友梨が通話を切ったところへ、アランから電話が入った。

「やったな。こっちの稜線から頂上に立つのが見えたよ。もうしばらくそこにいられるかい？」

「君たちはあとどのくらいかかる？」

「三十分くらいだね」

「じゃあ待ってるよ。ランデブー成功だね」

「きっとこうなると思って、ワインを持ってきてるんだよ。マカルーの前祝いに頂上で乾杯しよう」

弾んだ声でアランは言った。

7

予告どおり、およそ三十分後にアランたちも登頂を果たした。記念写真を撮り、ワインで乾杯をして、急いで下山に取り掛かった。

フランコ・アルゼンチンルートをラペリングで下降し、イタリアノスのコルに達したのが午後七時三十分。比較的容易な下部岩壁をクライムダウン（ロープを使わず、登るのと逆の要領で下ること）すると、ホセと栗原が迎えに来てくれていた。

すでに日が暮れている。そこからパソ・スペリオールまでは、疲れているとクレバスを見落とす危険があるからと、ホセが案内役を買って出てくれたらしい。

「見事なクライミングだったよ。冬のマカルーのシミュレーションとしては物足りなかったかもしれないがね」

顔をほころばせてホセが言う。ジャンが首を横に振る。

「そんなことはないよ。あの厳しいルートの登攀中に、一時的ではあれマイナス三〇度近い風と四〇メートルを超す強風を経験できた。十分冬のヒマラヤに匹敵する」

「あの嵐がもし何時間も続いたとしたら、生きて還れたかどうか微妙だな」

ミゲロも神妙な顔で言う。ホセが笑った。

「君たちはツイてるよ。この季節に、エル・チャルテン入りして一週間以内でフィッツ・ロイに登頂したクライマーは私が知る限り初めてだ。冬のマカルーも成功するのは間違いないな」

「ホセが太鼓判を押してくれるんなら、自信をもってよさそうだ。なにしろあの天候の急回復を予想したんだから」

アランはホセの予言に満幅（まんぷく）の信頼を寄せる。単なる社交辞令に過ぎないとしても、そう言われれば和志も心強い。

パソ・スペリオールに戻ると、友梨が夕餉の用意をして待っていた。ホセの直伝らしいラムのハーブ焼きをメインに、パスタやスープが並んだ献立が見た目と香りで空きっ腹を刺激する。まずはビールで乾杯をして、さっそく食事に取りかかる。

「磯村さんには私から報告したけど、和志さんの声が聞きたいみたいよ。電話をしてあげたら」

友梨が言う。それもそうだと衛星携帯電話で磯村を呼び出した。

「おめでとう。軽くやってのけたようじゃないか」

磯村は上機嫌で応じた。

「軽くというほどでもないよ。運が味方をしてくれたというべきだね――」

局地嵐を辛うじてしのいだ状況を聞かせると、磯村は満足げに言う。

「運も実力のうちというからな。だったら、セロ・トーレもついでに片づけちまうか」

「それも今後の天候次第だけどね。フィッツ・ロイからじっくり眺めたよ。凄いルートだ。ヘッドウォールは手がつけられない感じだった」

「おれも写真でさんざん見たけど、あれで弱音を吐くようなら、マカルーの西壁は無理だという話になるぞ」

「そっちもやってのけたら、本番の前に運を使い果たしちゃうよ」

「運というのは招き寄せるもんだ。最初から手持ちの数が決まっているわけじゃない。それにフィッツ・ロイだって運だけで登れる山じゃない。わざわざ高い飛行機代を使って南半球に飛んだんだから、取りこぼして帰るんじゃもったいない」

きのうは無理をするなと言いたげだったが、幸先よくフィッツ・ロイに成功したことで気をよくしたらしく、磯村は盛んに煽り立てる。

もちろんそこは和志も意識せざるを得ない。カリフォルニアルートもそうだったが、アランたちが登ったフランコ・アルゼンチンルートも、クラックやリスは硬い氷で埋まっていて、しっかりとした氷柱もあったらしい。

セロ・トーレも同様のはずで、氷のない時期にオールフリーで登ったデビッド・ラマの登攀とは単純に比較できないが、ミックスクライミングの技法を駆使して登れるのは大きなメリットだ。きょう程度の天候に恵まれて、さらに幸運の手札がもう一枚あれば十分挑むに値する。

「考えてみるよ。難しいけど不可能じゃないし、マカルー西壁はもっと難しいからね」

「ああ。冥途に持っていく土産はいくらあってもかまわない。そこは気張ってもらわないと」

どこか投げやりにも聞こえる言い草だ。和志は言った。

「冥途へ行くのはまだ早いよ。隊長としてやってもらわなきゃいけないことが、まだいくらでもあるからね」

「もちろんだ。しかし人間いずれ死ぬわけで、このぶんだと先に死ぬのはまずおれだから、そのまえにいい土産をいっぱい持たせてほしいってことだよ。マカルー西壁だけじゃない。ナンガ・パルバットのルパール壁だって、アンナプルナの南壁だって、冬季登撃はまだやられていない。どれもおまえにしかできない大仕事だ。その成果をすべて背負って三途の川を渡りたい。それほど贅沢な望みじゃないだろう」

和志にすれば過分な注文としか思えない。しかしそのためにもっと生きてくれるというのなら、チャレンジすることに吝かではない。それでもつい皮肉が交じってしまう。

「だったらやってみるよ。死ぬのは僕が先になるかもしれないけど、磯村さんには沢山の夢を実現させてもらったから」

「おまえに先に死なれたら、おれが殺したことにされかねないだろう」

「だれもそんなことは言わないよ。好きな山で死ねるとしたら、むしろ僕のほうが幸せかもしれないじゃない」

「馬鹿を言うなよ。山で死のうがどこで死のうが、人間、死んだらお終いだ。冥途の土産なんて冗談で、おれは生きているあいだ、いい夢をたくさん見させてもらいたいだけだ。おまえにはまだまだ有り余るほどの可能性がある。そのすべてに付き合うのは無理だが、おれが死んでもその夢は追い続けてほしいんだよ」

「僕も山に登る以外なにもできない人間だから、夢がある限り追い続ける。今度のマカルーだって磯村さんと二人三脚だよ。もちろんそのずっと先までもね」

そうは言いながらも、いずれ来るであろう別れのときを思わざるを得ない。いまできるのは、それまでの時間ができるだけ長く続くのを願うことだけだ。

「その意気だ。おれもそう簡単に——」

磯村の言葉が途切れた。和志はその続きを待った。電話の向こうでなにかが倒れるような音がした。不穏なものを覚えて和志は呼びかけた。

「磯村さん、どうしたの？　なにかあったの？」

かすかに呻(うめ)くような声が聞こえるが、意味は聞きとれない。それに重なるように切迫した女性の声が流れた。

「あなた、大丈夫？　どこか痛むの？　なにか言って。私の声が聞こえる？」

磯村の妻の咲子(さきこ)のようだ。苦痛に堪えているような磯村の呻き声がそれに重なる。電話口に咲子の声が流れてきた。

「和志さん？　いま磯村が突然倒れて、とても苦しそうなの。これから救急車を呼ぶから。状況はあとで連絡するわ」

いよいよ来るべきものが来たか。湧き起こる不安を押し殺し、祈るような思いで和志は応じた。

「わかった。本人が拒否しても、絶対に入院させてきちんと治療を受けさせて。大丈夫。磯村さんは必ず回復するから」

第九章　再　会

1

アランたちとはブエノスアイレスで別れ、和志たちは四日後の午後早く羽田に到着した。

帰国の途中、妻の咲子から得た情報によると、磯村の急変は転移した脳腫瘍からの突発的な出血によるものだったという。

急激な脳圧の亢進で意識が混濁し、生命の危険があり緊急手術が必要だった。本人の同意が得られる状況ではなく、咲子が決断して同意書にサインしたらしい。手術は無事に終え、意識も回復に向かっているとのことだった。

そのときはＩＣＵ（集中治療室）にいて電話が使えず、和志はまだ磯村とは話ができなかったが、咲子とはある程度の会話が可能になっていた。勝手に手術したとごねられるかと思っていたが、磯村は素直に感謝したらしい。

同時に脳の腫瘍も摘出してはという意見も医師のあいだから出たらしいが、完全に取り切るのが困難な箇所にあり、さらなる出血を誘発しかねないという意見が大勢を占め、予後を見極めて判断することにしたようだった。その場合、脳腫瘍に関しては、再出血のリスクがなくなったところで放射線治療を行ない、腫瘍を縮小したうえで摘出する。もちろん本人の同意を得たうえでだ。

磯村は八月に一度、放射線治療を受けている。かつては同じ部位に二度は照射しないのが原則だったが、いまは病変部のみに精密に照射する技術があって、その点についてはとくに問題はないらしい。

一方、原発巣の膵臓の機能は大きく低下しており、重度の糖尿病の状態だが、これまでインスリンで血糖値の上昇を抑えてきた。肝臓や肺への転移もいまは小康状態だが、今回の出血がトリガーになって全身状態が悪化する惧れもあり、その点でも慎重にならざるを得ないという。

もう一つの心配は脳出血による後遺症で、左側の上下肢に片麻痺が残り、歩行を含む日常生活に支障をきたす惧れがあるという。

空港から咲子に電話を入れて状況を訊くと、けさになって磯村はＩＣＵから一般病棟に移ったとのことだった。

それならすぐに面会できると、登山装備は空港から宅配便でノースリッジに送る手配をし、和志たちは磯村が入院している都内の病院に向かった。

磯村は剃(そ)り上げられた頭部にガーゼを当て、それをネット包帯で押さえた状態でベッドに横になっていた。

付き添っている咲子の話では、脳の手術といってもいまは開頭はせず、頭蓋骨(ずがいこつ)に小さな穴を開けて内視鏡で行なうのが一般的で、体への負担は少ないとのことだった。

磯村は寝入っているようで、見たところ血色はいい。点滴のチューブが繋がれ、脳波計や心電計に囲まれた環境は磯村が忌み嫌っていたものだが、今回ばかりは逃れようがなかった。

「倒れたのが私が仕事に出かける前で、家にいたからよかったのよ。発見があと一時間遅れたら命をとり留めた保証はなかったそうなの。でも生きていてくれて嬉しいわ。和志さんと磯村の夢はまだ完結していないものね」

気丈(きじょう)な口振りで咲子は言う。一昨年の夏、磯村が余命宣告を受けてから、事実上一家を支えてきたのは咲子だった。仕事は区立図書館の司書だが、正規雇用ではなく契約職員で、小学生の息子がいる。この先のことを考えれば暮らし向きの見通しは決して明るくはない。

自分が登ることは叶わないまでも、命ある限りアルピニズムという天職に関わって生きたい――。そんな磯村の願望をそれでも咲子は受け入れた。

磯村は余命半年と宣告されたとき、入っていた生命保険のリビング・ニーズ特約で死亡保険金の五割を受けとっている。生業にしていたトレッキングやライトエクスペディションからの収入が途絶えるのを惧れてだったが、ノースリッジとのアドバイザー契約もあり、和志の遠征に関わる費用もすべてノースリッジ持ちだから、磯村の懐がさほど痛まなかった点はとりあえずの安心材料だろう。

しかしその磯村の命運もいま尽きかけている。いつか来るそのときを覚悟していたかのように、咲子は冷静に、そして温かく彼の人生の最終章を見守っているように見える。いつ訪れるかわからない死と日々向き合い、いまできることを心置きなくやり切ろうとする磯村に愚痴も言わずに寄り添う彼女に、和志はある日、言ったことがある。

「僕が磯村さんに頼りきりで、咲子さんと磯村さんの時間をすべて奪っちゃってるみたいだね。それがなんだか心苦しくて」

「それを気にしたら磯村が可哀そうじゃない。彼はあなたのためにじゃなく自分のために生きているんだから。むしろおれを出しに使うなって、あなたのほうが怒ってもいいくらいだわ」

咲子は穏やかに笑って応じた。磯村がいまの自分を支えてくれている。その磯村を温かく支える咲子がいなかったら、ローツェの南壁もK2のマジックラインも、そしていま目指しているマカルー西壁も、おそらく計画そのものが存在しなかった。和志は自分の弱さを知っている。自分の力だけでできることの限界を知っている。

咲子が磯村の肩に軽く手を触れ、耳元で声をかけた。

「あなた。和志さんたちよ」

眩しそうに薄目を開け、和志の顔に目を留めると、落胆したように磯村は言った。

「いまここにいるということは、けっきょくセロ・トーレは登らなかったんだな」

片麻痺が残っていると聞いていたが、言葉には障害が出なかったようで、声に力はないが、呂律が回らないということはない。その点にはとりあえず安堵して、明るい調子で和志は応じた。

「それはそうだよ。登るとしたらさらに二、三週間は滞在することになるからね」

「そのあいだにくたばったら困るというわけか。つまらないことに気を回しやがって。まだ当分死ぬ気はないよ」

応じる口振りはいつもと同じだ。しかし今回の異変はそれで納得できるレベルではない。切ない思いは胸に秘め、楽観的に和志は言った。

「もちろんだよ。僕と磯村さんの計画にはまだまだ先があるんだから」

「だったらセロ・トーレも必ず登れよ。値打ちがあるのはヒマラヤだけじゃない。あそこを冬にソロで登ったら、アルパインクライマーとして最大級の勲章だ」

　力の入らない声で応じるが、それがかえって奇妙な執念を感じさせる。怪訝な思いで和志は言った。

「その前にマカルー西壁がある。それにセロ・トーレは、今回登ったとしても厳冬期じゃない。勲章としては中途半端だよ」

「本気なんだな。マカルーの次に狙うんだな。だったら来年の七月あたりか」

　磯村は念を押す。和志は問い返した。

「どうしてセロ・トーレにそこまでこだわるの？」

「おれのせいで取りこぼしたとなったら、落ち着いてあの世へ行けないだろう」

「磯村さんのテーマはヒマラヤじゃないの？　僕だってそうだ。ソロで未踏の壁はまだまだいくらでもある」

「おまえが興味を持ったもんだから、おれもあれからさんざん写真を眺めたんだよ。北米や南米にはもっと高い山がいくつもあるけど、わずか三〇〇〇メートル強であれほど歯応えのある山はない。いや、ヒマラヤにだってざらにはない。元気だったらおまえと一緒に登りたい。そう思わせてくれる山なんだ」

　磯村は切ない口調で訴える。これまでの磯村とはどこかが違う。まるで駄々をこねる子供のようだ。

「いずれにしても、まずはマカルーだよ。この冬に挑むころには、磯村さんにも元気になってもらわないと」

「そこまで保つかどうか。転移性の脳腫瘍ってのは出血しやすいと医者に言われてたんだよ。脳のほかにも肝臓や肺に転移している。きょうまで大人しくしてくれていただけで、今回の出血を機にいっせいに暴れ出すんじゃないかと思ってね」

これまで口にしたことのないようなうしろ向きの言葉に驚いた。今回の入院で磯村のなにかが変わったのか、あるいは本人にしかわからないような体調の異変をすでに感じとっているのか。

アルピニストにとって、死はいつも傍らにいる伴走者だ。しかし死を覚悟して山に登るわけではない。だから登攀中、絶えず死の危険にさらされてはいても、自らが迎えるべき運命としての死をことさら意識することはない。

いま磯村が直面する死とはそこが決定的に違う。彼にとって死は、近い将来必ず訪れる約束ごとなのだ。誰にとってもいずれ死はやってくる。しかし既定の未来としての死に日々直面する磯村の心境は果たしてどんなものなのか。

自分が困難な壁に挑み続けることが、磯村の生への意欲にエネルギーを与えるはずだと信じていた。しかし生きてほしいと励まし続けてきたこれまでの自分の言葉を、いまはあまりに空疎に感じる。

「今回も、これ以上の治療を受ける気はないの？」

和志は問いかけた。もし死期が確実に迫っているとしても、いや、だからこそ生きているうちにマカルー西壁初登攀を達成したい。それを喜んでくれる磯村の声を聞きたい。顔も見たい。そのためにできることがあるのなら、なんでも試みてほしい。

「あと五カ月はなんとしてでも生きたいよ。それだけ生きてりゃ、マカルー頂上からの成功の一報をこの耳で聞ける。だから脳腫瘍については、これから放射線治療を受けることにする。それで十分小さくなると医者が言っている」

「摘出は？」

「しない。膵臓にも肝臓にも肺にも手を付けない。いまさらあと何年も生きようとは思わない。半年もあれば十分だ。そのためにできる最善の治療はなにかと訊いたらそういう答えだった」

咲子が説明を加える。

「脳腫瘍だけなら放射線で小さくしてから摘出できるんだけど、ほかの臓器にも転移しているわけだから、そちらが悪化したら、無理して手術した意味がなくなると先生は言うのよ。いまは体に余計な負担をかけず、最小限の治療で体力を温存するのが、磯村の希望にいちばん近い答えらしいの」

「抗癌剤治療もしないんだね」

「多少の延命効果はあっても、それで失う体力で相殺(そうさい)されて、現状ではおそらく意味はないというの。主治医の先生が、これまで治療を断り続けた夫の意思を尊重してくれた方なのよ。だから今度もそれをわかってくれて――」

咲子は声を詰まらせた。そもそもきょうまで生きてきたことが奇跡だったと言うしかない。脳腫瘍の放射線治療だけは受け入れた。つまりその先の延命を磯村は期待しておらず、医師の結論もまた同様なのだろう。

「わかった。磯村さんが元気なうちにマカルーを登るよ。そのあともうしばらく待ってくれたら、セロ・トーレも必ず登る」

切ないものを覚えながら和志は言った。約束できるのはそこまでだ。おそらくその先、磯村はこの世にいない。

「ああ、頑張ってくれよ。マカルー西壁はおまえにしかできない。絶対にやってのける。ついでにセロ・トーレもな。本音を言えば、あの山の写真を見ていたら、無性におまえと登りたくなったんだ。だから今回無理に登らずに、来年の課題として残してほしいという下心もあったんだよ。ここんとこ体調がよかったから、トレーニングを再開すればやれそうな気がしてね。さすがに神様もそこまでの贅沢は許してくれなかったようだがな」

磯村は満足げに微笑んだ。しかし半年と言われた余命を二年あまり先延ばしした。磯村にそんな奇跡が起きたことを思えば、あながちあり得ない願望でもない気がしてくる。

んな思いを抱かせたとしたら、セロ・トーレはやはりそれだけの魅力をもつ山なのだ。

「だったら望むところだよ。僕だって磯村さんともう一度ロープを結び合いたい。磯村さんはまだまだ奇跡を起こせるよ」

他人が聞けば空々しい社交辞令でしかないだろう。しかしあまりにも荒唐無稽なその奇跡を、いま和志は心のどこかで本気で願っている。

2

面会を終え、友梨は状況を山際に報告した。容態がとりあえず落ち着いていると聞いて、山際は安心したようだ。時間を空けて待っているというので、遠征の報告も兼ねて、その足でノースリッジの本社に向かうことにした。

「大丈夫よ。磯村さん、まだ気力は十分だから。冬のマカルー遠征には、社長もカトマンズ入りすると言ってるの。ドクターストップがかからなければ、磯村さんも連れていく考えのようよ。それだって磯村さんの生きる希望を掻き立ててくれるはずよ」

ノースリッジの本社に向かうタクシーの車中で友梨が言う。悲観的な言葉は決して口にしない。そうすることが一分一秒でも磯村の余命を引き延ばす約束ごとだと信じてでもいるように。そんな思いは和志も同様だ。しかし状況は楽観できない。

山にいることが最良の治療だと磯村は常々言っていた。ヴィア・フェラータとはいえ、ドロミテ最高峰のマルモラーダにも登ってみせた。しかし脳出血による片麻痺が残ったら、セロ・トーレはおろか高尾山（たかおさん）だって登るのは困難だ。退院後のリハビリで果たしてどこまで回復するか。いずれにせよそうした生活環境の変化によって、ここまで続いてきた磯村の奇跡に終止符が打たれるのではないか——。

その可能性を否定することのほうがはるかに不合理だとは心の底で納得していても、その不合理を信じることが、和志にとって、これまで意識していた以上に山に向かう大きなモチベーションになっている。切ないものを覚えながら和志は言った。

「磯村さんがこの世からいなくなるということが、いまも僕には想像できない。受け入れざるを得ないことなのかもしれないけど、それをしたら僕自身が壊れてしまうような気がするんだ」

友梨が大きく首を横に振る。

「弱気なことを言っちゃだめよ。磯村さんはいま生きているのよ。それは奇跡でもなんでもない。和志さんにとっても磯村さんにとっても、いまという時間こそがかけがえのない人生なんだから。私たちができるのは、それを全力で生ききることよ」

「そうだね。彼がいなくなったときのことを心配するより、生きているいまをこそ、僕らも大事にしないとね」

和志は率直に応じた。時間は残り少ない。それは否定しようもないが、その残り少ない時間がいかに貴重なものか、友梨の言葉で気づかされた。

磯村はあす死ぬかもしれない。それが来年になるかもしれない。今回の事態がこれまでの体調の異変とは異なることを、おそらく本人は感じとっている。そしてその残り少ない人生を、余すところなく燃焼させようとしている。

だから自分もその先のことで思い煩うべきではない。磯村の夢と自分の夢――。いまや一体となったその夢をともに実現するために、ただ全力を尽くせばいい。

困難な壁を登っているとき、全神経がムーブの一つ一つに集中し、あらゆる雑念が消えて、次に捉えるべきホールドに自然に腕が伸びていく。落ちたら死ぬという恐怖も、自分の技量への疑念も消え去る。自信満々でもなく戦々恐々でもない。「いま」と「ここ」という時空の交点で、不思議な充足を感じる自分がいる。いま起きていることも同様に考えればいい。そんな時間を磯村とともに過ごせるのなら、まだ訪れていない磯村の死に怯える必要はない。

「磯村さんはぜんぶわかっているのよ。だから私たちも余計なことは考えなくていいのよ。ひょっとしたらK２のときみたいに、ヘリでベースキャンプまで行けるかもしれない。磯村さんと過ごせる時間は、まだいっぱいあるはずだから」

気丈な口調で友梨は言うが、その声に嗚咽が交じる。胸に迫るものを覚えながら和志は応じた。

「僕らが心配したり落胆したりしても、磯村さんを傷つけることにしかならないからね。むしろいま生きてくれていることに感謝しなきゃ。僕にとっては、いまも大事な登山隊長だから」

「そうよ。磯村さんの奇跡はまだ続くわよ。和志さんだって私だって、頼らないといけないことがいっぱいあるんだから」

眦(まなじり)に光るものを滲ませて友梨は言った。

3

ノースリッジのオフィスでは、山際が待ちかねていた。山際は二日前に磯村を見舞(みま)ったが、そのときはまだＩＣＵに入っていて面会できなかったという。

磯村と交わした会話の内容を聞かせると、穏やかな表情で山際は言った。

「彼は人生を最後まで自分の意思で生ききるつもりだね。うらやましいよ。余命半年の宣告を受けたら、私ならじたばた慌ててあらゆる治療法を試しているかもしれない。しかし彼は夢を実現するために賭けに出た。そして宣告を覆した。それが治療を受けないという選択の結果だったかどうかは誰にもわからない。ただ確実に言えるのは、そうすることで、彼は和志君の挑戦に、きょうまで寄り添い続けられたということだよ」

「僕にとっては最高の贈り物でした。ノースリッジのスポンサーシップはもちろんですが、山際さんや友梨と僕を結びつけてくれたのは彼でした。それがなかったら、僕はただ偏屈なだけの小粒なクライマーで終わっていました。ローツェ、K2、そしてマカルー――。かつては夢見ることさえなかったビッグクライムの領域へ僕を連れてきてくれたんです」

山際は大きく頷いた。

「私だって、彼がいなかったら君とも出会えなかった。お陰でスポンサーという立場ではあっても、ヒマラヤ登山というかつて果たせなかった夢の舞台に身を置けた。それは私にとっても願ってもない贈り物だった。だからといって、過去を振り返るにはまだ早い。彼にはまだやってもらわなきゃいけないことがいくらでもある。ああ、それから――」

つい先ほど、イタリアにいるカルロから電話が入ったという。用件はもちろん磯村の容態についてだった。

カルロはアランたちから磯村の異変についての報告を受けていた。和志は磯村の異変を知ったあの電話のあと、やむなく彼が抱えている病状のことを明かした。癌のことはいつまでも隠してはおけない。ただし本人の強い意思があるから、そのことは外部には公表しないでほしいと強く要請した。

アランたちも了解してくれた。もちろんカルロにもそれは伝わっていて、おとといも山際に容態を問い合わせる電話が入っていたらしい。

一命を取り留めたと伝えるとカルロは安堵したが、気にしていたのは、冬のマカルー遠征に、磯村が共同名義の隊長として参加できるのかという点だった。病に倒れた磯村を外そうと思ったわけではなく、むしろ遠征の準備は自分に任せて、本番に向けて十分に静養してほしいと伝えてきたらしい。

咲子から聞いていた最新の情報を知らせ、しばらくは病院で療養することになるが、遠征中は山際ともどもカトマンズに滞在する腹積もりなので、連絡はスムーズに行なえるだろうと山際は楽観的に応じ、状況によってはヘリでベースキャンプに向かうことも考えていると伝えるとカルロは喜んだ。これまでの遠征準備で磯村とやり取りをし、現地に強い人脈を持つ磯村のオルガナイザーとしての能力に驚かされ、いまでは肝胆相照(かんたんあいて)らす仲になっていたようだ。

カルロのほうも遠征準備はあらかた片付いていて、十二月中にはキャラバンを開始できるが、問題はマルクの遠征隊のようだった。深刻な表情で山際は言う。

「きのうマルクがこの冬のマカルー遠征の公式サイトを立ち上げてね。そこで参加メンバーが公表されているんだよ」

「アリエフは含まれていたんですか」

　和志は落ち着かない気分で問いかけた。いまもできればアリエフが参加しないことを願っていた。強敵だからではない。K2では冬季初登頂を争い、世界のトップクライマーの一人として敬意を抱いていたアリエフがあのマルクと手を組むなどということを、いまも和志は信じたくない。しかし山際の答えはそんな思いをあっさり裏切った。

「いたよ。登攀チームの隊長という肩書だ。マルクは総隊長で、登攀チームには入らない。メンバーにはアリエフ以外にも、ピオレドールにノミネートされたことのある新進気鋭のクライマーも含まれる。東欧圏出身者を中心に、レベルの高い連中が参加しているらしい」

「東欧には優秀なクライマーが大勢います。ただし経済的には恵まれていない。マルクはそこに付け込んだんでしょうね」

　苦い気分で和志は応じた。山際は頷いた。

「フランスやイタリアじゃマルクの悪評は知れ渡っている。そちらには彼に付き合うもの好きはいなかったわけだ。そうは言ってもカルロの話だと、メンバーは君と冬のK2初登頂を競ったポーランド隊と比べても遜色はないらしい」

「あのときのポーランド隊の隊長は登山界のレジェンドのアンジェイ・マリノフスキでした。力量の点ではマルクとは雲泥の差ですが、マルクがただの飾りで、アリエフが実質的なリーダーだとすれば侮りがたい陣容です。ベースキャンプ入りの予定は？」

「年内にという程度で、それ以上は明らかにしていない。なにを狙っているのか知らないが、現時点ではまだ手の内は明かせないということだろうね」

山際は猜疑(さいぎ)を滲ませる。傍らで友梨がノートパソコンを開き、マルクのサイトにアクセスする。表示されたページにはマルクの写真とともに、ほぼ同じサイズのアリエフの写真が並んでいる。それ以外の隊員も、写真の扱いは小さいが、マルクとアリエフと同様、経歴がフランス語と英語の併記で紹介されている。

マルクには総隊長、アリエフには登攀隊長のクレジットがあり、アリエフの華々しい経歴については詳細だが、マルクのほうは貧弱な経歴をどう大袈裟にひけらかすか、苦心惨憺(くしんさんたん)した様子が窺える。

次のページではマカルー西壁の精密なイラストを掲載し、ヘッドウォールをダイレクトに登るルートを太い赤線で示しているが、タクティクスの詳細については触れていない。金に飽かした物量作戦をアピールするのは、さすがにいまの時代には受けが悪いとわかっているらしい。

それに代えて、西壁がアレックス・マッキンタイアやヴォイテク・クルティカ、ジェフ・ロウ、山野井泰史、スティーブ・ハウスといった当代一流のクライマーを退けた難壁だという点を強調し、冬季にそこに挑む自分たちがいかに野心的かをアピールする。その画面を覗いて山際は言う。

「仰々しいつくりにはなっているが、中身は薄い。我々が睨んでいるとおり、先手を打ってベースキャンプ入りし、こちらが入山する前にルート工作を開始しようという作戦だとみて間違いないな」

友梨が首を傾げる。

「十一月中にルート工作を開始したら、冬季登攀にはならないんじゃないですか。冬季は、冬至から春分の日までという認識が世界的に定着してるんでしょう」

「そのあたりが曖昧でね――」

和志は説明した。冬至前に登攀活動を開始し、冬至の日に頂上に達すれば冬季登頂になる、とすると、年によっては冬のジェット気流が吹き始めるまえに登攀活動が終了する。かつてはそれを狙った登山隊も少なからずあったらしい。

それなら冬至の日が登攀活動のスタートラインかといえば、必ずしもそこまで厳密に考えられてはいないし、どこからが登攀活動なのかの線引きも難しい。そこでの誤解を防ぐために、最近はクリスマス前後にベースキャンプに入るのが一般的だ――。

「私たちもそこを目標に準備をしているわけね。だったらマルクたちは、ジェット気流が吹く前の登りやすい時期を選択したということかしら」

友梨は猜疑をあらわに問いかける。和志は首を横に振った。

「そうだとしても、マカルー西壁は甘くないよ。そもそもこれまで冬に挑んだパーティーはいない。みんなプレモンスーンやポストモンスーンで、しかも敗退している。時期を早めたところで成功に結びつく可能性はまずないね」

「そもそも、和志さんがこの冬マカルー西壁に挑むことは、まだどこにも公表していないでしょ」

「でも、僕はアランたちと一緒にパーミッションを取得しているし、僕が次に狙うのはマカルー西壁だという下馬評(げばひょう)はK2を登った直後から語られている。そこへもってきてネパール政府がソロによる登攀に規制をかけている。そういう情報を繋いでいけば、こちらの狙いは十分読めるんじゃないのかな」

「だったらネパール政府に裏から働き掛けて、和志さんのパーミッションを却下させればよかったんじゃないの？」

「アランたちが出したパーミッションの申請に不備はない。いくらネパール政府でも、そこまでマルクに協力する大義名分はなかったんだろうね。それより手っ取り早いのは、こちらが想像しているとおり、あの壁で大規模な土木工事を進めて僕の登攀を妨害することだ。アリエフが加わっている以上、彼らが先に登ってしまう可能性はゼロじゃない」

「やはり油断はできないわね」

友梨は嘆息する。強い思いで和志は言った。

「こうなったら、相手はマルクじゃなくてアリエフだ、そう考えれば大いに戦い甲斐のあるライバルだよ」

「でも、彼らがやろうとしているお金にものを言わせた物量作戦は、どう考えてもフェアじゃないわよ」

友梨は憤りを隠さない。

「それもタクティクスだよ。極地法がアンフェアだとしたら、ヒラリーのエベレスト初登頂を始め、黎明期のヒマラヤ登山のすべてがアンフェアな行為になってしまう」

和志は冷静に応じた。山際も頷いて口を開く。

「私も和志君の言うとおりだと思う。ただし彼らのタクティクスによっては、必ずしもこちらが有利というわけじゃない。たとえばルート工作のあいだ、アリエフを含む一握りの登頂隊員がベースキャンプで体力を温存し、最終段階だけに全力を注ぐ作戦もあり得るからね」

「ほかの隊員は使い捨てですか」

友梨は不快感を滲ませる。苦い口振りで山際は応じる。

「極地法はそもそもそういう発想に基づくタクティクスなんだよ。エベレストに初登頂したイギリス隊も、登頂したのはエドモンド・ヒラリーとシェルパのテンジン・ノルゲイの二名だけで、残りの四十名余りは下働きで終わった。ただし最近は、極地法による遠征でも、全員登頂を目標に掲げ、それに成功している隊も多いようだが」

アルプス専門でヒマラヤには詳しくないと言っていた山際も、その後いろいろ情報を仕入れているようだ。

和志とK2冬季初登頂を競ったポーランド隊も、目標は全員登頂だと隊長のマリノフスキは言っていた。近年流行の商業公募隊の場合も、タクティクスは極地法そのものだが、客商売である以上、むろん全員登頂が建前だ。

しかしアリエフをトップに据えた今回のマルク隊の布陣は、かつての極地法のスタイルを強く想起させる。そうした可能性をすべて勘案したうえで和志は力強く応じた。

「これまで極地法で挑んだどの隊も、ルート工作ができたのはヘッドウォールの手前までで、その先には手が付けられませんでした。アリエフにしてもそれ以外の腕の立つクライマーにしても、ヘッドウォールの登攀に関しては僕と同一条件です。その部分に関しては負ける気がしません」

「私もそう思うよ。それに、アリエフが自ら組織した隊なら強敵と言えるが、どうもそうは思えない。彼はある種の客寄せパンダのような気がする。マルクが組織した隊なら、失敗してもアリエフのダメージは少ない。名前を出すだけで大きなギャラが手に入るんなら損はしないいくらいの考えのような気がするね」

山際は穿った見方を披露する。当たっていそうだと和志も思う。いずれにせよ、自分は自分のクライミングをするだけだ。アリエフやマルクの思惑がどうであれ、それをやめさせることはもうできない。

「マカルー西壁は生半可な壁じゃありません。誰にとってもただ登るだけで命懸けで、彼らだって僕の登攀を邪魔しているゆとりはないはずです。こうなったら雑音は気にせず、とことん自分の登攀をするだけです」

腹を固めて和志は言った。山際も大きく頷く。

「その意気だ。恐れる理由はなにもない。まずは取り付いてしまえばいいんだよ。ネパール政府の規制は無視してかまわない。和志君のパーミッションはアランたちの隊の一員として取得している。パーミッションはピーク単位でルートは問わない。アランたちの隊の別動隊という解釈をすれば規制には抵触しないと私は理解している。まあ、そこはネパール政府の考え方次第だが――」

「そのあと制裁をかけられても、ネパール側のルートが使えなくなるだけで、登れる山はほかにいくらでもありますから」

その点はすでに覚悟の上で、成功すれば、むしろソロ登攀の危険性を主張するネパール政府に再考を促す契機になるかもしれない。山際が言う。

「私は磯村君の体調が許す限り、彼を連れ回すつもりだよ。カトマンズはもちろん、K2のときのように、ヘリを使ってベースキャンプまでもね。もちろん彼が望めばだが」

「望まないはずがないですよ。もし可能なら僕からもぜひお願いしたいです」

迷うことなく和志は応じた。

4

二週間後、磯村が退院したと咲子から連絡があった。

入院中に受けた放射線治療によって、腫瘍のサイズはだいぶ縮小し、当面それによる脳圧亢進の惧れはなくなったという。

左の手と足に麻痺が残ったが、言語能力に問題はなく、記憶力や思考能力に影響が出る、いわゆる高次脳機能障害も現れていない。咲子の迅速な対処のお陰で、後遺症は全体に軽微だったらしい。

症状が安定してから病院内でリハビリを開始し、退院時には杖(つえ)を突いての自力歩行が可能になった。それでも手にはやや不自由が残り、日常生活には支障をきたす。咲子はそんな夫の世話をするために司書の仕事を辞めるという。

磯村がリビング・ニーズ特約で受けとった保険金がまだ二千万円ほど残っていて、収入が途絶えてもしばらくはやりくりできると咲子は言う。死亡した際には残りの三千万円の保険金が下りる。さらにノースリッジが支払ってくれるアドバイザー料もあるから、とりあえず生活の面で問題はない。それに司書の資格があれば、またどこかで職を見つけることはできるだろうと、先行きについては咲子は楽観的だ。

「変な言い方だけど、そういう点では病気になってくれて助かったのよ。山で遭難死したら生命保険金は下りないものね。本人の気持ちは複雑だと思うけど、でもあれからきょうまで自由に生きてくれて、私はそのことが嬉しいの。子供ができてからここ十年くらいは、個人的な登山は控えてガイドビジネスに専念してくれて、それが私にはむしろ心苦しかった――」

切ない思いを嚙みしめるように咲子は続けた。

「でも余命宣告を受けたお陰で、自由に夢を追いかけられた。磯村にはいつまでも生きてほしいと思うけど、いまはそれ以上に、自分の夢に忠実であってほしいのよ。和志さんにとっては足手まといかもしれないけどね」

「足手まといどころじゃないよ――」

率直な思いで和志は応じた。ローツェにしてもK2にしても、登ったのは和志一人だが、磯村はつねに魂のパートナーだった。

こと細かに指示を受けるわけではない。アドバイスに逆らうこともしばしばだ。しかしパートナーとはそういうものだ。ただそこにいてくれることが、お互いにとって支えになる。そのとき言葉さえ交わす必要がない。

ローツェでは磯村はベースキャンプに入ったが、冬のK2ではそれは叶わず、一〇〇キロ離れたスカルドに滞在した。しかし衛星携帯電話を使い、時差なしで会話ができた。それだけでパートナーとしての絆はしっかりと繋がった。

　今回滞在するのはカトマンズだが、それでもマカルーからは一七〇キロほど。磯村の体調が許せば、ベースキャンプまでヘリで一時間もかからない。

　それがどれほど心強いか。逆に言えば、果たしてそれなしにマカルー西壁に向けたモチベーションが維持できるか？　そう自問したとき、いまだその自信が持てない自分に気づく——。

　そんな思いを伝えると、叱咤するように咲子は応じた。

「そんなことを言っちゃだめよ。それじゃ磯村が悲しむわ。彼に夢を見続けさせて。天国に行っても、磯村はあなたと同じ夢を見ているはずよ。彼を一人にしないで」

　一人になるのは和志のはずなのに、咲子の頭のなかではそれが逆らしい。しかしそんな思いが抵抗もなく心に響く。

「そうだね。彼を一人で旅立たせないために、僕も夢を追い続けるよ。この先もずっと」

　磯村は翌日の午後早く、ノースリッジのオフィスにやってきた。登山用のストックを器用に使って、歩行にさほどの困難は感じさせない。自宅からはタクシーでやってきたと言い、都内の移動なら介助は不要で、今後リハビリが進めば、ベースキャンプまでのキャラバンにも付き合えると豪語する。

　多少やつれた印象はあるが、膵臓や肝臓や肺も小康状態が続いて、黄疸や腹水の貯留もなく、咳や血痰、呼吸障害などの症状も出ていないという。

　ベースキャンプへのキャラバンうんぬんもあながち冗談でもなさそうな気さえするが、症状を軽く見せるのは磯村の得意技だから、もちろん眉に唾をつけておく。山際も交えた作戦会議の場で、磯村は復活を誇示するように気炎を上げた。

「アリエフはいよいよ正体を現しましたよ。首尾よくいけばマカルー西壁初登攀の勲章が手に入るうえに、失敗してもたんまりギャラが貰える契約になってるんですよ。そんな欲得まみれのクライマーが、あの壁を登れるわけがありません」

　同感だというように山際も応じる。

「登山を精神論で語るのが時代遅れだという考えは否定しないが、それでも最後に結果を出すのは魂の力だ。会社だって同じようなものでね。金を儲けるだけが経営じゃない。私は自分がやれる分野で、世界を少しでもいい方向に変えていきたい。それは必ずしも金銭で報われるものじゃないが、その願いが経営者としての私の魂に火を点けてくれる。和志君が困難な壁に挑むのも、おそらく同じことじゃないのかな」

　話を振られて和志は戸惑った。

「僕が難しい壁を登ったって、世の中が良くなるわけじゃないと思いますが」

山際は大きく首を横に振る。

「そんなことはないよ。君たちトップクライマーの一つ一つの成功が、人類の可能性を広げてくれる。それもアックスやアイゼンのようなほんのわずかな道具を除けば、ほとんど体一つでの達成だ。そんな情熱こそが、世界を変える力になるんだよ」

「そのとおりだ。アリエフにだってアルピニストとしての情熱はあるのかもしれないが、今回の遠征に関しては間違いなく金が動機だよ。しかしあそこは、そういう不純な動機で登れる壁じゃない」

磯村も煽り立てる。声に力は入らないが、そのぶんただならぬ執念を感じさせる。しかしこの冬、ともにK２の初登を競ったアリエフに、和志はいまも不思議な絆を感じている。

アリエフと戦うことが今回の登攀の目的ではない。いやそもそも、誰かと戦うために山に登るのではない。ただ自分の限界を超えたいだけなのだ。率直な思いで和志は言った。

「彼が世界を代表するビッグクライマーの一人なのは間違いない。でも僕は僕で、彼は彼だ。どんな事情があるにせよ、それは僕の登攀とはなんの関係もない。あのヘッドウォールをダイレクトに登る――。いまはそれしか考えていない。どちらが先に登るかは、いまはほとんど気にならなくなってるんだよ」

5

　磯村は遠征の準備作業に復帰した。ベースキャンプ用のテントなどの共同資材は、カルロたちからの要望を聞いたうえでノースリッジが用意し、カトマンズのエージェント宛てに事前に空輸しておく。

　磯村とは親しい業者で、カトマンズからツムリンタールまでの国内輸送をすべて任せられる。カルロたちの装備もその業者のもとに空輸すれば、こちらの荷物と一緒にツムリンタールまで運んでくれる。

　肉や野菜などの生鮮食品はカトマンズもしくはツムリンタールで購入する予定で、そちらの手配も現地のエージェントがサポートしてくれる。和志たちはほぼ空身でネパールに向かえば済む段どりだ。

　十一月中旬になって、ケビン・マクニールから磯村に連絡が入った。ポストモンスーン最後のトレッキングツアーを終えてツムリンタールに下りてきたところ、空港の一角に大量の登山資材や食料、燃料が積み上げられていたらしい。

　それを荷分けしていたサーダーに訊くと、これからマカルーベースキャンプに運ぶという。どこの隊の荷物かと確認すると、それは依頼主から秘密だと言われているといって教えない。

その量からすればマルクの隊のものなのはまず間違いないが、最近は晴天率の高い冬場のトレッキングも盛んに行なわれ、大規模なトレッキングツアーならそのくらいの荷物の量は不思議ではない。

マカルーのベースキャンプは二種類あり、一般に言われるマカルーベースキャンプはトレッキングの最高到達点の四八二〇メートル地点にあって、大規模なテント村のほか、設備の調ったロッジもある、いわば観光地だ。

しかし和志たちのように西面からの登頂を目指す場合、五二〇〇メートル台の氷河上にベースキャンプを設けるのが通例で、マルクの隊なら当然そこを目指すはずだ。鎌をかけるように訊いてみると、サーダーは上のほうだとポロリと漏らしたという。

ケビンはツムリンタールからカトマンズに戻り、そこから電話を寄越したらしい。マルクが計画しているような大規模な遠征隊がネパール入りした場合、現地の登山関係のコミュニティではその話題で持ちきりになるが、彼らがカトマンズに入ったという情報はなく、どうした理由でか、秘密主義に徹しているように見えるという。

なにかフェアではないことを企んでいる可能性が高いとケビンは危惧しているらしい。

そんな情報を伝えて、磯村は和志に言った。

「だからといって、いまさらこっちは計画の前倒しはできないし、連中みたいに大々的なルート工作をする予定もないから、慌てて動く意味もない。そもそも向こうも冬の寒気で壁が凍りついて、落石のリスクが減るのを狙っていると公言している。本格的な冬が来る前にルート工作を進めようという目算だったら、その狙いと矛盾することになるからな」

「その時期だとモンスーン期に積もった雪がまだだいぶ残っているから、下部の雪壁も不安定で雪崩が起きやすい。気温もそう極端に低下しない。まあ、気にしないことだね。僕は来年一月に入ってからが、いろんな意味でベストコンディションだと思う。こちらの作戦は、寒さを味方につけることだから」

和志は冷静に言った。気持ちはいまや完全に自分の登攀に集中している。ドロミテ、そしてフィッツ・ロイ——。壁を登る技術に関しても、寒さと風に関しても、マカルー西壁に対応する能力にはある程度の自信を得ている。

高所能力に関しても、冬のK2までの蓄積があるし、八月に行なった低圧トレーニングではまずまずの結果だった。日本を発つ直前にもう一度トレーニングを行なう予定で、その際は磯村と山際も付き合うという。

山際は磯村とともにヘリでベースキャンプ入りすることを本気で計画しているようだ。冬のK2でも彼らはベースキャンプを訪れたが、そのときは日帰りだった。今回は磯村の体調にもよるが、出発前に五〇〇〇メートル程度までの低圧トレーニングをしておいて、数日滞在することも考えているという。

心配なのは磯村の癌が肺に転移していることだったが、そちらはまだ二センチ以内で、現状では呼吸機能に影響が出るほどではない。高所能力の向上は肺の機能とは直接関係なく、血中酸素飽和度との関係で決まる。適切な低圧トレーニングを受けていれば、激しい登攀活動を行なわない限り、五〇〇〇メートル台の高所に数日間滞在するのは問題はないと、低圧トレーニング施設を運営する大学医学部の研究者は言っているらしい。そのことを確認すると、然もない調子で磯村は応じた。

「この夏、三三〇〇メートル台のマルモラーダに登っている。マカルーのベースキャンプはそれより二〇〇〇メートル弱高いだけだ。K2ベースキャンプでも眩暈一つしなかったから、今度もとくに心配はないよ」

そうは言っても、不安なのは高所障害だけではない。それが引き金になって急速に病状が悪化することも考えられなくはないが、それも磯村が望んだ結果なら、受け入れざるを得ないだろう。磯村の希望はわかっている。彼は生きながらえることに関心はない、精いっぱいいまを生きることにしか興味がない。

6

和志たちは十二月五日に日本を発った。今年の冬至は十二月二十二日で、それを過ぎたクリスマス前後のベースキャンプ入りを予定している。

とりあえずネパール入りするのは和志と友梨と栗原で、カルロたちとはカトマンズで落ち合う。

リエゾンオフィサーとの打ち合わせや現地での生鮮品の調達に数日を費やしたのち、飛行機でツムリンタールに向かうことになるが、ネパールの国内便は気象条件による欠航が多く、予定はあってないようなものだ。山際と磯村は、和志たちがベースキャンプ入りしたあと、なるべく早くカトマンズ入りすることになっている。

カトマンズにはクアラルンプール経由の便で翌日の午後七時に到着した。カルロたちは予約したホテルに二日前に着いていた。

さっそく一緒にディナーのテーブルを囲み、互いの情報を交換し合った。

磯村の状況については随時連絡を入れており、その回復ぶりをカルロは喜んだ。それが本当の意味での回復とは程遠いことを和志はことさら説明はしなかった。カルロが顔をほころばす。

「イソムラの奇跡が続く限り、私たちにだってツキが回ってくるよ。ところでマルクの隊なんだが――」

「もうベースキャンプ入りしてるんじゃないですか」

和志は言った。ケビン・マクニールがツムリンタールの空港で大量の登山装備や資材を見かけたのが十一月中旬だから、その直後にキャラバンが始まっていれば、十一月下旬にはベースキャンプ入りしていてもおかしくない。カルロは声を落とす。

「荷物はベースキャンプに到着しているんだが、アリエフがまだいない。そもそもネパール入りすらしていないようなんだ」

「ベースキャンプというと、上のほうの？」

「もちろん。北西稜からポストモンスーンぎりぎりで登頂に成功したスペイン隊に知っている人間がいたから、話を聞いてみたんだよ。下りてきたのがきのうで、ベースキャンプもほぼ同じ地点に設営していたから、でかいテント村ができていて驚いたらしい」

「マルクはいたんですね」

「ベースキャンプ設営の陣頭指揮を執っていたそうだ。ところが彼らは、そこでおかしなものを見たというんだよ」

「いったいなにを？」

「たまたまシェルパたちが木箱の梱包を解いていて、なかに入っていたのは何台もの電動ドリルだった」

「電動ドリル？」

「いまはコンクリートに穴を開けられるパワフルなのでも小型軽量でね。チェザーレ・マエストリがセロ・トーレに持ち込んだのは重さ一三〇キロものガスコンプレッサー付きだったが、それは五十年近く前の話だ。いまはせいぜい一キロか二キロにすぎない。充電式だから、ベースキャンプの発電機で簡単に充電できる」

「マエストリがセロ・トーレでやったのと同じことを考えているわけだ」

「ひょっとしてとは思っていたが、まさかやるとはね」

いかにも呆れた様子でアランが言う。途方に暮れる思いで和志は応じた。

「ヘッドウォールにボルトをべた打ちされたら、マカルー西壁は屋内の人工壁みたいなものになってしまう。世界中のクライマーから非難されるのは間違いないのに、どうしてアリエフはそんなプランに乗ったんだろう」

「金が絡むと人が変わる。アルピニストのプライドと分厚い札束を天秤にかけて、アリエフが後者に傾かない保証はないからな」

ジャンは苦々しい口振りだ。アランはアリエフを庇うように言う。

「マルクのそんな策謀を、アリエフは聞いていないんじゃないのか。いまは地元のカザフスタンで、高所登山の訓練キャンプにインストラクターとして参加しているという噂だぞ」

「マルクたちは、もうルート工作を開始しているの？」

和志は訊いた。電動ドリルでボルトを打ちまくるにしても、それはヘッドウォールに達してからで、そこに至る雪壁上にボルトを打つような場所はない。

その雪壁にルート工作をするにも最短で一カ月はかかるだろう。アリエフが参加した冬のK2のポーランド隊も、南南東リブの雪稜の工作に二カ月余りを要し、けっきょく時間切れで敗退した。

ボルト打ちが必要になるヘッドウォールまで複数のキャンプを設営し、固定ロープを伸ばすあいだに、悪天候に遭遇することもあれば落石や雪崩で死傷者が出るリスクもある。その奇抜な作戦が多少なりとも功を奏するには、現時点でルート工作に着手している必要があるのは言うまでもない。

「まだ壁に取り付いてはいないようだね。アリエフの参加待ちなのか、それともなにか別の理由があるのか——」

アランは首を傾げる。カルロが言う。

「アリエフとマルクのあいだで、なにか悶着が起きているような気がするな。今回の遠征への参加がマルクのブログで公表されてから、SNSにはアリエフに批判的な投稿が増えている。マルクのブログのコメント欄は好意的なものばかりだが、仲間内のお手盛りコメントだけを載せているようにしか思えない。しかしSNSでのアリエフへの批判は辛辣で、金で魂を売ったのかとか、アルピニズムの精神に泥を塗る気かといったのがだいぶ出ている。アリエフだってまだ先のあるクライマーだから、そういう悪評が立つのは嫌うんじゃないのか」

「いずれにせよ、ここまでくれば彼らの動きを気にする必要はないですよ。リエゾンオフィサーとの打ち合わせは済んだんですか？」

和志はカルロに確認した。政府観光省から派遣されるリエゾンオフィサーとの打ち合わせは、登山申請をしたカルロが行なうことになっていた。

「きのう会ったよ。五十歳くらいの陸軍の少佐で、幸いなことにほとんどやる気がなさそうだ。宿泊費は出すから下のベースキャンプのロッジに滞在したらどうだと持ち掛けたら、渡りに船と乗ってきた。上まで同行されて、カズシがソロで活動するのを見咎められると一悶着起きかねないから、その点はむしろ都合がいい」

カルロはしてやったりという口振りだ。春にミゲロたちが遭難したときのリエゾンオフィサーは仕事熱心な人物で、上部のベースキャンプに滞在したのはもちろん、事故が起きたときも陸軍のヘリの手配など迅速な動きを見せてくれた。

しかしそういうケースはむしろ稀なのだ。リエゾンオフィサーに志願する将校の多くは小遣い稼ぎが目的で、登山隊から支給される日当は、現地の物価からすれば破格の副収入になる。登山隊と同等の新品を支給することになっている装備品にしても、現物ではなく現金で受けとることを希望する者が大半で、ベースキャンプまで同行しないどころか、全日程を麓のホテルで過ごすようなのも珍しくないらしい。

しかし登山隊の多くはそういう輩をむしろ歓迎する。政府から派遣されるお目付役は、むしろいないほうが行動の制約がない。無駄金を払ってでも麓のホテルにいてもらうことを望むパーティーは少なくない。

「下のベースキャンプまで付き合うんなら、まだましなほうだね」

和志が頷くと、友梨も余裕を見せる。

「そういうメリットがあるんなら、ロッジ代くらい痛くも痒くもないわよ。いい人に当たったようね」

「これで心配していた点はクリアしたよ。リエゾンオフィサーの目を気にせずに、カズシはいつでも好きなタイミングで行動できる。登り始めてしまえばカズシの勝ちだ」

アランは満足げな口振りだ。和志は問いかけた。

「僕のほうはともかく、君たちはどうなんだ。西稜だって十分に手強いぞ」

ミゲロが自信を覗かせる。

「おれはこの春、八一〇〇メートルまで登っている。頂上までの残り四〇〇メートル弱を除けば、ルートの詳細はすべて頭に入っている。問題は寒さと風だけど、フィッツ・ロイで半端じゃないのを経験している。あれに堪えられたのは大きな自信だよ」

「みんなあまり気づいていないが、八〇〇〇メートルクラスの高所の風は、空気が薄いぶん、同じ風速でも風圧が弱い。三〇〇〇メートル台のフィッツ・ロイを、あの強風に飛ばされずに登り切ったんだから、マカルーならなんの心配もない」

　冬季マナスルを経験したジャンが言う。和志もそんな実感がある。八〇〇〇メートルの高峰の風は、猛り狂う風音のわりに意外に軽く感じられる。旅客機が一万メートルの高度を飛ぶのは、空気抵抗を減らして燃料を節約するためで、そう考えればジャンの理屈も腑に落ちる。アランが言う。

「ノースリッジのビバークテントは、フィッツ・ロイでは出番がなかったけど、仕事で登ったグランド・ジョラスで一度使ってみたよ。あれは傑作だ。風に強いうえに居住性も高い。それを両立するのは難しいんだが」

　そのビバークテントは、柏田が残したノートをもとに開発されたもので、風には強いが、撓みすぎて居住性に問題がある従来品を大幅に改良したものだ。

　西壁を登る和志のほうは、おそらくテントを設営できる場所はなさそうなので、ビバークにはポータレッジを使う予定だが、そこにも軽量化と強度の両立を追求した柏田のアイデアが存分に生かされている。カルロは自信を覗かせる。

「ベースキャンプがマルクの大テント村の隣というのは鬱陶しいが、私たちのほうは準備万端整っている。カズシも私たちもアルパインスタイルだから、天候さえ許せば一気に頂上を目指せる。イソムラが日本の優秀な気象予報士と契約しているんだろう。そちらの予報はどうなんだ」

　カルロが言っている気象予報士とは、冬のK2で世話になった柿沼庄司のことだ。K

2での成功には彼も一役買ってくれた。日本にいながら、和志が伝える気温や風、雲の動きなどの現地情報と突き合わせ、滞在地域の天気図や高層気象データを解析して、詳細な予測を示してくれる。とくに短期予報に関しては極めて正確で、そのあたりはパタゴニアのホセともよく似ている。

K2のときも、登攀中でも衛星携帯電話によるほぼリアルタイムのやりとりで、適切な注意喚起をしてくれる彼の手腕には大いに救われた。信頼を滲ませて和志は言った。

「現時点での見通しだと、年内いっぱいにかけてはチベット高原の高気圧が弱めに推移して、好天と悪天が短期で切り替わる状況が続くらしい。気温も例年と比べて高めのようです。ジェット気流が吹き出して冬の天候に切り替わるのは一月に入ってからで、そこからは風と寒気は強まるけど、天候は安定するとの予測ですよ」

「だったらこっちは焦ることはない。おれたちは春に八〇〇〇メートル台を登っているから、高所順応にそれほど時間はかからない。向こうのメンバーを見ると、最近ヒマラヤに登っているのはアリエフくらいで、あとの連中は高所順応しながらのルート工作になるから、その面から言ってもそうは仕事がはかどらない。けっきょく電動ドリルは余計な荷物になりそうだね」

アランは楽観的だ。彼らも万全を期して出発前に低圧訓練をしてきたと言う。もし入山直後に好機が訪れれば、遅滞なく登攀活動に入れるだろう。スケジュールの面で臨機応変の対応ができない極地法は、そんな意味でも足かせになるはずだ。

そのとき、見覚えのある大柄な男がレストランに入ってきた。ウェイターが制止するのを無視して、ずかずかとこちらのテーブルに向かってくる。予想もしない事態に驚いた。アリエフだ。アランたちもそれに気づいたように、互いに目配せしている。

カザフスタンにいるという噂だとアランは言っていたが、そちらの用事はもう終わったのか、あるいはガセネタだったのか。アリエフは空いている椅子を引きながら、穏やかな調子で訊いてくる。

「ちょっと同席していいかな」

「なんの用だね」

カルロが怪訝な表情で問いかける。アリエフは思わせぶりに和志に目を向けた。

「冬のマカルーに同時に挑む身として挨拶くらいはしておこうと思ってね。カズシとはK2で登頂を競い合った。あのときは私が敗退したが、またお手合わせできるかもしれないと思うと心楽しい気分なんだよ」

和志が西壁を登るとは、公式にはどこにも言っていない。勝手に決めつけているのか、鎌をかけているのか。いずれにしてもアリエフの腹の内を探るいい機会だ。カルロたちに目顔で確認して、和志は頷いた。

「あなたと再会できたのはうれしいよ。どうぞご遠慮なく」

第十章　巨大雪崩

1

和志たちがベースキャンプ入りしたのは、冬至の日の十二月二十二日だった。

アランたちが得ていた情報どおり、標高五二〇〇メートルのベースキャンプ予定地はすでにマルクたちの遠征隊によって占領されていた。プレモンスーンにカルロ率いるイタリア隊がベースキャンプを設けたのもそこだったが、マルク隊のキャンプの片隅に居候するのは気に入らないので、さらに五〇メートルほど上のモレーン上にキャンプを設置した。

水場からはやや遠いが、マルク隊の動向を監視するにはうってつけの場所で、和志が彼らに気づかれずに登攀を開始するのにもむしろ好都合だ。

数日前から天候は荒れ模様で、マルク隊は六三〇〇メートル地点に第一キャンプを設けているが、いまはそこで停滞しているようで、その先にロープは延びていない。何名かの隊員が荷揚げをしているのが見えるが、双眼鏡で覗くと全員がシェルパで、本隊のメンバーは動いていないようだ。

第一キャンプは下部雪壁を削った人工のテラスに設置されている。傾斜をつけた落石除けの金属パネルで上部を覆い、それを金属の支柱で支えた、キャンプというより基地と呼びたくなるような大がかりなものだ。そこに至るルートにも、登り用と下り用の二重の固定ロープのほか、要所に金属製の梯子も設置されている。

費やした労力は並大抵のものではなかったはずだ。今回のような大規模な遠征隊の場合、途中のキャンプに運び上げる物資の量も馬鹿にならないから、そのためのロジスティクス構築に最大限の力を注ぐ作戦のようだ。いかにもマルクが考えそうなやりかただが、マカルー西壁のような予測困難な壁には、そんな石橋を叩いて渡るような作戦は向いていない。

現にその第一キャンプのすぐ脇に最近落ちた雪崩の痕跡がある。一つ間違えればキャンプは押し流されていたはずで、そこに人がいれば死傷者が出ただろう。どんなに丈夫につくろうと、人間のつくった工作物など雪崩の威力にはひとたまりもない。

帯同しているシェルパは二十名と聞いている。現在の隊員の動きからみれば、ここまでのキャンプ構築の主力はおそらく彼らだ。それだけの人員を雇用した裏には政府観光局の受けを良くしたい狙いもあったかもしれないが、それ以上に、彼らを捨て駒として使おうという思惑もあるように感じられる。

しかし近年はシェルパの権利意識も高まって、不合理なリスクを負わせようとする雇い主への反発からストライキや暴力沙汰に至ることもしばしばだ。そんな点から考えても、マルクの大遠征隊が砂上の楼閣に終わる可能性は大いにありそうだ。

食堂兼集会室とみられる大型テントに三々五々人がやってくる。そろそろ夕食の時間なのだろう。傍らのキッチンテントからは薪を燃やす煙が立ち上っている。シェルパにはこの時間も荷揚げさせながら、本隊の隊員たちはのんびり停滞ライフを楽しんでいる様子だ。

和志たちもベースキャンプの設営を終え、キャンプ最初の夕食の準備に取りかかったところだ。アランたちは当初の予定通りアルパインスタイルで登る計画で、シェルパの同行という条件は、コックのニマとその助手のノルブ、それにキャラバンの統率にも一役買ってくれたサーダーのラクパ・ドルジェの三名を雇うことで規制をクリアした。

ラクパ・ドルジェは八〇〇〇メートル峰を五座、うちエベレストだけで十数回登ったというベテランだが、五十代の半ばを過ぎたいまは登山の現場からは退き、エベレスト街道の入り口のナムチェ・バザールでロッジを経営している。今回はどうせ登る必要はないのだからと磯村が口説いてチームに加わってもらった。マカルーにも三度登ったことがあり、フィッツ・ロイのときのホセのような、現地事情に詳しいアドバイザーの役割を期待した。

マカルーの中腹から上は厚い雪雲に呑み込まれ、ベースキャンプも強風でテントがばたつく。気温は零度前後で、この時期としてはむしろ高いほうだ。風はおおむね南からで、気象予報士の柿沼が指摘しているように、チベット側の高気圧が弱めに推移しているためだろう。

キャラバン中の何日かは快晴の日もあり、マカルーやバルンツェを始めとするバルン氷河を取り巻く秀峰群が眩く輝く姿も望めたが、大半はどんよりした雲に覆われて、公募のトレッキングツアーだったらさぞかし客たちを落胆させたはずだった。

磯村と山際は一両日中に日本を発ってカトマンズに向かう予定だという。磯村の体調にとくに問題はないらしい。杖なしの歩行はまだ難しいものの、手と腕の動きはだいぶ良くなり、日常生活での不自由はそれほどでもなくなっている。カトマンズに到着して数日のうちにはヘリでベースキャンプを訪れる予定で、とりあえず日帰りだが、そのときの様子をみて次は何泊かすることも考えているようだ。

渦中のアリエフはまだベースキャンプ入りしていない。カトマンズのホテルで遭遇したとき、いつ入るのかと訊いたら、本格的な登攀活動が始まるまではまだ時間がある。そのあいだはカトマンズに滞在し、状況をみてヘリで向かう予定で、それについてはマルクの了解を得ているとのことだった。

遠征隊のほかのメンバーは高所順応が必要だが、自分は冬のＫ２に続いてプレモンスーン期にマナスルとチョー・オユーに登っており、その必要がないからだと言う。総隊長のマルクやほかの隊員とのコミュニケーションを考えれば普通あり得ない話だ。マルクとアリエフのあいだには、すでに波風が立っているのではないかというのがカルロの見立てだ。二人は登山家のタイプとしては水と油で、アリエフはマルクとの必要以上の接触を嫌っているのではないかとカルロは疑っている。

ホテルでの会話でアリエフは、和志が西壁を狙っていることは自明だと言いたげに、ヘッドウォール攻略のプランについて盛んに鎌をかけてきたが、和志はそれを巧みにかわし、もちろんカルロたちもそこはしっかりとぼけてくれた。

カルロは逆に、アリエフが参加するマルク隊の物量作戦をちくちく皮肉ったが、アリエフはそれもタクティクスの一つだと言って悪びれない。

冬のＫ２でもそうだったように、アリエフは必ずしもアルパインスタイルにこだわるクライマーではないし、和志もそのことを批判する気はない。逆にローツェやＫ２のようなビッグクライムにソロで挑む和志のようなクライマーを、危険だ無謀だと非難する人々もいるわけで、ネパール政府によるソロ規制も建前上はそれが理由だ。

そのアリエフも、アランが耳にした電動ドリルのことを教えたときは色をなした。

「そんなことは聞いていない。もし本当なら、今回の遠征への参加は考え直すよ」

「それがいいかもしれないな。マルクがどういう人間か、君だって知らないわけじゃないだろう」

カルロは煽るように言った。アリエフが接触してきたのは、和志の腹を探る意味もあったかもしれないが、むしろマルクについて、こちらから情報を得たい狙いがあるようにも思えた。

アルピニズムの世界で、和志とマルクの遺恨試合のことを知らない者はいない。もちろんマルクが一方的に仕掛けているにすぎないが、もしアリエフが今回のマルクの遠征に不信感を抱いているとしたら、それを裏付けるうえで和志たち以上の情報源はない。

「あなたがあの壁に挑むことは素晴らしい。僕を含めあらゆるアルピニストが応援するよ。でもあのヘッドウォールをセロ・トーレのコンプレッサールートのようにされるのは御免だよ」

和志は空とぼけて言ったが、腹を見透かすようにアリエフは応じた。

「私だって君とはフェアに競いたい。冬のK2のときのようにね。君はソロで私のほうは極地法だが、それはタクティクスの違いに過ぎない。あのヘッドウォールに関しては、事前にルート工作するのはほぼ無理だ。電動ドリルを使って何百本もボルトを打つ以外にはね。しかし私はそんなことをしないし、マルクにそれをやらせもしない――」

自分にとって、マカルー西壁は長年温めてきたテーマなのだとアリエフは続けた。しかし大規模なチームを組むだけの自己資金はないし、またマカルー西壁に関しては必ずしもそれが有効な手段ではない。検討していたのはアルパインスタイルだったが、一緒に挑んでくれ、かつ技量の点でも納得できるパートナーが見つからなかった——。

「私の性格を好まない人々も多い。人好きのするタイプの人間じゃないことは自覚しているからね」

アリエフは自虐的に言って笑った。狙っているのはもちろん第一登だが、ぐずぐずしていると誰かに先を越される。そんなときに声をかけてきたのがマルクだったと言う。

「君がこの冬、ソロで狙っているという噂も耳にしていた。私にとって最後のチャンスだと思って話に乗ることにしたわけだよ。彼が提示した遠征プランはめちゃくちゃだったが、集めたメンバーのなかには私が注目しているクライマーがいた——」

それはミロシュ・ヘルマンというチェコ出身の若手で、壁に強く、まだ八〇〇〇メートル級の経験はないが、インドヒマラヤの七、八〇〇〇メートル級の難壁に幾つもの新ルートを開拓しているらしい。

マルクが考えている人海戦術によるルート工作には興味がないとアリエフは言う。利用できるものなら利用させてもらうが、冬のK2でのポーランド隊の失敗は南南東リブのルート工作に時間がかかりすぎたためだった。今回も同様の結果になりそうなら、自分は彼をパートナーに、ベースキャンプからアルパインスタイルで挑戦するつもりだとアリエフは言った。

アリエフは驚くほどオープンで、持参した写真を見せて、自分が狙っているというヘッドウォールのルートを示し、和志だったらどこを狙うか訊いてきた。

和志が西壁を登るものと決めつけて探りを入れているのは明らかで、できればルート上でのバッティングを避けたいという思惑もあるようだった。

それは幸い和志が想定しているルートよりだいぶ右寄りで、途中で交差したり被ったりする惧れはない。あくまで参考にと断ったうえで、和志は中央部をほぼダイレクトに登るルートが自分にとっては理想的だと答えた。

「そっちも悪くはない。お互いベストを尽くして競いたいが、そこは君の腹のうちにあることで、私がとやかく言う筋合いじゃないからね」

和志がソロで挑むことをまったく疑っていないように、アリエフは満足げに頷いた。

2

クリスマスを過ぎても不安定な天候が続き、ヘッドウォールからの落石による雪崩は頻発した。そのうち何度かは轟音(ごうおん)と地響きを伴って和志たちのベースキャンプのすぐ手前まで駆け下りて、舞い上がった雪煙がテントの周辺まで届くほどだった。

ときおり晴れ間は覗くものの、一日以上は長続きしない。ベースキャンプまで吹雪の緞帳が下りてくることもあり、壁の上部では落石の音が絶えず響いて、ヘッドウォールも下部雪壁もきわめて危険な状態なのがよくわかる。もちろん東京にいる柿沼からはゴーサインはまだ出ない。

マルクの隊もこの状態では身動きがとれないようで、周辺には高所順応に向いている六、七〇〇〇メートル級のピークがいくつもあるが、そちらにさえ足を向ける気配がない。

天候による停滞ほど退屈なものはなく、近場にベースキャンプを設けた者同士は、互いに訪問し合って情報を交換したり親睦を深めたりするものだ。

しかしマルクのほうから接触してくることはなく、こちらもあえて挨拶に出向きもしなかった。

和志は雪崩のリスクがない西稜寄りの氷雪壁で、栗原と友梨にアイスクライミングの手ほどきをした。フィッツ・ロイでは果たせなかった約束がやっと果たせた。

どちらも岩登りの基本はマスターしていたが、氷雪壁の登攀は初めてだった。ダブルアックスでの斜面の登りは難なくこなした。それではと西稜の取り付き付近のミックスの岩場に移動して、本格的なアイスクライミングのトレーニングをした。

こちらは屋内クライミングやロッククライミングとは勝手が違い、氷の強度の見極めや、アックス、アイゼンの打ち込み方に別のノウハウがある。壁に張り付いた氷柱や氷の詰まったクラックの登攀に二人は大いに興味を覚え、何度か落下しながらも、半日ほどのトレーニングでコツを摑んだようだった。

「和志さんとお付き合いするようになって一年も経たないうちに、ヒマラヤでアイスクライミングするようになるなんて想像もしてませんでした。これはすごい経験ですよ」

栗原はいつもながらの大袈裟な物言いだが、思っていた以上に筋はよかった。柏田の後継者になれるかどうかはまだ未知数だが、駆け出しクライマーの自分を育ててくれた磯村のことを思えば、人を育てることも自分にとって、これからの新しい課題と言えるだろう。

友梨もすでに山ガールの域を超えている。近い将来、三人でパーティーを組んで、ヒマラヤの歯応えのあるピークに挑みたい。そのとき磯村が元気なら、ぜひ隊長として指揮をとってほしい。そう前向きに考えることで、まとわりつく屈託を払い除けようとするが、磯村とチームを組めるのはこの遠征がおそらく最後だろうと思えば、逆に切ない感情が湧いてくる。

その翌日、磯村からカトマンズに着いたとの連絡があった。もちろん山際も一緒で、アテンド役の秘書室の社員も同行しているという。

「体調は安定してるから、ヘリが確保でき次第そっちへ飛ぶよ。おまえたちもカルロたちも退屈してるだろうから、多少の賑やかしにはなるだろう」

磯村は屈託がない。カトマンズでのアリエフとのやりとりはもちろん報告してあるが、電動ドリルの件についてはさほど気にしていない。問題は和志やアリエフが想定しているように、彼らの力でそれが必要になるヘッドウォールまでのルート工作ができるかどうかで、磯村も無理だとみているようだった。

「それよりアリエフがまだベースキャンプ入りしていないのが気がかりだな。あいつはあいつで、なにか画策してるんじゃないのか」

磯村は得意の猜疑心を働かせる。しかし高所順応が必要ないという彼の話は嘘ではないだろうし、現在の天候では入山しても身動きがとれない。それならカトマンズのホテルで英気を養っていたほうがましだという考えかもしれないし、カルロが指摘したようにマルクとは水と油で、いまはとりあえず利用し合っているだけの関係だとも言える。そんな考えを聞かせると、納得したように磯村は応じた。

「アリエフもマエストリの真似をするような馬鹿じゃないだろう。そんなことを考えるのは、世界広しといえどマルクくらいのもんだ。壁を登る技術じゃおまえのほうが上だから、フェアに戦うと言うんなら心配はない。壁の状況はどうなんだ」

「落石と雪崩がひっきりなしだね。マルクの隊のルート工作は進んでいない。シェルパ主体で荷揚げはぼつぼつやっているようだけど」

「アリエフはK2のときのように、痺れを切らして下から登り始めるんじゃないのか。だとしたら事実上、アリエフのパーティーとの一騎打ちになる。それならむしろ願ったり叶ったりだ。受けて立てばいい。アルパインスタイル同士なら、ソロのおまえのほうが絶対に有利だ」

　磯村は太鼓判を押す。無責任と言いたくなるようなそんな楽天性が、揺らぎがちな和志の自信にいつも力を与えてくれた。

「アランやミゲロはどんな具合なんだ」

「体調はいまのところベストのようだけど、この陽気じゃ体がなまるとぼやいているよ」

「ヒマラヤではベースキャンプでの昼寝も仕事のうちだよ。あすにでもそっちへ飛びたいところだが、ヘリも天候次第だからな」

「しばらく飛んでくれないかもしれないね。まあ、先は長そうだから急ぐこともないよ」

　そんな話をして通話を終えた。そのときテントの外で重苦しい地鳴りが響いて、さらになにかが爆発したような音に変わり、個人用テントのフレームが大きく撓んだ。緊張を覚えて和志はテントから飛び出した。

　すぐ傍らを雪の瀑布（ばくふ）が駆け下る。激しい風圧とともに鋭い雪片が顔を打つ。きのこ雲のような雪煙が頭上を覆い、雪と氷の礫（つぶて）がばらばらと降ってくる。

隣のテントから友梨が飛び出して、呆然とその奔流（ほんりゅう）を眺めている。巨大な雪崩は和志たちのベースキャンプをかすめるように流れ下り、マルクたちのベースキャンプに達していた。アランたちもテントから飛び出して、その壮絶な光景をあっけにとられて見つめている。

和志たちがいる場所を含め、この一帯にかつて雪崩が到達したという話は聞いていない。ネパール大地震の際に大規模な雪崩がエベレストベースキャンプを襲い、大量の死傷者を出したのは記憶に新しい。

しかしそれは地震という予期せぬ事態と、常に崩落の危険を秘めているクーンブ・アイスフォールの直下で起きている点で、いま起きた雪崩とは状況が異なる。過去にいくつもの登山隊がここにベースキャンプを設置したのは、雪崩に襲われる心配がないと誰もが認識する場所だったからだ。

マルクたちのベースキャンプは大半のテントがなぎ倒され、一部は雪に埋もれている。和志は声をかけた。

「行こう。生存者がいるはずだ」

雪崩に埋もれた場合、救出できるのは十五分以内と言われている。和志は先頭に立ってモレーンを駆け下った。

3

雪に埋もれたテントは全体の約半数で、残りはフレームが折れたり張布が破けたりしているものの、そこにいた隊員にさほど大きな怪我はなかった。無事だった隊員やシェルパとともに雪に埋もれた隊員の掘り出しに取りかかった。

衣服の一部が覗いている隊員は雪を掻き分け、手や足を掴んで引きずり出した。心肺停止状態の隊員もいたが、隊付きのドクターの指示に従って元気な隊員が蘇生術を施す。

行方がわからない隊員がまだ五名いた。ゾンデ棒（雪崩に埋まった人を捜索するための折り畳み式の棒）があればいいが、ヒマラヤ登山の装備には普通は含まれない。

マルクはほとんど怪我もしていないのに、茫然自失の状態で、カルロにどやしつけられても生返事を返すだけだ。時間は経過し、焦燥は募る。全員でテントがあったと思しいあたりを掘り返す。幸い雪は軟らかく、二名はなんとか掘り出したが、もちろんこちらも心肺停止状態で、ドクターとアランが蘇生術にとりかかる。

二十分経った。そろそろ時間的にも限界かと諦めかけたとき、「いたぞ」と声が上がる。和志は声の方向に駆け寄った。周囲にいたマルク隊の隊員もミゲロたちも駆け寄った。かすかに呻き声が聞こえる。全員で雪を取り除く。一メートルほど掘り下げると、ぽかりと空洞が開いて男の顔が現れた。隊員の一人が声をかける。

「大丈夫か、ミロシュ？」

アリエフがパートナーにするつもりだと言っていたミロシュ・ヘルマンらしい。ミロシュは荒い呼吸をしているが、意識はあった。たまたま顔の位置に雪の空洞があり、ある程度酸素が供給されたと本人が言う。しかしそれも発見が遅れていればどうなったかわからない。

それから三十分ほどで残りの二名が掘り出されたが、蘇生術の甲斐もなく、ドクターが死亡を確認した。

「これで全員か？」

カルロが問いかけるが、隊員たちはなお浮かない顔だ。カルロはマルクを振り向いた。

「まだ誰かいるのか？」

「上のほうにシェルパが二人――」

「こんなときに、上に行かせたのか」

カルロの声が怒気を帯びる。そちらも雪崩の直撃を受けたらしく、第一キャンプは跡形もない。二名のシェルパのものと思しい衣服の一部が雪壁の途中に覗いている。消沈していたマルクが開き直ったように言う。

「当然だろう。金を払っているんだ。仕事はしてもらわないと」

周囲にいる隊員たちが、不快感を滲ませて視線を交わす。ミゲロは雪崩の跡を見上げ、もう駄目だというように左右に首を振る。断ち切れた固定ロープが風になびいている。要所にセットされた金属梯子やキャンプの屋根に使われていた金属パネルがひしゃげて雪壁に引っかかっている。

ドクターが深刻な様子でマルクに報告する。掘り出された隊員のうち一名が脊椎を損傷していて、早急に病院に搬送しないと重篤な後遺症が残るだろうと言う。ほかにもここでは手当てしきれない隊員が何名かいるらしい。

マルクは衛星携帯電話で誰かに連絡を入れ、陸軍のヘリの出動を要請した。相手は下のベースキャンプか、あるいはツムリンタールあたりに滞在しているリエゾンオフィサーだろう。

あれだけの雪崩の直撃を受けて、ベースキャンプでの死者がそれだけで済んだのは幸運としか言いようがない。手前にあったモレーンで勢いが弱まったのが幸いしたようだ。

ほかにも腕や足を負傷した隊員がいるようで、ドクターは彼らの手当てに奔走している。ドクターに怪我がなかったのもこの状況では幸運だった。

第一キャンプに向かっていたという二名のシェルパの生存は絶望的だ。落ちたばかりの雪崩の跡をいますぐ登れば、二次災害を誘発する惧れがある。二人はすでに死亡している可能性が高く、遺体をベースキャンプまで降ろすことが、二重遭難のリスクを伴う危険な行為であることは論を俟たない。それでも和志はマルクに問いかけた。

「我々にできることがあれば、遠慮なく言ってくれないか」

「大きなお世話だ。帰ってくれ」

マルクは信じがたい言葉を口にした。傍らにいたカルロが詰め寄った。

「いまなんて言った。もう一度言ってみろ」

「頼みもしないのにしゃしゃり出てきて、恩着せがましい口を利いてほしくないと言ってるんだよ」

周囲にいる隊員やシェルパのあいだに冷え冷えとした空気が流れるが、だからといってマルクに盾突く者はいない。ミゲロが食ってかかる。

「だったらもっと耳障りなことを言ってやろうか。ここのところ気温が高めで、西壁は落石や雪崩が頻発していた。ここが雪崩に襲われたのは不運だが、こんな状況でシェルパを上に向かわせたのはあんたの失態だ。それがわからないような人間が、この遠征隊の総隊長だというのが聞いて呆れるよ」

「帰れと言ってるんだ。私を誰だと思っている。おまえたちに偉そうな説教をされる筋合いはない」

先ほどまでの消沈ぶりとは打って変わってマルクは居丈高だ。力なく首を振ってカルロが言った。

「もういいよ、ミゲロ。どこかのサロンのご立派な紳士とは、私たちは格が違うらしい」

雪崩が起きてから三時間ほどして晴れ間が広がった。その間隙をついてマルク隊のベースキャンプにネパール陸軍のヘリが飛来して、すぐに飛び去るのが見えた。重傷の隊員を含む怪我人と死者をカトマンズに運んだらしい。さらに夕刻になって、マルク隊がチャーターしたと思われる民間のヘリがやってきて、かなりの量の資材と人を降ろして飛び去った。

運び込まれたのは破損したり雪に埋もれたものに代わる新しいテントや食料のようだった。そのあとマルクたちは雪崩に襲われた場所を見限って、そこからさらに下った氷河上で、新たなベースキャンプの設営に取りかかった。双眼鏡で見ると、ヘリから降りた人物はアリエフのようで、ベースキャンプ再構築の指揮を執る姿が確認できた。

運ばれたテントは色も形状もまちまちで、カトマンズで急遽買い集めたもののようだが、その日のうちにベースキャンプを再建してしまうマルク隊の資金力には並々ならぬものがある。

夕刻、そのアリエフが和志に電話を寄越した。カトマンズで会ったとき、互いの衛星携帯電話の番号を教え合っていた。

「隊員の救出に力を貸してくれてありがとう。本来ならマルクが謝意を示すべきなんだが、君たちにはずいぶん失礼なことを言ったようだな」

「期待はしていなかったから気にならないよ。あなたはカトマンズで休養する予定が狂ったね」

「マルクがパニックに陥って、まったく統率能力を失っていたんでね。登攀隊長という立場だから、隊員たちのことを考えれば、ここで空中分解させるわけにはいかない。上に残っているシェルパのこともある」

「下に降ろすの？」

「もちろんだよ。すでに生きていないのは間違いないが、ヒマラヤ登山の歴史の半分はシェルパによってつくられた。そのシェルパを捨て駒のように使ったマルクの指揮はひどいものだった。彼らの遺体を彼らのしきたりで荼毘に付すのは我々の務めだよ」

アリエフは思いのこもった口振りだ。和志は言った。

「だったら僕も協力するよ」

「いや、君たちに負担はかけられない。怪我人が出たといっても、こっちはまだ過剰なくらいの人手がある」

「マルクも了解しているの？」

「金銭で解決するから余計なことはするなと言っているが、そんな問題じゃないし、そう困難な場所でもない。放置しておくのはアルピニストとしての恥さらしだ。ほかの隊員やシェルパたちも協力すると言ってくれている」

「嬉しいよ。二人のシェルパのことは僕も心に引っかかっていたんだ。でも気をつけて」

「あと数日経てば雪崩の跡も落ち着く。それから、マルクが持ち込んだ電動ドリルはすべて破壊したよ。あれはヒマラヤに必要な道具じゃないからね」

それについても心配無用だとアリエフは強調する。そこにはあくまで和志とのフェアな一騎打ちを希望しているという強いメッセージが込められているようだった。

シェルパ二名の遺体を回収する話をいちばん喜んだのはサーダーのラクパだった。心の重荷を下ろしたようにラクパは言った。

「マルクの隊が金の力で強引に人を集めている話は聞いていたよ。親父さんのラルフも人使いが荒くて、彼が率いた隊に参加して死んだシェルパは大勢いる。息子も似たようなタイプのようだが、そうじゃない人もメンバーに加わっていたんだね」

4

翌日は曇天だったが空は高く、ヘリは問題なく飛べるとのことで、これからベースキャンプに向かうと山際から連絡があった。

友梨と栗原とともにヘリポートとして整地した広場で待っていると、ほどなく飛来したヘリから、山際と磯村は酸素ボンベもつけずに元気に降りてきた。アテンド役の社員は、本社との連絡や調整のためカトマンズに残しているという。

「危なかったね。一つ間違えたら、ここも直撃を受けていたよ」

きのうの雪崩の荒々しいデブリ（堆積物）を眺めて山際が言う。磯村はそれも楽観論の種（たね）にする。

「たしかにツイてたな。こんな流れは本番まで続くよ。山の神様が成功を保証してくれたようなもんだ」

「それより、アリエフは本気だよ。これならフェアに戦えそうだ」

期待を込めて和志は言った。きのうのやりとりはすでに報告してあった。これまで疑心暗鬼だったアリエフのアルピニストとしての矜持（きょうじ）に触れたような気がして、和志の心も晴れていた。しかし磯村は猜疑の手綱を緩めない。

「だからといって、マルクはいまも隊長として居座っているわけだろう。この先、アリエフとの確執が深まると、タガが外れて想像を超えた馬鹿をやりだすかもしれないぞ。電動ドリルを破壊したといっても、そんなものはカトマンズでいくらでも買える。アリエフを馘（くび）にしてほかの隊員にボルトをべた打ちさせるかもしれない。それなら、金で買われたほかのクライマーでも登れないことはないからな」

しかし山際は慎重に指摘する。

「金で買われたという意味では、マルクも似たようなものだろうね。アリエフとの今後の対立次第では、ジェローム・スミスの期待を裏切ることになる。スミスはいわゆる物言う株主で、マルクへのスポンサーシップも慈善事業じゃない。当然リターンを求めているはずだから、それが得られないときは、なんらかのペナルティを科すかもしれない」

そんな可能性があるにせよ、和志たちにできることはなにもない。マルクの隊が空中分解してくれれば、鬱陶しい問題が雲散霧消して、余計な神経を遣わず登攀に集中できる。しかしそれでは逆に気持ちがすっきりしない。すでに和志はアリエフをライバルと想定し、心の準備を進めてきた。そのライバルがいなくなれば、ここまで高めてきたモチベーションが低下するのではないかという不安がよぎる。

K2でアリエフと冬季初登を競ったあの経験は、いまも自分のなかで大きな意味を持っている。アリエフの印象がいったんネガティブなものに変わり、今回のことでふたたびポジティブなものに傾いているが、いずれにしても彼の存在が、より高いレベルでの達成を目指すモチベーションに繋がっていた。

ライバルがいなくなれば壁が易しくなるわけではない。いかなる登攀も、技術や天候などの客観的条件だけで語れるものでもない。山際が言っていたように、魂の問題がそこに関わっていることは否定できない。磯村に言えば人がよすぎると叱られそうだが、アリエフのアルピニストとしての真情に触れて、彼と競い合うことによりいい意味での刺激を感じ始めていた。皮肉な口振りで磯村が言う。

「アリエフもえらいことに巻き込まれたと後悔してるんじゃないのか。ここで自分が逃げ出して、第二のコンプレッサールートをつくられたら、マルクと同レベルの屑になっちまう。ただほど高いものはない。いや、ただどころじゃない。ギャラまでもらう約束で、それもふいになりかねないわけだから」

杖が必要な二人のために整地しておいたプロムナードを通り、食堂兼会議室のテントに案内すると、飲み物やクッキーをテーブルに並べて、カルロを始めとする西稜チームのメンバーが集まっていた。彼らは二人との再会を喜び、とくに磯村が元気なのに驚いた。カルロが笑って言う。

「いくらでも滞在できそうじゃないか。隊長の椅子は一つ余っているから、このまま帰らなくていいぞ」

「そうもいかないよ。きょう一日の滞在で体への影響を見定めて、東京の医者と相談してどうするか決める。いまのところ調子はいいから、そのうちもっと長期間滞在できるよ。カズシやミゲロたちが頂上を目指すときは、おれもここで登頂成功の一報を受けたいからね。君たちもフィッツ・ロイのときのように、頂上でランデブーできたら最高だな」

磯村は機嫌よく応じる。日本を発ったときよりもやや頬がこけたような気がするが、黄痘が出ている様子もなく、血色は健康人と変わらない。

「みんなも元気そうでなによりだよ。なかなか居心地のいいベースキャンプじゃないか」

山際も弾んだ声で言う。ミゲロが皮肉な調子で応じる。

「その点はマルクに感謝するしかないですよ。彼らが占領していなかったら、我々もあそこにキャンプを設営していたわけですから」

「我々が雪崩で埋もれても、連中が助けてくれた保証はありませんからね」

アランも嫌味たっぷりだ。そんな話を友梨も栗原も平然と聞いている。ヒマラヤがいつ命を失うかわからない場所だという事実をあれほど目の当たりにして、べつに怖気づくこともない。それが心の強さだとすれば頼もしいが、感覚的に麻痺しているとしたら、それもこの先心配だ。

もちろん自分も似たり寄ったりで、だからこそきょうまで困難な壁に挑み続けてきた。しかしヒマラヤは人間に対して親和的な場所では決してない。相手がマルクのようなろくでなしであるとなしとにかかわらず、誰に対しても平等に牙を剝く。

そのヒマラヤを愛するのは、アルピニストと呼ばれる人々の永遠の片思いにすぎない。山そのものは善でも悪でもない。人間を愛しも憎みもしない。そんな冷厳な事実を認めることこそが、ヒマラヤを登るクライマーにとって、アルファにしてオメガというべきルールなのだ。

5

磯村と山際は、夕刻に飛来したヘリでカトマンズに帰っていった。

日本を発つ前の低圧訓練が功を奏したようで、どちらにも高所の影響による頭痛や吐き気の症状は見られなかった。しかしいったん高所に上がり、低地に戻って休養し、また上に向かうというのが高所順応の基本だ。そのルーチンは守ったほうがいいと低圧トレーニング施設の研究者からも言われているから、今回はいったんカトマンズに戻るという。

翌日から山はふたたび荒れ始めた。今回はチベット方面の寒気が強まったためのようで、ベースキャンプでも気温はマイナス十数度まで低下した。しかし柿沼からの連絡では、まだ安定した冬型には程遠く、一日か二日で天候はめまぐるしく変わるはずだから、ゴーサインが出せるのはだいぶ先になりそうだという。

柿沼がゴーサインを出すのは、最低でも七日間、好天が見込まれる状況が訪れたときということに決めてある。アラン、ミゲロ、ジャンの三人も、今回はアルパインスタイルによる速攻を目指しているため、その際はほぼ同時のスタートになるだろう。

マルクの隊もあれから停滞が続いており、アリエフもシェルパ二人の遺体回収にはまだ動けないでいる。先行してベースキャンプ入りしたアドバンテージは結果的に得られなかったようで、そのあたりはこちらの読みどおりだった。

アリエフとしてはK2のときの二の舞になりかねない。さぞや焦っているかと思っていたら、昼過ぎにアリエフから電話が入った。現在の寒気で雪崩の跡も雪が締まるはずなので、あす天候が落ち着いたらシェルパの遺体の回収に向かうという。

ミロシュ・ヘルマンを始め協力してくれる隊員がおり、帯同しているシェルパたちは積極的に参加してくれる。マルクはいまも渋っているが、隊の主導権はすでにアリエフが掌握しているようで、自信を覗かせてアリエフは言った。

「マルクは隊員の信望を失っている。もともと彼らはマルクのプランを信じていない。生きて還れて約束したギャラを支払ってもらえばそれでいいくらいの考えだった。私もそういう契約だから偉そうなことは言えないが、私にとってそれ以上に重要なのは、ヘッドウォールの制覇なんだ——」

そのためにはマルクが用意した潤沢な資金とハイレベルな隊員のポテンシャルを活用したいとアリエフは続けた。登り始めたら一気呵成に頂上を目指すアルパインスタイルと違い、極地法のルート工作は途切れ途切れでも進められ、一日、二日の短い好天も活用できるとアリエフは言う。

カトマンズで会ったときは、ミロシュ・ヘルマンと組んだアルパインスタイルでの挑戦を仄（ほの）めかしていたが、そこはマルクと折り合いをつけたらしい。もともとアルパインスタイルにこだわりは持っていないから、アリエフとしては変節ではないし、そもそも和志は西壁への挑戦を公言していないから、こちらが文句を言える筋合いでもない。アリエフはさらに驚くことを口にした。

「マルクの頭にはかけらもなかったようだが、極地法で挑む以上、全員登頂を目指したい。いま怪我をしていない隊員が私を含めて八名いる。戦力はだいぶダウンしたが、そもそも最初から多すぎたくらいだ。ヘッドウォールも、私とミロシュが先陣を切って登れば、あとの連中はそのルートをトレースするだけだ。十分可能だと思うし、達成すればこの遠征の評価はより高いものになるからね」

ソロで挑む和志への角度を変えた挑戦状と言えるだろう。マカルー西壁に関しては、それが容易い目標ではないことが和志にはよくわかる。もし世界初の栄冠を和志がソロで達成しても、全員登頂ならそれもまた立派な記録というべきだ。そしてもちろんアリエフには、第二登に甘んじようという気はないだろう。

K2では身勝手で狷介な印象を受け、本人にもそんな自覚はあるようだが、彼には彼なりのアルピニスト魂があるらしい。率直な思いで和志は言った。

「全員登頂なら素晴らしい成果だよ。登山のスタイルはいろいろあっていいと思う」

「最良の選択かどうかはわからないがね。しかしK2の轍は踏みたくない」

「あれは失敗だったと？」

「隊長のアンジェイ・マリノフスキは優れたリーダーだったが、決断力に欠けていた。マルクは実行力はあるが無能だ。そして私は統率力に欠けている」

「雪崩で壊滅したベースキャンプをあっという間に再建したじゃないか。あれはあなたの統率力あってのものだ」

「私が到着したとき、チームは崩壊寸前だった。マルクはリーダーとしての信望を完全に失っていた。それでも集まっていたクライマーたちはまだ意欲的で、マルクが手にした潤沢な資金と実力の揃ったメンバーの力があればやれると私は確信した。彼らは私をリーダーとして選択してくれた。気に入らないところは大いにあるが、マルクと比べればましだという評価だろうね」

「彼らの夢を、あなたは引き受けたわけだ」

「もちろんきれいごとばかりじゃない。マルクの隊のギャラのこともある。登頂に失敗しても支払われる契約だが、登山隊自体が空中分解してしまえば、それも消えてしまう。彼らも私も苦しい懐事情でクライマー活動を続けている。その意味でも、現在の遠征隊を維持する必要があるんだよ」

ざっくばらんにアリエフは言う。それは当然だと和志も思う。西稜を目指すアランたちにしてもノースリッジの資金を得ての遠征で、継続的にスポンサーシップを提供されている和志はむしろ彼らよりも恵まれている。そんなアリエフの態度にこれまでになかった信頼が生まれ、覚えず和志は言っていた。

「あなたと競い合えるのは光栄だよ」

「やはり、ソロで西壁を登るんだな」

「政府の規制があるから、まだ誰にも言わないでほしい。ただ、あなたにだけは言っておかないとアンフェアだと思うから」

「わかってる。あんなふざけた規制、君は必ず破ってくれるはずだと、じつは期待していたんだよ」

声を弾ませてアリエフは言った。

6

その翌日、吹き荒れていた寒風はいったん収まったが、これが本格的な天候の安定とは見ていないようで、柿沼からはゴーサインがまだ出ない。

しかしアリエフたちはわずかな好天もチャンスと見て、その日から行動を開始した。二日目には前回の第一キャンプと同じ六〇〇〇メートル台半ばまで固定ロープを設置し、シェルパ二名の遺体も回収した。遺体は隊に参加しているシェルパたちの手で荼毘に付され、その煙は和志たちのベースキャンプからも確認できた。

しかし雪壁上に大規模なキャンプを設営するのは容易い仕事ではなく、翌日からふたたび山は荒れだして、いまは作業半ばで停滞を余儀なくされている。そんなアリエフたちの動きを報告すると、冷静な口振りで磯村は言った。

「アリエフが男気のあるやつだということはわかったが、それはあえてハンデを背負ったことでもあるからな。ミロシュとのペアのアルパインスタイルなら警戒する必要があったが、全員登頂という目標が、この先足を引っ張るのは間違いない。おまえは天候を読み切って、チャンスが来たらロケットスタートすればいいんだよ」

「ただし、彼らは一日か二日の晴れ間でもルートを延ばせるからね。兎(うさぎ)と亀(かめ)の競走といった感じだよ」

「アリエフは強いクライマーだが、壁のエキスパートじゃない。アルパインスタイルでおまえと競り合ったら分が悪いという読みもあるんだろう。向こうにすれば一か八かの賭けかもしれないな」

寓話の世界では亀が勝つことになっている。ここしばらくのように悪天と好天が交互にやってくる状況なら、アリエフは着実にルートを延ばせるだろう。逆に悪天が長期にわたって続くとしたら、ルート工作によるアドバンテージは得られないが、そのあいだは和志も身動きがとれないからイーブンだ。

一週間以上好天が続けば、和志はソロによるスピードのメリットを最大限享受できる。

ただしそのときアリエフが下部雪壁のルート工作を終えてヘッドウォールにまで達していれば、和志のアドバンテージも限定的になる。アリエフにとってはそこがスタートラインで、和志がベースキャンプから出発するならそのぶん不利になる。

ここで算盤勘定をしても仕方がないが、マルク隊の主導権がアリエフに渡ったことで、和志としても戦い甲斐が出てきた。マルクが仕掛けた不毛な争いの尖兵としてではなく、自分の意思でチームを統率する真のライバルとしてのアリエフを意識して登ることが、自分にプラスの力を与えてくれるだろうと確信できた。

ベースキャンプでのそんな異変を、マルクは自分のウェブサイトでは一切表に出さず、雪崩による被害を自らの指揮で乗り切って、以後も順調に登攀活動が進んでいるとアピールし、不屈の闘志で苦難に立ち向かう名隊長を演じている。シェルパ二名を含む四人の死者は、自らの行動力を吹聴するための添え物に過ぎないようだった。

一週間後の一月六日、柿沼から朗報が入った。西シベリア方面から強い寒気団が南下して、それが間もなくチベットに達し、ヒマラヤ一帯に本格的な冬が訪れるだろうという。寒気はいっそう強まるものの、一週間以上の好天の持続が期待できるとのことだった。

磯村と山際にもすでにその情報は入っていたようで、すぐに山際から連絡があった。柿沼からのゴーサインにタイミングを合わせて、二人もベースキャンプ入りするという。

西稜を目指すアランたちもほぼ同時に登攀活動に入るはずなので、そのまえに全員を激励したいというのがスポンサーとしての山際の希望のようだ。もちろん和志たちがベストのタイミングで行動を開始するのが最優先で、自分たちのためにそれを遅らせる必要はないと付け加えた。

アラン、ミゲロ、ジャンの三人にも気合が入った。いつでも登れる準備は和志も彼らも整えていたが、これまでの停滞で落ちているかもしれない体力や勘を取り戻すために、西稜の取り付き付近で、さっそくトレーニングを開始した。

アリエフは約束を守り、和志が西壁を狙う話を外部には漏らしていないようで、マルクのサイトはもちろん、SNS上でもいまは話題に上っていない。当然ネパール政府からも、なんの警告も来ていない。

友梨も和志のウェブサイトには西稜遠征の話しか出していない。スポンサーがノースリッジである以上、それをプッシュするのは当然のことだ。あとで騙されたと知った閲覧者も、政府規制に対する苦肉の策だったと説明すれば、怒るよりもむしろ喝采するだろうと友梨はあくまで楽観的だ。

アリエフは数日前に七〇〇〇メートルに第二キャンプを設営したが、その後は停滞している。勝負の場となるヘッドウォールの取り付き地点まで八〇〇メートルほどだが、全員登頂を目指すならそこまでのルートにも固定ロープやキャンプを設営する必要があり、ベースキャンプからソロで登る和志と比べてアドバンテージはさほど多くない。

一方アリエフは別のリスクを抱えている。あの雪崩のあとも小規模な雪崩は頻発していて、人的被害は出なかったものの、せっかく設置した固定ロープが流されたり、ルートの変更を余儀なくされたりということもあったようだ。

そのリスクは和志にももちろんあるが、気温が低下する夜間に登ることである程度は回避できる。さらにヘッドウォールに至る下部雪壁は、わずかに顔を覗かせた細いミックスのリッジを登る予定で、オーバーハングした岩の下でビバークすれば雪崩の直撃は避けられる。そこにはアリエフたちのように規模の大きいキャンプを設営できるスペースはなく、その点も和志にとって有利といえる。

7

五日後の一月十一日、ようやく訪れた晴れ間を生かして、山際と磯村がこれからベースキャンプに向かうとの連絡があった。

柿沼からはその前日に、二、三日後にはゴーサインが出せそうだという連絡があった。ラクパ・ドルジェもその見通しは正しいと請け合った。冬のヒマラヤはこの時期から安定期に入り、好天の周期が長くなるという。逆に二月下旬から三月にかけてはジェット気流の吹き出しが弱まり、気温は上がるが天候は不安定になるというのが彼の経験則のようだった。

アランたちも柿沼のゴーサインが出たらすぐに行動を開始する。プレモンスーンに岩雪崩が起きたポイントは避けて、ミゲロの救出の際に使ったトラバースルートを登る予定で、そこから頂上までの五〇〇メートル弱を除けばほぼ既知のルートだから、成功は疑いないとカルロは自信を示す。

「できればカズシと頂上でランデブーしたいね。もちろんアリエフの登頂より先に」

マルクに対する憤りがマルク隊そのものへの忌避感にも繋がっていたが、アリエフが主導権を握ったことで、敵というよりある種の盟友意識がこちらのチームにも生まれている。

ただし裏返せば、アリエフはマルクという手に負えない爆弾を抱えてもいるわけで、その点は予断を許さない。マルクの性格を考えれば、いまアリエフは和志以上の敵とみなされているはずで、その成功を妨害するためなら、これからどんな策謀を巡らすか予測がつかない。

磯村と山際はその日の午後三時にベースキャンプに入った。

今回は、和志の登頂を見届けるまで滞在すると磯村は言う。前回の日帰り滞在で体調にはほとんど問題がなかった。そのことを東京の主治医に報告したところ、体力を消耗するような行動をしない限り、カトマンズにいてもベースキャンプにいても大差はないはずだと、とくに反対はしなかったという。

ただし高所での生活が病状全般に影響を与える可能性は否めない。不調を感じるようならその時点でカトマンズに戻ること、緊急の際を考えて酸素ボンベを携行することが条件だと釘を刺されたらしい。

医師と話をしたのは磯村本人だから、そこに多少の脚色がないとは言えないが、おそらく死ぬならこのベースキャンプでと、磯村はすでに心に決めているだろう。最悪の場合はそれを受け入れることを和志も覚悟するしかない。

そういう状況なら、カトマンズに帰ろうと東京に帰ろうと命を永らえる保証はない。それがわかっていながら無理やりベースキャンプから去らせるとしたら、むしろ磯村にとって残酷なことになる。そんな切ない思いを胸に秘めて和志は言った。

「来てくれてありがとう。僕もアランたちも体調は万全だよ。あとは天候とツキの神様のご機嫌次第だ」

「ここまで来たら神頼みなんて必要ないよ。おまえの実力だけで十分だ。むしろ生きて成功を見届けられるように、神頼みしたいのはおれのほうだ」

磯村は笑って言う。いつものように余命を逆手にとって発破をかけているところなのかもしれないが、この間の事態の推移を考えれば、磯村自身が口にする余命宣告のような気さえする。磯村のそんな思いをすでに受け入れてでもいるかのように、山際も穏やかに言う。

「ベースキャンプのことは心配いらない。広川君は登攀の撮影やSNSの発信で忙しいだろうが、今回は栗原君もいるからね。私も足手まといにならないように注意するよ。あとは和志君と磯村隊長にすべてお任せだ。必ず成功すると確信しているよ」

三日後の一月十四日の午後二時過ぎ、柿沼から連絡が入った。今夜からクーンブ地域一帯にチベット方面から強い高気圧が張り出して、それが最短でも一週間は続く見通しだという。

待ちに待ったゴーサインだ。準備はすでに整っている。あくまで予報は予報であって保証ではない。しかしそのゴーサインにすべてを懸けることが、当初からのプランの要(かなめ)であった。

報告を受けてすぐに睡眠をとり、午後八時に起き出した。頭上を覆っていた雲が切れ、雲間に無数の星が瞬いている。中天に昇っている半月が青ざめた光で西壁を照らし出し、ヘッドウォールのディテールを日中よりも強いコントラストで浮かび上がらせる。

コックのニマと助手のノルブが食事を用意してくれていた。アランたちも起き出して、食堂兼会議室で食卓を囲んだ。

アランたちはあすの午前四時に出発するという。彼らの一日目のルートは落石や雪崩の心配がないため、それほど早く出発する必要がない。和志は午後九時には出発する。これから夜明けに向けて気温はどんどん下がる。落石や雪崩のリスクが少ないその時間帯に、どれだけ高度が稼げるかが最初の勝負になる。

アリエフたちはまだ動き出していない。彼らはこれまでも夜間に行動することはほとんどなかった。朝まで寝ていてくれているあいだに、できれば一〇〇〇メートルは稼ぎたい。

磯村も山際も多くは語らなかった。二人のことをよろしく頼むと、友梨と栗原には耳打ちしておいた。友梨は任せておけと言うように頷いた。磯村に劣らず、友梨も和志にとっていまや一心同体のパートナーだ。ベースキャンプのことは彼女に頼るしかない。K2では友梨一人でベースキャンプをキープしてくれたが、今回は栗原もいる。それを信じて、いまは登攀に集中するだけだ。

アランたちと健闘を誓いあい、和志はベースキャンプを出発した。

8

先日の雪崩の跡を乗り越えて、西壁の取り付き点に着いたのが午後九時半。雪壁は急峻で、のっけから斜度は七〇度を超える。月明かりがあるからヘッドランプは不要なため、アリエフたちに気づかれる心配はないだろう。

雲はさらに切れてきて、頭上はほぼ満天の星だ。振り向けばバルンツェ、チャムラン、ピラミッド・ピーク、ピーク3――。ヒマラヤ襞に覆われた六、七〇〇〇メートル級の山々が月光を受けて青白く輝く。

マカルーの頂からは盛大な雪煙が南西に伸びている。柿沼の予測どおり、チベット方面の高気圧が強まっているのがそれで確認できる。プレモンスーンやポストモンスーンなら、北東からの風はチャイナウィンドと呼ばれて好天の徴とされている。

その理屈は冬でも同じだが、同時にそれは強烈な寒波の洗礼を受けることでもある。現在は北西稜の陰にいて強風の直撃を避けられるが、上部に向かえばその影響は顕著になる。冬の寒さを味方につけることが今回の作戦のキモだが、それは諸刃の剣でもある。

登るに従い寒気は強まり、すでにマイナス二〇度を下回っている。氷雪は固く締まって、アックスとアイゼンは快適に壁を捉える。落石の音は日中ほどではないが、それでもときおり頭上でからからと不気味な音がする。

マルク隊のベースキャンプを見下ろすと、テントのいくつかには明かりが点っているが、人が活動している気配はない。とはいえ向こうはすでに七〇〇〇メートルにキャンプを設けている。あすの好天を生かして彼らがさらにロープを延ばせば、そこから先の勝負は読めなくなる。

三時間で雪壁を二〇〇メートル登り、そこからわずかにトラバースして、ミックスのリッジに取り付いた。リッジは急峻かつ複雑な様相を呈し、岩には硬い氷が張り付いている。雪壁をダブルアックスで登るほうが間違いなく速いが、雪崩のリスクを軽減するにはこれが最善のルートだ。

アリエフたちのルートは右手の雪壁をストレートに登っている。最短距離を選んだということだろう。先日雪崩が落ちた跡と一部は重なっている。一度起きた場所では新たな雪崩が発生しにくい。それもまたリスクの大きな選択だが、そのあと彼らのルートで大きな雪崩が発生した様子はないから、アリエフの賭けはいまのところ当たっていることになる。

気の抜けない岩場を一〇〇メートルほど登り、辛うじて足の置けるバンドを見つけた。手近なクラックにナッツを掛けて自己確保し、衛星携帯電話を取り出してベースキャンプに連絡を入れると、待ちかねていたように友梨が応答した。

「月明かりで登っているのが見えるわ。順調なようね」

「いまのところはね。北西稜が衝立になって風をまともに受けないから、体の動きはまずまずだ。日が昇る前になんとか一〇〇〇メートルは登りたいけど、このリッジは思ったより手強いよ」

友梨はスピーカーフォンモードを使っているらしい。磯村の声が割り込んでくる。

「そんなところでぐずぐずしているようじゃ、ヘッドウォールを登るのに一カ月かかっちまうぞ」

神経を逆撫でするような言葉で人を煽るのは磯村の常套手段だ。受けて立つように和志は応じた。

「まだ慣らし運転だよ。せっかく磯村さんがベースキャンプに入ってくれたんだから、たっぷり楽しんでもらわないとね」

「そんなことに気を遣うより、おれが生きているうちに頂上に立つことを考えてくれよ」

切ない口振りで磯村は言う。これも得意の手口だが、きょうに限っては、なぜか口先だけの言葉に聞こえない。そんな不安を振り払うように和志は笑って応じた。

「その手を使うのはフェアじゃないよ。そんなことを言うんなら、登るのをやめてベースキャンプに戻るよ」

「なあ、おれを苛めるなよ。アリエフなんかに負けないで世界初を達成してほしいんだよ。おまえならきっとやれる」

その確信を和志に乗り移らせようとでもするように、痛切な調子で磯村は言う。

「もちろんやり遂げるよ。磯村さんが喜んでくれる声を聞きたいから」

胸に迫るものを覚えながら和志は言った。いまはそれ以上の言葉が思い浮かばない。余計なことを言えば、それがそのまま別れの言葉になりそうな気がして――。

第十一章　魂のパートナー

1

　和志はふたたび登攀を開始した。

　ミックスのリッジといってもかなりの部分が雪に埋もれていて、スノーシャワーが頻繁に落ちてくる。ここ数日の荒天であちこちに新雪が積もっているようだ。岩場にふんわり積もった新雪は扱いにくい。

　案の定ラッセルが必要な箇所も出てきた。急角度のリッジの凹凸に引っかかった新雪は厄介で、思わぬ苦闘を強いられる。その点ではアリエフがルートを延ばす滑り台のような氷雪壁のほうが始末がいい。

　アックスを打ち込んでも糠(ぬか)に釘で、アイゼンを蹴り込んでも体重を支えてくれない。やむなく上半身で雪を押し潰し、さらに膝で踏み固め、深雪のなかを這いつくばるようにして登る。こんな急峻な場所でのラッセルは初めてだ。そもそも日本の冬山の経験がほとんどないため、和志はラッセル自体を得意としない。

岩が露出した場所ではスピードアップするが、調子が出たかと思っていると、また新雪の泥沼にはまり込む。ここでは雪崩の心配はまずないが、岩を登るのと筋肉の使い方が違うから、予想外に疲労が蓄積する。

頭上に浮かぶ月がヘッドウォールを照らし出す。その膨大な質量が生み出す重力波がここまで伝わってくるかのようだ。自らの重みに堪えかねていまにも崩落しそうにさえ見える。

しかし春に目の当たりにしたときのような恐怖をいまは感じない。和志のなかで大きな変化が起きている。いまはその壁を登る自分をはっきりとイメージできるのだ。

成功すると確信しているわけではない。しかしあのときのように、そこから転落するイメージは湧いてこない。頭上からのしかかる圧倒的な岩塊を、いまは平常心で見つめていられる。

取り付きから六時間でなんとか五〇〇メートル登ったが、深雪のせいで思うようにペースが上がらない。

行動するのは日が昇る午前七時前までと決めている。そのあとは六五〇〇メートル付近でビバークし、たっぷり睡眠をとる計画だ。予定地点はオーバーハングした岩の下で、そこが不安なくビバークできる最初のポイントだった。

まもなく午前三時半。あと三時間半弱で夜が明ける。そのあとは落ち着いている壁の状態も悪化する。幸いいまは落石の音も途絶え、それに起因する雪崩も起きていない。だったらラッセルで苦労させられるリッジから離れて氷雪壁を登る手がある。急峻で凹凸がないから新雪はつかない。落石さえなければそちらのほうが効率がいい。迷うことなく決断し、右手の氷雪壁に移動する。

そこからはダブルアックスで快適に登れた。コンクリートのように硬く凍てついているが、「KASHIWADA」モデルのアックスは軽い一振りでその氷雪をしっかり捉える。このペースなら日が昇る前に余裕で目標地点に到達できる。

眼下にはマルク隊と和志たちの隊のベースキャンプが見える。和志たちのほうはテントに明かりが点っている。アランたちもまもなく行動を開始するようだ。マルク隊のほうはほとんど明かりが消えていて、夜明け前から動く気配はない。体一つで登ればいい和志と違い、煩雑な作業を伴うルート工作をしながらの登攀は暗いなかでは難しい。

和志が動き出したことにアリエフはまだ気づいていないようだが、夜が明けたときそれを知ってどう行動するか。すでに七〇〇〇メートルにキャンプを設営しているから必ずしも出遅れたとは言えないが、その先にさらにルートを延ばし、次のキャンプを設営するにはそれなりの時間が必要だ。

アリエフは全員登頂を目指すという。それを追求するならヘッドウォールの直下に第三キャンプを設営する必要がある。ただしミロシュ・ヘルマンとのパーティーで頂上を目指すなら事情は変わる。すでに七〇〇〇メートルにキャンプがあることが、彼らのアドバンテージになるだろう。つまり第二キャンプをスタート地点とした事実上のアルパインスタイルで、彼らが先にヘッドウォールに取り付く可能性は大きく高まる。

もちろん先に取り付けば壁が易しくなるわけではないし、これまで多くの名クライマーを敗退させたヘッドウォールが、用意ドンのスピード競争の対象になるわけでもない。

だからそこは気にしないことにした。和志にとってスピードが重要なのは、アリエフと競うためではなく、それが生きて頂上を踏み、下山するための絶対条件だからだ。記録はあくまでその結果に過ぎない。

ダブルアックスでペースは上がり、約二時間で六三〇〇メートルに達した。この高さまで来るとさすがに息が上がる。時刻は午前五時三十分。明け方に向けて気温はぐんと下がって、いまはマイナス三〇度近い。高度が上がるにつれて風も強まった。肌を突き刺す寒風が北西稜を越えて吹き下ろす。

それでもマカルー本体と北西稜が衝立の役割を果たしてくれている。東面や頂上付近は南極のブリザード並みの寒波に襲われているだろう。ジェット気流が吹き流す頂上からの雪煙が、ぎらつくような星空を横切って南東に長く棚引く。

冬のヒマラヤの寒気はローツェとK2で経験している。むしろ寒ければ寒いほど氷雪は凍てつき、浮き石は氷のセメントで固定される。ここ数時間、落石の音は聞こえてこない。これなら厄介なリッジ伝いのルートには戻らず、目指すポイントまで氷雪壁を登り続けるほうが効率がいい。

そう考えた途端に頭上でカラカラと乾いた音がして、傍らをなにかが唸りを上げて飛び去った。慌てて下を見ると、バスケットボール大の岩塊が氷雪の斜面を飛び跳ねながら落下していく。やがて小さな雪崩を誘発したが、二〇〇メートルほど流れたところで止まった。

背筋に冷たい汗が滲んだ。この寒気でも油断はできない。もし直撃されていれば、なにが起きたのかも知らずにあの世へ直行していたはずだった。

リッジに戻るべきかこのまま進むべきか、しばし悩んだ。なにごとにも絶対はあり得ない。要は確率の問題だ。落石はリッジの側面に沿って左右に振り分けられるから、リッジにいれば直撃の可能性は低い。それでもゼロではないし、ラッセルを強いられる新雪の吹き溜まりもあるだろう。

夜になって落石の頻度が減っているのは間違いない。下部雪壁は広い幅を持ち、同じラインを続けて落ちる確率は低い。だったら氷雪壁を登り続けるほうがスピードの点でも体力の点でも有利だろう。ここで体力を温存できれば、ヘッドウォールの登攀により多くのエネルギーが費やせる――。そう割り切ってこのまま進むことにした。

2

この日の目標の六五〇〇メートル地点に着いたのは午前六時五十分。すでに日は昇っているが、西面のここからは朝日は見えない。気温はマイナス三五度。おそらくいまが最低だ。

晴れ渡った空は鮮やかな赤から深紫まで壮麗なグラデーションで染め上げられ、マカルーの頂から伸びる雪煙は紅蓮（ぐれん）の炎のように燃え上がる。バルン氷河を隔てて西に連なるバルンツェ、チャムラン、ピラミッド・ピーク、ピーク４の頂稜部は眩いほどの朱（しゅ）を帯びている。

まだ日の当たらないマカルー西壁は、西稜と北西稜に縁どられ、漆黒のピラミッドとなって空の半分を覆い尽くす。その影のなかにあるマルク隊のベースキャンプはほとんどのテントに明かりが点り、周囲で人々が忙しなく動いている。

和志が動き始めたことにアリエフたちは気づいたのだろう。マルク隊の規模を考えれば、上部キャンプに運び上げる食料や燃料は相当な量になる。さらに第三キャンプを構築するとなれば、そのためのロープやギアも運び上げることになる。ここまで停滞する日が多かったから、この好天で一気に挽回(ばんかい)しようとするはずだ。

西稜の取り付きから三〇〇メートルほど登ったあたりにアランたちの姿が見える。予定どおり午前四時前後に登攀を開始したとすれば、決して悪いペースではない。

二メートルほど突き出たルーフ状のオーバーハングの下にポータレッジを設置する。背後の壁にアンカーをとって、そこから本体を吊り下げて、さらに底部からもアンカーをとって壁に固定する。それでもまだ不安定なポータレッジに乗り移り、壁に吊っておいた荷物を取り込んで、ようやく一息つけた。衛星携帯電話でベースキャンプを呼び出すと、待ちかねていたように友梨が応じた。

「着いたのが見えたわ。まずまずのペースね。アランたちも順調よ。アリエフはいまのところマイペースでルート工作を進める気のようで、まだ大きな動きは見せていないわ」

「ああ。上から見てもそんな感じだね。あえてトリッキーなことはせず、正攻法で全員登頂を目指すつもりだろうね」

「だったら、和志さんの勝ちで決まりじゃない」

友梨はあっさり答えを出すが、アリエフはアリエフでそれなりの勝算があるはずだ。アルパインスタイル、それもソロの場合、成功しても失敗しても一度の登攀ですべてのエネルギーを使い尽くす。生きて還れないケースもむろんある。

しかし着実にキャンプを重ねる極地法なら、チャンスが一度だけとは限らない。最終キャンプから数度のサミットプッシュも可能だし、脱落者が出ても代わりがいる。疲労した隊員をベースキャンプで休息させることもできる。潤沢な資金力があれば長丁場の登攀活動にも堪えられる。

もちろんそこは諸刃の剣で、昨年の冬のポーランド隊のように、ルート工作に手間どって、チャンスに恵まれず敗退するケースもあるだろう。わずかな期間の好天をチャンスにできるアルパインスタイルとはその点が違う。

彼らが構築しようとしている第三キャンプへのルートは、高度の影響が顕著に出るから、難度はさらに増すはずだ。日中の作業を余儀なくされる彼らにとって、落石や雪崩のリスクも避けがたい。すでに彼らは雪崩でベースキャンプと第一キャンプを失っている。それを短期間に再構築し、さらに上を目指している点は注目に値するが、このルートに関してはは絶えず同じリスクがつきまとう。

マルクがそこを理解していたかどうかはわからないが、いま主導権を握って隊を率いているということは、アリエフにすれば計算の上でのチャレンジだろう。その覚悟があるのならライバルとして侮りがたい。

「彼らは彼らでリスクをとっている。僕が手こずれば、必ず先に頂上を踏むよ」

「大丈夫。和志さんは絶対にやってのけるわよ」

友梨は満幅の信頼を寄せる。そこに磯村が割り込んだ。

「おまえがミスさえしなければ、勝負はもうもらったようなもんだよ。日中はゆっくり休め。本当の勝負はヘッドウォールだ」

「まだ起きてたの。磯村さんこそ休まなくちゃ」

いつもながらの小言を言っても、磯村は軽く受け流す。

「おまえがクライマーの頂点に上り詰めようというときに、のんびり寝てなんかいられないよ」

「いまはそれほどクリティカルな状況じゃない。肝心なときに元気でいてもらわないと困るから」

「心配するな。東京にいたときより快調なくらいだよ。それより危なかったな。すぐ近くを落石が掠めていっただろう。そのあと雪崩が起きたのが見えた」

「耳の側で風音が聞こえたよ。でも頻度は日中と比べて遥かに少ない。リッジを登ったからってリスクがゼロじゃないから、そのまま登り続けたけどね――」

予想を超えた新雪に苦しんだ話を聞かせると、磯村は感心したように言う。

「大胆な作戦に出たな。たしかにその点は確率の問題で、リスクを惧れるんなら最初から登らないのが賢明だ」

今度は山際が割り込んでくる。

「勝負はこれからだよ。焦る必要はない。アリエフ、君は君だ。それぞれがベストを尽くせば、結果は自ずからついてくる。私はなにも心配していない」

ここまで発破をかけてきた自分を納得させようとしているようにも聞こえるが、下であだこうだと心配されるよりはずっといい。不安は感染するものだし、その種を探し始めればきりがない。

カルロも電話口に出て、ここまでの登攀を称賛し、アランたちも順調にロープを延ばしていると報告した。和志からもエールを送って通話を終えた。

バルンツェを始めとする周囲の山並みがモルゲンロートに燃え上がる。気温はマイナス四〇度に迫り、空にはいまも雲一つない。マカルーはもちろん周囲の嶺々の頂からも火山の噴煙を思わせる雪煙が棚引いて、上空のジェット気流の強さを示している。

手近な岩から剝ぎとった氷を融かして湯を沸かす。テントカバーで覆ったポータレッジのなかはストーブの熱で気温が上がり、ダウンスーツを脱ぎ捨てたいほどになる。沸騰した湯で紅茶を淹れて、立て続けに何杯か飲む。高所での体調維持になにより大事なのが水分の補給で、一日五リットルは飲むべきだと推奨されている。

そうは言われても一度にいくらでも飲めるものではない。命を守るためとはいえ、それは一種の苦行でもある。ドライカレータイプのアルファ米に湯を注ぎ、戻るのを待っていると衛星携帯電話に着信があった。アリエフからだった。

3

「動き出したね。楽しみになってきた。君が登攀を開始したのは、ゆうべのうちに気づいていたよ」

アリエフは余裕のある口振りだ。和志は訊いた。

「あなたのほうはどうするの？」

「予定どおりだよ。第二キャンプから先にルートを延ばす。マルクはさっそくリエゾンオフィサーに告げ口をしたようだ。もうじき観光省がなにか言ってくると思うが、登り始めてしまえばなにもできない。君はやってくれたよ。じつに痛快だ」

アリエフはいかにも楽しげだ。

「そちらはすべて順調なんだね」

問いかけると、アリエフはやや深刻な口振りだ。

「じつはマルクに手を焼いているんだよ」

「また面倒な企みを？」

「ヘッドウォールの登攀ルートを、君が狙っているのと同じにしろと言いだした。口には出さないが、君の登攀を妨害しろという意味だと隊員たちは受けとっている」

「あなたはどうするつもりなの？」

「もちろん拒否したよ。マルクはそれなら解雇すると言いだした――」

だったらいますぐ隊を離れて下山すると応じたら、隊員の大半が、マルクの指揮下では登攀活動は継続できないと反発したらしい。つまりマルクに不信任を突きつけたことになる。アリエフにすれば冬のK２のときと逆のシチュエーションで、自分としても戸惑ったという。

「相手がマルクだからね。あとあと隊を乗っ取られたと訴訟でも起こされれば面倒だ。しかしマルクにしても、隊が空中分解すれば契約不履行でスポンサーから訴えられる。すでにスポンサー料が入らなければ破産するくらいの資金を使っているから、背に腹は代えられない。マルクはいったんはその要求を引っ込めたよ」

「でも厄介な火種は残っているんだね」

「そういうことになる。しかし君は気にしなくていい。いまはフェアなやり方で初登攀を競えることを楽しみにしているよ。このままいけば君のほうにアドバンテージがあるが、ヘッドウォールではなにが起きるかわからない。我々にだってチャンスは大いにあるからね」

アリエフは自信を覗かせて通話を終えた。彼もまたマルクという厄介な荷物を背負ってしまったようだ。

マルク隊の混乱は和志にとって朗報と言うべきかもしれないが、素直に喜ぶ気にはなれない。そもそもアリエフがそんな話をしたのが意外だった。ある意味、敵に塩を送るようなことでもある。和志はそれをアリエフからの自分への信頼と受けとった。ともにマカルー西壁という困難な課題に挑む同志としての――。もちろん和志のアリエフへの思いも同様だ。

マカルーの山体の向こうで太陽は高く昇ったようで、山と空を染めていた赤みは次第に褪せてきた。正午を過ぎれば西壁へも日が射し込む。そうなると湾曲して窪んだ西壁は、凹面鏡のような集光効果で太陽の輻射熱を集める。

それによってこうした地形では、六〇〇〇メートルを超えるヒマラヤの高所でも暑さに悩まされることがある。日中のルート工作を余儀なくされるアリエフたちにとって、西壁に日が射し始める正午以降は危険な時間帯となるだろう。和志はそのあいだたっぷり睡眠をとれる。

ポータレッジはルーフ状の岩の下にすっぽり潜り込んでおり、稜線から吹き下ろす風を避けられる。柏田のアイデアによる改良によって、コンパクトで軽量だが居住性は高く、膝を曲げれば横になって眠れる。

アランたちは着実にルートを延ばし、すでに六〇〇〇メートル台に近づいている。この日のうちに六五〇〇メートルに達し、そこで最初のビバークに入るとのことだ。遠目で見る限りペースは安定していて、コンディションはよさそうだ。

早くも西稜寄りの氷雪壁で小規模の雪崩が発生した。アリエフたちのルートからはやや離れているが、隊員やシェルパは動じる様子もなく活動を続けている。アリエフの薫陶もあるのかもしれないが、メンタルな面でタフなチームなのは間違いない。

4

目が覚めたのは午後三時だった。西に傾いた陽光を浴びて、西壁の氷雪がオイルで磨いたようにてらてらと光る。

朝にはなかった雪崩の痕跡がいくつもある。一つは昨夜、和志の傍らをかすめた落石によるものだが、残りの数カ所は日中にできたもので、アリエフたちのルートから離れた西稜寄りに集中している。

柿沼の予報はいまのところ的中のようで、頂からの雪煙は南東に長く伸び、きょうも偏西風が強いことを示している。

空には雲一つなく、気温はだいぶ上がってマイナス二一度。正面からの西日は強く、その輻射熱でポータレッジの内部は温室のように暖かい。普通なら絶好の登山日和だが、それによって凍てついていた岩が緩んでいるのは間違いない。

西稜寄りの氷雪壁でまた雪崩が起きた。当初の作戦どおり、日中の行動は控えるのが賢明だ。アリエフたちもいまはキャンプに撤収しているようで、ルート上に人の姿はない。

ポータレッジから手を伸ばし、ルーフから下がる氷柱を折りとって、コッヘルに入れて火にかける。状況を報告しようとベースキャンプに電話を入れると、こんどは磯村が応答した。

「よく眠れたか。昼過ぎから落石と雪崩の大盤振る舞いだな。そこは大丈夫そうだが」

「ルーフが防いでくれるから心配ないよ。疲労はだいぶとれたから、落石さえなければこれから登り始めたいところだね」

「焦る必要はない。昨夜だって直撃すれすれだったんだから、そのツキを大切にしろよ。アリエフたちも第二キャンプから先は手こずっているようだし」

「僕は今夜のうちに七〇〇〇メートルを越えるつもりだよ。ヘッドウォールの手前でもたついてはいられないからね」

意気込んで応じると、磯村は声を落とす。

「ところでさっき、ネパール政府の観光省から電話が入った。カルロが対応したんだが、おまえのソロ登攀をやめさせろと警告してきた」

「やめないとどうなるの？」

「パーミッションを取り消すと脅しをかけてきたようだ」

「いまさら取り消されても、もう登り始めちゃったからね」

「カルロはそう言って開き直った。それにおまえはマカルー遠征隊の一員で、単独でパーミッションを取得したわけじゃない。一つのピークに複数のルートから挑む事例は過去にいくつもあるし、パーミッションはルートではなくピーク単位で発給されているんだから、ルールに抵触はしていないとも主張したよ」

「向こうはなんと答えたの？」

「あくまで法令に違反しているといって聞かない。然るべき罰金と今後のパーミッションの発給停止、場合によっては入国禁止の措置もとると最初は強気だった——」

　それなら裁判を起こすと言ってやると、いったんは引いたとのことだった。しかし向こうも国家としての面子があるから、そうは簡単に引き下がらないだろうとカルロは見ているようだ。和志については当初から想定していたことだが、ペナルティがアランたちにも及ぶとなると問題だ。確認すると磯村はあっさり言ってのけた。

「罰金くらいなら山際さんが負担する。今後のパーミッションや入国拒否については、アランもミゲロもジャンも痛くも痒くもないと言っている」

「でも彼らの活動に制約がかかるのは心苦しいね」

「むしろ喧嘩のし甲斐があると言ってるよ。観光省の理屈を拡大解釈すれば、複数人のパーティーで登っても、最後に登頂したのが一人ならソロということにされかねない。こちらはキャラバンからベースキャンプの設営まで一緒にやったんだから、パーミッションには違反していない。世界の登山界を味方につけて、馬鹿な規制を撤回させるいいチャンスだとカルロは張り切っている。山際さんも受けて立つと言っている」

磯村は不安げなく言い切った。背後にマルクの策謀があるとしたら一筋縄で行く話ではなさそうだが、こうなればなおさら和志は失敗できない。生きて還らなければ、ネパール政府からはそら見たことかと言われるだろう。

「僕も退路を断たれたね。ソロが決して無謀ではない可能性の高いタクティクスだということを、これまで以上に世界にアピールしないと」

「おまえなら軽くやってのける。下界のことはカルロやおれや山際さんに任せて、おまえは登攀に集中すればいい」

盤石（ばんじゃく）の信頼を寄せて磯村は言った。癇（かん）に障ることを言われるのはしばしばで、それが和志を刺激する手口でもあるが、終始一貫しているのが、和志の可能性への揺るぎない信頼だ。それがきょうまで続いてきた磯村とのパートナーシップの核心だとも言える。

5

それからまた一眠りし、目が覚めたのは午後七時。いささか眠り過ぎかとも思ったが、高所ではむしろ睡眠不足になりやすく、それが高所障害の引き金になる。昨夜の登攀で溜まっていた疲労もほとんど抜けて、体調はいまのところベストに近い。

周囲の岩から氷柱や氷を剝ぎとって、水をつくり湯を沸かす。お茶とスープでたっぷりと水分を補給して、残りのお茶はテルモスに詰め、食事はカロリーの高いクッキーやチョコレートで手早く済ませて、マルチビタミンのサプリメントで栄養のバランスを整える。

壁に移動し、セルフビレイをとって、ポータレッジを撤収する。パッキングを整え、アイススクリューやナッツやカムなどのクライミングギアをハーネスにセットする。

これから出発するとベースキャンプに伝え、登攀を開始したのが午後八時。昨夜と同様、月は中天で輝き、頭上は満天の星だ。頂上から伸びる雪煙がきのうより短いのが気になるが、風は北西から吹いており、天候悪化の兆しは見られない。

気温はマイナス二七度で、昨夜よりはかなり高めだ。日中に緩んだ岩が落ちてくる可能性があるから、ここでは氷雪壁にはルートをとらず、リッジを登ることにする。無駄に体力を使いたくないので、頭上のルーフを乗り越えるのはやめて、左にいったんトラバースしてから、氷の詰まったクラックをたどり、オーバーハングの上に出る。

北西稜から吹き下ろす風は昨夜より弱い。あちこちに雪溜まりはあるが、日中に融けた雪がいまは凍って、アックスとアイゼンが十分利いてくれる。

一〇〇〇メートル下には、和志たちのベースキャンプが光の点となって見える。西稜の六五〇〇メートル付近には、アランたちのビバークテントの明かりも見える。

アリエフたちのベースキャンプにも、さらに第一、第二キャンプにも今夜は明かりが点っている。きのうはこの時刻、すでにほとんど消えていた。和志の登攀開始に刺激され、あすからのルート工作の準備に余念がないようだ。

登るにつれてリッジは斜度を増す。平均すれば七〇度ほどでも、ほどなくほぼ垂直のフェースが現れる。微細なリスや岩角をアックスで捉え、鋭く研いだアイゼンの前爪を岩肌に嚙ませて体を押し上げる。

落ちるかもしれないという恐怖は感じない。K2以来使い続け、いまでは体の一部と化している「KASHIWADA」モデルのアックスへの信頼はいまや揺るぎない。

フェースを抜けるとやや傾斜が緩む。頭上のヘッドウォールでカラカラと落石の音がする。雪崩を引き起こすほどではないが、日中の日当たりで岩が緩んでいるのは間違いない。

ダブルアックスを駆使してスピードアップする。両腕と脹脛の筋肉に乳酸が溜まる。運動量が増えれば呼吸も苦しい。順応には万全を期したつもりでも、高所の影響はやはり避けがたい。

一挙手一投足の反応が鈍い。期待する筋肉の動きと実際の動きにギャップを感じる。こうした高所では当たり前のことだ。しかし頭でわかっていても慣れるには時間を要する。希薄な空気と身体能力のあいだで折り合いをつけることが、高所登山の最初の難関だ。この先、下山するときまでは、きつくなることはあっても楽になることは決してない。

上に向かうにつれて風も強まる。体を飛ばされるほどではないが、寒さはダウンスーツを貫いて体の芯まで染みとおる。運動量の増加で体温を補おうとしても、思ったように体が動かない。

二時間登って一〇〇メートル。ルート自体は低い山なら十数分で登れる難度だ。ドロミテでブラッシュアップした省エネクライミングの効果はまだ発揮されない。成果が出るのはヘッドウォールに達してからだが、ここはまだ核心部へのアプローチに過ぎない。そこまでは速いペースで行けるものと勝手にイメージしていたが、そんな期待がつねに裏切られるのが高所登山の宿命だ。

荒い息を吐きながら懸命に体を押し上げる。痛めた左肩に痛みが走る。ドロミテでもパタゴニアでもほとんど支障はなかったが、本番に取りかかったいまになってぶり返すようでは困ったものだ。

だからといってペースは落とせない。昨夜はアリエフたちに気づかれないように月の光だけを頼りに登ったが、今夜はヘッドランプが使えるから、わずかな凹凸や微細なリスを見逃さず、可能な限り効率的なラインどりを心がける。

硬くなっていた筋肉もしだいに柔らかさを取り戻し、左肩の痛みも気にならなくなった。呼吸は相変わらず苦しいが、体温はしだいに上がってきて、北西稜から吹き下ろす寒風も苦にならない。

この好天があとしばらく続いてくれれば、十分頂上に立てると皮算用する。下降はアランたちが登っている西稜を想定している。ルートとしては傾斜の緩い北西稜のほうが安全だが、距離が長いのが難点だ。西稜は急峻だが、春のミゲロの救出行で核心部分を一度トレースしているから、とくに不安は感じない。

月光に照らされたヘッドウォールが頭上を圧する。フィッツ・ロイから眺めたセロ・トーレのコンプレッサールートは隙のない垂直の一枚岩だった。こちらは空中に張り出した三次元の彫刻だ。自分が果たしてそこを登れるか、自問をしても答えが出ない。答えを出そうという気持ちもあまりない。

そこを目指して登っている自分という存在だけが実感できる唯一の現実で、それ以外の想念は消え失せる。そんな心の真空状態も希薄な空気のせいだとすれば、それは高所登山が与えてくれる幸福な時間だと和志は思う。体全体の筋肉が砂袋に変わったように重い。しかし心は羽毛のように軽い。生にも死にもとらわれない自由な自分がここにいる。

午前三時には六八〇〇メートルに達した。苦しいことは苦しいが、ペースは確実に上がっている。いまのところルートの難度はさほどではない。そのぶん登攀のピッチが速まっていることが、いま呼吸が苦しい理由だろう。そう考えればことさら悲観すべき材料ではない。

北西稜の高さに近づくにつれて、風の唸りが大きくなった。ヘッドウォールに取り付いたとき、その風がどれだけ登攀の障害になるか——。和志はもちろん、これまで冬に登ったパーティーはいないから、けっきょくは登ってみなければわからない。

高く昇った月の光が、バルン氷河の対岸に並ぶ六、七〇〇〇メートル級の峰々を浮かび上がらせる。

そのなかで一際高いバルンツェは、和志にとって思い出深い山だ。三年前にそこで友梨と出会った。それがすべての始まりだった。その出会いがなかったら、ノースリッジとの付き合いも生まれなかった。和志のビッグウォールへの挑戦は、そこからスタートしたといっていい。

そのとき和志が登ったのはバルンツェ南西壁で、初登攀の記録を打ち立てたその頂で、目の前に聳え立つ壮絶な壁に向かい合った。それがマカルー西壁だった。

その印象は強烈だったが、自分がそこを登ることになるとは、そのとき思いも及ばなかった。そもそも人間が登攀できる壁だとは思えなかった。しかしいま自分はそこを登っている。

六九〇〇メートルに達したところで、右隣のリッジに移動する。いま登っているリッジを含め、西壁の氷雪壁には切れ切れのリッジが島のように顔を出している。雪崩のリスクを避けて進むには、飛石を渡るようにリッジからリッジへ移動する必要がある。

想定している次のビバークポイントは右隣のリッジにある。そこもオーバーハングのある場所で、ゆうべのポイント同様、ポータレッジを吊ることで、落石や雪崩が避けられる。

そうした安全なポイントは春の偵察行で友梨が超望遠撮影した画像から見つけ出したもので、いずれもマルク隊は幕営地として使えない。その点は大規模な登山隊の不利な点で、彼らは落石と雪崩のリスクを甘受した上で、氷雪壁にテラスをつくり、大型のテントを設営するしかない。

隣のリッジまでは氷雪壁を五〇メートル余りトラバースする。このあたりで斜度は八〇度近くあり、技術的にデリケートなものが要求される。

アイゼンの先端がかかるだけのバンドをたどって、リッジから氷雪壁に移動する。ほとんど垂直に見える斜面は硬く凍てついて、蹴り込んだアイゼンの前爪も打ち込んだアックスのピックも先端が二、三ミリ刺さる程度だ。そんな動作を繰り返しながら蟹の横ばいのように移動する。

凍結した氷雪壁は月光を受けて磁器のような光沢を帯びている。切れ落ちた眼下一六〇〇メートルには和志たちのベースキャンプが光の点になって見える。

慎重に、かつリズミカルにトラバースを続ける。ぎりぎりまで削っても一〇キロを超えてしまった背中のザックで重心がうしろに傾く。それに加えて稜線から吹き下ろす風で体が煽られる。

登るにせよ下るにせよ、重力の法則に素直に従う上下の移動と比べ、横方向への移動はバランスの保持が不安定で、確保者のいないソロクライマーにとっては鬼門と言っていい。

冷や汗をかきながら五〇メートルのトラバースを終了し、目指すリッジに乗り移り、休む間もなくミックスの岩場を直登する。こちらは適度に氷雪や氷柱が張り付いて、アックスとアイゼンのコンビネーションが有効だ。

荒い息を吐きながら、ほぼ垂直のリッジを二時間ほど登り、七〇〇〇メートルのビバーク予定地に着いたのは午前五時三十分。苦しんだ割には想定していたより早い。

一メートルほど張り出したルーフの下にポータレッジを吊り下げる。前夜のポイントよりルーフの幅が狭く、北西稜からの吹き下ろしを完全には防げない。風で揺れてさぞかし寝心地が悪そうだが、手荒な揺り籠だと思って我慢するしかない。

強風のなかでのポータレッジのセットは危険な空中作業だ。アンカーからのスリング一本で体を支え、なんとか設営を終えて、壁から吊っておいた荷物を取り込んで、ようやく一息ついた。

6

ベースキャンプに電話を入れると、応答したのは友梨だった。

「快調なようね。きのうよりハイペースじゃない」

「いや、高所の影響が出始めてるよ。これからどんどん苦しくなる。ヘッドウォールでは、技術的な問題以上にそちらの要素が大きくなりそうだ」

「ドロミテでトレーニングした省エネクライミングで乗り切れるんじゃないの。空気の薄さはアリエフたちだって同じ条件なんだし」

強気な調子で友梨は応じる。

「油断はできないよ。ヘッドウォールに出れば、風の影響もさらに強まるからね」

和志は正直に不安を口にした。スピーカーフォンモードで磯村も聴いているはずだ。彼の言葉が聞きたかった。クライマーのレベルとしては和志が上を行っているいまでも、コーチの視点からの意見は貴重だ。ドロミテのトレーニングの映像についての、トモ・チェセンのアドバイスにも鋭い指摘がいくつも含まれていた。

「でも、ここまではすごく順調じゃない。ローツェだってK2だって風や寒さの条件は一緒で、和志さんはそれを乗り切ったんだから」

いつもならすかさず割り込んでくる磯村の反応がない。不安を覚えて問いかけた。

「磯村さんは?」

「さっきまで起きてたんだけど、一眠りするからって、いま個人用テントに戻ったところなのよ」

とってつけたような返答だ。不審な思いで和志は訊いた。

「体調が悪いんじゃないの?」

「そんなことないわ。きのうから睡眠不足が続いていたから。起きたら電話があったこと、伝えておくわ」

友梨はどこか慌てた様子だ。そのあたりの勘が鈍い和志でも、隠し事をしているらしいことはなんとなくわかる。

「なにかあったんだね」

「それが——」

友梨は言いよどむ。そこへ山際が割り込んできた。

「やはり隠してはおけないね。君には黙っていてくれと磯村君は言ってるんだが」

「病状が悪化したんですか」

「昨夜、ひどい頭痛と視野狭窄（きょうさく）を訴えてね。君から電話があったすぐあとだよ。顔色が悪くて黄疸の疑いもあった。それで私が東京の主治医に電話を入れたんだが——」

東京は深夜だったが、医師は相談に応じてくれたという。最初の診断以来、手術も抗癌剤治療も拒否し、延命よりもＱＯＬ（クオリティ・オブ・ライフ）を優先したいという磯村の思いに理解を示したのがその医師だった。

今回のマカルー遠征に際しても、ベースキャンプに入りたいという磯村の希望を受け止めて、なにかあった際には時間を問わず連絡してほしいと言ってくれていた。

医師は最初は高所障害を疑ったが、同じ条件でベースキャンプ入りしている山際になんの症状もないことを考えると、放射線で縮小させた脳腫瘍がまた暴れ出して、脳圧の亢進が起きているのかもしれないと言う。黄疸が出ているとすれば、肝臓や膵臓の状態も悪化している可能性もある。

高所障害なら酸素を補給すれば改善するはずだと言われ、さっそく試してみたが、ほとんど効果がない。だとしたらいますぐ山を下りて、医療機関で適切な治療を受けるべきだと医師は言う。

むろん磯村は拒絶した。このまま死ぬならそれでいいから、和志が登攀に成功するまで、ここに滞在すると言って聞かない。

高所障害に効果があるとされるダイアモックスは和志たちも用意していた。とりあえずそれを服用させ、用心のために酸素も吸わせたほうがいいというのが医師の次善のアドバイスだった。

ダイアモックスには脳圧を減少させる効果があり、高所障害の惧れもなくはないから一石二鳥と言える。だとしてもベースキャンプに滞在し続けて症状が改善する可能性はないと言う。山際も友梨もいったんカトマンズへ下るように説得したが、磯村は頑として聞かないらしい。

医師の指示でダイアモックスをやや多めに投与したため、その効果があってかひどい頭痛は治まったようだ。ダイアモックスには睡眠導入作用もあり、いまは個人用テントで酸素を吸いながら眠っているらしい。万一を考えて栗原が付き添っているが、いまベースキャンプでできるのはせいぜいそれくらいだと山際は言う。

「あすになって症状がより悪化するようなら、ヘリでカトマンズに移動して、可能ならそのまま帰国させるしかないと先生は言うんだがね――」

事態は切迫しているようだ。この遠征が磯村との永遠の別れになるのかと思えば辛いが、それは心の奥底で覚悟していたことでもある。山際にしてもたぶん同様で、むしろ今回あえてベースキャンプ入りさせた裏には、磯村が人生のクライマックスを迎える場を用意してやりたいという願いもあったのではないか。不自由な体を押してドロミテに同行し、さらに本番のベースキャンプまで率先してやってきた。いずれもこれまでの山際にはなかったことだった。

「いますぐ下山させることが正しいのかどうか私にはわからない。あと何年かの余命が保証されるなら私も極力説得するが、そうではない以上、結果的に磯村君の最後の希望を絶つことになる」

山際は苦衷（くちゅう）を覗かせる。迷うことなく和志は言った。

「本人の意思を尊重してやってください。彼はまた奇跡を起こします。この遠征が終わったら、厳冬期のセロ・トーレに挑戦すると僕は約束したんです」

「ああ、そうだね。彼も楽しみにしていたよ。そのときもベースキャンプに入るつもりらしい。咲子さんには、私のほうから連絡しておくよ。まだ最悪の答えが出たわけじゃない。取り越し苦労で終わるかもしれないんだしね」

気を取り直すように山際は言う。磯村はこれまで何度も危機を乗り切った。今回もそうなってくれることを和志も願うしかない。友梨が割り込んでくる。

「これから磯村さんと話すことがあっても、いまの話を私たちから聞いたって言わないでね。それが和志さんの登攀に悪影響を与えたらまずいからって、磯村さんに強く言われているのよ」

「知らないふりをしてくれというんだね。わかった。やってみるよ」

切ない思いで和志は応じた。自らに言い含めるように友梨は言う。

「私は信じてる。磯村さんの奇跡はこれで終わらない。だから和志さんは焦らないで。自分のことがプレッシャーになって和志さんが失敗することを、磯村さんはいちばん惧れているのよ」

「僕が敗退したとき、彼はそれが自分のせいだと考えるかもしれないね」

切ない気分で和志は言った。そんな悔恨(かいこん)を抱いて磯村が死ぬようなことがあれば、それは和志にとっても堪えがたい結末だ。そう考えること自体、すでに大きなプレッシャーだが、それを磯村が吹かせてくれている追い風だと、いまは受け止めるしかない。

7

ポータレッジは風で揺れたが、底部を壁にしっかり固定したため、惧れていたほどのことはなかった。しかしストーブで雪を融かすのは苦労する。ボンベの部分を両足で挟み、コッヘルも手で支えながら、少量ずつ水をつくってはテルモスに移す。

三リットルの水をつくるのに一時間かかった。その半分ほどをお茶とスープで飲み干して、さらにインスタントラーメンで腹ごしらえをし、マルチビタミンのサプリメントも補給する。

疲労はだいぶ溜まっている。それを日中にどれだけ回復できるか。現在の標高での休息は、それ自体が体力の消耗を伴う。

ほどなく夜が明けた。モルゲンロートに染まったバルンツェやチャムランの背後の空に、刷毛(はけ)で掃(は)いたような筋雲が伸びている。バルン谷には雲海が広がり、気温もこの時刻としては高い気がする。

東京の柿沼の予報だと、きょうとあすは強い冬型が若干緩み、北西からの風がやや弱まるが、それが大崩れに繋がる可能性は低く、むしろ好条件の登攀が期待できるという。普通のルートなら好条件だが、アリエフたちにとってはいい話ではなさそうだ。和志にとっても高めの気温は落石のリスクを高めるが、これからさらに標高が上がれば、北西稜の風よけ効果が薄れてくる。それも不安要素のひとつだったから、風が弱まることは明らかにプラスだ。

今夜のうちにヘッドウォールに達すれば、その先は雪崩のリスクがほぼなくなる。落石に関しては、直撃を避けるためにできるだけオーバーハングした部分にルートをとるが、それでも頭上で岩が崩落すれば、直撃されるリスクは低くない。

アリエフたちはすでに動き出している。ルート工作の先頭に立っているのはアリエフのようだ。いまは彼らもミックスのリッジを進んでいるが、大量のロープやギアを担ぎ上げながらの登攀では和志のようなスピードは出ない。

すでに七四〇〇メートル付近まで固定ロープが延びているが、そのあたりから高度の影響はより強まる。彼らが登るリッジも手強そうで、春に撮影した写真を分析した結果、そちらは避けたほうがいいと磯村と意見が一致した場所だった。

アリエフが想定しているヘッドウォール上のルートに達するのには、そちらが最短だから選んだわけだろうが、ヘッドウォールに取り付く前に、そこで消耗するのは彼らも避けたいはずだ。

行動中は雑念を排して登攀に集中できるが、ビバークに入るとあれやこれやの思いが湧いてくる。磯村の容態が気にかかって寝つけない。

眠らなければ体力が回復できない。そんなときは狸寝入りがいちばんいい。ニット帽を目の上まで下ろし、アイマスク代わりにして目を閉じる。そうしているだけで体力はある程度回復するし、そのうち本当に眠ってしまう。風で揺れるポータレッジも揺り籠代わりになってくれる。溜まっていた疲労も相まって、ほどなく和志は眠りに落ちた。

8

目が覚めたのは午後三時過ぎで、西壁には正面から日が当たっている。きょうもヘッドウォールの下の氷雪壁には新しい雪崩の跡がいくつもある。

いずれもアリエフたちのルートからは逸れている。傍から見ればロシアンルーレット並みのリスクだが、データをしっかりとった結果なのか、ただ無神経なだけなのか。とりあえずここまでは結果オーライというしかない。

きのうまでは西壁に日が当たり始めると作業はやめていた。いまはリッジの登攀なので、雪崩の可能性は低いとみているのか、アリエフたちは七六〇〇メートル付近でまだロープを延ばしている。

西稜を登るアランたちもいま七〇〇〇メートル付近を登っており、きょうのうちに七五〇〇メートルに達する予定らしい。和志がいる場所も落石が頻発している様子はない。彼らの動きをみれば気持ちがはやるが、いまは夜間登攀に体のリズムが合っている。いまあえてそれを崩すことが賢明な選択だとは思えない。

水分を補給し、軽い食事をして、ふたたび寝袋に潜り込む。そのとき衛星携帯電話が鳴った。応答すると思いもかけず、磯村の声が流れてきた。

「いや、睡眠不足が祟って、いままで眠っちまったよ。おまえから電話があったら叩き起こすように言っといたんだけど」

なにもなかったような口振りだが、その声にはいつもの力がない。素知らぬふりをして和志は応じた。

「いまのところ、すべて順調だよ。気温が高めなのが気になるけど、夜になれば冷え込むし、風が弱まっているのは助かるね。柿沼さんの予想だと、大きく崩れる気配はなさそうだから」

「そうだな。アリエフは入れ込んでいるようだが、焦ってペースを合わせる必要はない。おまえは壁のエキスパートだが、アリエフはオールラウンダーで、壁に関しては平均以上でも以下でもない。アリエフ以上の壁屋が何人も挑んで、きょうまであえなく退けられてきた。いまの世界であそこを登れるクライマーはおまえしかいない」

言葉そのものは強気だが、声は喘ぐような弱々しい調子で、体調不良なのがありありと窺える。和志はさりげなく問いかけた。

「磯村さんのほうはどうなの？　具合が悪いとかはない？」

こういう質問はこれまでもしてきたから、むしろしないほうが不自然だ。磯村はいつものように鼻で笑った。

「余計な心配をしている場合じゃないだろう。おれはぴんぴんしているよ。おまえは自分の頭のハエを追え」

磯村はいつものような答えを返す。これ以上本人に訊いても無駄だとわかっているから、さりげなく和志は話題を変えた。

「ネパール政府からは、あれからなにも言ってこないの？」

「カルロに啖呵（たんか）を切られて怖気づいたのか、とくに動きはないよ。リエゾンオフィサーも触らぬ神に祟りなしで、自分は頬被りして済ますつもりなのか、電話の一本も寄越さない。馬鹿な規制をしちまって、案外困っているのは政府観光省じゃないのか。おまえがうまいことやってのけたら、真似するやつが次々出てくるだろう。そうなったら物笑いの種になるからな」

そんな長台詞(ながゼリフ)のあとで、荒い息遣いが聞こえてくる。どのくらい悪いのかわからないが、万全でないのは間違いない。不安を気どられないように、努めて明るく和志は応じた。

「それなら僕もやり甲斐があるよ」

「その代わり、登れなきゃ赤っ恥をかくのはおまえだからな。絶対に成功してくれよ」

相変わらずの無茶振りだが、死期を悟った上での物言いだとしたらどうにも切ない気分になる。祈るような思いで和志は応じた。

「もちろんだよ。頂上からの電話を楽しみに待っててよ。その自信がなかったらいまここにはいないから」

9

午後七時。日はすでに沈み、日中は上がっていた気温もマイナス二五度ほどまで下がったが、この標高の冬の気温としてはやや高い。頭上は高層雲に覆われているようで、高く昇った月に暈がかかって、夜空を埋める星の数も少なく見える。

しかしバルン谷を埋めていた雲海はだいぶ薄れて、柿沼が言うように、いますぐ大崩れするような気配はない。

アリエフたちのルート上では、第一から第二までの各キャンプに明かりが点っている。全員が適宜高所キャンプに滞在することで、高所順応を進めようという考えもあるのだろう。

西稜の七五〇〇メートル付近には、アランたちのビバークテントの明かりも見える。春に設置した固定ロープがまだ残っているはずだが、アルパインスタイルでの登頂という成果を残すために、それには一切手を触れないとのことだった。その点を考えれば上々のペースと言っていいだろう。そもそもあのあと日射に晒されていたロープは傷みも激しく、身を託すこと自体が危険極まりない。

また時間をかけて氷を融かし、たっぷり水分を補給してから手早く食事を済ませ、ポータレッジの撤収にとりかかる。普通のビバークテントと比べ、設置も撤収も厄介なのがポータレッジの難点だ。壁のアンカーからただ吊り下げるだけなのだが、そもそも設置するのが身を置くこともできない垂直の壁だ。そのうえここでは風に煽られる。

食事と撤収に二時間を費やし、登攀を開始したのが午後九時だった。北西稜の高さにだいぶ近づいて、風よけ効果はほとんどなくなったはずだが、昨夜の吹き下ろしよりも風は大人しい。

一時的に北の高気圧が弱まっているとしたら、次の揺り戻しが怖い。あるいはこのまま弱まり続ければ、湿った南の風が吹き込んで、モンスーン期のような暴風雪に見舞われることもある。どちらも好んで付き合いたくはないが、寒気と強風はもとより覚悟のうえだから、選べと言われれば前者がいい。

とはいえ柿沼の予想を信じれば、今夜からあすに限ってはこの季節にしたら穏やかな陽気で、このチャンスにできるだけルートを延ばしたい。多少行動時間が長引いても、できればヘッドウォールに達し、さらに八〇〇〇メートルを越えておきたい。

ヘッドウォールに取り付けば、ポータレッジを下げられるオーバーハングはいくらでもある。逆にアリエフたちはキャンプが設営できるポイントに不自由する。アリエフが和志よりも右寄りの、どちらかと言えば効率の悪いルートを選んだのにはそういう事情もあるはずだ。そちらには二、三人用のテントが張れる狭いテラスがいくつかあった。

一メートルほど突き出した頭上のルーフは、ドロミテでブラッシュアップしたドライツーリングの小手調べとしては手頃な課題だ。

しかしここは酸素分圧が平地と比べて三分の一ほどだ。ドロミテと比べても半分以下で、筋肉の反応は想像以上に鈍く、あのときのイメージで動こうとしても思いどおりには到底いかない。酸素の量は少なくても、重力はどこでも同じだけかかる。

ドロミテで会得し、トモ・チェセンのアドバイスも取り入れた、筋力に負担の少ないムーブを心がける。アックスで微細なリスを捉え、微妙なバランスでアイゼンに体重を残しながら、庇のようなルーフにぶら下がる。腕を伸ばしてルーフの上の壁にアックスを引っかけて、尺取り虫のような動きでルーフの末端を乗り越える。

ルーフの上は九〇度近いフェースだ。細かいリスやクラックが走っているためホールドには不自由しないが、ルーフが遮ってくれていた風がここではまともに吹きつける。弱まっているといっても、まともに受ければ体が振られる。

マカルーの頂はヘッドウォールに遮られてここからは見えない。その見えない頂からは、きょうも雪煙が南東に伸びる。いまもチベット方面からの偏西風が優勢なのは間違いない。

吹きつける風から顔を背け、一つのムーブごとに肩で息を吐く。それでもここはまだ序の口だ。八〇〇〇メートルを越えた先はいわゆるデスゾーン。どんなに高所順応していようと、人間のみならず、あらゆる生物が生きて存在することを許されない領域だ。そこにある垂直を超える壁を登る——。そんな想像を絶する闘いがいま始まろうとしている。

眼下には二〇〇〇メートル近いなにもない空間。ヘッドウォールの直下まで駆け上がる氷雪壁は月光を受けてぎらぎら光る。落ちれば死ぬのはわかっている。それがソロというタクティクスの宿命だ。そんな自明のことを承知のうえでの挑戦だから、いまこの瞬間、自らの死は恐怖の対象ですらない。

「おまえは絶対に成功する」と言い続ける磯村の言葉を、いま和志は信じて疑わない。神ならぬ身で保証できる話ではないのに、そう決めつけることで単なる可能性が現実に変わるかのように、磯村はこともなげに断言する。そんな不思議な信念が、いまや和志にも乗り移っている。

微細なリスにアックスの先端を引っかけて、岩の結晶粒子にアイゼンの前爪を食い込ませ、横からの風圧に体重を預けるようにして体を押し上げる。

一時間登ってやっと三〇メートル。ヘッドウォールの手前でこれでは遅すぎる。かといって空気の薄さという目に見えぬ障壁は、テクニックで乗り越えるすべがない。

頭上でカラカラという音がする。思わず首をすくめるが、落ちた方向はこちらではなかった。この時間でも落石はある。軽く載っているだけの小石なら、風で吹き飛ばされることもあるだろう。それが引き金になって大規模な岩雪崩が起きないとも限らない。

さらに一時間ほど休まず登る。腕と足の筋肉の動きが重くなる。休憩しようにもナッツやカムを差し込めるクラックがない。やむなく目の前のリスにピトンを打ち込んで、そこからビレイをとって、半ば宙吊りの状態で体を休める。

この状態ではザックからテルモスを取り出せないから、小さな氷柱を折りとって口に含むが、喉の渇きを癒やすどころか、むしろ体温を失って悪寒が走る。ポケットに忍ばせておいたチョコレートとナッツ類でカロリーを補給する。

十分ほど体を休めると、筋肉の張りが引いてきた。ビレイを外し、ピトンを回収し、また登攀を開始する。ほどなく急峻なフェースは終わり、斜度はやや緩んだが、今度は岩に張り付いたベルグラ（薄氷）が厄介だ。十分厚ければダブルアックスで登れるが、薄ければ剝離して、バランスを失い落下する。

厚いか薄いかは目で見て判断できないから、アックスを打ち込んで体重を預けてみるしかない。幸いベルグラは硬くしっかり岩に張り付いていた。最初は慎重に進み、安全だと見極めたところでぐいぐい登る。

さらにその先には脆い逆層（岩の節理が下に傾いている状態）のピラーが続くが、適度に氷雪がついているから、ダブルアックスならむしろ容易だ。

苦しい登攀にも慣れてきた。慣れたといっても速く登れるわけではない。歯痒いほど遅い登攀速度に心理的に慣れるという意味だ。

午前三時、七八〇〇メートル地点に達した。ヘッドウォールが頭上からのしかかる。そこにはほとんど雪がついていない。圧倒的な重量感をもちながら、すべてを飲み込もうとするかのような黒々とした空虚。それは標高八〇〇〇メートルに浮かぶブラックホールとでも言うべきだ。

果たして自分はそこから生きて抜け出せるのか。その答えを和志は知らないし、いまは知りたいとも思わない。

日が昇るまで四時間弱あるし、そのあとも西壁に日が射すまでは行動が可能だ。八〇〇〇メートルラインは十分突破できる。それは登攀成功に向けての大きなアドバンテージだ。

予定していたビバーク地点には目をくれず、氷雪壁をわずかに登ってヘッドウォールの末端に取り付いた。岩は予想していた以上に脆そうで、いまは凍結しているが、日中なら触れれば崩れそうな箇所があちこちにある。

このあたりはまだ九〇度は超えていないが、雪はほとんどついておらず、縦横に走るクラックを埋める氷を利用して進むのがとりあえずの安全策だ。

見上げるヘッドウォールは空の半分以上を覆い隠す。壁というより半開きの天蓋(てんがい)というべきか。核心部はせいぜい五〇〇メートル強で、その数字だけでみれば決して不可能な壁ではない。現にドロミテではこれ以上の壁を何本も登った。しかしそんな経験はまったく通用しない。なにしろここはデスゾーンの入り口なのだ。

クラックを埋めた硬い氷にアックスを打ち込む。アイゼンの前爪を岩に噛ませ、体を押し上げて、さらにその上にもう一方のアックスを打ち込む。十分残っているはずのエネルギーが、そんな動きごとに底をつく。酸素があってこそ生きられる人間にとって、デスゾーンはすでに宇宙の一角のようなものなのだ。

北西からの風は容赦なく吹きつけて、ただでさえ不安定な登攀姿勢を崩しにかかる。壁はときおり九〇度を超える。体は完全に虚空(こくう)にせり出す。背筋から腹筋から体中の筋肉を動員して壁にしがみつく。

その際ただ力を入れるだけではなく、全身の筋肉をバランスよく機能させることが肝心で、そのあたりの動作はドロミテで体にしっかり覚え込ませたから、ことさら意識することもなく、反射神経のレベルでできている。それはとりあえず嬉しいことだった。

第十二章　約　束

1

一〇〇メートル登るのに三時間かかった。頭上の空がうっすら赤みを帯びてきた。あと一時間弱で日が昇る。このペースが維持できれば、午前中早くにはなんとか八〇〇〇メートルに到達できそうだ。

とりあえずそのあたりでビバークするのが適当だろう。本当に難しくなるのはそこから上だ。ヘッドウォールの攻略には二日ないし三日はかかると覚悟していた。それを考えれば決して悪いペースではない。

西稜の七五〇〇メートル付近で、アランたちのヘッドランプが動くのが見える。彼らも早い時間に動き出したようだ。アリエフたちのテントにも明かりが点った。彼らもきょうのうちにはヘッドウォールの末端に達するだろう。いよいよ本格的な初登攀争いが始まる。

しかし和志の心を駆り立てるのは、アリエフに対する闘争心とは別のものだ。磯村にはもう時間が残っていない。彼と勝利の喜びを分かち合えるチャンスはおそらくこれが最後だろう。

周囲の山々にも曙光（しょこう）の赤みが差している。バルンツェの頂もすでに眼下にある。その南西壁を登り切り、到着した頂上で和志を迎えてくれた磯村の、日焼けした精悍な顔を思い出す。

それ以前もその後も、彼は和志のクライマー人生を一貫して支えてくれた心のパートナーだった。その磯村をいま失おうとしている。痛切な思いとともに、すでに心のなかでその準備が出来ていることを和志自身が知っている。

だからこそ生きている彼と成功の喜びを分かち合いたい。死後の世界など信じない。生きている磯村が喜んでくれることが、和志にとって、いま唯一意味のあることなのだ。

そんな思いを断ち切ろうとするかのように、ヘッドウォールは頭上を圧して立ちはだかる。その無慈悲な壁に憎しみさえ覚える。山は敵でも味方でもない。人の生死などとは関わりなく、それはただ超然とそこに存在する。その頂に憧れる心をともに抱き続けた磯村に、せめて最後の情けをかけてほしいと、あらぬ願いを抱いている。しかしヘッドウォールが示す拒絶の意思はあくまで頑なだ。

周囲の山々が深紅に燃え上がる。頂上付近を流れる巻積雲が、黄金の鱗のように輝いている。まだ日は射し込まなくても西壁は明るさを増して、ヘッドウォールのディテールも明瞭になる。

登るべきルートはすでに決めてある。その状態は春に撮影した写真とほぼ変わっていない。それを参考に技術面でのシミュレーションを頭のなかで繰り返してきた。だから自信を持てと自らに言い聞かせる。

ひとつのムーブごとに荒い呼吸を繰り返し、次のムーブのために筋肉に酸素を行き渡らせる。それを繰り返していくうちに、心なしか体の動きがスムーズになった。たぶん心理的なものだろう。標高が上がることによる苦しさは不可逆的で、下降する以外に軽減する手段はない。しかしたとえ気のせいでも気分的には楽になる。

さらに二時間で一〇〇メートル登った。ペースは上がっているようだ。いよいよ八〇〇〇メートルを突破して、ここから正真正銘のデスゾーンが始まる。時刻は午前八時。さすがに疲労はピークに達している。

わずかに張り出したルーフを見つけ、辛うじて残っていたエネルギーを動員してポータレッジを設置する。風に揺れるポータレッジに乗り移り、底部からもアンカーをとると、なんとか揺れは収まった。

すぐに水をつくる気力はなく、テルモスに残っていたお茶でとりあえず水分を補給する。ベースキャンプに電話を入れると、待ち構えていたように友梨が応じた。

「八〇〇〇メートル突破ね。おめでとう」

「まだまだ、勝負はこの先だよ。磯村さんの具合は？」

不安を抱いて訊いてみた。このタイミングの電話なら八〇〇〇メートル突破の報告だと磯村にはわかる。元気で近くにいるなら、真っ先に電話を受けたはずなのだ。

案の定、友梨は声を落とした。

「よくないのよ。きのうの日中、和志さんに電話を入れたときはいくらか持ち直していて、このまま元気になってくれると思っていたんだけど」

「いまはどんな具合なの？」

「眩暈や吐き気がひどいようで、起きているのが辛そうなの。腹水もだいぶ溜まっていて、そのせいか呼吸も苦しそうなのよ」

「だったらカトマンズへ運んだほうがいいよ」

「社長も私も説得しているんだけど、死に場所はここと決めているから余計な心配はするなと言って聞かないのよ」

「いまそこにいるの？」

「個人用テントで、酸素を吸わせながら休ませているわ。栗原君が付き添っていて、容態が急変したらすぐに知らせてくれるようにしているから――」

友梨は口ごもる。カトマンズ行きをあくまで拒否するなら、容態が急変しても友梨たちにはなにもできない。きのうの電話は、たまたまコンディションがよかったというより、自分の容態を押し隠し、和志に不安を与えないようなメッセージを送ろうという気遣いによるものだったような気もしてくる。

栗原から知らせがあるとすれば、おそらく悪い知らせ以外のなにものでもない。栗原も辛い仕事を仰せつかったが、磯村があくまでそれを望むなら、和志も受け入れるしかない。しかしせめてあと数日、頂からの朗報を伝えられるまでは生きてほしい。山際が友梨に代わる。

「聞いたとおりの状況だよ。私は腹を固めた。あとで世間から非難を浴びるとしても、彼が生きたいように生きさせるのが私の願望だ。咲子さんも、そうさせてほしいと言っていた」

「磯村さんと話せますか」

和志は訊いた。自分の病状を知れば和志の登攀に影響する。それを磯村が嫌っていることはわかっているが、もうその気遣いに意味はない。山際は言った。

「本人に確認してみるよ。嫌だと言わなかったらこちらから電話を入れる。彼のほうは喋れないかもしれないが、君の声を聞かせれば元気が出るだろうから」

その言葉からすると容態はかなり悪いようだ。強い気持ちで和志は応じた。

「お願いします。必ず登るからと、いまどうしても伝えたいんです。頂上からそれを報告するまで必ず生きていてほしいと」

五分ほどしてベースキャンプから電話が入った。かけてきたのは山際だった。

「磯村君のテントにいる。君と話したいそうだ。いま代わるよ」

「ああ、和志か——」

喘ぐような声が流れてくる。傍らで酸素ボンベからの流出音が聞こえる。

「磯村さん。いま八〇〇〇メートルだよ。あとはヘッドウォールを乗り切るだけだ。まもなくいい報告ができそうだよ」

「おまえには知られたくなかったんだけど、このていたらくじゃばれても仕方がないな——。おまえからいい報告を聞ければ、思い残すことはない。だからといって——、あまり待たせないでくれよ」

「磯村さんが喜んでくれる声が聞けないんなら、僕だって登る意味がないよ」

「いま死にかかっている人間に、残酷なことを言うなよ——。でもなあ、おまえのお陰で理想の死に方ができそうだ。なにしろここはマカルー西壁のベースキャンプだからな——。おれの最後の我が儘を聞いてくれて、おまえにも山際さんにも友梨にも感謝の言葉しかないよ——」

辛い呼吸をするようにときおり言葉を途切れさせて、それでも磯村は懸命に語りかける。切ない思いを込めて和志は言った。

「僕をここに連れてきてくれたのは磯村さんだよ。僕こそ感謝の言葉を思いつかないほどだよ」

「だったら――、しっかり登ってくれるんだな。おれのことなんて気にしなくていいんだよ――。頂上から――、電話を寄越すのさえ忘れなければな」

「もちろんだよ。それじゃなんのために登るのかわからない」

「それから、友梨を大事にするんだぞ」

「いまだって、大事な仲間だと思っているけど」

当惑して応じると、磯村は苦しげに笑った。

「おまえは――、本当に鈍いな。彼女はおまえを――、それ以上の存在だと思っている。その気持ちを受け止めてやれ」

なんと応じていいかわからない。慌てたように友梨が割り込む。

「和志さん、気にしなくていいのよ。磯村さん突然変なこと言い出して」

「二人とも――、自分の気持ちに素直になれ。それが一足早い――、おれの遺言だ――」

そう言って磯村は、いかにも疲れたというように沈黙した。今度は山際が割り込んでくる。

「磯村君の容態はいまのところ落ち着いている。それからマルクの隊のドクターがここに来てくれるそうだ。サーダーのラクパ・ドルジェが話をつけてくれた――」

その医師は以前エベレスト街道のペリチェにある診療所で勤務し、地域の医療にも尽力してくれたらしい。その縁でラクパとは旧知の仲だった。長年の付き合いで磯村に恩義を感じていたラクパは、先ほどマルクのキャンプを訪れて、医師に事情を説明し、容態を診てほしいと頼んだという。

医師は快諾したがマルクは反対した。他の隊とはいえ、瀕死の人間が近くにいるのに見て見ぬふりをするのは医師の倫理にもとる。それなら自分は下山すると強い調子で医師が言い返すと、すでに隊員たちからは隊長として袖にされかけているマルクは、黙認というかたちでそれを認めたらしい。

「それはありがたいです。機会があればアリエフにも礼を言っておきます」

安堵を覚えて和志は言った。医師に診てもらっても場所が場所だからおそらく打つ手はないだろう。しかし一日でも二日でも命を永らえさせてくれるのならせめてもの僥倖だ。友梨の声がそれに続いた。

「先生に診てもらったらあとで報告するわ。これからビバークに入るんでしょう?」

「ああ。食事をしてしっかり眠るよ。疲れがとれたら出発する」

「無理はしないでね。大事なのは和志さんが生きて還ることよ。磯村さんだって、それをいちばん望んでいるはずだから」

　哀切な調子で友梨は言う。もちろんだと答えて通話を終えた。磯村と言葉を交わしたことで、心のざわめきが収まっていた。やるべきことは決まっている。アリエフより先に頂上に立ち、磯村に報告の電話を入れること。むろん生きている磯村に――。

2

　二時間後に友梨から連絡があった。マルク隊の医師による診断は東京の医師の診立てとほぼ同様だった。

　医師は脳圧低減の効果がある利尿作用の強い薬剤と、脳浮腫を抑制するステロイド剤を投与した。いずれも高山病に対する薬剤で、現在の症状もそれに似ているから、一定の効果はあるとのことらしい。それで頭痛や眩暈、吐き気は治まったが、あくまで対症療法で、ここにいるかぎり本格的な回復は望めないという。腹水に関しても、利尿剤に一定の効果があるから、それでしばらく様子を見るしかないという話らしい。

　磯村は単刀直入に、あと何日生きられるかと訊いていたが、自分は癌の専門医ではないからと言って、医師は言葉を濁したという。

「容態に変化があれば、いつでも駆けつけると先生は言ってくれてるの」

「心強いよ。それで事情が大きく変わるわけじゃないと思うけど」

もちろんまた奇跡が起きてくれれば嬉しいが、かなわぬ望みだという事実はすでに受け入れている。

「いつか来るはずだったことが、いまやって来ようとしているのね」

切ない調子で友梨は言った。


そのあとけっきょく寝付けなかったが、狸寝入り作戦で横になっていると、夕刻には疲労も回復してきた。筋肉はあちこち強張って痛むが、それは行動しながらほぐしていくしかない。

氷を融かして水分を補給し、手早く食事をとって日没を待つ。

ヘッドウォールには想像していた以上に脆いところがあり、日中の登攀はやはりリスクが大きい。日が暮れれば月明かりがあり、加えてLEDのヘッドランプも使える。

ここまでのルートもほとんどそれで登ってきた。夜間登攀のリズムがすでに体に馴染んでいる。ここから先も、たぶんそれが最良の選択だ。

アリエフたちもほぼ八〇〇〇メートルのラインに達していて、狭いテラスで小型テントを設営している。そこが彼らの第三キャンプで、そこに至るリッジや氷雪壁にはしっかり固定ロープが張られている。

彼らはあくまで昼型で、今夜はそこで一泊する予定だろう。テントの傍らで装備の整理をしているのはアリエフとミロシュのようだ。となると、この先は二人でのアルパインスタイルという作戦も考えられる。全員登頂の目標を断念するかどうかは別にして、ひとまず二人で先に頂上を目指す——。「初」の栄冠にこだわるなら、そうする可能性は極めて高い。

磯村の件の礼もかねて電話を入れると、アリエフはそのことをすでにドクターから聞いていたようで、それは当然のことだと応じ、マルクがなにを言ってきても無視したらいいと言う。

これからの作戦については和志の読みどおりだった。登攀時のビレイポイントをそのまま残しておけば、その後のルート工作は容易になるから、全員登頂という目標は達成可能だと自信を示す。

アランたちも八〇〇〇メートル付近でビバークの準備に入っているようだ。カルロの話では三人とも体調に異変はなく、春のリベンジに成功するのは間違いないという。冬のヒマラヤでここまで天候に恵まれるケースは稀だ。あとは柿沼の予報が的中し、これが数日続くことを願うだけだ。

太陽が沈み、西の空が真紅に彩られた午後六時過ぎに、和志はポータレッジを撤収し登攀を開始した。出発前に連絡を入れると、友梨は磯村に取り次いでくれた。午前中に話したときより声の調子はしっかりしていたが、それでも呼吸は苦しげだった。

「おれはもう少し——、生きてるつもりだから、頑張ってくれよ——。ただし慎重にな。おれより先に死なれちゃ困るから——」

「もちろんだよ。生きて還って、カルロたちと盛大な祝勝会をやらなくちゃ」

「ああ——、楽しみにしているよ」

そう応じる言葉の響きに切ないものを感じながら通話を終えた。

思いを振り切って登攀を開始する。ここからがデスゾーンだという物理的な境界があるわけでもないのに、空気の質の違いをはっきり感じる。もちろんそれは気のせいに過ぎない。しかし神経が過敏になっている高所クライマーにとっては、そんな微妙な感覚もメンタルに大きく作用する。

真上のルーフは回避して、その横にある垂直のジェードル（凹角状の壁）を登る。ところどころに太い氷柱が張り付いていて、和志のようなアイスクライマーが得意とするルートだ。普通の標高なら梯子を登るように駆け上がるところだが、体の動きはスローモーションそのものだ。しかし岩場の形状のせいで、強風にさらされないのはありがたい。

体全体で息を吸っても、空手形のような希薄な空気が肺を満たすだけだ。わずかな酸素が筋肉に行き渡るまでのタイムラグが気が遠くなるほど長い。つい絶望的な気分になるが、八〇〇〇メートルの高所ではそれはお馴染みの感覚だ。

　三〇メートルほどのジェードルを二時間かかって登りきる。軽い頭痛と吐き気を感じる。いよいよ高所の影響が出てきたようだ。いくら高所順応していても、これぱかりは避けようがないが、まだ命に関わるほどのものでもない。

　ジェードルの先には九〇度を超えたフェースが続く。腕と肩にかかる負荷が高まる。壁から大きく張り出したルーフなら、一時的に筋力を集中して乗り切れる。しかしこうした長丁場のオーバーハングは、重力という無慈悲な敵との持続的な苦闘を余儀なくする。

　西の空の赤味も消え、ヘッドウォールは月光に照らされて、粗削りのレリーフのような岩肌を宙に突き出す。

　その核心部はいまいる場所から三〇〇メートル強の区間で、頂上に至る最後の一〇〇メートルほどは壁というほどの傾斜ではない。核心部もヨセミテやドロミテならありふれている壁でしかないが、それをこの標高で目の当たりにすれば、ほとんどのクライマーが思いつくのは「不可能」という言葉だろう。

　月光と強力なＬＥＤヘッドランプで、壁の弱点となるクラックやリスを探し出し、十分な強度があることを確認しては、アックスを打ち込んで大胆に体重を預ける。食料と燃料の消費で背中のザックは一キロほどは減っているが、そんな恩恵どころか、高度のせいでむしろ負担はより大きく感じる。

気温はいまマイナス二五度。深夜に向かってこれからさらに下がる。風もいよいよ強まった。衝立になってくれていた北西稜はすでに眼下にある。

落石と雪崩のリスクを軽減するためにあえて選択した冬季登攀だが、寒さと風という対価をこれから嫌というほど支払わされることになる。その落石のリスクにしても、危険極まりないこの壁ではゼロになることはあり得ない。


スタートから三時間かかって八一〇〇メートルに達した。こんな高所でこんな壁を登ったことがないから、それがいいペースなのか悪いペースなのかわからない。

そのとき頭上で風を切るような音がした。続いて背中のザックに重い衝撃が走り、小さなリスに辛うじてかかっていた右手のアックスが外れた。とたんに大きくバランスが崩れ、岩を噛んでいた両足のアイゼンも空を蹴る。片方のアックス一本で壁にぶら下がる。

慌ててもう一方のアックスを壁に打ち込んで、アイゼンを壁に蹴り込みバランスを立て直す。足の下で岩が砕ける音がする。

落下はなんとか免れたが、一瞬の反射的な動きで体内の酸素が一挙に消失したかのように、激しい喘ぎが止まらない。視界が急に暗くなり、動悸は早鐘（はやがね）を打つようだ。

しばらくじっとして呼吸が落ち着くのを待った。やがて視界は明るくなって、苦しい喘ぎも治まった。

登っていた壁は九〇度を超えていて、そのお陰で落石は頭部を直撃せずに、ザックを掠めて下に落ちたらしい。

また落ちてきたら助からない。一〇メートルほど上にルーフ状の窪みがあるのは友梨が撮影した写真で知っており、緊急の際のビバークポイントとして記憶していた。まずはそこに退避したい。

気持ちは焦るが体が動かない。亀というよりカタツムリのような気分で懸命に上を目指す。二十分かかってやっとそのポイントにたどり着く。アンカーをとって体を支え、背中のザックもアンカーに吊り下げる。点検すると、ザックは想像以上に損傷していた。慌てて中身を確認する。

ザックのいちばん上にあったポータレッジは、アルミのフレームが完全に折れていて、底面のマットにも大きな裂け目が出来ている。体中から血の気が引いた。これではとても使えない。

ポータレッジが衝撃を吸収したせいで、その下にあった食料やストーブ、コッヘルやテルモス、寝袋などは無事だった。しかしポータレッジが使えなければ、頂上まであと一回ないし二回は必要だと見込んでいたビバークができなくなる。和志が選んだルートの核心部には、横になるどころか腰掛けられる場所さえないのがわかっている。

ヘッドウォールの核心部は標高差でここからあと三〇〇メートル弱。ところがこの日のスタート地点からわずか一〇〇メートルほど登るだけで、優に三時間はかかっている。どんなに順調に進んでも、ヘッドウォールを抜けるまでにあと一泊は必要だ。しかしこの先は、体を休められないどころか、水をつくることも難しい。

いま利用できる水と言えば、出発時にテルモスに詰めてきた一リットルのお湯だけだ。平地で普通に暮らしていても二リットル余り、高所登山では五リットルとされている一日の水分必要量に、それでは到底間に合わない。

「絶望」という言葉が頭をよぎる。アランたちにせよアリエフたちにせよ、ここは救助を要請できるような場所ではない。

だからといってギブアップはしたくない。自己責任がどうこうという問題ではない。なにがなんでも頂上に立ちたい。それが磯村との約束だから。そこがともに歩んできた二人の夢の到達点だから。

3

ベースキャンプに連絡を入れると、友梨は不安を滲ませた。

「月明かりではっきりわからなかったけど、なにかあったみたいね。大丈夫なの」

「怪我はしていないけど――」

状況を説明すると友梨は動転した。

「ポータレッジなしじゃ無理よ。そこから下山しないと」

「下山すると言ったって、途中で一回はビバークが必要だ。それなら上に向かったとしても同じだよ。ここまで登ったんだから、このまま先へ進もうと思う——」

和志は冷静に見通しを語った。

こうなればポータレッジはもう不要だ。テントカバーを除いた本体は五キロほどある。登り始めたとき一〇キロあったザックの重さは食料や燃料の消費で一キロは減っている。ポータレッジを放棄すれば、荷物の重量は四キロまで減らせる。

さらに横になって眠ることはもう期待できないから、約一キロの寝袋も不要だ。下山時のラペリングに使うロープは必要で、テントカバーもビバーク中にそれを被ることでツエルト代わりに使えるから、それらは携行することにしても、背負う荷物は三キロまで減らせる。

この高所でそれだけの減量効果は極めて大きい。天候がもうしばらく保ってくれれば、決して登頂が不可能だとは思わない。

ここまでは日中たっぷり体を休められたから、体力はまだ十分残っている。ポータレッジなしのビバークは厳しいが、これまでどおり夜間はほぼ休みなしに登り、気温が上がる日中に風の避けられる場所でやや長めに休息する。

フィッツ・ロイでは立ったまま一時間眠っただけでかなり体力が回復した。そんな短時間のビバークを繰り返しながら、昼も夜も登り続ければ、この状況をチャンスに変えられるかもしれない——。

そんな考えを聞かせると、慌てた様子で友梨は応じた。

「ちょっと待って。磯村さんがいまここにいるから——」

とたんに磯村の声が流れてくる。個人用テントから移ってきているらしい。

「その考えでいい——。そもそも——、ここまでおまえは休みすぎだったよ——」

息も絶え絶えに聞こえるが、意識はしっかりしているようだ。切ない思いを抑え込み、強い気持ちで和志は言った。

「たしかにそうだよ。このまま順調にいくようだったら、運命の女神の気前がよすぎる。丁度いいタイミングで尻に火を点けてくれたよ」

「おまえは——、ツイてるよ。二度も落石の直撃を——免れたんだ。心配することはなにもない。あとは登って下りるだけだ。絶対に成功する——」

磯村はそれ以上多くを語らない。いまの病状でそれを求めても無理だろう。ただ無茶振りしているようで、そこには磯村なりの勝算があるのだと和志には信じられる。その根拠がどこにあるのかはわからなくても、そう確信する磯村の言葉に、かつて和志は裏切られたことがない。

　まだ修業時代に、ヨセミテで、このくらいおまえなら簡単だとおだてられて登った壁が、じつは現地でも最高難度のルートの一つだったということを登り終えてから知った。そのときは騙されたと思ったが、その後も磯村の口車に乗せられて、身の丈に合わないはずのルートをいくつも完登した。

　その後、和志も経験と知識を蓄えた。すると磯村に煽られて登ったと思っていたルートが、そのときの自分の技量や天候や壁の状態を勘案して、決して不可能なものではなかったことを理解した。

　その意味で磯村は、和志にとって最高のコーチだった。ときに無責任とさえ感じる磯村のプッシュがなかったら、ローツェ南壁もＫ２も登ろうと試みてさえいなかった。

　その磯村が、自らの最期の夢を懸けて成功を保証してくれている。いまやるべきは、それを信じてベストを尽くすことだ。不可能を可能にするのではなく、可能なことを確実にやってのけることなのだ。山際の声が流れてくる。

「しかし無理はしないでくれよ。私も君ならやれると信じている。しかしこの先、まだ予期せぬ事態が発生するかもしれない。だから撤退という選択肢は、常に心に留めておいてくれ」

　その声はどこか痛切だ。磯村のみならず、和志まで失うことになれば、きょうまで推進してきたノースリッジの世界進出プロジェクトは瓦解（がかい）する。それ以上に、スポンサーとしてプロジェクトを推し進めてきた自らに、道義的責任さえ感じることだろう。しかし和志にしてみれば、自分をクライマーとしての現在の高みにまで登らせてくれた山際への感謝の思いは、磯村に対するそれと変わらない。

「心配は要りません。磯村さんがあそこまで言ってくれる以上、僕も自信があります」

和志はきっぱりと応じた。そこへカルロが割り込んだ。

「状況はユリから聞いたよ。厳しい条件だが、君なら不可能じゃない。ミゲロたちはいま八〇〇〇メートルにいる。うまく行けばあすには頂上に立てそうだ。ランデブーは難しいかもしれないが、下降時にはサポートを受けられる。それじゃソロじゃないと文句を言う連中も出てくるだろうが、アリエフより先に登れば世界初であることに変わりはない」

「ありがとう。甘えさせてもらいます。ミゲロたちにもぜひ成功してほしい。いまのところ順調なようですね」

「ここまではミゲロが去年の春に登っているからね。その先は彼にとっても未知の領域だ。しかし心配ないと彼らは言っている。いちばん厳しい箇所はすでに過ぎているからね」

続いて友梨の声が流れてくる。

「もう心配しないことにするわ。和志さんが信じているように、私も磯村さんの言葉を信じるわ。そうじゃないと、和志さんの足を引っ張ることになっちゃうものね。でも下山のときはミゲロたちのサポートを受けてね」

切実な調子のその言葉に、余裕を滲ませて和志は応じた。

「もちろんそうするよ。無事にベースキャンプに戻って、磯村さんにたっぷり自慢話を聞かせたいから」

4

ポータレッジや寝袋を放棄し、軽くなったザックを背負って、和志は登高を再開した。

重力に抗って登る筋肉への負担はかなり減った。それでも六〇キロ前後の体重を考えれば、この高所では焼け石に水といった効果でしかない。

ここから上は北西稜の衝立効果は期待できない。真横から吹きつける風は、容赦なく壁から体をもぎ取ろうとする。腕だけに頼らず、できるだけ四肢に体重を分散させる省エネクライミングのコツはデリケートなバランスの維持にあるが、そのバランスを崩しにかかる横風は、予期した以上に筋力を疲弊させる。

さらに横からの強い風圧で空気が十分に吸い込めない。ベルヌーイの定理という流体力学の法則によるものらしいが、山ではしばしば体験する。

気温は徐々に低下していて、いまはマイナス三〇度を下回っている。風速一メートルごとに体感温度は一度下がると言われているから、露出している肌はマイナス六〇度ほどの寒気に晒されていることになる。

一つのムーブごとに一分ほどかかって呼吸を整える。体を一メートル押し上げるのに二分以上はかかる。

頭上には夥しい星が瞬いている。月も高く昇っている。ローツェ南壁でも、K2のマジックラインでも、これほどの好天には恵まれなかった。その面でのハードルは低いが、この高所における九〇度を超える壁の困難さは想像をはるかに上回る。

落石の音はあれから途絶えている。しかし油断はできない。辛うじて直撃を免れた二度の落石は、いずれも夜間に起きている。

あの落石から一時間半近くで、登ったのはやっと六〇メートルほどだ。その間、ずっとオーバーハングが続いている。酸素供給量の不足によって筋肉のパフォーマンスは確実に落ちている。

いくらバランスのいい登攀を心がけても、垂直に立つことのできない状況では、腕と肩への過剰な負荷は避けようがない。それが限界を超えれば落下する。

軽い頭痛と吐き気も感じる。そろそろ休憩をとらないとまずいと直感する。フィッツ・ロイのときのような風が防げるチムニーがあればいいが、この近くにそうしたポイントがないことはわかっている。落石のリスクから身を守れるルーフもない。

午前零時三十分。わずかに風を避けられそうな浅く開いたジェードルのなかに氷の詰まったクラックを見つけて、そこにアックスを打ち込んで、ビレイをとって吊り下がる。ハーネスに体重がかかり、腹部と太腿のつけ根が締め付けられる。両足を突き出してアイゼンの前爪を岩に引っ掛ければ多少は負荷が軽減できるが、それでも苦痛はさほど変わらない。しかし登攀に使う腕や肩、腹筋や背筋、太腿の筋肉は休ませることができる。

ザックや登攀用具はビレイポイントのアックスに吊り下げる。不自由な体勢でザックからテントカバーを取り出して頭から被ると、辛うじて吹きつける寒風をしのげた。しかし登攀をやめた途端に体温も低下して、強烈な寒気が骨身に染みる。

ストーブを取り出して点火して、両手で抱えてしばらくすると、テントカバーのなかは熱気球の内部のように暖まるが、その状態では眠れない。やむなく火を止めてザックに戻す。この状況でストーブを落として失えば、生命の危機に直結する。

出発したときテルモスに詰めてきたお茶はだいぶぬるくなっていたが、いま重要なのは水分の補給だ。この先、水をつくるのには苦労するはずだが、それよりも現在の体調維持が重要だ。高所障害の兆候はすでに出ている。一リットルのお茶を飲み干して、チョコレートとクッキーでエネルギーを補給し、ハーネスに身を預けているとうつらうつらとしてきた。

鋭い悪寒に襲われて目が覚めた。慌ててストーブを取り出して点火する。テントカバーの内部は瞬く間に暖まる。時計を見ると、午前一時。三十分ほどは眠ったようだ。

頭痛と吐き気は治まって、腕や肩の筋肉の疲労はいくらか回復している。テントカバーをザックに収納し、ビレイを外して、ふたたび登攀を開始する。

ジェードルの中央を走る氷の帯にアックスを振るい、ふたたび亀より遅いスピードで体を押し上げる。ここも斜度は九〇度を超えている。それ自体は技術的に大きな問題ではないが、この高所でひたすらそれが続くのは体力の問題以上にメンタルの面で大きなプレッシャーだ。

一九八一年にこのヘッドウォールに挑んだアレックス・マッキンタイアのパーティーは、険悪なオーバーハングを六時間で四〇メートルしか進めず、けっきょく撤退を余儀なくされた。その後のギアやテクニックの進歩を考慮しても、その事実が実感として理解できる。デスゾーンの空気の希薄さは、壁の難度を何倍にも引き上げる。それはヨセミテやドロミテの壁を数十キロの荷を背負って登る感覚に近い。

右手のやや下を見ると、ヘッドランプの光が二つ動いている。アリエフとミロシュだ。位置はほぼ八〇〇〇メートル付近。彼らが設営した第三キャンプのすぐ上だ。彼らはここまではルート工作が活動の中心で、夜間の登攀は行なってこなかった。

しかし和志が予想し、アリエフも否定しなかったように、彼らも作戦を切り替えて、夜間も含めたアルパインスタイルでヘッドウォールの攻略に乗り出したわけだろう。

いまのところはこちらが先行している。わずか一〇〇メートルに過ぎないが、それを克服するのがどれほど困難か、和志は身に染みて知っている。そしていまの和志には、アリエフたちにはないモチベーションがある。なんとしてでも初登攀を達成したい。それが磯村に贈れる最後のプレゼントだ。

二人パーティーの彼らとソロの和志の競争なら、単純に見れば交互にパートナーを確保する彼らのほうが分が悪い。トップは登攀しながらランニングビレイをセットし、セカンドはそれを回収しながら登る。

それがアルパインスタイルの普通の登り方だから、そうした時間的ロスがないソロならはるかに速いという理屈になるが、一方で休む暇もなく登ることになるわけで、それには十分な高所能力と持久力が必要だ。

高所での馬力に関してアリエフは世界のトップの一人とみなされている。ミロシュについては詳しい情報は得ていないが、アリエフが白羽の矢を立てたパートナーなら、侮りがたいクライマーなのは間違いない。重要なのは自分が登り切ることで、勝った負けたは二の次だという気持ちでここまでやってきた。しかしいまはアリエフたちのランプの動きが嫌でも気になる。

ここで焦っても仕方がない。自分の限界は超えられない。しかしその限界までは自分を追い込める。それをやりきったとき、自分が負けるとは思わない。

新型アックスの性能に期待して、幅一、二ミリほどのリスに命を託す。ここまで登ってきた氷雪壁の全体が眼下というより背中の下に見える。約二九〇〇メートル下のベースキャンプは星屑のような光の点だ。

呼吸はますます苦しくなり、筋肉の反応は気が遠くなるほど鈍い。ジェードルを抜けると風はいよいよ強まって、ときおり吹きつける突風は氷の斧の一撃のようだ。

壁にしがみつくというよりぶら下がっている状態で、その風に抗ってバランスを維持するために四肢と体幹の筋肉を総動員する。それによって生じる酸素要求量を、デスゾーンの希薄な空気は満たしてくれない。

一つのムーブをするごとに、体全体をふいごのようにして希薄な空気をかき集める。それが全身の筋肉に行き渡るまで、次のムーブに移れない。普通の尾根ルートなら、立ち止まるなりへたり込むなりして休めるが、ここではそれも許されない。ただ壁にとどまっているだけで筋力は消耗する。

ドロミテで修練を積んだ省エネクライミングが無意味だったとは思いたくないが、マカルー西壁は、それだけで乗り切れるほど甘いルートではやはりなかった。去年の春、このヘッドウォールを間近に見たとき、自分に登れる壁だとは思えなかった。そのときの判断が間違っていたとは思わない。しかしドロミテでの、そしてパタゴニアでの経験以上に、磯村との約束が自分のなかのなにかを変えている。

すでにここまで八割を超える部分が九〇度を超えている。その登攀を支えているのは、頂上に立ちたいという希望だけだ。それが絶望に変わったとき、自分はおそらくここから落下する。

こうした岩場を登るのは和志にとって珍しいことではないし、ドロミテではあえてそういうルートを選んで登った。落ちれば死ぬという条件は同じでも、これまでは落ちないという自信がいつもあった。

一〇〇パーセントではまだ足りず、それ以上の自信があって初めて挑めるタクティクスがソロなのだ。ところがここでは希望だけが唯一の支えで、そんな登攀は和志にとって初めてだ。しかしいまは絶望しているゆとりさえない。

5

二時間登攀を続けても、登ったのは三〇メートル強だった。腕と肩の筋肉にはふたたび疲労が溜まり、アックスを握る両手の握力も怪しくなってきた。

いったんわずかに傾斜が緩み、辛うじて足が置けるバンドが見つかった。

氷で埋まったクラックにアックスを打ち込んでビレイをとる。普通に立って休めることを、これほど幸福に感じるとは思いもよらなかった。しかし強烈に吹きつける風のなかで、テントカバーを被ることは困難だ。

最悪、頂上付近でのビバークも想定される。ここでテントカバーを飛ばされたら、その際の命綱を失うことになる。喉の渇きはさほど感じないが、頭痛がまた強まって、視野もいくらか狭まっている。水分を補給しようにも、先ほど飲みだめしてしまった。水がつくれる安定したビバークポイントに達するまで、なんとか体調が保たれるのを願うだけだ。

幸いあのあと落石はないが、寒気はいよいよ強まって、いまはマイナス三〇度台の半ば。日が昇る直前にはマイナス四〇度には達するだろう。それが落石のリスクを低減してくれるのは間違いないが、日が昇ったあとは状況は逆転するだろう。

壁に直射日光が射すのは午後になってからだが、日が昇れば気温は徐々に上がり、落石の頻度は高まるだろう。これまで日中はルーフの下に吊ったポータレッジのなかでたっぷり休養がとれたが、今後はそれが望めない。そもそも壁から吊り下がった状態で、日中も収まることのない寒風に晒されて、何時間もの休憩をとれば、凍死のリスクが著しく高まる。

時刻はいま午前四時。標高は八三〇〇メートル弱。日の出まであと三時間ほどだ。ここからしばらくは傾斜はだいぶ緩んでいるし、春に超望遠撮影した画像でも、縦方向のクラックがいくつも伸びており、ヘッドウォールの核心部ではもっとも容易な部分と言えそうだ。

それならここでわずかでも体力を回復し、気温が上がる前にできるだけ高度を稼ぐ。そうすれば壁に陽光が射し込む前に核心部を抜けられるかもしれない。そこから頂上までの標高差にして一〇〇メートルほどの区間には、ビバークできる場所は豊富にあるし、水もつくれるし体も休められる。

アリエフたちは八一〇〇メートルの手前で苦労している様子だ。韋駄天が自慢のアリエフだが、この壁はパワーだけで登れるものではない。筋力に加え高所能力やクライミングテクニック、使用するギアまで含め、最高度のレベルが要求される。

和志もそんな条件のすべてを満たしている自信はないが、その点はアリエフたちも同様だろう。いまアリエフとミロシュはアルパインスタイルで頂上を目指しているが、当初からの作戦ではなかったわけで、準備の点でも心構えの点でも和志のほうが有利なはずだ。

吹きさらしの寒風のなか、絶えず腕と肩を動かして、体温の低下を防ぎながら、強張った筋肉をもみほぐす。さらにチョコレートとクッキーで体内からカロリーを補給する。

気のせいかもしれないが、十五分ほどの休息で、消耗しきっていた体力がいくらか回復したような気がする。希望と絶望が綱引きをしているいまの状況なら、気のせいだけでも十分だ。

これ以上休んでいても体が冷えるだけなので、ビレイを外してふたたび登りだす。

ルートの平均斜度は八〇度ほどで、ここまでの登攀と比べれば筋肉の負荷という点ではだいぶ楽だ。デスゾーンの酸素はますます希薄に感じられるが、クラックとリスの豊富なフェースは研鑽してきたドライツーリングのテクニックをフルに生かせる。

ドライツーリングはもともとアイスクライミングを源流としている技術で、和志には一日の長があるが、アリエフはいわゆる壁屋ではない。ドライツーリングやミックスクライミングの経験は浅いはずだ。

この季節のヒマラヤの壁は夜間にはマイナス数十度に冷え、素手ではとても触れない。かといってグラブを着けてでは微細なホールドに指がかからない。その意味で夜間登攀は、ドライツーリングやミックスクライミングを前提にして初めて成り立つタクティクスだといえる。

気温はいまマイナス四〇度近く。日中になって岩が温まれば彼らもペースが上がるだろうが、いまならスピードの点でこちらが勝るのは間違いない。

西稜の八〇〇〇メートル付近ではアランたちのヘッドランプの明かりが見える。彼らもいよいよサミットプッシュに入ったようだ。彼らは八〇〇〇メートルの最終ビバーク地点から一日で頂上まで往復するプランだと聞いている。おそらく向こうのほうが先に着くはずだから、頂上でのランデブーは難しいだろう。

なけなしの体力を振り絞ってアックスを振るいアイゼンを蹴り込む。ここはなんとか両足で体重を支えられるから、オーバーハングを登るのと比べ、腕や肩への負担は軽減される。筋肉への負荷が減れば酸素消費量も減るから、呼吸はいくらか楽になった。

6

二時間余り登ると、頭上の空が明るみを帯びてきた。あと四十分ほどで日が昇る。ここまでのルートは多少容易だったと言っても、蓄積した疲労と空気の希薄さで、けっきょく三〇メートルほどしか登れなかった。

ルートはここからふたたびオーバーハングが始まる。核心部の最後のところは一二〇度を超えるルーフと言っていいようなフェースで、おそらくここまでで最大の難関だ。そこを乗り越えれば、あとは立って歩けるほどの傾斜になる。しかしそこを乗り越えるどころか、そこまで達したクライマーはまだ一人もいない。まさにそこからが正念場だ。

わずかに風を遮ってくれるピラーの陰に入ったところで、クラックに差し込んだナッツからビレイをとって、体を休ませることにした。ここならなんとかテントカバーを被ることができた。

喉の渇きが堪えがたい。金属製のマグカップに近くの岩から剝ぎ取った氷を入れ、ストーブに点火して、落下させないように注意しながら、カップの底をバーナーのように熱する。カップ半分ほどの水ができたところでそれを飲み干すが、ひどい渇きを癒やすにはとても足りない。

それを二度、三度と繰り返し、一息つけたところでベースキャンプに電話を入れた。行動中は応答できないから、向こうからは電話をよこさない。磯村のことも含め、あれからなにか新しい情報がないか気になった。待ちかねていたように友梨が応じた。

「ああ、連絡がとれてよかった。知らせないといけないことがあったのよ――」

一時間ほど前に、東京の柿沼からメールが届いたという。天候の見通しについての話で、チベット高原で突発的な低気圧が発生し、きょうの夕刻からあすにかけて荒れる惧れがある。南からの湿った空気の流入で吹雪となる可能性があり、寒気は一時的に緩むが、それによって表層雪崩のリスクが高まり、頂上付近の緩斜面ではとくに危険だという。

好天が最短でも一週間続くという柿沼の予測は外れたようだ。もちろん彼を責められない。気象予測とはそういうものだ。荒れる時間は比較的短く、その後はふたたび好天が続くという。それならビバークが一日増えるだけで、致命的な事態になるわけではない。

ただしいまの和志の場合、きょうのうちにヘッドウォールの核心部を抜けないと、まともにビバークすることができない。多少寒気は緩むと言っても、デスゾーンの急峻な岩場で、よくて立ったまま、最悪アンカーに吊り下がっただけの状態で、激しい吹雪に堪えられるとは考えられない。

　ここから核心部を抜けるまでに、ヘッドウォールの最難関と考えられる部分を八〇メートル強登る必要がある。そのなかでも最も困難な部分を登るころは、西壁にも日が射し込み、岩は温まり、落石が頻発するだろう。オーバーハングでは温まってもろくなった岩が重力方向への荷重で剝落する惧れもある。

「どうするの？　条件は厳しいわね」

　友梨は答えを出しあぐねる様子だ。普通なら撤退を考えるべきだろう。しかしここから撤退を開始しても、途中で嵐に捉まれば、まともなビバークができない点は変わりない。最大の問題は、すでにオーバーハングしたかなりの区間を登ってしまったことだ。

　スピーディーな下降に必須の技術となるラペリングがオーバーハングがある場所では使えない。ロープいっぱい下降したとき、足を置く場所がなければ、そこで宙ぶらりんになるからだ――。そんな考えを伝えて和志は言った。

「登るしかないよ。天候が悪化するまえに核心部を抜ければ、あとは心配ないから」

「そうね。ほかに答えはなさそうね」

　不安を滲ませながらも友梨は認める。和志は問いかけた。

「磯村さんは？」

「いまは眠っているの。心配いらないわ。容態は落ち着いているから」

　つまりとくに好転もしていないということだ。切ないものを押し隠して和志は言った。

「じゃあ、急がないと。頂上から電話しないといけないから」

「そうね。私も楽しみにしてるわ。絶対に生きて還ってね」

そう応じる友梨の声がかすかに震える。生きて還らなければならないのは磯村のためだけではない。強い思いを込めて和志も応じた。

「もちろんだよ。友梨のためにも、山際さんや栗原君のためにも」

7

いまは眼下にひれ伏しているバルン氷河の対岸の山々が、モルゲンロートに燃え上がる。地平線近くに低く連なる雲堤(うんてい)が熾火(おきび)のような赤に染まっている。

南西の空半分には鮮紅色に染まった巻積雲が散らばって、頭上の空も不気味なほどの朝焼けだ。まだ日が射さないバルン谷は暗青色の雲海に埋め尽くされて、それが湧き立つように峰々の襞を這い上がる。

日の出直前の最も気温が下がる時刻なのに、気温はむしろ上がっているようだ。北西からの寒風も弱まった。そうした気象面での変化のすべてが、柿沼が予測する天候の悪化の兆しだと解釈できる。

ヘッドウォールの核心部はここから八〇メートル強に過ぎない。しかしいまの自分のコンディションで、それにどれだけの時間を要するかは見当がつかない。

アリエフたちは八二〇〇メートル付近のオーバーハングした岩場で手こずっているようだ。ミロシュがトップで登っているが、彼は八〇〇〇メートルを越えたのは初めてのはずだ。アックスとアイゼンによる登攀テクニックには高度なものを感じるが、その動きから察するにデスゾーンの大気の希薄さには抗えないようだ。

アリエフはドライツーリングはやはり得意ではないようで、岩が冷え切っているあいだはミロシュにトップを任せる作戦だろう。天候悪化の情報が彼らの耳に入っているかどうかはわからない。天候の読みもチームとしての実力のうちだから、あえてアドバイスする必要はない。

テントカバーやストーブをパッキングし、ビレイを外して登攀を再開する。のっけから頭上にのしかかるようなオーバーハングだ。微細なリスにアックスをねじ込んで、その強度と靭性を信じて体重を預ける。

日本刀の素材と鍛造技術でつくられた「ＫＡＳＨＩＷＡＤＡ」モデルのアックスは、通常のアックスでは折れるのが間違いないイレギュラーな角度の負荷にも適応し、無理な姿勢でのムーブでも、適度にしなりながら体重を支えてくれる。

このアックスの原型を発案したときすでに、柏田はこの壁を和志が登ることをイメージしていたに違いない。まさにマカルー西壁を登るためのアックスだ。そして社運を懸けてそのアイデアを現実のものにしてくれたのが山際だった。磯村や友梨のみならず、そんな人々の思いを背負って、いま自分はマカルーの頂を目指している。

あとわずか八〇メートル強。そこを突破すれば困難な箇所はない。しかしそのわずか二ピッチが無限に遠く感じられる。

二、三メートル登っては、クラックにねじ込んだカムやアックスからビレイをとって空中に吊り下がり、腕と肩の筋肉を休ませる。数時間前までの強風のなかだったら、体が振られてアックスが外れ、垂直落下を免れない。普通ならこんな休憩は考えすらしないが、すでに筋肉の疲労度は限界を超えている。それを騙しながら登るためには、ほかの方法が思い付かない。

横隔膜（おうかくまく）を激しく動かして、希薄な酸素を肺に送り込む。実感としてはストローで呼吸しているのと似たようなものだ。

気づかないうちに風向きが南西に変わり、それが気味悪いほどに暖かく、どこか湿気を帯びている。もちろんここは標高八〇〇〇メートルを超す場所で、氷点をはるかに下回る風には違いないが、登り始めてからずっと吹き続けた北西からの乾燥した寒風と比べれば、妙な優しささえ感じさせる。

しかしそれは好ましい兆候であるどころか、まさに命に関わる危険が迫っているサインだ。天候の悪化は柿沼の予測より早まるかもしれない。この壁が二十一世紀最後の課題といわれる理由をいま身に染みて感じる。ここまで登ってしまった以上、失敗はほぼ確実に死を意味するだろう。

それがわかってなお挑み続けることに、後悔の思いは湧いてこない。いまさら後悔しても遅いし、そうするくらいなら、そもそもヒマラヤに挑んだりしていない。もちろん死んでかまわないとは思っていない。だから生きて還るために全力を傾ける。選べる選択肢はそれ一つだ。

一〇メートル登るのに二時間かかった。オーバーハングはいよいよ斜度を増している。実際に移動している時間より、クラックに差し込んだナッツやアックスからビレイをとってぶら下がり、筋肉を休めている時間のほうがはるかに長い。

まだ西壁に日が射し込む前だというのに、ヘッドウォールのあちこちから落石の音が聞こえてくる。氷雪壁の下部では、早くも雪崩の雪煙が幾筋か舞い上がる。オーバーハングの下にいれば落石は避けられると考えたら甘い。すぐ頭上の岩が崩落すれば、直撃は免れない。

人間の肉体には限界がある。そして和志の肉体はすでにその限界に達している。それは気力や根性で乗り越えられるものではない。いまできるのはその限界に抗わず、ぎりぎりの妥協点を探りながら、一センチ、一ミリでも上に向かうことだ。

気温は急速に上がり、いまはマイナス二〇度を上回る。落石や雪崩の頻度はさらに増えてきた。頭上の空は大部分が高層雲に覆われて、天候が悪化に向かっているのは間違いない。

アリエフとミロシュは八二〇〇メートルのラインを越えた。いまは比較的易しい部分で、アリエフがトップで登っているが、パワーが売り物のアリエフでも、動きは極めて緩慢だ。

それでも着実に高度を上げているから油断はできない。アリエフは冬季ヒマラヤのエキスパートだ。ヘッドウォールも核心部を抜けてからの一〇〇メートルは立って歩けるほどの傾斜で、そうした条件でのパワーにかけては、おそらく和志を上回る。核心部での勝負に勝っても、そのあとの緩斜面で追い抜かれるのでは意味がない。

頭上から覆いかぶさる圧倒的な岩塊を、いまは味方につけるしかない。空中を登ることができない以上、この壁こそが生きて還るための唯一の道なのだから。

8

ヘッドウォール核心部の最後のオーバーハングを抜けたのは午後五時を過ぎた頃だった。

南西からの風は強まって、そこに雪も交じり出す。頭上は鉛色の雪雲に覆われて、マカルーの頂はその雲底に呑み込まれている。

バルン氷河を埋めていた雲海が、いまは西壁の基部まで這い登り、和志たちのベースキャンプもマルクたちのベースキャンプもいまはその下にある。

すべての力を使い尽くしてヘッドウォール上部の斜面に抜けて、辛うじて座れるだけのテラスを見つけた。背後の岩からビレイをとって、テントカバーを被ってビバークの準備を整える。

きのうの午後六時に最終ビバーク地点を出てから二十三時間、座ることはおろかまともに立って休むこともできずに行動してきた。やむなく試みた壁から宙吊りの休息は、いま思えば落ちずに済んだのが不思議なくらいのものだった。

すぐ下に張り出しているオーバーハングに遮られてアリエフたちの姿は見えないが、つい先ほどは八三〇〇メートルをわずかに超えたあたりにいた。和志がいるのは八三六〇メートル前後で、数字としてみればわずかなアドバンテージだが、いま彼らが登っている部分は厳しいオーバーハングが続いていて、嵐が来る前にそこを抜けるのは難しいだろう。

彼らが登っているルートには、ビバーク可能なポイントがいくつかある。全員登頂のプランがあったから、要所にはビレイポイントも残すと言っていた。ビバークするか、そのビレイポイントを使って第三キャンプまで下降するか。いずれにせよ最悪の事態を免れる手段はあるはずだ。

こちらもなんとか核心部は乗り切った。デスゾーンでのビバークそれ自体が命の危険を伴うのは言うまでもないが、それでもオーバーハングした壁の途中で嵐に襲われるよりははるかにましだ。

テラスに腰を落ち着けた途端に激しい頭痛と眩暈に襲われた。途中、何度か宙吊り状態で氷を融かし水をつくったが、せいぜいマグカップ半分ほどの量で喉を潤しただけだった。

周囲の雪や氷をコッヘルに掻きとり、ストーブを点火して水をつくる。お湯になるまで待たずに、まだ氷の浮いている状態で喉に流し込む。一時間かけて一リットルほどの水を飲み、なんとか人心地がついたところでベースキャンプに連絡を入れた。待ちかねていたように友梨が応じた。

「大丈夫なの？　いまどこにいるの？」

「ついさっきヘッドウォールの核心部を抜けたところだよ」

深刻な調子で友梨は問い返す。

「怪我はないの？　体調は？」

「怪我はないけど体力はほとんど限界だね。なんとかビバークはできるから、ここで嵐をやり過ごすよ。磯村さんは？」

「小康状態が続いているわ。心配しないで」

本当のところはどうなのか、心配させまいとして正確な情報を隠されても困る。不安を覚えて和志は言った。

「磯村さんを出してくれない？」

「あの、ちょっと待ってね——」

そう応じたあと、誰かと小声で相談しているような声が聞こえる。しばらくして磯村の声が電話口に流れた。

「ああ——、和志——。おれはまだ死なないよ。心配するな。おまえのほうは、もう——、登ったようなもんだ。頂上からの連絡を、楽しみに待ってるよ」

そこで言葉が途切れ、荒い息遣いが聞こえる。これまでならそんな苦しい状態でもあれこれ長台詞を続けたのに、いまはその気力さえないようだ。

「わかった。ここで嵐が去るまで休めば、体力は十分回復するよ。だから磯村さんも頑張って」

切ない思いでそう応じると、磯村の応答を待つまでもなく友梨の声が流れてくる。

「アランたちも、きょうは登頂を断念して八二〇〇メートル地点でビバークに入ったわ。あすの天候の回復次第だけど、同時にスタートすれば、頂上でのランデブーもできるかもしれないわね。あとで和志さんの状態を伝えておくわ」

続いて山際の声が流れてくる。

「おめでとうと言うのはまだ早いかもしれないが、ヘッドウォールの核心部を登りきったのは素晴らしいことだ。あとは無事に嵐を乗り切ってくれると信じているよ。磯村君のことは心配しなくていい。マルク隊のドクターがさっき様子を見に来てくれて、著しい病状の悪化は見られないとのことだった」

回復に向かっているわけではないらしいが、それでもいまは喜ぶしかない。

「わかりました。アリエフたちはまだ最後の詰めを残しています。きょうはそのまま停滞するか、最終キャンプに撤退するかでしょう。あす天候が回復しても、そこからの巻き返しはまず不可能です。僕のほうは、あす早い時間に天候が回復すれば、午後には頂上に立てると思います」

自信を滲ませて和志は言った。楽観的な見通しかもしれないが、それができないとしたら生還そのものが難しい。八〇〇〇メートルを超える高所にそれ以上滞在すれば、生命の危機に瀕することは高所登山の常識だ。そもそもいまここにいること自体が命を削る行為なのだ。

9

通話を終えて、ふたたび雪を融かして水をつくる。こんどはお湯になるまで熱して甘い紅茶をたっぷり淹れる。頭から被ったテントカバーのなかはいまは暖かいが、ストーブは膝の上に載せているから、眠っているあいだは消すことになる。

薄いナイロン地一枚のテントカバーは、風を遮る効果があるだけで、外の寒気は浸透する。ストーブを消せば熱源は体温のみだから、とりあえずいまは冷え切った身体を体内から温めておくしかない。

テントカバーの外では南西からの風が唸りを上げる。外の気温は、やや高めといってもマイナス二五度。ベンチレーター（換気口）から外を覗くと、すでにブリザードの様相を呈している。

テントカバーが風に煽られてバタバタとやかましい。ヘッドウォールの核心部を抜けていなかったら、凍結した死体になってオーバーハングの下で揺れているか、風に飛ばされて下部雪壁に墜落するか、いずれにせよ生きていられないのは間違いない。

熱い紅茶を何杯も飲み、アルファ米を中心にした食事をとる。食欲が旺盛というほどではないが、嘔吐するようなことはない。頭痛や眩暈も治まってきた。

時刻はいま午後八時過ぎ。外の風音はいよいよ激しくなっている。磯村の容態が気になるし、天候に関しても柿沼から新情報が入っているかもしれない。電話を入れると友梨が応答した。

「ベースキャンプも猛吹雪よ。そっちはどうなの？」

「ほとんどブリザードだね、気温もだいぶ下がってる」

「さっき柿沼さんから連絡があって、チベットの低気圧は急速に東に移動しているそうなの。いまの南高北低の気圧配置がもうじき逆転するから、あすの朝から午後早い時間にかけて、一時的に風も弱まり気温も高くなると言うのよ」

「そのタイミングなら、条件はベストと言えるね」

　和志にとっては朗報だった。今回の低気圧の発生で、柿沼の予報の信頼性が低下したとは思わない。山の天候に急変はつきものだ。その急変を十分な余裕をもって予測してくれるかどうかにこそ山岳専門の気象予報士の真価が問われる。その点で柿沼はいい仕事をしてくれているというしかない。

「磯村さんは？」

「いまは眠っているわ。酸素を吸っているけど、頭痛はだいぶ治まっているようなの。このまま症状が改善すればいいんだけど」

「僕が頂上から登頂成功の報告をすれば、彼もカトマンズへの移送に応じてくれるかもしれないね」

　辛うじてそんな希望を掻き立てて通話を終えた。

　横になれないのは辛いが、立って休むしかなかった登攀中と比べれば天国だ。なにより足の下に地面があることが、確かな安心感を与えてくれる。積雪量が増えれば雪崩の心配も出てくるが、いまは体力を回復することが先決だ。

ストーブを消すと、テントカバーのなかは急速に温度が下がる。これから夜に向かって、外の気温はさらに低下するだろう。それでも体が温まっているせいで、背後の壁に背をもたせると、疲弊しきった筋肉から力が抜けて、激しい睡魔に襲われる。

その眠りの海に身を任せる。このまま死んでしまうことはない。低体温症に陥っていない限り、凍死しそうになる前には必ず悪寒で目が覚める。それを和志はこれまで何度も経験してきた。


夢のなかでかつての磯村と再会した。

なんの伝手もなくアメリカに渡り、自己流の拙い技術で手当たりしだいにヨセミテの壁を登っていた和志を目に留めて、フリークライミングの基本を仕込んでくれた。アラスカでは当時最先端のアイスクライミングの技法を伝授してくれた。

いまや「ソロ」が自らの代名詞になった感のある和志だが、磯村は常に和志のクライマー人生のパートナーだった。

当時、世界最速に近い記録で登ったヨセミテのザ・ノーズ、アラスカやカナダで開拓したいくつもの新ルート。磯村とのパーティーで登ったローツェ・シャールは、和志にとって最初の八〇〇〇メートル峰となった。

そのときどきの情景が磯村の笑顔とともに鮮明に蘇(よみがえ)る。その磯村が夢のなかで問いかける。

「どうするんだ、和志?」

「どうするって、なんのこと?」

「マカルー西壁の次のターゲットだよ。ナンガ・パルバットのルパール壁は、まだソロでは登られていない。アンナプルナにも、ソロで未踏のルートはまだいくつもある。K2の東壁だって放っておくには惜しいルートだ。そうなるとおれもこの先、忙しい。ここで死んでなんかいられない」

「死んでもらっちゃ困るよ」

「ああ。まだまだおれは生きてやる。おまえだって、ここで死んだりするんじゃないぞ」

「今回もなんとか生き延びたからね。磯村さんとの二人三脚はこの先もずっと続くよ」

「どうだ。冬のセロ・トーレはおれと登ってみないか。どうもここんとこ、おまえ一人が脚光を浴びて、正直言って燻(くすぶ)ってはいたんだよ」

「それはいいね。マカルーから帰ったら、さっそく二人でトレーニングを開始しよう。八月にチャレンジなら、まだたっぷり時間がある」

「標高は三〇〇〇メートルちょいでも、あそこはへたな八〇〇〇メートル級より値打ちがある。成功すれば、おれにとってはローツェ・シャール以来の勲章だよ」

磯村は明るく笑った。そのとき鋭い悪寒に襲われて目が覚めた。テントカバーの内部は冷凍室のように冷えきっている。身震いしながらストーブに火を点ける。狭い空間は急速に暖まる。

おかしな夢だった。自分の死にも言及しながら、磯村は前途洋々たる話をしていた。それを不思議にも思わず和志も聞いていた。もちろんそれは和志の願望が夢に現れただけのことだろう。

しかしそれがあながち夢ではないような、自分と磯村のパーティーで冬のセロ・トーレを登ることが、すでに決まっていた計画でもあるような磯村の口振りに、夢から覚めても理屈に合わない希望を抱く自分がいる。

10

午前七時を過ぎて起き出すと、テントカバーの外の風音はだいぶ収まっていた。何度か悪寒で目を覚まし、お湯をつくって体を温めを繰り返した。疲れは十分とれたとは言えないが、残りの一〇〇メートルを登る余力はある。

衛星携帯電話に友梨からのメールが届いていた。チベット高原の低気圧はほぼ東に抜け、いまマカルーを含むクーンブヒマラヤ一帯は南の高気圧の影響下に入り、これから急速に天候は回復するという。

磯村は比較的安定している。話すのは辛そうだが、和志の状況や柿沼からの情報を聞かせれば満足げな表情で頷いているから、意識はしっかりしているという。

楽観視できるほどの材料ではないから、いまは急ぐ必要がある。生きている磯村に頂上からの一報を聞かせること。その先のことはいま考えても仕方がない。しかしそれだけは、絶対に守りたい磯村との約束だ。

テントカバーの外は明るい。ベンチレーターから覗くと、ブリザードは収まり、日の出直後の空にはまばらになった雪雲が、モルゲンロートに雲底を真っ赤に染めて浮かんでいる。足元の雲海は高度を下げ、きのうは隠れていたベースキャンプのテント群もいまは姿を見せている。

テントカバーを脱ぎ捨てて周囲を眺めると、バルン氷河対岸の峰々も雲海のなかから真紅に染まった頂を覗かせている。マカルーの頂稜部にはまだ雪雲の一部がかかっているが、まもなくそれも消えるだろう。

風は穏やかで、気温はマイナス一八度。この標高では異常な高温で、ヘッドウォールの中核部やその下の氷雪壁にいたら、落石と雪崩の恐怖に押し潰されているだろう。

頂上に向かう斜面には新雪が積もっている。ラッセルが必要なのはもちろん、表層雪崩の惧れもある。しかしその困難さも危険度も、ここまでのルートと比べれば比較にならない。

昨夜、テルモスにつくり置きしていたお茶がまだ温かい。それをたっぷり喉に流し込み、チョコレートとナッツで食事を済ませた。

アリエフたちの姿はまだ見えない。きのうのうちに核心部を抜けていなければ、ここから頂上までのあいだに彼らに追い抜かれることはないだろう。

友梨に電話を入れてこれから出発すると伝えると、ちょっと待ってと言って近くにいる誰かに小声で囁いた。すぐに磯村の声が流れてきた。

「和志――。いよいよ――最後の詰めだな」

痛切な思いを押し隠し、明るい調子で和志は応じた。

「ああ。もう登ったようなもんだけど、頂上から電話をする約束だからね」


積雪は思ったより深く軟らかく、のっけから腰までのラッセルを強いられる。新雪の上を泳ぐように前傾し、膝で雪を踏み固め、一歩、また一歩と体を押し上げる。気が遠くなるほど遅々たる歩みだが、きのうのオーバーハングの登攀スピードと比べれば、自転車とスポーツカーほどの違いにさえ感じる。

デスゾーンの空気の希薄さはもちろん変わらないが、ここでなら息が切れれば立ち止まって休める。たったそれだけのことさえ、核心部の登攀では許されなかった。

一時間ほど登るうちに頭上の雪雲はほとんど消えて、間近にエベレストとローツェの巨大な山容が、群青色の空を背景に眩く輝いて伸び上がる。一昨年の冬に登ったローツェ南壁も、直前のポストモンスーンに磯村と登ったローツェ・シャールも指呼の間だ。

右手から頂上に突き上げる西稜の向こうには、いくつもの峰を連ねたカンチェンジュンガ山群が雲海の上に横たわる。

ここからは見えないが、いまその西稜をアランたちも頂上に向かっているはずだ。

午前十一時に深雪の斜面を抜けた。頂上へと突き上げる岩と氷のリッジをダブルアックスで快適に登る。動作はあくまで緩慢だが、確実に上に向かっている実感が気持ちを前向きにしてくれる。

磯村は頂上からの一報を、いまかいまかと待っているはずだ。和志にできるのは、その期待を一秒でも早く叶えてやることだけだ。その先のことは一切考えない。

午後一時三十分。最後の雪壁を登りきると、目の前にチベット側の景観が広がった。赤茶け荒涼としたチベット高原に悠然と流れ下るカツェン氷河の荒々しい蛇腹(じゃばら)模様。その周囲を取り巻くように居並ぶチョモロンゾ、カンチュンツェ、チャゴなど六、七〇〇〇メートル級の衛星峰。その景観を遮るものはもうなにもない。

疲労は限界に達していた。荒い息を吐きながらその場に座り込んだ。頂上に立てたというそのことよりも、磯村との約束が果たせたことがただ嬉しかった。

衛星携帯電話を取り出して、ベースキャンプを呼び出した。感極まった声で友梨が応答する。

「登ったのね」

「ああ、磯村さんを出してくれない？」

「それが――」

友梨は声を詰まらせる。不安を覚えて問いかけた。

「どうしたの？　容態が悪いの？」

「一時間ほど前に息を引きとったの。呼吸と心拍がいったん止まってね。ちょうどマルク隊のドクターが来てくれていたから、すぐに蘇生術をほどこしてもらったの。それでいったんは息を吹き返したんだけど――」

「それからまた悪化したんだね」

「そうじゃなくて、本人が蘇生術はもうやめてくれって頼んだの。それから和志さんに伝えてくれって言ったのよ。おめでとう、そしてありがとうって。そのあとしばらくして、まるで眠るみたいに穏やかに――」

そう語る友梨の声に嗚咽が交じる。鋭い悲しみが心を貫いた。磯村との約束を果たせなかった。そんな状態だとわかっていたら、あと一時間は早く登頂できたかもしれない。

「磯村さんはそのとき、和志さんが成功することがわかっていたのよ。だから安心して天国に向かったのよ。もう心残りがなにもないというような、ほんとうに満足した表情だった」

「でも僕はこの耳で彼の言葉を聞きたかった。この口で彼に感謝の言葉を伝えたかった」

痛切な思いで和志は言った。予期していたことではあった。しかし磯村との約束があったからこそ、自分はあのヘッドウォールを乗り越えられた。ありがとうという言葉は、自分が磯村に言いたい言葉だった。それを聞いてほしかった磯村はもうこの世にいない。

周囲の山々がぼやけて滲んだ。溢れ出る涙が目の周りや頰に凍りついた。

あと一時間、なぜ生きてくれなかったのか――。しかしそれが磯村の選択だった。磯村は、自分の人生をあくまで自分の意志で生ききろうとしたのだろう。自分の死にどきは自分で決める。それが磯村流の生き方だったのだろう。

涙ながらの別れの儀式は磯村には似合わない。そして磯村が残してくれたのは、必ず頂上に立つという、和志への絶対とも言うべき信頼だった。

エピローグ

マカルー西壁ダイレクトルート初登攀の成功は世界を瞠目（どうもく）させた。ローツェ南壁冬季のソロとしては初だったが、ソロだけならトモ・チェセンに次ぐ第二登だ。K2のマジックラインも冬季初ではあったが、ルート初ではなかった。しかしマカルー西壁のダイレクトルートは、冬とかソロという限定なしでも初だった。

カルロがSNSで発信した西稜と西壁の同時登攀の一報はまたたくまに世界を駆け巡った。カルロたちの情報統制は功を奏したようで、ヒマラヤ二十一世紀の課題が予告もなしに達成されたことに世界は驚愕した。

ミゲロ、アラン、ジャンの三人は、和志より一時間ほど遅れて頂上に達した。和志とのランデブー成功を世界のクライマーは祝福したが、やはり注目を集めたのは、ネパール政府の規制を無視してソロで挑んだ和志の果敢な行動だった。

ネパール政府観光局はさっそく遺憾（いかん）の意を表明し、今後然るべき法的措置を講ずるとのメッセージを発したが、一部で物笑いの種にされた以外はほとんど相手にされることもなく、アルピニズムの矜持を貫いたヒーローとして、和志に圧倒的な支持が集まった。

アリエフたちはヘッドウォールの核心部であの嵐に遭い、第三キャンプへの撤退を余儀なくされた。結果的に西壁初登攀の栄誉は逃したが、和志たちより二日遅れて当初の目的だった全員登頂を果たした。

狷介な一匹狼と目されていたアリエフが、自らのリーダーシップで成し遂げたその達成にアルピニズムの世界は称賛を送ったが、下山後に隊員たちがSNSで拡散した、総隊長のマルクの行状についての世間の評価は辛辣だった。

とくに当初企んだチェザーレ・マエストリばりのボルトべた打ち作戦への非難は激しく、滅多に仲間内の批判はしないグループ・ド・オート・モンターニュの会員たちも、この点については言語道断とみて、一部からは退会を勧告する声も上がっているらしい。

ジェローム・スミスもそんな動きをみて、今後のスポンサーシップの提供については二の足を踏んでいるとの噂も聞こえてくる。マルクの人生がこの先どう転ぶかは知ったことではないが、そんなかたちでアルピニズムの世界での影響力が削がれ、これまでのような鬱陶しい妨害ができなくなれば、和志にとっては幸いと言うしかない。

セロ・トーレの頂上を覆う巨大なマッシュルーム（きのこ雪）の上に立ち、和志は四囲の景観を見渡した。

西のチリ側には広大な氷河の海原に雪を頂いた小島のような岩山が点在し、北には天に挑みかかる牙のようなフィッツ・ロイ。はるか南にはパイネ山群の荒々しい山並みが恐竜の背のように横たわる。東のアルゼンチン側にはいくつもの湖水を湛えたパタゴニアの冬枯れた大地が広がり、雪を纏った大小の峰々が、南北に連なる分水嶺を形成する。

紺碧(こんぺき)の空の下に広がる白と黒のコントラスト。昨年の十月にフィッツ・ロイの頂から見下ろした景観よりも、その印象はさらに鮮烈だ。

登ってきたコンプレッサールートはほとんど垂直の壁で、ソフトクリームのように盛り上がったマッシュルームの上からは見下ろすことさえできない。

きのうの午前中、にわかに広がった晴れ間を突いて登攀を開始したが、パタゴニアならではの天候の急変で午後早くには猛烈な吹雪に襲われ、やむなくボルトトラバースの手前の狭い鞍部でビバークした。

きょうの午前四時には吹雪は収まって、空には星も見えるようになった。さっそく起き出して登攀を再開した。

最初の難関のボルトトラバースからは、かつてマエストリが打ち込んだボルトはほとんど撤去されていた。弱点のない花崗岩のフェースを横方向に移動するのは容易いことではなかったが、わずかに残っていたボルトには一切手を付けなかった。

そこから上のヘッドウォールは、氷がなければ厄介この上ないが、岩に張り付いた氷は十月のフィッツ・ロイよりはるかに硬く、ミックスクライミングのテクニックが存分に使えた。このまま一気に頂上までと、スピードアップしたところへ、今度は猛烈な寒風に襲われた。

今回も地元ガイドのホセに付き合ってもらったが、さすがに冬のパタゴニアの天候は的中というわけにはいかなかった。その気まぐれぶりはフィッツ・ロイで経験済みのはずで、それを心配していたら登れる日は一年に二、三日しかないと、ホセはあっけらかんとしたものだった。

マカルー西壁での体験を思えば、この程度の風なら十分対処できる自信があったし、撤退して再挑戦しても、また同じ目に遭うのは想像がついた。それなら磯村の分も楽しむしかない。一筋縄でいかないからこそ登る喜びがある。そう腹を括って登り始めると、冬のヒマラヤに勝るとも劣らない寒風にも十分堪えられた。

和志とパーティーを組んでセロ・トーレを登りたい——。ある時期、磯村がそんな希望を抱いていたことを和志は疑っていない。自分はいまその夢を背負って登っているのだという思いが心を熱くした。

斧で断ち割ったという表現がぴったりの垂壁に張り付いた氷は、吹き募る寒風でさらに硬くなっているようで、アックスもアイゼンも刃先が二、三ミリほどしか刺さらない。しかしその分しっかりと体重を支えてくれる。打ち込んだ途端にぐずぐず崩れる氷だったらかなりな苦闘を強いられたはずで、その点ではヒマラヤ並みの極寒がプラスに働いたといえそうだ。

その寒風がつい先ほど唐突に止んだ。悪名高いボルトがほぼ撤去されたヘッドウォールの頂上近くには、マエストリが運び上げた重さ一三〇キロのガスコンプレッサーがいまも放置されていた。自然物ではないそのコンプレッサーには触らずに、二〇メートルほどの壁を登りきり、さらにその上に載った一〇メートルほどのマッシュルームの頂に立った。

「やったよ、磯村さん。二人の夢が実現したよ」

心のなかで和志は呟いた。今回の登攀は、磯村の最後の願望を叶えるための、いわば鎮魂の旅だった。マカルーでの和志の成功が確認できれば、思い残すことはなにもない。そう磯村は言っていた。

病気が発覚した年に和志と達成したローツェ・シャールとローツェ主峰の縦走は、世界初の快挙だったが、それ以降、自らの登攀活動は断念して、和志のプロジェクトのサポートに全力を注いできた。しかし磯村も本来はクライマーだ。同じクライマーである和志にはわかる。彼の心にも、自らも山に挑みたいという執念が決して消えずに残っていたことを。

十月に脳腫瘍で倒れたあとで、半ば冗談めかしながらも、和志と一緒にセロ・トーレを目指したいようなことを口にした。そしてマカルー西壁でのビバーク中に、夢に現れた磯村と、和志はそれを約束した。だからこの日、和志は心のなかで絶えず磯村とともにいた。その磯村が満足げに言う。

「ああ。おまえなら必ずやると信じてたよ。一緒に登れなかったのは残念だがな。それから最後にもう一つ、おれのあの遺言を忘れないでくれよ」

和志も友梨もあのときはお茶を濁したが、それが磯村の二人への置き土産だったのかもしれない。和志のビッグチャレンジが始まってからきょうまで、友梨は誠心誠意自分を支えてくれた。彼女がいなかったら、きっとどこかで自分は心が折れていた。磯村とはまた別の意味で、友梨は和志が必要とする人だった。

「ああ、わかってるよ」

そう心のなかで呟いて、衛星携帯電話でベースキャンプを呼び出した。

「頂上に立つのが見えたわ。やったのね。おめでとう」

友梨の弾んだ声が耳に飛び込んだ。心のなかにこれまで感じたことのない新鮮な感情が湧き起こった。それは和志にとっていま始まろうとしている新しい旅への予感なのかもしれなかった。

本作品は、『希望の峰　マカルー西壁』と題し、令和二年七月、小社から四六判で刊行されたものです。

一〇〇字書評

切・り・取・り・線

購買動機（新聞、雑誌名を記入するか、あるいは○をつけてください）	
□（　　　　　　　　　　）	の広告を見て
□（　　　　　　　　　　）	の書評を見て
□ 知人のすすめで	□ タイトルに惹かれて
□ カバーが良かったから	□ 内容が面白そうだから
□ 好きな作家だから	□ 好きな分野の本だから

・最近、最も感銘を受けた作品名をお書き下さい

・あなたのお好きな作家名をお書き下さい

・その他、ご要望がありましたらお書き下さい

住所	〒				
氏名		職業		年齢	
Eメール	※携帯には配信できません	新刊情報等のメール配信を 希望する・しない			

この本の感想を、編集部までお寄せいただけたらありがたく存じます。今後の企画の参考にさせていただきます。Eメールでも結構です。

いただいた「一〇〇字書評」は、新聞・雑誌等に紹介させていただくことがあります。その場合はお礼として特製図書カードを差し上げます。

前ページの原稿用紙に書評をお書きの上、切り取り、左記までお送り下さい。宛先の住所は不要です。

なお、ご記入いただいたお名前、ご住所等は、書評紹介の事前了解、謝礼のお届けのためだけに利用し、そのほかの目的のために利用することはありません。

〒一〇一－八七〇一
祥伝社文庫編集長　清水寿明
電話　〇三（三二六五）二〇八〇

祥伝社ホームページの「ブックレビュー」からも、書き込めます。

www.shodensha.co.jp/bookreview

祥伝社文庫

希望(きぼう)の峰(みね) マカルー西壁(せいへき)

令和 5 年 5 月20日　初版第 1 刷発行

著　者　笹本稜平(ささもとりょうへい)
発行者　辻　浩明
発行所　祥伝社(しょうでんしゃ)
東京都千代田区神田神保町 3-3
〒101-8701
電話　03（3265）2081（販売部）
電話　03（3265）2080（編集部）
電話　03（3265）3622（業務部）
www.shodensha.co.jp
印刷所　堀内印刷
製本所　積信堂
カバーフォーマットデザイン　芥 陽子

ISBN978-4-396-34885-4 C0193

祥伝社文庫の好評既刊

笹本稜平
未踏峰
ヒマラヤ未踏峰に挑む三人。祈りの峰（ピンティ・チュリ）と名付けた無垢の頂（いただき）に、彼らは何を見るのか？　魂をすすぐ山岳巨編！

笹本稜平
南極風
眺望絶佳（ちょうぼうぜっか）な山の表情と圧巻の雪山行、そして決して諦めない男の法廷対決を描く、愛と奇跡の感動作。

笹本稜平
分水嶺
厳冬の大雪山で幻のオオカミを探す山岳写真家と仮釈放中の男二人。真摯な魂と奇跡を描いた本格山岳小説。

笹本稜平
ソロ（SOLO）　ローツェ南壁
標高世界第四位。最難関の南壁ルート。ヒマラヤ屈指の大岩壁に気鋭の日本人が単独登攀（ソロ）で挑む本格山岳小説。

笹本稜平
K2　復活のソロ
一歩一歩が孤高の青年を成長させていく。仲間の希望と哀惜を背負って、冬のK2に男はたったひとりで挑んだ！

梓　林太郎
北アルプス　白馬岳（しろうま）の殺人
新聞記事に載った美談。その後、多摩川で、北アルプスで、関係者が続々に変死した。偶然？　それとも罠？

祥伝社文庫の好評既刊

恩田 陸
不安な童話
「あなたは母の生まれ変わり」——変死した天才画家の遺子から告げられた万由子。直後、彼女に奇妙な事件が。

恩田 陸
puzzle〈パズル〉
無機質な廃墟の島で見つかった、奇妙な遺体！ 事故？ 殺人？ 二人の検事が謎に挑む驚愕のミステリー。

恩田 陸
象と耳鳴り
上品な婦人が唐突に語り始めた、象による殺人事件。彼女が少女時代に英国で遭遇したという奇怪な話の真相は？

恩田 陸
訪問者
顔のない男、映画の謎、昔語りの秘密——。一風変わった人物が集まった嵐の山荘に死の影が忍び寄る……。

夏見正隆
TAC(タック)ネーム アリス
闇夜の尖閣(せんかく)諸島上空。〈対領空侵犯措置〉に当たる空自のF15J。国籍不明の民間機が警告を無視、さらに!!

夏見正隆
TACネーム アリス
尖閣(せんかく)上空10vs1
尖閣諸島の実効支配を狙う中国。さらに政府専用機がジャックされた！ 乗員のひかるは姉に助けを求めるが……。

祥伝社文庫の好評既刊

門井慶喜　**かまさん**　榎本武揚と箱館共和国

最大最強の軍艦「開陽」を擁して箱館戦争を起こした男・榎本釜次郎武揚。幕末唯一の知的な挑戦者を活写する。

門井慶喜　**家康、江戸を建てる**

湿地ばかりが広がる江戸へ国替えされた家康。このピンチをチャンスに変えた日本史上最大のプロジェクトとは！

江波戸哲夫　**集団左遷**

無能の烙印を押された背水の陣の男たちが、生き残りを懸け大逆転の勝負に挑む！　経済小説の金字塔。

江波戸哲夫　**退職勧告**

社内失業者と化していた男の許に、突然届いた解雇通知。男は「日本管理職組合」に復職を訴えるが……。

坂井希久子　**泣いたらアカンで通天閣**

大阪、新世界の「ラーメン味よし」。放蕩親父ゲンコとしっかり者の一人娘センコ。下町の涙と笑いの家族小説。

坂井希久子　**虹猫喫茶店**

「お猫様」至上主義の喫茶店にはワケあり客が集う。人生、こんなはずじゃなかったというあなたに捧げる書。

〈祥伝社文庫　今月の新刊〉